Bruder Andrew
und
J. und E. Sherrill

# Der Schmuggler Gottes

Er wußte nie,
ob hinter der Grenze
Tod oder Leben auf ihn wartete



R. Brockhaus Verlag Wuppertal

ABCteam

Bücher, die dieses Zeichen tragen, wollen die Botschaft von Jesus Christus in unserer Zeit glaubhaft bezeugen.

A = aktuelle Themen
B = Berichte, Erzählungen, Lebensbilder
C = Christsein heute

Als Sonderreihen erscheinen Jugendbücher (J), Werkbücher (W), Glauben und Denken (G + D).

Außerdem gibt es Geschenkbücher in besonderer Ausstattung.

ABCteam-Bücher erscheinen in folgenden Verlagen:
Aussaat Verlag Wuppertal / R. Brockhaus Verlag Wuppertal
Brunnen Verlag Gießen / Bundes Verlag Witten
Christliches Verlagshaus Stuttgart / Oncken Verlag Wuppertal
Schriftenmissions-Verlag Gladbeck

ABCteam-Bücher kann jede Buchhandlung besorgen

Titel der amerikanischen Originalausgabe:
»God's Smuggler«, erschienen bei The New American Library


Deutsch von Doris Hahn

1. Auflage 1977
2. Auflage 1978

Umschlaggestaltung: Ralf Rudolph, Ratingen
Gesamtherstellung: Breklumer Druckerei Manfred Siegel

ISBN 3-417-12112-4

# Vorwort

Niemand bezweifelt, daß Rußland und andere kommunistische Länder heute anders sind als vor ein paar Jahren. Sie sind offener, empfänglicher für neue Ideen, zugänglicher für Reisende.

Wodurch sind diese Veränderungen herbeigeführt worden? Während die großen wirtschaftlichen und politischen Fragen von den Experten untersucht werden, ist ein kleiner, aber höchst bedeutsamer Umstand weithin unbemerkt geblieben. Das ist die schöpferische Arbeit einer winzigen Gruppe ganz gewöhnlicher Männer und Frauen – zuerst eines einzelnen Mannes –, die dazu beigetragen haben, die Geschichte zu verändern.

Als wir Andrew zum ersten Mal begegneten, wußten wir sofort, daß wir diese Geschichte schreiben wollten. Das Problem war nur, daß vieles, was darin aktuell war, noch nicht erzählt werden durfte, weil es Menschen in Gefahr bringen würde. Selbst in dem Teil, der schon Geschichte war, mußten gewisse Tatsachen geändert werden. In den meisten Fällen konnten die richtigen Namen nicht benutzt werden; bestimmte Orte und Daten mußten verkleidet werden. Und selbstverständlich konnten auch die technischen Einzelheiten bei der Grenzüberschreitung und beim Schmuggeln nicht angegeben werden.

Aber trotz all dieser Vorsichtsmaßnahmen blieb eine Geschichte übrig, die so einzigartig, so menschlich und so bedeutungsvoll für unser aller Zukunft ist, daß wir glaubten, sie nun niederschreiben zu müssen. Andrew wuchs in einem holländischen Dorf als Sohn eines nicht gerade wohlhabenden Schmiedes auf. Wie alle in den ersten fünfziger Jahren erkannte er, daß die überwältigende Herausforderung an unsere Generation, das unter dem Kommunismus stehende Drittel der Welt war. Wie wir alle, wußte er, daß der kommunistische Block für den Westen gesperrt war – ganz bestimmt aber für einen ungeschützten Privatmann wie ihn. Wie alle, wußte er auch, daß man nicht nach Rußland, Ungarn, Albanien und China gehen und eine andere Lebensweise predigen konnte.

Und an dieser Stelle wird seine Geschichte ganz anders als die irgendeines anderen Menschen auf der Welt . . .

John und Elizabeth Sherrill
»Guideposts«
Carmel, New York

# Inhalt

# Rauch und Brotrinden

Seit ich zum erstenmal Holzschuhe anzog – in Holland nennen wir sie Klompen –, träumte ich von tollkühnen Streichen. Ich war ein Spion hinter den feindlichen Linien. Ich war ein einsamer Späher in Feindesland. Ich kroch unter Stacheldraht hindurch, während Leuchtspurgeschosse um mich herum durch die Luft flogen.

Natürlich hatten wir in meinem Heimatdorf Witte keine richtigen Feinde, jedenfalls nicht, als ich noch ganz klein war. So erklärten wir uns gegenseitig zu Feinden. Wir benutzten unsre Klompen zum Kämpfen. Wer von einem Holzschuh getroffen wurde, hatte seinen eigenen eben nicht schnell genug gepackt. Ich erinnere mich, wie ich eines Tages einen meiner Klompen auf dem Kopf meines Feind-Freundes Kees zerbrach. Was uns beide am meisten entsetzte, war nicht die dicke Beule an seiner Stirn, sondern der kaputte Schuh. Wir vergaßen, daß wir Feinde waren, solange wir ihn zu reparieren versuchten. Aber diese Kunst lernt man erst mit der Zeit, und an jenem Abend mußte sich mein Vater, der als Schmied hart zu arbeiten hatte, auch noch als Schuster betätigen.

Vater war an diesem Tag schon um fünf Uhr aufgestanden, um im Garten, der seine sechs Kinder ernähren half, zu gießen und Unkraut zu jäten. Dann war er mit dem Fahrrad die zweieinhalb Kilometer nach Alkmaar in die Schmiede gefahren und hatte nun nach seinem schweren Tagwerk den ganzen Abend zu tun, um eine kleine Rinne in die Holzschuhspitze zu meißeln, einen Draht hindurchzuziehen, den Draht an beiden Seiten festzunageln und dasselbe an der Hacke zu wiederholen, damit ich am nächsten Tag Schuhe für die Schule hatte.

»Andrew, du mußt vorsichtiger sein!« sagte mein Vater mit seiner lauten Stimme. Er war taub und schrie mehr, als daß er sprach. Ich verstand ihn genau: Er meinte nicht vorsichtig mit Haut und Knochen, sondern mit dem schwerverdienten Besitz.

Besonders eine Familie spielte damals in meiner kindlichen Phantasie sehr häufig die Rolle des Feindes. Das war die Familie Whetstra. Ich weiß nicht, warum ich mir gerade sie ausgesucht hatte; vielleicht, weil sie die ersten in unserm Dorfe waren, die von einem Krieg mit Deutschland sprachen. Und das war kein beliebtes Thema in Witte. Auch waren sie sehr ernste evangelische Christen, und ihr ständiges »Gott befohlen!« und »Wie der Herr will!« erschienen einem Geheimagenten meines Formats widerlich unterwürfig. So waren sie für mich der Feind.

Ich entsinne mich, daß ich eines Tages an Frau Whetstras Küchenfenster vorbeikam, als sie gerade ein Blech mit Plätzchen in die Backröhre ihres mit Holz geheizten Herdes schob. Vorn am Haus lehnte eine neue Fensterscheibe, und das brachte mich auf einen Gedanken. Jetzt hatte ich Gelegenheit, festzustellen, ob die immer lächelnden Whetstras ebenso wütend werden konnten wie andere Holländer. Ich nahm die Fensterscheibe und schlich durch die feindlichen Linien zur Rückseite des feindlichen Hauptquartiers. Die Whetstras hatten wie alle andern im Dorf eine Leiter, die zu ihrem Strohdach hinaufführte. Runter mit den Klompen und rauf aufs Dach! Leise legte ich die Scheibe auf den Schornstein. Dann kletterte ich die Leiter wieder hinunter, lief auf die andere Straßenseite und stellte mich hinter dem Wagen eines Fischhändlers auf die Lauer.

Wie zu erwarten war, schlug der Rauch durch den Schornstein zurück in die Küche und begann aus dem offenen Fenster herauszuwogen. Frau Whetstra lief mit einem Schrei in die Küche, riß die Backofentür auf und versuchte den Rauch mit ihrer Schürze fortzuwedeln. Herr Whetstra rannte vors Haus und guckte zum Schornstein hinauf. Die erwartete Flut saftiger holländischer Schimpfworte blieb tatsächlich aus. Aber der Ausdruck auf seinem Gesicht, als er die Leiter hinaufkletterte, war völlig »von dieser Welt«, und ich buchte es für mich als einen gewaltigen Sieg.

Ein anderer beliebter Feind war mein älterer Bruder Ben. Wie das für ältere Brüder bezeichnend ist, war er ein Meister im Tauschen. In seiner Ecke in unserm gemeinsamen Dachboden-Schlafzimmer prangten die Dinge, die einmal mir oder unsern anderen Geschwistern gehört hatten. Irgendwie konnten wir uns nur nie erinnern, was wir dafür eingetauscht hatten. Bens kostbarster Schatz war ein Sparschwein, das einmal unsrer Schwester Maartje gehört hatte. Darin hob er die Pfennige auf, die er durch Botengänge für den Bürgermeister oder durch Gartenarbeit bei unsrer Lehrerin, Fräulein Boot, verdient hatte. Immer häufiger konnte man jetzt in den Zeitungen lesen, was in Deutschland vor sich ging; und in meiner Phantasie wurde Ben ein enorm reicher deutscher Munitionsfabrikant. Als er eines Tages fortgegangen war, um noch mehr Pfennige zu verdienen, nahm ich das Sparschwein von seinem Bücherbrett herunter, schob ein Messer in die Öffnung und drehte es um. Nach etwa fünfzehn Minuten, in denen ich mit knapper Not den Braunhemden entgangen war, die sein Besitztum bewachten, hatte ich fast einen Gulden vom Feind erbeutet.

Aber was sollte ich nun mit meiner Beute machen? Ein Gulden war damals ein Vermögen für ein Kind in unserm kleinen Dorf. Wenn ich mit so viel Geld ins Süßwarengeschäft gekommen wäre, hätte das bestimmt zu Fragen Anlaß gegeben. Wie wär's, wenn ich sagte, ich hätte es gefunden?

Am nächsten Tag in der Schule ging ich zur Lehrerin und hielt ihr meine Hand mit dem Geld hin.

»Sehen Sie, was ich gefunden habe, Fräulein Boot!«

Fräulein Boot holte tief Luft.

»O Andrew!« rief sie. «Was für eine Menge Geld für einen kleinen Jungen!«

»Darf ich es behalten?«

»Du weißt nicht, wem es gehört?«

Nicht einmal mit der Folter hätte man die Wahrheit aus mir herauspressen können.

»Nein, Fräulein Boot, ich habe es auf der Straße gefunden.«

»Dann mußt du es zur Polizei bringen, Andrew. Dort wird man dir sagen, was du machen sollst.«

Die Polizei! Damit hatte ich nicht gerechnet. Zitternd und zagend brachte ich an jenem Nachmittag das Geld in dieses Bollwerk von Gesetz und Rechtschaffenheit. Wenn unser kleines Rathaus das Hauptquartier der Gestapo gewesen wäre, hätte meine Angst nicht größer sein können. Mir war, als müßte das gestohlene Geld irgendwie verräterisch glänzen. Aber offenbar glaubte mir der Polizeibeamte meine Geschichte. Er schrieb meinen Namen auf einen Umschlag, legte das Geld hinein und sagte, wenn es innerhalb eines Jahres von niemand zurückverlangt werde, gehöre es mir.

Und so machte ich mich ein Jahr später auf den Weg zum Süßwarenladen. Ben hatte das Geld niemals vermißt. Das verdarb mir das Spiel. Statt des würzigen Beigeschmacks von Sabotage hinter der Front hatten die Bonbons den faden Geschmack eines ganz gewöhnlichen Diebstahls.

Ich glaube bestimmt, daß meine Träume von abenteuerlichen Taten und meine endlosen Phantasien ein Mittel waren, dem Radio meiner Mutter zu entgehen. Mutter war Halbinvalide. Ein Herzleiden zwang sie, den größten Teil des Tages still auf einem Stuhl zu sitzen. Ihr Trost war das Radio. Aber sie hatte es immer auf den gleichen Sender eingestellt, den Evangeliumsrundfunk von Amsterdam. Manchmal wurden dort Heilslieder gesungen, manchmal wurde gepredigt. Immer war es – für meine Ohren – langweilig.

Nicht so für meine Mutter. Religion war ihr Leben. Wir waren arm, sogar für Wittesche Begriffe. Unser Haus war das kleinste im Ort. Aber an unsere Tür kam ein nicht enden wollender Strom von

Bettlern, Wanderpredigern und Zigeunern, die wußten, daß sie an Mutters Tisch willkommen waren. Der Käse wurde dann in dünnere Scheiben geschnitten, die Suppe mit Wasser gestreckt; aber ein Gast wurde niemals weggeschickt.

Sparsamkeit war in Mutters Religion ebenso wichtig wie Gastfreundschaft. Als ich vier Jahre alt war, konnte ich Kartoffeln schälen, ohne einen Millimeter zu vergeuden. Als ich sieben war, ging das Kartoffelschälen auf meinen kleinen Bruder Cornelius über, während ich dazu aufrückte, für gut gewichste Schuhe zu sorgen. Das waren nicht die Klompen für täglich, sondern die ledernen Sonntagsschuhe, die mindestens fünfzehn Jahre halten mußten. Mutter sagte, sie müßten so glänzen, daß der Prediger seine Augen mit den Händen beschatten müsse.

Da Mutter nicht schwer heben konnte, wusch Ben jede Woche die Wäsche. Die Wäschestücke mußten in den Trog hineingelegt und wieder herausgenommen werden. Aber der eigentliche Waschvorgang bestand darin, daß durch einen hölzernen Pumpschwengel eine Reihe von Rührstangen in Bewegung gesetzt wurden. Dieses technische Wunder war der Stolz des Hauses. Wir lösten Ben ab und bewegten den schweren Schwengel so lange hin und her, bis uns die Arme weh taten.

Das einzige Familienmitglied, das nicht arbeitete, war der älteste Bruder Bastian. Er war zwei Jahre älter als Ben und sechs Jahre älter als ich und lernte niemals irgend etwas zu tun, was andere Menschen taten. Er brachte den ganzen Tag damit zu, unter einer Ulme an der Deichstraße zu stehen und die Dorfbewohner vorbeigehen zu sehen. Witte war stolz auf seine Ulmen in diesem an Bäumen armen Land. Vor jedem Haus stand eine, und ihre Äste berührten sich so, daß sich über der Straße ein grüner Bogengang bildete. Aus irgendeinem Grunde stellte sich Bas niemals unter unsern Baum, sondern unter den drittnächsten. Und dort stand er, bis ihn jemand von uns zum Abendbrot nach Hause holte.

Ich glaube, nach meiner Mutter liebte ich Bas mehr als irgend jemanden auf der Welt. Wenn die Dorfbewohner an seiner Ulme vorbeikamen, riefen sie ihm immer seinen Namen zu, um dafür sein schüchternes, wunderschönes Lächeln einzutauschen. »Ah, Bas!«

Im Laufe der Jahre hörte er diese Worte so häufig, daß er sie schließlich nachzusprechen begann – die einzigen, die er jemals lernte.

Aber wenn Bas auch weder sprechen noch sich selbst anziehen

konnte, so besaß er doch ein sonderbares, bemerkenswertes Talent. In unserm winzigen Wohnzimmer stand, wie in den meisten holländischen Häusern in den dreißiger Jahren, ein kleines Harmonium. Mein Vater war der einzige in der Familie, der Noten lesen konnte, und so saß er abends oft auf der kleinen Bank, bewegte die Pedale auf und ab und spielte Lieder aus einem alten Gesangbuch, während wir andern sangen.

Alle außer Bas. Sobald der erste Ton erklang, kroch Bas auf allen Vieren unter das Manual, hockte sich neben Vaters Füße und preßte sich fest an das Harmonium. Freilich spielte Vater holprig und mit vielen Fehlern; nicht nur, weil er die Töne nicht hören konnte, sondern weil seine Finger durch das Schmiedehandwerk dick und steif geworden waren. An manchen Abenden spielte er ebenso viele falsche wie richtige Noten.

Bas störte das nicht. Mit verzücktem Gesicht drückte er sich an das vibrierende Holz. Von seinem Platz aus konnte er natürlich nicht sehen, welche Tasten Vater anschlug oder welche Knöpfe er zog. Aber plötzlich stand er auf, stieß Vater sanft an die Schulter und sagte: »Ah, Bas! Ah, Bas!« Dann stand Vater auf, und Bas setzte sich auf die kleine Bank. Er machte sich immer erst ein bißchen mit dem Gesangbuch zu schaffen, wie er das bei Vater gesehen hatte, wendete die Seiten um und stellte es dann gewöhnlich verkehrt herum hin. Dann warf er, wie Vater, einen flüchtigen Blick auf die Seite und fing an zu spielen. Von Anfang bis Ende spielte er die Lieder, die Vater am Abend gespielt hatte. Aber nicht unbeholfen und voller Mißklang wie Vater, sondern völlig fehlerlos und so schön, daß die Leute auf der Straße stehenblieben, um zuzuhören. An Sommerabenden, wenn unsre Tür offenstand, versammelte sich immer eine kleine Schar draußen vor dem Haus. Vielen kamen die Tränen; denn wenn Bas spielte, war es, als säße ein Engel am Harmonium.

Das große Ereignis der Woche war für uns alle der Kirchgang. Witte liegt im Polder, dem eingedeichten Marschland, das Generationen von Holländern dem Meer abgerungen haben, und ist wie alle Dörfer dort am Deich entlang gebaut. Es hat nur eine einzige Straße, die oben auf dem Damm nach Norden und Süden führt. Die Häuser sind eigentlich Inseln, da jedes Haus auf einem Erdhügel gebaut und durch eine kleine Brücke, die den Entwässerungskanal überspannt, mit der Straße verbunden ist. Und an jedem Ende des Dorfes steht jeweils auf dem höchsten und imposantesten Hügel eine Kirche.

In Holland bestehen immer noch große Spannungen zwischen den Katholiken und den Protestanten – ein Überbleibsel aus den Tagen der spanischen Besetzung. Wochentags unterhält sich der Fischhändler freundlich mit dem Eisenwarenhändler des Dorfes. Aber sonntags geht der Fischhändler mit seiner Familie nordwärts in die katholische Kirche, während der Eisenwarenhändler mit der seinen südwärts in die protestantische Kirche wandert. Wenn sie dann auf der Straße aneinander vorbeikommen, würdigen sie sich nicht einmal eines Grußes.

Unsere Familie war sehr stolz auf ihre protestantische Tradition. Mein Vater freute sich, glaube ich, daß unser Haus zufällig am nördlichen Ende des Dorfes lag, weil er so Gelegenheit hatte, auf dem Weg durch das ganze Dorf zu demonstrieren, daß wir die richtige Richtung eingeschlagen hatten.

Da Vater schlecht hörte, saßen wir in der Kirche immer auf der vordersten Bank. Sie war nicht lang genug für die ganze Familie, und ich brachte es stets fertig, etwas zurückzubleiben, damit sich meine Eltern mit den andern Kindern erst einmal hinsetzten. Dann mußte ich zurückgehen, um hinten »noch einen Platz zu finden«. Der Platz, den ich fand, war gewöhnlich weit jenseits der Kirchentür. Im Winter schlitterte ich die gefrorenen Kanäle entlang, und im Sommer saß ich so still in den Feldern, daß sich die Krähen auf meine Schultern setzten und mit dem Schnabel nach meinen Ohren pickten.

Irgendwie wußte ich immer genau, wann der Gottesdienst aus war, und schlüpfte gerade in dem Augenblick, wenn die ersten Dulder herauskamen, in eine Ecke des Kirchenschiffs. Ich stellte mich neben den Prediger – dem meine Gegenwart niemals entging – und hörte aufmerksam zu, was die Gemeindeglieder über seine Predigt sagten. So erfuhr ich seinen Text, sein Thema, manchmal sogar den Hauptinhalt einer Geschichte.

Das alles war nötig, weil ich sonst beim wichtigsten Teil meines wöchentlichen Abenteuers versagt hätte. In Holland ist es üblich, sich nach der Kirche in Privathäusern zu versammeln. Drei Dinge fehlen dabei nie: Kaffee, Zigarrenrauch und eine ausführliche Diskussion der Predigt. Die Männer unsres Dorfes konnten sich diese langen schwarzen Zigarren nur einmal in der Woche leisten. Jeden Sonntag, wenn ihre Frauen schwarzen Kaffee kochten, zogen sie sie hervor und zündeten sie feierlich an. Bis heute schlägt mein Herz schneller, wenn ich Kaffee und Zigarrenrauch rieche. Es ist ein Geruch, der mit Angst und Spannung verbunden war: Konnte ich meine Eltern wieder so täuschen, daß sie dachten, ich sei in der Kirche gewesen?

»Ich glaube, der Prediger hat Lukas 3,16 gerade letzten Monat behandelt«, sagte ich zum Beispiel, obgleich ich genau wußte, daß er das nicht getan hatte. Damit hatte ich aber den Eindruck erweckt, daß ich den Text wußte.

Oder ich benutzte ein paar Brocken eines Gesprächs, die ich aufgefangen hatte, und fragte:

»War das nicht eine gute Geschichte über Politiker? Ich könnte mir denken, daß der Bürgermeister wütend gewesen ist.« Diese Methode war ungeheuer erfolgreich. Ich schäme mich heute, wenn ich daran denke, wie selten ich als Kind die Kirche besuchte. Ich schäme mich noch mehr, wenn ich daran denke, daß meine arglose Familie niemals Verdacht schöpfte.

1939 wurde allen im Lande klar, was die Whetstras schon lange vorausgesehen hatten: Die Deutschen planten einen Eroberungsfeldzug, in den auch Holland einbezogen war. Bei uns zu Hause machten wir uns kaum Gedanken darüber. Bas war krank. Der Arzt sagte, er habe Tuberkulose. Mutter und Vater zogen ins Wohnzimmer und schliefen dort auf einer Matratze, während Bas in ihrem winzigen Schlafzimmer lag, hustete und hustete und zum Skelett abmagerte. Sein Leiden war viel furchtbarer als das eines normalen Menschen, weil er uns nicht sagen konnte, wie er sich fühlte.

Ich entsinne mich, daß ich eines Tages, kurz nach meinem elften Geburtstag, heimlich ins Krankenzimmer schlich. Das war streng verboten wegen der Ansteckungsgefahr. Aber ich wollte mich ja gerade anstecken! Wenn Bas sterben mußte, wollte ich auch sterben. Ich warf mich über ihn und küßte ihn wieder und wieder auf den Mund. Im Juli 1939 starb Bas, während ich gesund blieb. Ich fühlte mich von Gott doppelt hintergangen.

Zwei Monate danach machte unsere Regierung mobil. Diesmal erlaubte Mutter, daß ihr Rundfunkgerät zum Nachrichtenhören gebraucht wurde. Wir stellten es auf größte Lautstärke ein, aber Vater konnte trotzdem nichts verstehen. So stellte sich meine kleine Schwester Geltje neben den Apparat und schrie ihm besonders wichtige Meldungen zu:

»Alle Reserve-Einheiten werden einberufen, Papa!«

»Alle Privatwagen werden für den Militärdienst eingezogen.«

Bei Einbruch der Dunkelheit hatte die Verkehrsstauung begonnen, die endlose Verkehrsstauung, die für die Monate vor der Invasion charakteristisch war. Alle Autos in Holland waren auf der Straße. Es schienen ebenso viele in den Norden des Landes wie in den Süden zu fahren. Niemand wußte, wohin er eigentlich fahren sollte, versuchte aber, so schnell wie möglich wegzukommen. Tag für Tag stand ich in meiner ausgebeulten Hose und losen Bluse unter dem Baum, unter dem Bas immer gestanden hatte, und beobachtete. Niemand sprach viel. Nur Herr Whetstra schien den Mut zu haben, in Worte zu fassen, was wir alle wußten. Ich konnte nicht verstehen, warum ich mich damals so zu den Whetstras hingezogen fühlte, aber ich ertappte mich häufig dabei, daß ich an ihrem Küchenfenster vorbeiging.

»Guten Tag, Andrew!«

»Guten Tag, Frau Whetstra!«

»Gehst du für deine Mutter einkaufen? Komm, hier ist ein Plätzchen, daß du groß und stark wirst.«

Sie holte einen Teller mit Plätzchen und brachte ihn ans Fenster.

Herr Whetstra sah vom Küchentisch auf.

»Ist das der kleine Andrew? Du willst wohl die Mobilmachung aus erster Hand sehen?«

»Jawohl!«

Aus irgendeinem Grunde versteckte ich mein Plätzchen hinter dem Rücken.

»Andrew, du mußt jeden Abend für dein Land beten. Wir haben eine schwere Zeit vor uns.«

»Jawohl!«

»Was können Menschen mit ›Knallbüchsen‹ gegen Flugzeuge und Tanks ausrichten?«

»Jawohl!«

»Die Deutschen werden mit ihren Stahlhelmen, ihrem Paradeschritt und ihrem Haß hierherkommen, und das einzige, was wir haben, sind unsere Gebete.« Herr Whetstra kam ans Fenster und stützte seine Arme auf das Fensterbrett. »Willst du beten, Andrew? Beten, daß wir den Mut haben, zu tun, was wir können, und wenn wir das getan haben, stillzuhalten? Willst du das tun, Andrew?«

»Jawohl, Herr Whetstra!«

»Guter Junge!« Herr Whetstra trat ins Zimmer zurück. »Nun geh und mach deine Besorgung!«

Aber als ich mich umdrehte, um die Straße hinunterzugehen, rief er hinter mir her:

»Du kannst das Plätzchen ruhig essen! Oh, ich weiß, manchmal raucht unser alter Herd fürchterlich. Aber seit ich mein neues Fenster drin habe, funktioniert er tadellos.«

Als ich an diesem Abend im Bett lag, dachte ich über Herrn Whetstra nach. Er wußte also alles. Aber er hatte es nicht meinem Vater gesagt, wie das jeder andere im Dorf getan hätte. Ich fragte mich, warum. Ich fragte mich auch, warum er wollte, daß ich beten sollte. Wozu sollte das gut sein? Gott hörte nie! Wenn die Deutschen wirklich kommen sollten, hatte ich viel Schlimmeres gegen sie vor als Beten. Ich schlief ein und träumte von den Heldentaten, die ich auf eigene Faust vollbringen würde.

Im April wimmelte Witte von Flüchtlingen, die aus dem Polder östlich von uns hereingeströmt kamen. Holland sprengte seine Deiche und überflutete das Land, das es im Laufe von Jahrhunderten Zoll für Zoll dem Meer abgerungen hatte, um den Vormarsch des deutschen Heeres aufzuhalten. In jedem Haus, außer in unserm, das zu klein war, hatte eine Familie aus dem überfluteten Land Obdach gefunden, und Mutters Suppentopf kochte Tag und Nacht.

Aber die Deutschen kamen natürlich nicht auf dem Landwege. Die ersten Flugzeuge überflogen Witte in der Nacht des 10. Mai 1940. Wir verbrachten diese Nacht schlaflos und eng aneinandergerückt in unserm Wohnzimmer. Den ganzen nächsten Tag über sahen wir Flugzeuge und hörten die Explosionen, wenn sie den kleinen, vier Kilometer entfernten Militärflughafen bombardierten. Es war mein zwölfter Geburtstag, aber weder ich noch sonst jemand dachte daran.

Dann bombardierten die Deutschen Rotterdam. Der Rundfunk-Ansager aus Hilversum, dessen Nachrichten wir seit der Mobilmachung immer hörten, weinte, als er es bekanntgab. Rotterdam war zerstört. Innerhalb einer Stunde war eine Stadt vom Erdboden verschwunden. Das war der Blitzkrieg, die neue Art, Krieg zu führen. Am nächsten Tag ergab sich Holland.

Ein paar Tage später kam ein kleiner, dicker deutscher Leutnant in einem Streifenwagen nach Witte und ließ sich im Haus des Bürgermeisters nieder. Die Handvoll Soldaten, die ihn begleiteten, waren meist ältere Männer. Für erstklassige Truppen war Witte nicht bedeutend genug.

Eine Zeitlang setzte ich wirklich meine Vorstellungen von Widerstand in die Tat um. Gar manche Nacht kletterte ich, wenn es an der Rathausuhr zwei schlug, barfuß die Leiter vom Dachboden hinunter. Ich wußte, daß mich meine Mutter hörte; denn ihre Atemzüge wurden plötzlich unregelmäßig, wenn ich an ihrem Zimmer vorbeikam. Aber sie hielt mich nie zurück. Sie fragte auch am nächsten Morgen nicht, was aus unserm kostbaren, streng rationierten Zucker geworden war. Alle im Dorf amüsierten sich, als der Dienstwagen dem Leutnant Schwierigkeiten zu machen begann. Seine Zündkerzen waren verrußt. Sein Motor setzte aus. Einige sagten, in seinem Benzintank sei Zucker; andere hielten das für unwahrscheinlich.

Die Lebensmittel wurden in den Städten schneller knapp als in Dörfern wie dem unsern. Und auch diese Tatsache benutzte ich in meinem kindlichen Krieg gegen den Feind. An einem heißen Tag in diesem ersten Sommer packte ich einen Korb voll Gemüse und Tomaten und machte mich auf den zweieinhalb Kilometer langen Weg nach Alkmaar. Ein Geschäft dort hatte noch eine Menge Vorkriegs-Feuerwerkskörper, und ich wußte, daß der Besitzer Gemüse brauchte.

Ich nutzte meinen Vorteil so gut wie möglich und füllte meinen Korb mit den Feuerwerkskörpern. Obenauf legte ich Blumen, die ich zu diesem Zweck mitgebracht hatte. Der Besitzer sah mir schweigend zu. Dann griff er plötzlich unter den Ladentisch und zog eine große Bombe hervor, einen roten, globusförmigen Feuerwerkskörper mit einer langen Zündschnur und hochexplosiver Füllung.

»Ich habe aber kein Gemüse mehr.«

»Sieh, daß du vor der Sperrstunde nach Hause kommst!«

In dieser Nacht knackten in Witte wieder die Dielen des Dachbodens, und wieder hielt Mutter den Atem an. Ich schlich barfuß in die Nacht hinaus. Eine Streife von vier Fußsoldaten kam von Süden her die Straße entlang und auf unser Haus zu. Sie richteten im Vorbeigehen ihre Taschenlampen auf jedes Gebäude. Ich drückte mich eng an die Hauswand, während die Marschstiefel immer näher kamen. Sobald die Soldaten vorüber waren, rannte ich über die kleine Brücke zwischen unserm Haus und der Deichstraße in südlicher Richtung zum Haus des Bürgermeisters. Es wäre einfach gewesen, die Bombe vor der Tür des Leutnants zu zünden, während sich die Streife am andern Dorfende befand. Aber das war mir nicht abenteuerlich genug. Ich war der schnellste Läufer im Dorf, und ich stellte es mir besonders lustig vor, wenn diese alten Männer in ihren schweren Stiefeln hinter mir herliefen. Ich glaube nicht, daß einer von ihnen älter als fünfzig war, aber für mich waren sie uralt.

So wartete ich, bis die Streife wieder zurückkam. Im Augenblick, als sie das Hauptquartier erreichten, zündete ich die Bombe und rannte davon.

»Halt!«

Ein Lichtstrahl traf mich, und ich hörte ein Gewehrschloß schnappen. Damit hatte ich nicht gerechnet. Im Zickzackkurs lief ich die Straße entlang. Dann explodierte die Bombe, und für den Bruchteil einer Sekunde wurde die Aufmerksamkeit der Soldaten von mir abgelenkt. Ich rannte über die erste Brücke, die ich finden konnte, raste durch einen Garten und warf mich zwischen die Gemüseköpfe. Fast eine Stunde lang suchten sie nach mir und riefen sich dabei rauh klingende Worte in Deutsch zu. Dann gaben sie es auf.

Durch diesen Erfolg ermutigt, begann ich am hellichten Tag Feuerwerkskörper zu zünden. Eines Tages lief ich aus meinem Versteck einem Soldaten direkt in die Arme. Fortlaufen bedeutete die Schuld zugeben. Aber in meinen Händen hatte ich starke Indizienbeweise: in der linken Feuerwerkskörper, in der rechten Streichhölzer.

»Du! Komm mal her!«

Meine Hände krampften sich um die verräterischen Dinge. Ich wagte sie nicht in meine Rocktasche zu stopfen. Dahin würden sie bestimmt zuerst gucken.

»Hast du einen Feuerwerkskörper explodieren lassen?«

»Feuerwerks? O nein, Herr Offizier!«

Ich packte die beiden Zipfel meiner Jacke mit den festzusammengeballten Händen und hielt sie ihm ausgebreitet zum Durchsuchen hin. Der Soldat tastete mich von meinen weiten Hosen bis zur Mütze ab. Als er sich dann verärgert von mir abwandte, waren die Schwärmer in meiner Hand von Schweiß durchtränkt.

Aber als sich die Besatzungszeit in die Länge zog, wurde selbst ich meiner Spiele müde. In benachbarten Dörfern waren Geiseln in Reihen aufgestellt und erschossen und Häuser niedergebrannt worden, als sich der wirkliche Widerstand verhärtete und formierte. Es war kein Spaß mehr, den Deutschen Streiche zu spielen.

In ganz Holland gab es die »Untertaucher«, Männer und junge Burschen, die sich versteckten, um nicht in deutsche Arbeitslager verschleppt zu werden. Ben, der sechzehn war, als der Krieg begann, tauchte gleich im ersten Monat auf einem Bauernhof in der Nähe von Ermelo unter, und wir hörten fünf Jahre lang nichts von ihm.

Der Besitz eines Radios wurde zum Verbrechen gegen das neue Regime erklärt. Wir versteckten Mutters Apparat in einer Dachbodenlücke und hockten uns einzeln dorthin, um die Nachrichten in holländischer Sprache aus England zu hören. Später, als die holländische Eisenbahn in Streik trat, quetschten wir sogar Eisenbahnarbeiter in diese winzige Höhle. Und natürlich wurden auch hin und wieder Juden auf der Flucht zur Küste für eine Nacht dort versteckt.

Als es den Deutschen an Arbeitskräften zu fehlen begann, wurde die kleine Besatzungsmacht aus Witte abgezogen. Dann kamen die gefürchteten Razzien. Lastwagen rollten plötzlich in die Dörfer und riegelten die Deichstraße an beiden Seiten ab, während Soldatentrupps jedes Haus nach arbeitsfähigen Männern durchsuchten. Bis zu meinem vierzehnten Lebensjahr floh ich beim Anblick einer deutschen Uniform mit den Männern und jungen Burschen in die Polder. Wir rannten gebückt über die Felder und sprangen über Kanäle, um das Moorland jenseits der Eisenbahn zu erreichen. Der Bahndamm war zu hoch zum Hinüberklettern. Wir wären bestimmt gesehen worden. So sprangen wir in den breiten Kanal, der unter der Eisenbahnbrücke dahinfloß und aus dem wir dann keuchend und zitternd wieder herauskrochen. Gegen Ende des Krieges schlossen sich sogar der kleine Cornelius und unser tauber Vater dem Wettlauf ins Moor an.

Zwischen den Razzien war das Leben ein Kampf ums bloße Überleben. Der elektrische Strom wurde ausschließlich für die Deutschen reserviert. Da wir unsre Pumpen nicht in Tätigkeit setzen konnten, stand das Regenwasser hoch auf dem Marschland. In den Häusern benutzten wir Öllampen. Das Öl stellten wir uns selbst aus Kohlsamen her. Da es keine Kohlen gab, mußte Witte seine Ulmen fällen. Der Baum, unter dem Bas immer gestanden hatte, wurde im zweiten Winter geschlagen. Aber der Feind, der schlimmer war als die Kälte und die Soldaten, war der ständige, quälende Hunger. Alle Ernteerträge wurden für die Front requiriert. Mein Vater bebaute seinen Garten so sorgfältig wie immer, aber es waren die Deutschen, die das meiste davon ernteten. Jahrelang lebte unsere sechsköpfige Familie von Rationen für zwei Personen.

Zuerst konnten wir diese Zuteilung noch vergrößern, indem wir die Tulpenzwiebeln aus unserm Garten wie Kartoffeln aßen. Dann wurden sogar die Tulpen knapp. Mutter tat so, als äße sie, aber ich sah abends oft, wie sie ihre winzige Portion auf die übrigen Teller verteilte. Ihr einziger Trost war, daß Bas diese Zeit nicht miterlebte. Er hätte nie verstehen können, warum sein Magen so weh tat, der Kamin so dunkel war und keine Bäume mehr an der Straße standen.

Schließlich kam der Tag, wo Mutter ihr Bett nicht mehr verlassen konnte. Wir wußten: Wenn die Befreiung nicht bald kam, würde sie sterben.

Und dann, im Frühjahr 1945, gingen die Deutschen, und die Kanadier kamen an ihrer Stelle. Die Menschen standen auf der Straße und weinten vor Freude. Aber ich war nicht dabei. Ich rannte die drei Kilometer zum kanadischen Lager, wo ich mir einen kleinen Beutel voll Brotrinden erbetteln konnte. Brot! Buchstäblich Brot des Lebens!

Ich brachte es nach Hause und schrie immerfort: »Brot! Brot! Brot!«

Während Mutter an den trockenen Krusten kaute, rollten Tränen der Dankbarkeit gegen Gott die tiefen Furchen in ihren Wangen herab.

Der Krieg war vorüber.

## Der gelbe Strohhut

Eines Nachmittags im Sommer 1945, mehrere Monate nach der Befreiung, ließ mich mein Vater durch meine kleine Schwester Geltje zu sich in den Garten rufen.

Ich ging durch die dunkle Küche hinaus in den Gemüsegarten, der so von Sonne überflutet war, daß ich die Augen halb zukneifen mußte. Vater stand mit der Hacke in den Händen und Klompen an den Füßen über sein Kohlbeet gebeugt und jätete mit liebevoller Geduld das kleine Unkraut.

»Du wolltest mich sprechen, Vater?« schrie ich, als ich vor ihm stand.

Vater richtete sich langsam auf.

»Du bist jetzt siebzehn Jahre alt, Andrew«, sagte er.

Ich wußte sofort, welche Richtung das Gespräch nehmen würde.

»Jawohl, Vater!«

»Was hast du mit deinem Leben vor?«

Ich wünschte, er hätte nicht so laut gesprochen und ich hätte ihm nicht so laut zu antworten brauchen.

»Ich weiß es nicht, Vater.«

Jetzt würde er mich fragen, warum ich das Schmiedehandwerk nicht liebe. Er tat es. Dann würde er mich fragen, warum ich nicht bei der Maschinenschlosserei geblieben sei, ein Handwerk, das ich während der Besetzung zu lernen versucht hatte. Auch das tat er. Ich wußte, daß ganz Witte sowohl seine Fragen als auch meine ausweichenden Antworten hören konnte, mit denen ich ihn zufriedenzustellen suchte.

»Es wird Zeit, daß du einen Beruf wählst, Andrew! Im Herbst möchte ich wissen, wofür du dich entscheidest.«

Mein Vater begann wieder zu jäten, und ich wußte, daß das Gespräch zu Ende war. Ich hatte etwa zwei Monate Zeit, meine Entscheidung zu treffen. Oh, ich wußte, was ich wollte! Ich wollte ein

Leben führen, das irgendwie aus dem Rahmen fiel. Ich wollte Abenteuer erleben, wollte fort von Witte, von der ständig nach rückwärts gerichteten Lebenseinstellung.

Aber ich wußte auch, daß ich keine guten Aussichten hatte. Als ich in der sechsten Klasse war, waren die Deutschen gekommen und hatten das Schulgebäude besetzt. Das war das Ende meiner Schulausbildung gewesen. Das einzige, was ich gut konnte, war laufen. An diesem Nachmittag lief ich barfuß durch die Polder. Nachdem ich drei Kilometer auf den kleinen Fußpfaden, die von den Bauern benutzt wurden, gelaufen war, fing ich gerade erst an, warm zu werden. Ich lief durch das Dorf, wo ich mir die Feuerwerkskörper besorgt hatte. Mein Kopf war jetzt klar und arbeitete gut.

Ich kletterte den Deich hinauf, der nach Witte führte, und fühlte immer deutlicher, daß ich meiner Antwort nahe war. Die Lösung war klar. In der Zeitung las man ständig von bewaffneten Aufständen in den Kolonien. Niederländisch-Ostindien, das unlängst von japanischer Herrschaft befreit worden war, erdreistete sich jetzt, auch von Holland Unabhängigkeit zu fordern. Täglich wurden wir daran erinnert, daß diese Kolonien holländischer Boden waren, und das seit 350 Jahren! Warum brachte unser Heer sie nicht zur Krone zurück?

Ja, warum nicht? An jenem Abend verkündete ich der Familie, daß ich schon wüßte, was ich machen wollte.

»Und das wäre?« fragte Maartje.

»Soldat werden!«

Mutter holte erst einmal tief Luft.

»O Andrew! Müssen wir immer an Töten denken?«

Aber mein Vater und meine Brüder waren anderer Meinung. Gleich in der nächsten Woche borgte ich mir Vaters Fahrrad und fuhr zum Werbebüro in Amsterdam. Ganz kleinlaut kam ich bei Einbruch der Dunkelheit wieder nach Hause. Siebzehnjährige wurden erst im Kalenderjahr, in dem sie achtzehn wurden, angenommen, und ich wurde erst im Mai 1946 achtzehn.

Im Januar fuhr ich wieder hin, und diesmal stellte man mich ein. Es dauerte nicht lange, da lief ich stolz in meiner Uniform durch Witte, ohne zu merken, daß die Hose zu klein, die Jacke zu groß, die ganze Wirkung ziemlich kopflastig war. Aber ich war auf dem Wege, unsre Kolonien für die Königin zurückzuerobern und vielleicht ein paar dieser schmutzigen Revolutionäre zu erwischen, die, wie es allgemein hieß, Kommunisten und Schweinehunde waren. Diese beiden Wörter wurden automatisch zusammen gebraucht.

Die einzigen, die nicht mit Beifall reagierten, waren Whetstras. Ich ging, kopflastig wie ich war, an ihrem Haus vorbei.

»Hallo, Andrew!«

»Guten Morgen, Herr Whetstra!«

»Wie geht es deinen Eltern?«

War es denn möglich, daß er meine Uniform nicht sah? Ich drehte mich so, daß die Sonne sich in meiner messingnen Gürtelschnalle spiegelte. Schließlich platzte ich heraus:

»Ich bin Soldat geworden. Ich gehe nach Ostindien.«

Herr Whetstra lehnte sich zurück, um mich besser sehen zu können.

»Ja, wirklich! Du gehst also auf Abenteuer aus. Ich werde für dich beten, Andrew. Ich werde beten, daß dich das Abenteuer, das du findest, befriedigt.«

Ich sah ihn erstaunt an. Was meinte er damit: ein Abenteuer, das befriedigt? Jedes Abenteuer würde mich mehr befriedigen als dieses rückständige Dorf, dachte ich, während ich über die flachen Felder hinblickte, die sich von Witte aus in alle Richtungen erstreckten.

So verließ ich die Heimat – löste mich innerlich und äußerlich von ihr los. Ich arbeitete schwer während meiner Grundausbildung und hatte zum erstenmal in meinem Leben das Gefühl, etwas zu tun, was ich gern tat.

O, wie glücklich war ich, daß ich wie ein Erwachsener behandelt wurde! Einen Teil meiner Ausbildung erhielt ich in Gorkum. Ich ging jeden Sonntag in die Kirche – nicht weil mich der Gottesdienst interessierte, sondern weil ich damit rechnen konnte, danach zum Mittagessen eingeladen zu werden. Es machte mir jedesmal Spaß, meinen Gastgebern zu erzählen, daß ich für eine Sonderkommando-Ausbildung in Indonesien ausgewählt worden sei.

»In ein paar Wochen werde ich im Nahkampf mit dem Feind stehen«, pflegte ich zu sagen, indem ich theatralisch meinen Stuhl zurückstieß und einen langen Zug von meiner Sonntagszigarre nahm. Und dann fragte ich mit gleichsam in weite Ferne gerichtetem Blick, ob meine Gastgeber mir wohl einmal schreiben würden, wenn ich im Ausland wäre. Sie waren alle dazu bereit, und ehe ich Holland verließ, hatte ich schon siebzig Namen auf meiner Korrespondenzliste.

Einer davon gehörte einem Mädchen. Ich lernte sie auf die gewohnte Art nach der Kirche kennen, diesmal nach einem Gottesdienst der Reformierten Kirche. Sie war das schönste Mädchen, das ich je gesehen hatte, etwa ebenso alt wie ich, sehr schlank und mit so schwarzem Haar, daß es einen bläulichen Schimmer hatte. Was mich aber am meisten beeindruckte, war ihre Haut. Ich hatte zwar schon von einer Haut, so weiß wie Schnee, gelesen, aber hier sah ich sie zum erstenmal. Nach einem angenehmen Kirchenschlaf ging ich auf Jagd nach einer Einladung. Natürlich wählte ich den richtigen Zeitpunkt zum Verlassen der Kirche. Schneeweiß war sie an der Tür. Sie stellte sich vor.

»Ich heiße Thile«, sagte sie.

»Ich heiße Andrew.«

»Mutter läßt fragen, ob Sie zum Mittagessen zu uns kommen würden.«

»Sehr gern«, sagte ich, und kurz darauf verließ ich die Kirche mit der Prinzessin am Arm.

Thiles Vater war Fischhändler. Seine Wohnung befand sich über seinem Laden im Hafengebiet von Gorkum, und während des Mittagessens mischten sich die angenehmen Gerüche vom Hafen mit denen von gekochtem Gemüse und Schinken. Hinterher saßen wir im Wohnzimmer.

»Eine Zigarre, Andrew?« fragte Thiles Vater.

»Ja, danke!«

Ich suchte mir sorgfältig eine aus und rollte sie zwischen den Fingern, wie ich das bei den Männern in Witte gesehen hatte. Ehrlich gesagt, machte ich mir nichts aus Zigarren. Aber sie waren so eng mit dem Begriff von Männlichkeit verbunden, daß ich mit Vergnügen sogar ein Seil geraucht hätte. Während der Kaffee- und Zigarrenzeit saß Thile mit dem Rücken zum Fenster, und die helle Mittagssonne ließ ihr Haar noch blauer erscheinen als sonst. Sie sagte fast kein Wort, aber bei mir stand bereits fest, daß sie eine meiner Korrespondentinnen sein würde – und vielleicht noch viel mehr.

Der 22. November 1946 war mein letzter Tag zu Hause. Ich hatte mich schon von Thile und den andern Bekannten in Gorkum verabschiedet. Jetzt war es Zeit, meinen Angehörigen Lebewohl zu sagen.

Wenn ich gewußt hätte, daß ich Mutter zum letztenmal sah, hätte ich bestimmt nicht so den schneidigen Soldaten, der in den Krieg zieht, gespielt. Aber ich wußte es nicht, und ich nahm Mutters Umarmung hin, wie etwas, was mir gebührte. Ich fand, daß ich gut aussah. Endlich hatte ich eine gut sitzende Uniform, war in ausgezeichneter körperlicher Verfassung, und mein Haar war kurz geschnitten nach Soldatenart.

Als ich gerade fortgehen wollte, zog Mutter ein kleines Buch unter ihrer Schürze hervor. Ich wußte sofort, was es war: ihre Bibel.

»Andrew, willst du das mitnehmen?«

Natürlich sagte ich ja.

»Wirst du es auch lesen, Andrew?«

Kann man zu seiner Mutter nein sagen? Man kann etwas nicht *tun*, aber man kann nicht nein sagen.

Ich steckte die Bibel in meinen Reisesack, so tief ich konnte, und vergaß sie.

Unser Truppentransporter, die Sibajak, landete kurz vor Weihnachten in Indonesien. Mein Herz pochte vor Erregung beim Geruch der schweren tropischen Düfte, beim Anblick der fast nackten Gepäckträger, die die Laufplanken herauf- und hinunterliefen, beim Lärm der Händler auf dem Kai, die unsre Aufmerksamkeit auf sich zu ziehen suchten. Ich schulterte meinen Reisesack und schwankte die Laufplanke hinunter in die glühende Sonne des Hafens. Ich ahnte nicht, daß ich ein paar Wochen später Kinder und unbewaffnete Erwachsene, wie sie sich jetzt um mich drängten, töten würde.

Ein paar Händler verkauften Affen, die sie an einer kleinen Kette festhielten. Viele von ihnen konnten kleine Kunststücke machen. Ich war fasziniert von diesen kleinen Geschöpfen mit den ernsten, uralten Gesichtern und bückte mich, um eins von ihnen näher zu betrachten.

»Nicht anfassen!«

Ich richtete mich auf und sah einen meiner Offiziere vor mir.

»Sie beißen, Soldat!« Der Offizier lächelte, meinte es aber im Ernst. »Die Hälfte von ihnen hat nämlich Tollwut.«

Der Offizier ging weiter, und ich zog meine Hand zurück. Der Junge, der den Affen an der Kette hielt, rannte hinter dem Offizier her und schrie ihm nach, daß er das Geschäft verderbe. Ich trat in die Reihe der an Land gehenden Soldaten zurück, aber schon da war mir klar, daß ich einen eigenen Affen haben mußte.

Die von uns, die sich als geeignet erwiesen, wurden von der übrigen Truppe getrennt und auf einer benachbarten Insel als Kommandotrupps ausgebildet. Mir machten die harten Hinderniskurse Spaß: Mauern hinaufklettern, sich an Kletterpflanzen über Bäche schwingen, in unterirdische Kanäle kriechen, unter Maschinengewehrfeuer am Boden entlangrobben. Noch mehr liebte ich die Nahkampfübungen, wo mit Bajonetten, Messern und mit den bloßen Händen gekämpft wurde. »Hei-hei! Ho!« Es galt, auszufallen und zu parieren, mit gestreckten Fingern zuzustoßen, mit gezogenem Messer auf den Feind loszugehen. Irgendwie kam mir nie der Gedanke, daß ich mich übte, Menschen zu töten.

Zur Kommandotrupp-Ausbildung gehörte die Entwicklung des Selbstvertrauens. Aber hier brauchte ich keine besondere Schulung. Von Kindheit an besaß ich ein völlig grundloses Vertrauen, alles, was ich mir vornahm, auch durchführen zu können.

Wie z. B. einen Panzer zu fahren, der selbst für jemand, der Auto fahren konnte, schwierig zu handhaben war. Ich konnte nicht Auto fahren, aber wenn wir zum Manöver ausrückten, beobachtete ich den Fahrer des Panzers, mit dem ich fuhr, bis ich den Dreh herauszuhaben glaubte.

Eines Tages bekam ich unerwartet Gelegenheit, das festzustellen. Als ich aus dem Mannschaftsquartier herauskam, lief ich einem Offizier in die Arme.

»Können Sie einen Panzer fahren, Rekrut?«

Ein zackiger Gruß und ein noch zackigeres: »Jawohl!«

»Schön! Dieser hier muß in die Werkstatt. Vorwärts!«

Vor uns am Straßenrand stand der Panzer. Knapp dreihundert Meter entfernt war die Werkstatt. Sieben andere Panzer standen dort Stoßstange an Stoßstange, um überholt zu werden. Ich sprang forsch auf den Fahrersitz, während der Offizier auf den Platz neben mir kletterte. Ich sah mir das Armaturenbrett an. Vor mir steckte ein Schlüssel, und ich entsann mich, daß der Fahrer diesen immer zuerst umdrehte. Der Motor hustete erst einmal, dann sprang er an. Welches der Pedale war nun die Kupplung? Ich trat auf eins davon, und es ließ sich hinunterdrücken. Zweimal hatte ich Glück gehabt. Nun schaltete ich den Gang ein, ließ die Kupplung los, und mit einem Känguruhsprung schossen wir nach vorn.

Der Offizier warf mir einen raschen Blick zu, sagte aber nichts. Kein Panzer startet sanft. Aber als ich mit Vollgas die Straße entlangraste, sah ich, daß er sich mit beiden Händen festhielt und die Füße aufstemmte. Wir schafften die dreihundert Meter mit einem einzigen Beinahe-Unfall – ein Feldwebel entdeckte rechtzeitig, wie groß sein Talent zur Flucht war –; dann näherten wir uns den geparkten Fahrzeugen.

Und ich wußte, daß ich in der Patsche saß.

Ich hatte keine Ahnung, wo die Bremse war.

Mit fliegenden Händen und Füßen probierte ich jeden Knopf und

Hebel aus, den ich finden konnte; unter ihnen auch den Gashebel. Und mit einer letzten Kraftanstrengung krachten wir auf die sieben Panzer am Straßenrand. Einer knallte auf den andern, bis wir schließlich zischend und rauchend zum Stehen kamen und unser Motor endlich abgewürgt war.

Ich sah den Offizier an. Er starrte mit weitaufgerissenen Augen vor sich hin, das Gesicht von Schweiß überströmt. Dann stieg er aus dem Fahrzeug, bekreuzigte sich und ging davon, ohne sich noch einmal umzusehen. Der Unteroffizier kam auf mich zugelaufen und zog mich vom Fahrersitz herunter.

»Was in aller Welt ist in Sie gefahren, Rekrut?«

»Er hat mich gefragt, ob ich einen Panzer fahren kann, Herr Unteroffizier. Aber er hat mich nicht gefragt, ob ich ihn anhalten kann.«

Wahrscheinlich war es mein Glück, daß wir am nächsten Morgen zu unserm ersten Einsatz ausrückten. Es hieß, wir sollten einen Kommandotrupp ablösen, der drei von je vier seiner Leute verloren hatte.

Im Morgengrauen wurden wir an die Front geflogen. Und mit einem Mal wußte ich, daß ich mich in diesem Abenteuer geirrt hatte.

Es war nicht die Gefahr – die liebte ich –, es war das Töten. Plötzlich waren die Zielscheiben nicht mehr Pappfiguren, die in einem Erdhaufen steckten, sondern es waren Väter und Brüder wie die meinen. Und oft trugen unsere Zielscheiben nicht einmal Uniformen.

Was tat ich? Wie war ich hierhergekommen? Ich empfand einen solchen Abscheu vor mir, wie ich es nie für möglich gehalten hätte.

Und dann geschah eines Tages etwas, was mich mein ganzes Leben lang verfolgt hat.

Wir marschierten durch ein Dorf, das teilweise noch bewohnt war. Das machte uns leichtsinnig; denn wir glaubten nicht, daß die Kommunisten ein Dorf verminen würden, in dem noch Menschen lebten. Tretminen fürchteten wir am meisten. Wir waren immer in Angst, daß diese springenden Dinger explodieren und uns fürs ganze Leben zu Krüppeln machen könnten. Seit drei Wochen waren wir ständig im Einsatz gewesen, und unsre Nerven waren bis zum äußersten gespannt, als wir mitten in diesem friedlich aussehenden Dorf plötzlich in ein Minenfeld gerieten. Die ganze Kompanie wurde rasend vor Wut. Ohne einen Befehl abzuwarten, begannen wir wie wild um uns zu schießen. Wir schossen auf alles, was wir sahen. Als wir wieder zu uns kamen, gab es im Dorf kein lebendes Wesen mehr. Wir umgingen das Minenfeld und liefen vorsichtig durch die Verwüstung, die wir angerichtet hatten. Am Dorfrand sah ich, was mich nahezu wahnsinnig machte: Eine junge indonesische Mutter lag auf der Erde in einer Blutlache, einen kleinen Jungen an der Brust. Beide waren von der gleichen Kugel getötet.

Ich hätte mich damals am liebsten selbst umgebracht. Jedenfalls wurde ich in den nächsten zwei Jahren überall bei den holländischen Truppen in Indonesien wegen meines tollkühnen Verhaltens auf dem Schlachtfeld bekannt. Ich kaufte mir einen leuchtendgelben Strohhut und trug ihn während des Kampfes. Es war Verwegenheit und Herausforderung. »Hier bin ich!« sollte es heißen. »Schießt mich tot!« Allmählich sammelte ich eine Schar von jungen Burschen um mich, die sich ebenso benahmen wie ich, und wir erfanden einen Wahlspruch, den wir am Schwarzen Brett in unserm Lager anbrachten: »Sei gescheit – verlier den Verstand!«

Was wir in diesen zwei Jahren auch taten, ob auf dem Schlachtfeld oder im Ruhelager, das übertrieben wir bis zum äußersten. Wenn wir kämpften, kämpften wir wie die Verrückten. Wenn wir tranken, tranken wir, bis wir sinnlos betrunken waren. Gemeinsam zogen wir von Bar zu Bar und warfen unsre leeren Ginflaschen in die Schaufenster der Geschäfte.

Wenn ich nach solchen Orgien erwachte, fragte ich mich, warum ich das alles tat. Aber ich fand nie eine Antwort auf diese Frage. Einmal kam ich auf den Gedanken, der Geistliche könne mir vielleicht helfen. Man sagte mir, ich fände ihn in der Offiziersbar. Dort traf ich ihn, dann auch ebenso angeheitert und geschwätzig wie ich und alle andern. Er kam zu mir heraus, aber als ich ihm sagte, was mich bedrückte, meinte er lachend, darüber würde ich schon hinwegkommen.

»Aber wenn Sie wollen, besuchen Sie den Gottesdienst, ehe Sie das nächste Mal in den Kampf ziehen«, sagte er. »Auf diese Weise können Sie im Gnadenzustand die Menschen töten.«

Er hielt den Witz für sehr lustig und ging in die Bar zurück, um ihn den andern zu erzählen.

Enttäuscht wandte ich mich nun an meine Briefreunde. Ich war mit allen, denen ich zu schreiben versprochen hatte, in Verbindung geblieben, und wagte es jetzt, einigen von ihnen meine innere Not mitzuteilen. Sie schrieben mir im wesentlichen alle das gleiche zurück:

»Sie kämpfen für unser Land, Andrew. Alles andere ist nicht wichtig.«

Nur von Thile hörte ich mehr. Thile schrieb mir von Schuld. Damit sprach sie meine eigene Erbärmlichkeit an. Aber dann schrieb sie von

Vergebung, und da kam ich nicht mit. Mein Schuldgefühl umschlang mich wie eine Kette, und nichts, weder Trinken noch Kämpfen noch Briefeschreiben oder Briefelesen, schien ihren Würgegriff lockern zu können.

Und dann sah ich eines Tages, als ich auf Urlaub in Jakarta war, bei einem Spaziergang durch den Basar einen kleinen Gibbon, der oben auf einer langen Stange saß und irgendwelches Obst fraß. Als ich vorbeiging, sprang er auf meine Schulter und gab mir ein Stückchen Apfelsine. Ich lachte, und schon kam der tüchtige indonesische Geschäftsmann angelaufen und rief:

»Herr, der Affe liebt Sie!«

Ich lachte wieder. Der Gibbon zwinkerte zweimal und zeigte mir dann seine Zähne in einer Art Grinsen.

»Was kostet er?«

Und so kam ich zu einem Affen.

Ich nahm ihn mit in die Mannschaftsbaracke. Zuerst waren die andern Jungs begeistert.

»Beißt er?«

»Nur Gauner!«

Das war eine dumme Bemerkung, die gar nichts bedeutete. Aber kaum hatte ich sie ausgesprochen, da sprang der Affe von meinem Arm, schwang sich an den Dachbalken entlang und landete ausgerechnet auf dem Kopf eines stämmigen Burschen, der beim Pokerspiel immer überdurchschnittlich viel gewonnen hatte. Der lief nun seitwärts wie ein Krebs und versuchte, den Affen mit den Armen von seinem Kopf herunterzuschlagen. Die ganze Baracke lachte.

»Hol ihn runter!« schrie Jan Zwart. »Hol ihn sofort runter!«

Ich streckte den Arm aus, und der Affe kam zu mir gelaufen. Jan brachte sein Haar in Ordnung und steckte sein Hemd in die Hose, aber in seinen Augen glühte tödlicher Haß.

»Ich werde ihn umbringen«, sagte er ruhig.

So gewann ich an ein und demselben Tag einen Freund und verlor einen andern.

Ich hatte den Affen erst ein paar Wochen, da merkte ich, daß ihm der Leib weh zu tun schien. Als ich ihn eines Tages trug, fühlte ich etwas wie einen Striemen um seine Taille. Ich legte ihn auf mein Bett und sagte ihm, er solle stillhalten. Dann schob ich vorsichtig die Haare seines Fells zurück, bis ich sah, was es war. Offenbar hatte jemand den Gibbon, als er noch ganz klein war, mit einem Draht festgebunden und ihn nicht wieder entfernt. Als der Affe wuchs, grub er sich in sein Fleisch ein. Das mußte ihm furchtbar weh tun.

Am Abend dieses Tages operierte ich ihn. Mit einer Rasierklinge entfernte ich die Haare in einer Breite von etwa acht Zentimetern rund um seine Körpermitte. Der Streifen sah rot und entzündet aus. Während die andern Jungs in der Baracke zusahen, schnitt ich so vorsichtig wie möglich in sein weiches Fleisch, bis ich den Draht freigelegt hatte. Der Gibbon ertrug es mit erstaunlicher Geduld. Er sah mich mit Augen an, die zu sagen schienen: »Ich verstehe!« – bis ich endlich den Draht herausziehen konnte. Da sprang er sofort auf, schlug ein Rad, tanzte auf meinen Schultern herum und zog mich an den Haaren – zum Entzücken aller – außer Jan.

Von diesem Tag an waren mein Gibbon und ich unzertrennlich. Ich glaube, ich identifizierte mich ebenso mit ihm wie er sich mit mir. Ich sah in dem Draht, der ihn gefesselt hatte, eine Art Gegenstück zu der Kette der Schuld, die noch so fest um mich lag, und in der Befreiung davon etwas, wonach ich mich sehnte. Wenn ich tagsüber frei hatte, machte ich mit ihm lange Spaziergänge in den Wald. Er lief und sprang hinter mir her, bis er müde war. Dann stürmte er plötzlich nach vorn und klammerte sich an meinen Shorts fest, bis ich ihn schließlich auf meine Schulter setzte. Wir liefen oft sieben, ja zehn Kilometer miteinander, bis ich mich auf den Boden warf, um zu schlafen. Fast immer waren Affen in den Bäumen über uns. Mein kleiner Gibbon kletterte hinauf, um sich mit ihnen zu unterhalten. Als das zum ersten Mal geschah, dachte ich, ich hätte ihn verloren. Aber in dem Augenblick, als ich aufstand, um mich auf den Heimweg zu machen, hörte ich einen schrillen Schrei in den Ästen über mir, ein Blätterrascheln, und mit dumpfem Aufschlag saß der Gibbon wieder auf meiner Schulter.

Als ich ihn eines Tages lachend und müde ins Lager zurücktrug, erwartete mich dort ein Brief meines Bruders Ben. Er berichtete ausführlich von einem Begräbnis. Erst allmählich begriff ich, daß es das meiner Mutter war.

Offenbar hatte man mir ein Telegramm geschickt, das aber niemals angekommen war. Ich merkte, daß ich weinen mußte. Ich gab dem Affen etwas Wasser und schlich mich, während er es trank, aus dem Lager. Nicht einmal den Gibbon wollte ich jetzt bei mir haben. Ich lief und lief, bis mir die Seite weh tat. Ich wußte plötzlich, wie furchtbar allein ich ohne Mutter sein würde.

In dieser Woche rächte sich Jan Zwart an dem Affen.

Als ich vom Wachtdienst zurückkam, wurde ich mit der Nachricht empfangen, daß mein kleiner Affe tot sei.

»Tot?« Ich begriff nicht. »Was ist passiert?«

»Einer von den Jungs hat ihn beim Schwanz gepackt und mehrmals gegen die Wand geschlagen.«

»War es Zwart?«

Der junge Bursche wollte nicht antworten.

»Wo ist der Affe jetzt?«

»Draußen – in den Büschen.«

Ich fand ihn über einem Zweig hängend. Das Schlimmste war, daß er nicht ganz tot war. Ich trug ihn in die Baracke. Sein Unterkiefer war gebrochen. Ein großes Loch klaffte an seinem Hals. Als ich ihm Wasser gab, lief es aus dem Loch heraus. Jan Zwart beobachtete mich. Er war kampfbereit. Aber ich kämpfte nicht. Zu viele Schläge kurz nacheinander hatten mich betäubt.

Während der nächsten zehn Tage pflegte ich den Gibbon Tag und Nacht. Ich nähte die Wunde zu und fütterte ihn mit Zuckerwasser. Ich massierte seine kleinen Muskeln und streichelte sein Fell. Ich hielt ihn warm und sprach ständig mit ihm. Er war ein Geschöpf, das ich von »Banden« befreit hatte, und ich wollte es nicht kampflos aufgeben.

Allmählich, ganz allmählich begann mein Gibbon wieder zu fressen, auf meinem Feldbett herumzukriechen und schließlich aufrecht zu sitzen und mich heftig zu beschimpfen, wenn ich mit der stündlichen Fütterung nicht pünktlich war. Nach zwei Monaten lief er wieder mit mir in den Wald.

Aber er gewann sein Vertrauen zu den Menschen nicht wieder. Die Baracke war ein Ort des Schreckens für ihn. Wenn Menschen in der Nähe waren, hörte er erst dann auf zu zittern, wenn er sich mit allen vier Beinen und dem Schwanz an meinen Arm geklammert und seinen Kopf in meinem Hemd vergraben hatte.

Als ich hörte, daß ein neuer größerer Angriff auf den Feind geplant war, fragte ich meine Kameraden, ob einer, der fahren konnte, sich einen Jeep ausleihen und mich und den Gibbon in den Dschungel fahren würde.

»Ich möchte ihn freilassen und dann schnell wegfahren«, sagte ich. »Will mich jemand fahren?«

»Ich!«

Ich drehte mich um. Es war Jan Zwart. Ich sah ihn lange fest an, aber er blinzelte nicht.

»Gut!«

Unterwegs erklärte ich dem Affen, warum ich ihn nicht mehr behalten könne. Als ich dann ausstieg und das kleine Tier auf den Boden setzte, sah es mich mit seinen klugen Augen an, als hätte es mich verstanden. Es versuchte nicht, in den Jeep zurückzuspringen. Als wir wegfuhren, blieb es ruhig sitzen und starrte hinter uns her, bis wir außer Sicht waren.

Am nächsten Morgen – es war der 12. Februar 1949 – rückte unsre Einheit im Morgengrauen aus.

Es war gut, daß ich den Affen freigelassen hatte; denn ich kam nie wieder ins Lager zurück.

Ich suchte in diesen Kämpfen den gleichen Schneid vorzutäuschen, den ich früher empfunden hatte. Ich trug meinen gelben Strohhut wie sonst. Ich schrie ebenso laut, ich fluchte, ich rückte Tag für Tag mit meiner Kompanie weiter vorwärts; aber mein Trotz hatte mich verlassen. Dann zerschmetterte eines Tages eine Kugel meinen Knöchel, und der Krieg war für mich aus.

Es ging alles so schnell und – zunächst – schmerzlos vor sich, daß ich gar nicht wußte, was geschehen war. Wir waren in einen Hinterhalt geraten. Der Feind stand an drei Seiten und war sehr viel stärker als wir. Warum ich in den Knöchel und nicht in den Strohhut geschossen wurde, weiß ich nicht, aber während ich lief, fiel ich plötzlich hin. Ich wußte, daß ich nicht gestolpert war. Aber ich konnte nicht aufstehen. Und dann sah ich, daß mein rechter Stiefel zwei Löcher hatte und daß aus beiden Blut floß.

»Ich bin verwundet«, rief ich, gar nicht weiter erregt. Ich stellte einfach eine Tatsache fest.

Ein Kamerad rollte mich in einen Graben, damit ich außer Sicht war. Schließlich kamen Sanitäter mit einer Trage, legten mich darauf und begannen, geduckt im Graben entlangkriechend, mich fortzuschaffen. Ich hatte immer noch meinen gelben Hut auf und weigerte mich, ihn abzusetzen, sogar als er das Feuer auf mich zog. Einmal pfiff eine Kugel durch seinen Kopf. Es störte mich nicht.

Stunden später wurde ich – immer noch den Strohhut auf dem Kopf – im Feldlazarett auf einen Operationstisch gelegt. Die Ärzte brauchten zweieinhalb Stunden, um den Fuß zu versorgen. Ich hörte, wie sie sich darüber unterhielten, ob sie ihn amputieren sollten oder nicht. Die Schwester bat mich, den Hut abzunehmen, aber ich weigerte mich.

»Wissen Sie nicht, was der Hut bedeutet?« fragte der Arzt die Schwester. »Er ist das Symbol dieser Einheit. Das sind die Jungs, die gescheit wurden und den Verstand verloren!« Aber ich hatte ihn nicht verloren. Das war der letzte Hohn! Ich hatte es nicht einmal fertiggebracht, eine Kugel durch den Kopf gejagt zu bekommen. Nur durch den Fuß! Irgendwie hatte ich in all meiner Selbstzerstörungswut niemals diese Möglichkeit in Betracht gezogen. Ich hatte mich immer in flammender Verachtung für das ganze menschliche Theater untergehen sehen. Aber zu leben – und als Krüppel zu leben –, das war das schlimmste aller Schicksale! Mein großes Abenteuer war gescheitert. Schlimmer noch: Ich war zwanzig Jahre alt, und ich hatte entdeckt, daß es nirgends auf der Welt ein wirkliches Abenteuer gab.

## Der Kiesel in der Nußschale

Ich lag im Krankenhaus, und mein rechtes Bein war so fest eingegipst, daß ich mich kaum bewegen konnte.

Zuerst besuchten mich noch Leute meiner Einheit. Aber einer nach dem andern wurde selbst verwundet oder getötet. Und das Leben ging ja schließlich weiter. Die Ärzte sagten mir, daß ich nie wieder ohne Stock würde laufen können. Es war besser, nicht darüber nachzudenken. Allmählich hörten auch meine Kameraden auf zu kommen; aber erst, nachdem sie zweierlei getan hatten, was die Ereignisse für mich verändern sollte.

Das erste war, daß einer von ihnen einen Brief abschickte, den ich niemals hatte abschicken wollen. Er war an Thile gerichtet. Ich hatte mir etwas Komisches angewöhnt: Wenn ich spät nachts aus der Stadt oder aus einem Gefecht zurückkam und mich besonders beschmutzt fühlte, schrieb ich an Thile. Ich vertraute dem Papier all die ekelhaften Dinge an, die ich gesehen oder getan hatte und in Wirklichkeit niemandem hätte mitteilen können, und verbrannte es dann.

Kurz bevor ich in meinen letzten Kampf zog, hatte ich solch einen Brief an Thile angefangen und in meinem Kasernengepäck zurückgelassen. Nach meiner Verwundung hatte ein hilfsreicher Kamerad das Gepäck, ehe er es abgeliefert hatte, nach persönlichen Dingen durchsucht. Und da er besonders gewissenhaft war, hatte er in meinem Verzeichnis Thiles Adresse herausgefunden und den Brief an sie abgeschickt.

»Mann! Ich habe noch nie solch eine Liste von Namen gesehen«, neckte er, als er mich im Krankenhaus besuchte. »Du schreibst wohl an jede Familie in Holland, die ein hübsches Mädchen hat? Ich habe eine halbe Stunde dazu gebraucht, Thiles Familiennamen zu finden. Sei lieber vorsichtig, mein Junge! Das könnte ein Grund für einen neuen Krieg sein.«

Ich muß plötzlich ganz furchtbar ausgesehen haben; denn er sprang auf einmal von seinem Stuhl auf und rief:

»O Andrew, ich habe nicht gewußt, daß du noch solche Schmerzen hast. Und ich mache so dumme Witze. Ich komme wieder, wenn es dir besser geht.«

Tagelang versuchte ich mich zu erinnern, was ich in diesem scheußlichen Brief geschrieben hatte. Soviel ich mich entsinnen konnte, begann er:

»Liebste Thile!

Ich bin heute abend so allein. Ich wollte, Du wärest hier. Ich wollte, ich könnte Dir in die Augen sehen, während ich Dir all diese Dinge erzähle, und sehen, daß Du mich trotzdem noch lieb hast oder mich wenigstens nicht verachtest.

Du hast mir einmal geschrieben, ich solle beten. Nun, ich habe es nicht getan. Stattdessen fluche ich in Ausdrücken, die ich in Holland nicht einmal gehört habe. Ich erzähle gemeine Witze. Je elender ich mich fühle, um so besser kann ich die Kameraden zum Lachen bringen. Ich bin nicht der Mensch, für den Du mich hältst. Dieser Krieg hat mich früher gequält. Heute mache ich mir nichts mehr daraus. Wenn ich tote Menschen sehe, zucke ich die Achseln – Menschen, die wir getötet haben, nicht nur Soldaten, sondern auch gewöhnliche Arbeiter und Frauen und Kinder.

Ich habe kein Verlangen nach Gott. Ich möchte nicht beten. Statt in die Kirche zu gehen, gehe ich in die Kneipe und trinke, bis mir alles egal ist . . .«

Ich hatte noch mehr geschrieben, viel mehr und viel Schlimmeres. Ich lag im Krankensaal und versuchte verzweifelt, mich zu erinnern, was ich in meinem Alkoholrausch geschrieben hatte. Mit dieser Freundin konnte ich also nun nicht mehr rechnen. Der Jammer war, daß Thile nicht nur eine Freundin war. Sie war die beste Freundin, die ich je gehabt hatte, und ich hatte mir gewünscht, daß sie mir noch sehr viel mehr sein sollte.

Um das Bild von Thile, wie sie den Brief las, loszuwerden, schlug ich in dem engen Bett mit allen Gliedmaßen, die ich bewegen konnte, um mich. Und als ich meinen Arm plötzlich seitwärts warf, fiel meine Hand auf das Buch.

Das war das zweite, was die Kameraden für mich getan hatten. Sie hatten die Bibel meiner Mutter ganz unten in meinem Reisesack gefunden. Und es war Jan Zwart, der sie mir brachte. Er legte sie ziemlich verlegen auf meinen Nachttisch, ehe er ging.

»Dieses Buch lag unter deinen Sachen«, sagte er. »Ich wußte nicht, ob du es haben wolltest.«

Ich bedankte mich, nahm es aber nicht in die Hand, und ich zweifle, daß ich es je getan hätte, wenn nicht die Nonnen gewesen wären. Das Hospital, in das ich verlegt worden war, wurde von Franziskanerschwestern betreut. Ich verliebte mich bald in jede einzelne von ihnen. Vom Morgengrauen bis in die Mitternacht waren sie in den Krankensälen damit beschäftigt, Nachtgeschirre sauberzumachen, Wunden zu verbinden, Briefe für uns zu schreiben, zu lachen und zu singen. Ich hörte sie niemals klagen.

Eines Tages fragte ich die Nonne, die mich wusch, wie es käme, daß sie und die andern Schwestern immer so fröhlich seien.

»Nun, Andrew, Sie sollten eigentlich die Antwort selbst wissen, ein guter holländischer Junge wie Sie! Weil wir Christus liebhaben.«

Als sie das sagte, leuchteten ihre Augen, und ich wußte, daß es die volle Wahrheit war. Sie hätte den ganzen Nachmittag sprechen können und hätte nichts anderes gesagt.

»Aber Sie wollen mich nur necken, nicht wahr?« fuhr sie fort und zeigte auf die abgenutzte kleine Bibel, die immer noch auf meinem Nachttisch lag. »Hier haben Sie doch die Antwort!«

Ich nahm die Bibel in die Hand. In den zweieinhalb Jahren, seit Mutter sie mir gegeben hatte, hatte ich sie noch nicht einmal aufgeschlagen. Aber ich dachte über die Schwestern nach, über ihre Fröhlichkeit und ihre heitere Ruhe: »Hier haben Sie doch die Antwort . . .«

Ich legte mir das kleine Buch auf die Brust und blätterte planlos darin rückwärts, bis ich zu 1. Mose 1,1 kam.

Ich las die Geschichte der Schöpfung und des Sündenfalls. Sie kam mir jetzt bei weitem nicht so weit hergeholt vor wie damals, als unser Lehrer jeden Nachmittag ein Kapitel vorlas, während draußen die Kanäle darauf warteten, daß man über sie hinwegsprang. Ich las weiter, ließ ganze Kapitel aus und überflog andere, um wieder den Anschluß an die Geschichte zu bekommen.

Viele Tage später kam ich schließlich zum Neuen Testament. Ich lag mit meinem mit Autogrammen bedeckten Gipsverband auf dem Bett und las die Evangelien durch, deren ungeheure Bedeutung ich nur ganz schwach erfaßte. Konnte das alles wirklich wahr sein?

Als ich in der Mitte des Johannes-Evangeliums war, erhielt ich einen Brief. Die Handschrift auf dem Umschlag war mir vertraut. Thile! Mit zitternden Händen riß ich ihn auf.

»Liebster Andrew!« las ich – »Liebster«! Das Wort, das ich so viele

Male an sie geschrieben hatte, aber niemals in einem Brief, den ich abzuschicken gewagt hätte.

»Liebster Andrew!

Vor mir liegt ein Brief von einem Jungen, der denkt, sein Herz sei hart geworden. Aber sein Herz ist nahe daran zu brechen, und er hat mir etwas von diesem Herzeleid gezeigt. Darauf bin ich stolz.«

Dann folgte – als ich vor lauter Erleichterung wieder lesen konnte – ausgerechnet ein Plan zum Studium der Bibel! Nur hier könne man menschliches Herzeleid im Lichte der Liebe Gottes verstehen, schrieb Thile.

Nun folgten wunderbare Wochen, in denen wir an entgegengesetzten Enden der Erde die Bibel miteinander lasen. Ich füllte einen Briefbogen nach dem andern mit Fragen, und Thile befragte ihren Pastor, ihre Bücher und ihr eigenes Herz, um die Antworten zu finden.

Aber als nach vielen Monaten im Hospital mein Gips allmählich abgenommen wurde und ich beim Anblick meines häßlich geschrumpften Beins daran dachte, daß ich meinen Lieblingssport, das Laufen, nie wieder würde ausüben können, entdeckte ich, daß ich mich an einem harten Kern von Groll festhielt, der genau das Gegenteil zu der Freude war, von der Thile und meine Franziskanernonnen sprachen.

Sobald ich wieder gehfähig war, begann ich jeden Abend nach dem Essen unter großen Schmerzen in die nächste Kneipe zu humpeln und mich sinnlos zu betrinken. Die Nonnen sprachen nie darüber, wenigstens nicht direkt. Aber an dem Tag, bevor ich nach Hause verschifft werden sollte, zog sich meine Lieblingsnonne, Schwester Patricia, einen Stuhl neben mein Bett.

»Andrew, ich muß Ihnen eine Geschichte erzählen«, sagte sie. »Wissen Sie, wie die Eingeborenen Affen im Wald fangen?«

Beim Gedanken an eine Affengeschichte hellte sich mein Gesicht auf.

»Nein! Erzählen Sie!«

»Nun, die Eingeborenen wissen, daß ein Affe niemals etwas, was er gern haben möchte, losläßt, und wenn es ihn auch die Freiheit kostet. Daher machen sie folgendes: Sie nehmen eine leere Kokosnuß und bohren an einem Ende ein Loch hinein, das gerade groß genug ist, daß eine Affenpfote hindurchschlüpfen kann. Dann werfen sie einen Kiesel in das Loch und warten im Gebüsch mit einem Netz.

Früher oder später kommt ein neugieriger Affe vorbei. Er hebt die Kokosnußschale auf und schüttelt sie. Er guckt hinein. Dann steckt er schließlich seine Pfote in das Loch und tastet in der Schale herum, bis er den Kiesel erwischt. Wenn er ihn aber herauszuholen versucht, merkt er, daß er seine Pfote nicht zurückziehen kann, ohne ihn loszulassen. Und, Andrew, ein Affe wird niemals etwas loslassen, was er für eine gute Beute hält. Es ist die leichteste Sache von der Welt, einen Burschen, der so handelt, zu fangen.«

Schwester Patricia stand auf und schob ihren Stuhl an den Tisch zurück. Sie blieb einen Augenblick stehen und sah mir gerade in die Augen.

»Halten Sie etwas fest, Andrew? Irgend etwas, was Sie daran hindert, frei zu sein?«

Und dann war sie gegangen.

Ich wußte genau, was sie meinte. Ich wußte auch, daß ihre Predigt nichts für mich war. Der nächste Tag war in zweierlei Hinsicht etwas ganz Besonderes: Es war mein 21. Geburtstag, und es war der Tag, an dem das Lazarettschiff nach Hause fuhr.

Um ihn zu feiern, lud ich mir alle noch gehfähigen Überlebenden der Kompanie ein, mit der ich vor drei Jahren nach Indonesien gekommen war. Es waren noch acht Mann. Wir hatten viel Spaß. Wir johlten und brüllten und betranken uns martialisch.

## In einer stürmischen Nacht

»Andrew!« Geltje kam über die kleine Brücke gerannt und umarmte mich. Dann drehte sie sich um und rief:

»Maartje! Such Vater! Sag ihm, daß Andrew da ist!«

Einen Augenblick später war der kleine Vorgarten voller Menschen. Maartje kam und küßte mich, ehe sie fortlief, um Vater zu holen. Ben und seine Braut waren da. Sie erzählten mir, daß sie mit der Hochzeit gewartet hätten, bis ich nach Hause käme. Arie, Geltjes Mann, kam aus dem Haus, und mein jüngerer Bruder Cornelius schüttelte mir feierlich die Hand. Er blickte unablässig nach meinem Stock, und ich wußte, daß er gar zu gern gewußt hätte, wie schwer ich verwundet war. Während all des Händeschüttelns und Umarmens kam Vater ums Haus geschlurft, jetzt selbst ein wenig hinkend. Seine braunen Augen waren feucht.

»Andrew, Junge! Wie schön, dich wieder zu Hause zu haben!« Seine Stimme war noch ebenso laut wie früher.

»Wenn es dir recht ist, Andrew«, sagte Maartje, nachdem die erste

Begrüßung vorüber war, »gehe ich mit dir zu Mutters Grab.«

Ich sagte, ich würde gern sofort gehen. Der Friedhof war nur eine Viertelstunde von unserm Haus entfernt. Aber um selbst diese kurze Strecke zurücklegen zu können, mußte ich mir von Vater das Fahrrad borgen, mein krankes Bein über den Sitz werfen und mich, halb fahrend, halb laufend, vorwärtsschieben.

»Es ist also ziemlich schlimm?« fragte Maartje.

»Sie glauben nicht, daß ich jemals wieder richtig laufen kann.«

Die Erde auf Mutters Grab hatte sich noch nicht völlig gesenkt. In einer kleinen roten Vase, die in den Boden gesteckt war, standen frische Blumen. Nach einer Weile gingen Maartje und ich schweigend wieder nach Hause.

Am Abend jedoch, als es dunkel war, sagte ich, ich wolle versuchen, einen Spaziergang zu machen. Niemand bot mir an mitzugehen. Alle wußten, was ich vorhatte. Ich holte das Fahrrad wieder heraus und hopste und rollte die Straße entlang. Der Friedhof lag im hellen Mondlicht, und es war leicht, das Grab zu finden. Ich setzte mich auf die Erde und sagte meine letzten Worte zu meiner Mutter.

»Ich bin wieder da, Mama.« Es kam mir ganz selbstverständlich vor, daß ich mit ihr sprach. »Ich habe in deiner Bibel gelesen. Zuerst nicht, aber ich habe darin gelesen.« Dann schwieg ich lange. »Mama, was soll ich jetzt tun? Ich kann keine hundert Meter laufen, ohne daß ich vor Schmerzen stehenbleiben muß. Du weißt, ich eigne mich nicht zum Schmied. Im Hospital ist ein Rehabilitationszentrum. Aber was kann ich dort lernen? Ich fühle mich so nutzlos – und schuldig. Schuldig, weil ich draußen solch ein häßliches Leben geführt habe. Antworte mir, Mama!«

Aber es kam keine Antwort. Das kalte Mondlicht flutete über mich und das Grab, über alle hier auf diesem Friedhof: die Toten und den Halbtoten. Nach einer halben Stunde gab ich es auf, in die Vergangenheit zurückgreifen zu wollen. Ich rollte mich nach Hause.

Geltje saß am Küchentisch und nähte.

»Wir haben uns überlegt, wo du schlafen könntest, Andrew«, sagte sie, ohne aufzusehen. »Meinst du, daß du die Leiter hinaufsteigen kannst?«

Ich sah zu dem Loch in der Decke hinauf. Dann ging ich zum Sturm auf die Leiter vor. Ich nahm immer nur eine Sprosse auf einmal, indem ich meinen gesunden Fuß aufsetzte und den andern nachzog. Der Schmerz trieb mir den Schweiß auf die Stirn, aber ich drehte den Kopf weg, daß es niemand sehen konnte. Mein altes Bett wartete auf mich. Die sauber gezogene Bettdecke war einladend zurückgeschlagen. Ich lag lange wach und starrte zu der schrägen Decke hinauf, für einen einundzwanzigjährigen Mann den Tränen viel zu nahe . . . Schließlich schlief ich ein mit der Frage, was denn aus meinem großen Abenteuer geworden sei.

Am nächsten Morgen nahm ich nur meinen Stock und humpelte ins Dorf, um mich wieder anzufreunden. Die Leute, die ich traf, waren höflich, aber auch sichtlich verlegen. Sie sahen unsicher auf meine Uniform und dann auf meinen Fuß.

»Hast du dich in Indonesien verletzt oder woanders?« fragten sie. Offenbar sprach man in Holland nicht gern vom Krieg – wie das vermutlich bei allen verlorenen Kriegen der Fall ist. Mittlerweile galt es als sicher, daß Indonesien bald unabhängig sein würde, und so war es am einfachsten, so zu tun, als wäre das immer so geplant gewesen. Zurückkehrende Veteranen machten die Sache nur schwierig.

Aus irgendeinem mir selbst unerfindlichen Grunde war das Haus, auf das ich zusteuerte, das der Familie Whetstra. Ich traf sie zu Hause und ließ mich gern zu einer Tasse Kaffee einladen. Wir saßen am Küchentisch, während Herr Whetstra mich nach Sukarno und den Kommunisten fragte und mir schließlich eine mehr persönliche Frage stellte.

»Hast du das Abenteuer gefunden, das du gesucht hast, Andrew?«

Ich blickte zu Boden.

»Eigentlich nicht«, erwiderte ich.

»Nun, wir dürfen nur nicht aufhören zu beten«, sagte er.

»Um Abenteuer? Für mich?« Ich fühlte, wie mir die Zornröte ins Gesicht stieg. »Natürlich! Ich bin ja jetzt ganz erpicht auf Abenteuer. Es braucht nur eins zu winken, dann humple ich sofort hin, um mich hineinzustürzen.«

Ich schwieg beschämt. Warum hatte ich das gesagt? Ich verließ die Whetstras mit dem Gefühl, eine Freundschaft zerstört zu haben.

Der nächste, den ich gar nicht schnell genug wiedersehen konnte, war Kees. Ich fand ihn in seinem Zimmer, über einen großen Stapel Bücher gebeugt. Nach einer ziemlich gezwungenen Begrüßung nahm ich eins der Bücher und sah zu meinem Erstaunen, daß es eine theologische Abhandlung war.

»Was ist das?«

Kees nahm mir das Buch aus der Hand.

»Ich bin mir darüber klar geworden, was ich mit meinem Leben anfangen will.«

»Dann sei froh! Was denn?« fragte ich, da ich das, was ich schon im voraus wußte, kaum glauben konnte.

»Ich möchte Pfarrer werden. Pastor Vanderhoop will mir helfen.«

Der Besuch bei Kees war mir eine Qual, und ich brach ihn ab, sobald ich es, ohne unhöflich zu sein, konnte.

Das Veteranen-Krankenhaus in Doorn war ein gewaltiger Komplex von Behandlungszentren, Schlafsälen und Rehabilitations-Abteilungen. Aber ich fand dort alles furchtbar stumpfsinnig. Ich hatte eine Abneigung gegen die gymnastischen Übungen, ich haßte die Gewerbeschule, aber was ich am meisten verabscheute, war die Beschäftigungs-Therapie.

Wir mußten Vasen aus zähem, klebrigem Lehm herstellen. Ich brachte einfach nichts zustande. Der Trick war, daß man den Lehmklumpen genau ins Zentrum des sich drehenden Rades legen und das Rad mit dem Fuß weiterdrehen mußte, während man den Ton mit den Händen zu einem brauchbaren Gefäß formte. Irgendwie fand ich nie das Zentrum. Das ärgerte mich so furchtbar, daß ich meinen Lehmklumpen mehr als einmal an die Wand warf.

Während meines ersten Wochenendurlaubs besuchte ich Thile. Im Bus nach Gorkum sagte ich mir immer wieder, daß sie gar nicht mehr so hübsch sein könne, wie ich sie in Erinnerung hatte. Aber als ich durch die Tür ihres väterlichen Geschäfts humpelte, sah ich, daß sie es doch war. Ihre Augen waren so dunkel, und ihre Haut war so hell wie die keines anderen Menschen auf der Welt. Obwohl ihr Vater dabeistand, dauerte unser Händedruck länger, als es nötig war.

»Willkommen zu Hause, Andrew!«

Die Fischschuppen an seiner Schürze abwischend, kam Thiles Vater um den Ladentisch herum und schüttelte mir begeistert die Hand. »Du mußt mir alles erzählen, was du erlebt hast!«

Sobald ich konnte, entführte ich Thile aus dem Fischgeschäft. Den Rest des Nachmittags saßen wir am Hafen auf einer großen Ankerwinde und unterhielten uns. Ich erzählte ihr von meiner Heimkehr, von Geltjes Mann und von Bens bevorstehender Hochzeit. Ich erzählte ihr von dem Rehabilitationszentrum und wie ich es haßte, mit Lehm zu arbeiten. Und obwohl ich wußte, daß sie enttäuscht sein würde, erzählte ich ihr auch, daß mein Glaubensleben zum Stillstand gekommen sei.

Thile sah mit starrem Blick über den Hafen hin.

»Und doch!« sagte sie leise. »Gott ist nicht zum Stillstand gekommen.« Plötzlich lachte sie. »Ich glaube, du bist wie einer deiner

Lehmklumpen, Andrew. Gott hat einen Plan für dich, und er versucht, dich in den Mittelpunkt dieses Plans zu rücken. Aber du rutschst ihm immer wieder weg.«

Sie sah mich mit ihren dunklen Augen an.

»Weißt du denn, ob er nicht etwas Wundervolles aus dir machen will?«

Ich senkte den Blick und tat, als interessierte ich mich gewaltig für die Zigarettenkippe, die ich an der Ankerwinde ausdrückte.

»Was denn zum Beispiel?« fragte ich.

Thile blickte voller Abscheu auf den Teppich von Zigarettenstummeln, den ich auf dem Pier um uns herum ausgebreitet hatte.

»Zum Beispiel einen Aschenbecher!« sagte sie kurz. »Wieviel rauchst du, Andrew?«

Mein täglicher Verbrauch war auf drei Päckchen angestiegen.

»Ich weiß nicht«, sagte ich.

»Nun, irgend etwas ist daran schuld, daß du öfter hustest. Ich glaube nicht, daß es gut für dich ist.«

»Du hast eine Menge Besserungsvorschläge für mich, nicht wahr?«

Ich hatte das nicht sagen wollen. Warum verdarb ich immer alles? Ich fühlte mich plötzlich so weit weg von allen, auch von Thile. Sie wußte nicht, wie es ist, wenn man sich heimlich auf die Lippen beißen muß aus Angst, vor Schmerzen im Bein aufzuschreien; oder wie einem zumute ist, wenn in einem Bus eine Frau aufstehen muß, damit man sich setzen kann. Als ich mich an diesem Nachmittag von Thile verabschiedete, wußte ich, daß ich alles, was ich nicht sagen wollte, gesagt, und alles, was ich sagen wollte, nicht gesagt hatte.

Es vergingen zwei Monate, ehe wieder jemand etwas über Religion zu mir sagte; und dann war es nicht Thile, sondern ein anderes nettes Mädchen.

Es war am Vormittag eines ziemlich stürmischen Septembertages im Jahre 1949. Wir saßen nach der Morgengymnastik lesend oder Briefe schreibend auf unseren Betten, als eine Schwester hereinkam und sagte, wir bekämen Besuch. Ich achtete nicht weiter darauf, bis ich ein leises Pfeifen von den Lippen von zwanzig jungen Burschen hörte. Ich sah auf. In der Tür stand, etwas verlegen lächelnd, ein auffallend blondes junges Mädchen.

»Nicht schlecht!« flüsterte mein Nachbar Pier.

»Ich möchte Ihre Zeit nicht zu sehr in Anspruch nehmen«, sagte das Mädchen. »Ich möchte Sie nur alle bitten, heute abend an unsrer

Zeltversammlung teilzunehmen. Es wird eine Menge Erfrischungen geben . . .«

»Was für welche?« rief jemand.

»Und der Bus wird um sieben Uhr hier abfahren. Ich hoffe, daß Sie alle kommen können.«

Die Jungens brachen in übertriebenen Beifall aus, und einige schrieen: »Noch einmal! Noch einmal!«, als das Mädchen wegging. Aber um sieben Uhr warteten wir alle, frisch gewaschen und Brillantine im Haar, unten im Treppenflur. Pier und ich waren die ersten in der Reihe. Wir waren vergnügt, nicht nur, weil wir auf diese Weise einen Abend vom Hospital weg waren, sondern weil Pier ins Dorf geschlichen und mit unsrer Antwort auf die Frage, was für Erfrischungen gereicht würden, zurückgekommen war. Als der Bus auf dem Zeltgelände ankam, war die Flasche halb leer. Wir setzten uns auf die letzte Bank und tranken sie ganz aus.

Die meisten unserer Kameraden fanden unsere albernen Mätzchen lustig. Die Leute, die die Evangelisation leiteten, nicht. Schließlich trat ein komisch aussehender Mann mit schmalem Gesicht und tiefliegenden Augen – der Typ, den ich gleich beim ersten Anblick nicht leiden konnte – aufs Podium und verkündete, daß zwei Personen in der Versammlung seien, die sich in der Gewalt finsterer Mächte befänden, über die sie nicht Herr würden.

Dann schloß er die Augen und betete lange und inbrünstig für das Heil unserer unsterblichen Seelen. Wir unterdrückten das Lachen, bis uns der Hals von der Anstrengung weh tat. Als er uns aber in frommem Singsangton »unsre Brüder, über die fremde Geister Einfluß gewonnen haben« nannte, konnten wir uns nicht länger halten. Wir heulten, wir kreischten, wir brüllten vor Lachen. Da der Mann sah, daß er nicht weiterbeten konnte, forderte er den Chor auf, zu singen. Der Refrain des Liedes lautete: »Laß mein Volk ziehen!«

Bald sang die ganze Gemeinde den Refrain mit.

»Laß mein Volk ziehen!« Wieder und wieder schwollen die Worte unter dem großen Zelt an.

Die Versammlung war zu Ende, die Veteranen liefen hinaus zu dem wartenden Bus. Aber in meinem Kopf sang es weiter: »Laß sie ziehen . . . laß mich ziehen . . .«

Es ist natürlich naiv anzunehmen, daß ein einfaches Lied, das man nur hört und nicht einmal selbst singt – ein Gebet werden könnte und daß Gott es erhören werde.

Und doch geschah am nächsten Tag während des gefürchteten Beschäftigungsunterrichts etwas Seltsames: Obwohl ich einen gewaltigen Kater hatte, konnte ich an meiner Drehscheibe nichts verkehrt machen. Ich setzte mich hin, warf einen Klumpen grauen Lehm auf die Scheibe und schob ihn dann in die Mitte, während mein Fuß langsam arbeitete. Eine Vase entstand unter meinen Händen.

Ungläubig warf ich einen zweiten Lehmklumpen auf die Scheibe, und wieder entstand die Form mühelos so, wie ich sie mir vorstellte.

Später an diesem Tag geschah etwas noch Beunruhigenderes. Während der Nachmittags-Ruhezeit blätterte ich in den Zeitschriften, die für uns bestimmt waren, griff dann aber plötzlich nach der Bibel, die ich zur Erinnerung an meine Mutter auf meinen Nachttisch gelegt hatte. Ich hatte nicht mehr darin gelesen, seit ich wieder in Holland war. Aber an diesem Nachmittag fing ich mit einem Male damit an – und verstand sie auch zu meiner größten Überraschung. Alle die Stellen, die mir so rätselhaft erschienen waren, als ich mich früher hindurchgequält hatte, lasen sich jetzt wie spannende Abenteuergeschichten. Ich las die ganze Ruhezeit hindurch und mußte ein zweites Mal zum Kaffeetrinken gerufen werden.

Eine Woche später sagte man mir, daß ich an den langen Wochenenden nach Hause gehen könne. Auch dort lag ich stundenlang auf meinem Bett in der Dachkammer und las. Geltje brachte mir Suppe, sah mich prüfend an und ging dann, ohne ein Wort zu sagen, wieder hinunter.

Was war mit mir los?

Und dann begann ich, der niemals zur Kirche ging, die Gottesdienste mit solcher Regelmäßigkeit zu besuchen, daß es dem ganzen Dorf auffiel. Nicht nur Sonntag morgens, sondern auch Sonntag abends und Mittwoch abends. Im November wurde ich formell vom Militär entlassen. Von einem Teil meines Entlassungsgeldes kaufte ich mir ein schnittiges neues Fahrrad und lernte fahren, indem ich das Pedal nur mit meinem gesunden Fuß betätigte. Ich konnte immer noch keinen Schritt ohne Schmerzen laufen, aber mit dem Fahrrad unter mir hatte das nicht mehr soviel zu sagen. Jetzt fing ich auch an, Gottesdienste in benachbarten Orten zu besuchen. Montags fuhr ich zu einer Heilsarmee-Versammlung nach Alkmaar, dienstags die weite Strecke nach Amsterdam zu einem baptistischen Gottesdienst. Für jeden Abend in der Woche fand ich irgendwo eine Bibelstunde. Jedesmal machte ich mir sorgfältig Notizen über die Predigt, und am folgenden Morgen suchte ich mir dann die Stellen in der Bibel auf, um festzustellen, ob alles, was der Prediger gesagt hatte, wirklich da stand.

»Andrew!« Maartje kam die Leiter herauf, eine Tasse Kaffee in der Hand. »Andrew, darf ich offen zu dir sein?«

Ich setzte mich auf. »Natürlich, Maartje!«

»Es ist nur – wir machen uns Sorge, weil du immerzu allein hier oben bist und ständig in der Bibel liest. Und weil du jeden Abend in die Kirche gehst. Das ist nicht normal, Andrew! Was ist denn mit dir los?«

Ich lächelte. »Ich wünschte, ich wüßte es.«

»Auch Vater sorgt sich, Andrew. Er sagt –« Sie schwieg, als wolle sie erst überlegen, wieviel sie sagen sollte. »Vater sagt, es sei Kriegsneurose.« Und damit ging sie schnell wieder hinunter.

Ich dachte über ihre Worte nach. War ich in Gefahr, ein religiöser Fanatiker zu werden? Ich hatte von Menschen gehört, die den Verstand verloren, zu allen Leuten hinliefen und ihnen Bibelstellen hersagten. War das bei mir ebenfalls zu befürchten?

Trotzdem trieb es mich weiter, von Kirche zu Kirche zu fahren, zuzuhören, zu lernen, in mich aufzunehmen. Pier schrieb mir einmal, ob wir uns nicht zu einem unserer beliebten fröhlichen Trinkgelage treffen wollten, aber ich beantwortete seinen Brief gar nicht, obwohl ich es vorgehabt hatte. Wochen später fand ich ihn hinten in einer Biographie von Hudson Taylor wieder.

Ich verbrachte jetzt viel Zeit mit Kees und mit meiner alten Lehrerin, Fräulein Boot, mit den Whetstras und natürlich mehr als je mit Thile. Jede Woche radelte ich nach Gorkum, um mit Thile über das, was ich las und hörte, zu sprechen. Es war jetzt zu kalt, um auf der Mole zu sitzen. So gingen wir in den Fischladen und unterhielten uns dort, wenn gerade keine Kunden da waren.

Zuerst war Thile ganz begeistert über das, was mit mir vorging. Aber als Wochen und Monate vergingen und ich immer noch von Kirche zu Kirche lief, bekam sie es mit der Angst zu tun.

»Du solltest dich nicht völlig verausgaben, Andrew«, sagte sie manchmal. »Meinst du nicht auch, daß du ein bißchen langsamer treten solltest? Lies auch einmal andere Bücher und geh dann und wann ins Kino!«

Ich konnte nicht. Nichts auf der Welt interessierte mich außer dieser wunderbaren Entdeckungsreise, auf die ich mich begeben hatte. Von Zeit zu Zeit fragte Thile auch, ob ich einen Job gefunden hätte. Das war schon ein ernsteres Problem. Solange ich keinen Beruf hatte, konnte ich ja bei Thile nicht einmal andeuten, was ich mir für sie und mich erträumte. So begann ich ernstlich nach einem Job zu suchen.

Ehe ich jedoch einen fand, trat etwas ein, was mein Leben noch viel gründlicher veränderte als die Kugel, die vor einem Jahr mir Knochen und Muskel zerfetzt hatte.

Es war eine stürmische Nacht mitten im Winter 1950. Ich lag im Bett. Graupelschauer gingen über dem Polder nieder, wie sie nur in Holland Mitte Januar niedergehen können. Ich zog die Decke höher zum Kinn herauf, während draußen der Sturm den Schneeregen parallel zum Erdboden trieb.

Viele Stimmen waren in diesem Sturm. Ich hörte Schwester Patricia sagen: »Ein Affe wird niemals loslassen . . .« Ich hörte den Gesang in dem großen Zelt: »Laß mein Volk ziehen . . .« Woran hing ich? Was hing an mir? Was stand zwischen mir und der Freiheit?

Im Hause schlief alles. Ich lag auf dem Rücken, die Hände unter dem Kopf, und starrte zur Decke hinauf. Und mit einem Mal, ganz ruhig, ließ ich mein Ich los. Während mir eine neue Stimme im Sturm zuschrie, kein Narr zu sein, übergab ich mich Gott mit Sack und Pack und Abenteuer. Es war nicht viel Glauben in meinem Gebet. Ich sagte nur:

»Herr, wenn du mir den Weg zeigen willst, will ich dir folgen. Amen.«

So einfach war das.

## Der Schritt des Gehorsams

Ich schlief in dieser Nacht trotz der um mich tobenden Winterstürme tief und fest. Es war seltsam: Obwohl ich die letzte Spur von Selbstverteidigung aufgegeben hatte, fühlte ich mich so sicher, wie ich mich noch nie gefühlt hatte.

Am Morgen erwachte ich mit solch einer überströmenden Freude, daß ich es irgend jemandem erzählen mußte. Meinen Angehörigen konnte ich es nicht sagen. Sie waren schon besorgt genug um mich. So blieben die Whetstras und Kees.

Die Whetstras verstanden sofort.

»Der Herr sei gepriesen!« rief Philip Whetstra.

Seine Worte berührten mich unangenehm, aber der Ton seiner Stimme erwärmte mein Herz. In den Augen der Whetstras schien ich gar nichts Befremdendes oder Unnormales getan zu haben. Sie gebrauchten Worte wie »wiedergeboren«. Aber trotz dieser sonderbaren Ausdrucksweise wußte ich, daß mich mein Schritt eine gutbefahrene Straße entlangführte. Auch Kees wußte sofort, um was es ging, als ich ihm alles erzählt hatte. Er saß an seinem Schreibtisch, umgeben von seinen unvermeidlichen Büchern, und sah mich an wie ein Gelehrter.

»Es gibt ein Wort für das, was du erlebt hast«, sagte er und griff nach einem besonders bedrohlich aussehenden Buch. »Es heißt ›Krisen-Bekehrung‹. Es würde mich interessieren, Andrew, ob es Tiefenwirkung haben wird.«

Zu meinem Erstaunen schien Thile nicht so erfreut zu sein wie die andern.

»Ist das nicht das, was die Leute bei Massen-Evangelisationen tun?« fragte sie mich.

Arme Thile! Ihr stand ein zweiter Schock bevor, der schlimmer war als der erste. Ein paar Wochen später, Frühlingsanfang 1950, fuhr ich mit Kees nach Amsterdam, um einen bekannten holländischen Evangelisten zu hören. Gegen Ende seiner Predigt unterbrach sich Pastor Arne Donker selbst mit den Worten: »Freunde, ich habe schon den ganzen Abend das Gefühl, als ob sich etwas ganz Besonderes in dieser Versammlung ereignen würde. Irgend jemand unter den Zuhörern möchte Missionar werden.«

Theater, dachte ich. Er hat jemand hingesetzt, der jetzt aufspringt, nach vorn läuft und ein bißchen Leben und Bewegung in den Abend bringt. Aber Pastor Donker ließ seinen Blick nur weiter über die Zuhörer schweifen.

Das Schweigen in der Versammlung wurde drückend unter diesem Blick. Kees spürte es ebenfalls.

»So etwas hasse ich«, flüsterte er. »Laß uns rausgehen!«

Wir standen auf und schoben uns ans Ende unsrer Bank. Einige drehten sich neugierig um. Wir setzten uns wieder.

»Nun«, sagte Pastor Donker, »Gott weiß, wer es ist. Er kennt den Menschen, auf den ein Leben voll ständiger Wagnisse und Gefahren wartet. Ich denke, es ist ein junger Mensch – ein junger Mann.«

Jetzt drehten sich überall im Versammlungsraum Leute um, um den zu entdecken, den der Prediger meinte. Und da standen Kees und ich, einem unerklärlichen Zwang gehorchend, plötzlich auf.

»Ah, da sind sie ja!« sagte Pastor Donker. »Zwei junge Männer! Wunderbar! Wollen Sie bitte nach vorn kommen?«

Mit einem Seufzer liefen Kees und ich den langen Gang nach vorn bis zum Podium, wo wir wie im Traum niederknieten und den Pastor über uns beten hörten. Während er betete, konnte ich nichts anderes denken als, wie empört und gekränkt Thile sein würde.

»O Andrew!« würde sie sagen. »So gehst du also doch auf den Büßerpfad!«

Aber es kam noch schlimmer. Nachdem der Pastor sein Gebet beendet hatte, sagte er zu Kees und mir, daß er uns nach dem Gottesdienst noch sprechen wolle. Widerstrebend – wir hielten ihn fast für einen Hypnotiseur – blieben wir zurück. Als der Versammlungsraum leer war, fragte uns Pastor Donker nach unsren Namen.

»Andrew und Kees«, wiederholte er. »Nun, Jungens, seid ihr bereit zu eurem ersten Auftrag?«

Ehe wir Gelegenheit hatten zu protestieren, fuhr er fort: »Gut! Woher kommt ihr?«

»Aus Witte.«

»Beide aus Witte? Ausgezeichnet! Ich möchte, daß ihr in Witte vor dem Haus des Bürgermeisters eine Versammlung unter freiem Himmel abhaltet. Ihr folgt damit dem biblischen Brauch: Jesus befahl den Jüngern, das Evangelium zu verkündigen und in Jerusalem damit anzufangen. Bei sich zu Hause mußten sie mit Predigen anfangen . . .«

Die Worte explodierten wie Bomben in meinem Kopf. Wußte dieser Mann, was er verlangte?

»O, ich werde bei euch sein, Jungens«, fuhr Herr Donker fort. »Keine Angst! Man muß sich nur erst daran gewöhnen. Ich spreche zuerst . . .«

Ich hörte kaum zu. Ich erinnerte mich, welche Abneigung ich immer gegen Straßenprediger jeder Art empfunden hatte. Aber da drangen wieder einige Worte in mein Bewußtsein.

»So haben wir also auch einen Termin festgesetzt: Samstagnachmittag in Witte!«

»Jawohl!« sagte ich, obwohl ich eigentlich »Nein!« sagen wollte.

»Und du, mein Sohn?« fragte Pastor Donker meinen Freund Kees.

»Jawohl!«

In bestürztem Schweigen fuhren wir mit dem Bus nach Hause. Insgeheim beschuldigte einer den andern, uns in solch eine Klemme gebracht zu haben.

Nicht eine einzige Seele fehlte in Witte bei der Versammlung. Sogar die Dorfhunde waren zu der Schau angetreten. Wir standen mit dem Evangelisten auf einer kleinen Plattform, die aus Kisten zusammengezimmert war, und blickten über ein Meer von bekannten Gesichtern. Einige lachten laut, andere grinsten nur. Ein paar – wie die Whetstras und Fräulein Boot – nickten uns ermutigend zu.

Die nächste halbe Stunde war ein Alptraum. Ich erinnere mich an kein einziges Wort, das Pastor Donker und Kees sagten. Ich erinnere mich nur an den Augenblick, als sich der Evangelist mir zuwandte und wartete. Ich trat einen Schritt vor, und ein erschreckendes Schweigen schlug mir entgegen. Noch ein Schritt, und ich stand am Rande des Podiums und war dankbar für die weiten holländischen Hosen, die meine zitternden Knie verbargen.

Es fiel mir nichts von dem ein, was ich hatte sagen wollen. So konnte ich nur erzählen, wie schmutzig und schuldig ich mich gefühlt hätte, als ich aus Indonesien zurückkam; wie schwer ich an der Last dessen getragen hätte, was ich war und was ich vom Leben erwartete, bis ich sie eines Nachts niedergelegt hätte; und wie frei ich mich seitdem fühlte – das heißt, bis ich Pastor Donker in die Falle gegangen sei und gesagt hätte, daß ich Missionar werden wolle. »Aber«, fuhr ich fort, »ich könnte ihn vielleicht damit überraschen . . .«

Ich fürchtete mich fast vor meiner nächsten Verabredung mit Thile. Es ist schwer, einem Mädchen, dessen Ehemann man zu werden hofft, zu sagen, daß man sich plötzlich entschlossen habe, Missionar zu werden. Was für ein Leben konnte man seiner Frau bieten? Harte Arbeit, wenig Geld, vielleicht unangenehme Lebensbedingungen an irgendeinem fernen Ort.

Wie konnte ich ihr so etwas auch nur vorschlagen, wenn sie nicht selbst dieser Idee mit Leib und Seele ausgeliefert war?

Und so begann ich in der folgenden Woche damit, aus Thile einen Missionar zu machen. Ich erzählte ihr, wie es in der Versammlung plötzlich wie eine Offenbarung über mich gekommen sei und wie genau ich seitdem wisse, daß Gott seine Hand bei dieser Wahl im Spiel habe.

Merkwürdigerweise schien sich Thile leichter mit den Härten des Missionarslebens abfinden zu können als mit der Tatsache, daß ich vor all diesen Leuten nach vorn gegangen war.

»In einem Punkt stimme ich allerdings mit Pastor Donker überein«, sagte sie. »Der Ort, an dem man immer zu evangelisieren anfangen sollte, ist: zu Hause. Warum versuchst du nicht, um Witte herum Arbeit zu finden und dort zuerst einmal dein Missionsfeld zu sehen? Dann wirst du sehr schnell merken, ob du zum Missionar geeignet bist oder nicht.«

Das klang vernünftig. Der größte Industriebetrieb in der Nähe von Witte war die Schokoladenfabrik von Ringers in Alkmaar. Geltjes Mann arbeitete dort, und er wollte im Personalbüro ein gutes Wort für mich einlegen.

In der Nacht, ehe ich mit meinem Fahrrad nach Alkmaar fuhr, um mich um einen Arbeitsplatz zu bewerben, hatte ich einen schönen Traum. Die Fabrik war voll von mutlosen, unglücklichen Menschen, die sofort merkten, daß ich anders war. Sie scharten sich um mich und fragten mich nach meinem Geheimnis. Als ich es ihnen gesagt hatte, konnte ich ihnen ansehen, daß sie es begriffen hatten. Wir knieten gemeinsam nieder . . .

Ich war richtig traurig, als ich aufwachte.

Ich saß auf der hölzernen Bank vor Ringers Personalbüro. Der Geruch von Schokolade hing schwer und drückend in der Luft.

»Der nächste!«

Ich lief, so schnell ich konnte, durch die Tür. Meinen Stock hatte ich zu Hause gelassen. Ich hatte immer noch Schmerzen beim Laufen, aber ich hatte es gelernt, mit dem verletzten Fuß aufzutreten, ohne zu hinken – es sei denn, ich war sehr müde.

Der Personalchef blickte mißtrauisch auf das Bewerbungsformular, das vor ihm lag.

»Entlassung aus ärztlicher Behandlung«, las er laut. »Was fehlt Ihnen?«

»Nichts«, erwiderte ich und fühlte, wie mir das Blut ins Gesicht schoß. »Ich kann jede Arbeit hier machen.«

»Ein bißchen empfindlich, nicht wahr?«

Aber er gab mir einen Job. Ich sollte die Schachteln am Ende eines der Verpackungs-Fließbänder zählen und sie dann in den Versandraum fahren. Ein junger Bursche mit schlaffen Gesichtszügen führte mich durch ein Labyrinth von Korridoren und Treppenaufgängen in einen riesigen Fabriksaal, wo etwa zweihundert Frauen an einem Dutzend Fließbändern saßen. Er übergab mich einer von ihnen.

»Mädels, das ist Andrew! Viel Spaß!«

Zu meinem Erstaunen wurde diese Vorstellung mit einem Chor von Pfiffen begrüßt. Dann folgten Anspielungen wie:

»He, Ruthie, wie würde er dir gefallen?«

»Das kann ich vom Sehen her noch nicht sagen.« Und schließlich hörte ich zweideutige, obszöne Gespräche, wie ich sie selbst von meiner Soldatenzeit her nicht gewöhnt war.

Die Anführerin der schmutzigen Witzeleien war, wie ich bald merkte, ein Mädchen mit Namen Greetje. Ihr Lieblingsthema war die Sodomie. Sie dachte laut darüber nach, welches Tier einen Partner in mir finden würde. Ich war froh, wenn ich meine Karre voll hatte und für ein paar Augenblicke in die mir wie eine Zufluchtsstätte erscheinende männliche Gesellschaft der Versandabteilung entkommen konnte.

Nur zu schnell war sie abgeladen, und ich war wieder den Pfiffen und unflätigen Bemerkungen in der großen Halle ausgesetzt.

»Das ist vielleicht ein Missionsfeld, Herr!« dachte ich, als ich die Empfangsbestätigung für die Schachteln zum Schalter des Kontrolleurs mitten im Saal brachte. »Aber keins für mich! Ich werde es nie lernen, mit solchen Mädchen zu sprechen. Sie würden alles, was ich sage, verdrehen, bis –« Ich hielt in meinen Gedanken inne; denn durch die Glasscheibe des Kontrollhäuschens lächelten die gütigsten Augen, die ich je gesehen hatte. Sie waren braun – nein, sie waren grün! Und das Mädchen war sehr jung, blond und schlank. Es konnte noch keine Zwanzig sein und hatte doch schon den verantwortungsvollsten Posten in dieser Abteilung: die Arbeitsanweisungen und die Belege für die geleistete Arbeit zu überprüfen. Als ich den meinen durchs Fenster reichte, wurde aus ihrem Lächeln ein Lachen.

»Machen Sie sich nichts daraus!« sagte sie freundlich. »So behandeln sie jeden Neuling. In ein oder zwei Tagen ist es jemand anderes.«

Mein Herz floß über vor Dankbarkeit.

Sie gab mir einen neuen Versandauftrag von dem Stapel, der vor ihr lag, aber ich stand immer noch da und starrte sie an. In einem Saal, wo die übrigen Frauen so viel Puder und Rouge trugen, daß man einen ganzen Zirkus damit hätte schminken können, war hier ein Mädchen ohne eine Spur von Make-up. Nur ihre eigene frische Gesichtsfarbe hob sich von diesen Augen ab, die niemals den gleichen Farbton hatten. Je länger ich sie ansah, um so sicherer war ich, daß ich sie schon einmal gesehen hatte. Aber wenn ich sie fragen würde, würde das wie eine Phrase klingen. Zögernd ging ich zum Fließband zurück.

Die Stunden schleppten sich dahin. Nachdem ich nun schon einen ganzen langen Tag auf den Beinen war, wurde mir jeder Schritt zur Qual. Ob ich wollte oder nicht, ich fing an zu hinken. Greetje sah es sofort.

»Was ist los, Andrew?« rief sie. »Bist du aus dem Bett gefallen?«

»Indonesien!« sagte ich, in der Hoffnung, ihr damit den Mund zu stopfen. Es war der schlimmste Fehler, den ich hätte machen können.

Greetjes Triumphgeschrei konnte man im ganzen Saal hören.

»Wir haben einen Kriegshelden unter uns, Mädels! Ist es wahr, was sie über Sukarno sagen, Andrew? Mag er die ganz Jungen am liebsten?«

Noch lange Zeit, nachdem ich sonst bei den Mädchen den Reiz der

Neuheit verloren hätte, wollten sie von mir etwas über »das exotische Leben des Ostens« wissen.

Mehr als einmal hätte ich den Job am liebsten aufgegeben, – wenn nicht die freundlichen Augen hinter der Glaswand gewesen wären. Ich fing an, auch dann zum Kontrollhäuschen zu gehen, wenn ich keinen Beleg abzugeben hatte. Manchmal legte ich ihm auch ein persönliches Zettelchen bei: »Sie sehen heute sehr hübsch aus« oder »Vor einer halben Stunde haben Sie die Stirn gerunzelt. Warum?«

Ich fragte mich immer wieder, was sie wohl über das Geschwätz, das sie sich anhören mußte, dachte und warum sie überhaupt an solch einen Ort gekommen war. Und immer verfolgte mich der Gedanke, daß ich sie schon von irgendwoher kannte.

Ich arbeitete schon einen Monat in der Fabrik, als ich endlich den Mut fand, ihr zu sagen:

»Ich mache mir Sorgen um Sie. Sie sind noch zu jung und zu hübsch für diese Bande hier.«

Sie warf den Kopf zurück und lachte.

»Ach du liebe Güte!« rief sie. »Was für altmodische Ansichten Sie haben! In Wirklichkeit –«, – sie kam mit dem Gesicht ganz nahe an das kleine Fenster – »in Wirklichkeit sind sie gar nicht so schlecht. Die meisten von ihnen brauchen nur Freunde, und sie kennen keine andere Möglichkeit, sie sich zu verschaffen.«

Sie sah mich an, als frage sie sich, ob sie mir vertrauen könne.

»Ich bin nämlich ein Christ«, sagte sie dann leise. »Deshalb arbeite ich auch hier.«

Ich starrte meinen Mit-Missionar erstaunt an. Und mit einem Mal fiel mir auch ein, wo ich dieses Gesicht früher schon gesehen hatte: im Veteranen-Krankenhaus! Das war das Mädchen, das uns zu der Zelt-Versammlung eingeladen hatte. Und dort . . .

Im Eifer, ihr alles zu erzählen, was seitdem geschehen war, stolperte ich über meine eigenen Worte. Sie sagte mir, daß sie Corrie van Dam heiße, und seit diesem Tag waren Corrie und ich ein Team. Um die fertigen Schachteln einzusammeln, mußte ich die Reihen der Packerinnen entlang gehen und konnte dabei nach solchen, die irgendwelche Schwierigkeiten hatten, Ausschau halten. Ich gab das dann an Corrie weiter, die unter vier Augen mit der jeweiligen Packerin sprach, wenn diese wegen des nächsten Arbeitsauftrags zum Kontrollhäuschen kam. Auf diese Weise fanden wir schließlich eine kleine Gruppe von Leuten, die die gleichen Interessen hatten wie wir.

Der englische Evangelist Sidney Wilson veranstaltete damals gerade Wochenendfreizeiten für die Jugend, die wir zu besuchen begannen. Eine der ersten, die mit uns kam, war ein blindes, verkrüppeltes Mädchen, das bei Greetje am Fliesband arbeitete. Amy las Blindenschrift und zeigte mir, wie sie mit einem kleinen Apparat Briefe an andre Blinde stanzte. Ich kaufte mir ebenfalls so ein Ding, besorgte mir ein Blinden-Alphabet und konnte so Mitteilungen in Blindenschrift für Amy auf dem Schokoladen-Förderband hinterlassen, die sie mit ihren geübten Fingern auch immer rasch fand.

Für Greetje war das natürlich eine Gelegenheit, die sie sich nicht entgehen lassen konnte.

»Amy!« schrie sie zu der Blinden hinunter. »Wieviel will er dir diesmal geben?«

Eine ganze Weile nahm Amy die Sticheleien mit Humor hin. Aber eines Tages, als ich aus dem Versandraum zurückkam, sah ich sie mit ihren milchigen Augen blinzeln, als wolle sie Tränen zurückhalten.

»Ich kann bestimmt besser sehen als du!« rief Greetje mit dröhnender Stimme.

Als sie mich kommen sah, grinste sie boshaft und schrie: »Alle Männer sind im Dunkeln gleich, nicht wahr, Amy?«

Ich blieb in der Tür stehen. Ich hatte Gott an diesem Morgen wie immer auf meiner Fahrradfahrt zur Arbeit gebeten, mir doch zu sagen, wie ich mit den Menschen reden solle. Der Auftrag, den ich jetzt bekam, war so unerwartet, daß ich es kaum fassen konnte, und doch so klar, daß ich ohne Überlegung gehorchte.

»Greetje!« rief ich durch den Saal. »Halt jetzt endgültig den Mund!«

Greetje war so bestürzt, daß ihr der Unterkiefer buchstäblich herunterklappte. Ich war selbst erschrocken, aber ich mußte jetzt weiter die Initiative ergreifen, oder ich hatte verloren.

»Greetje!« rief ich nochmals durch den ganzen Saal. »Der Bus zur Wochenend-Freizeit fährt am Samstagmorgen um neun Uhr. Ich möchte, daß Sie mitfahren.«

»In Ordnung!« kam es prompt zurück.

Ich wartete, ob noch irgendein Witz folgte, sah aber statt dessen, daß diesmal Greetje mit den Augen blinzelte. Als ich wieder an meine Arbeit ging, merkte ich, daß es im ganzen Saal merkwürdig still war. Alle waren irgendwie beeindruckt von dem, was geschehen war.

Am Samstag saß Greetje im Bus. Das überraschte mich am meisten. Sie war aber die alte und ließ uns wissen, daß sie nur mitkäme, um festzustellen, was sich tatsächlich abspielte, wenn die Lichter ausgingen.

Im Freizeitgelände blieb sie immer für sich. Während der Versammlungen murmelte sie ständig vor sich hin, während junge Leute erzählten, wie Gott ihr Leben verändert habe. Zwischen den Versammlungen las sie ein Romanheft.

Am Sonntagnachmittag brachte uns der Bus zurück nach Alkmaar, wo ich mein Fahrrad im Lagerhaus gelassen hatte.

Greetje wohnte in einem Nachbarort von Witte. Ich war gespannt, ob ich sie überreden konnte, auf meinem Fahrradrücksitz mitzufahren. Es würde eine wunderbare Gelegenheit sein, ungestört mit ihr zu sprechen.

»Soll ich Sie mit nach Hause nehmen, Greetje, damit Sie das Geld für den Bus sparen?«

Greetje verzog den Mund, und ich war sicher, daß sie den Nachteil, mit mir fahren zu müssen, gegen den Preis des Busfahrscheins abwog. Schließlich zuckte sie die Achseln und stieg auf. Ich warf Corrie einen Blick zu und fuhr los.

Sobald wir aus der Stadt heraus waren, wollte ich Greetje klarmachen, daß sie Gott brauche. Aber zu meiner größten Überraschung bekam ich diesmal den klaren Befehl: »Kein Wort über Religion! Nur die Gegend bewundern!«

Wieder konnte ich kaum glauben, richtig gehört zu haben. Aber ich gehorchte. Während der ganzen Fahrt sagte ich kein Wort über Religion zu meiner Gefangenen. Statt dessen unterhielt ich mich mit ihr über die Tulpenfelder, an denen wir vorbeikamen, und erfuhr, daß sie während des Krieges ebenfalls Tulpenzwiebeln gegessen hatte. Als wir in ihrer Straße ankamen, schenkte sie mir tatsächlich ein Lächeln.

Am nächsten Tag kam mir Corrie in der Fabrik mit strahlenden Augen entgegen.

»Was in aller Welt haben Sie mit Greetje gesprochen? Es muß etwas Tolles passiert sein.«

»Wie meinen Sie das? Ich habe kein Wort gesagt.«

Jedenfalls riß Greetje den ganzen Vormittag lang keinen einzigen zweideutigen Witz. Als Amy einmal eine Schachtel mit Schokoladentafeln fallen ließ, war es Greetje, die sich hinkniete und alles vom Boden auflas. Beim Mittagessen stellte sie ihr Tablett geräuschvoll neben meines auf den Tisch.

»Kann ich mich zu Ihnen setzen?«

»Natürlich!« erwiderte ich.

»Wissen Sie, was ich gedacht habe?« begann Greetje. »Ich dachte, Sie würden mich drängen, ›mich für Christus zu entscheiden‹, wie Sie das in den Versammlungen immer gesagt haben. Ich wollte nichts davon hören. Dann sagten Sie kein Wort, und . . . werden Sie jetzt auch nicht lachen?«

»Bestimmt nicht!«

». . . und ich fing an, mich zu fragen: ›Denkt Andrew vielleicht, ich sei schon so weit gegangen, daß es für mich kein Zurück mehr gibt? Will er sich deshalb gar nicht die Mühe machen, mit mir zu sprechen.‹ Und dann fing ich an, mich zu fragen, ob ich vielleicht wirklich zu weit gegangen sei. Würde Gott noch zuhören, wenn ich ihm sagte, es tät mir leid? Würde er mich ebenfalls von vorn anfangen lassen, wie es diese jungen Leute von sich behauptet haben? Irgendwie habe ich ihn darum gebeten. Es war ein komisches Gebet, aber ich habe es ernst gemeint. Und, Andy, ich habe angefangen zu weinen. Ich habe fast die ganze Nacht geweint. Aber heute morgen fühle ich mich großartig.«

Es war die erste Bekehrung, die ich miterlebt hatte. Über Nacht war Greetje ein anderer Mensch geworden. Oder, besser gesagt: Sie war derselbe Mensch, hatte aber etwas Gewaltiges hinzugewonnen. Sie gab immer noch den Ton an, und sie redete immer noch die ganze Zeit. Aber welch ein Unterschied! Als Greetje keine schmutzigen Geschichten mehr erzählte, taten es viele andere Mädels auch nicht mehr. In der Fabrik wurde ein Gebetskreis gegründet, den Greetje leitete. Wenn ein Kind krank oder ein Ehemann arbeitslos wurde, war es Greetje, die das herausfand. Und wehe dem Arbeiter, der nicht etwas Geld in den Hut tat! Mit diesem Mädchen war eine vollständige und bleibende Veränderung vor sich gegangen.

Abend für Abend dankte ich Gott in meiner Dachkammer in Witte, daß er mich bei dieser Umwandlung hatte mithelfen lassen. Die Fabrik war ein ganz andrer Platz geworden. Und das alles war durch Gehorsam geschehen.

Als ich eines Morgens mit meinem Fahrrad durch das Fabriktor fuhr, wartete eine Überraschung auf mich.

»Sie möchten zu Herrn Ringers kommen«, sagte Corrie.

»Zu Herrn Ringers?« Da mußte etwas nicht stimmen! Vielleicht hatte er gemerkt, daß ich während der Arbeitszeit für die Religion warb? Eine Sekretärin hielt die Tür zum Privatbüro offen. Herr Ringers saß in einem gewaltigen Ledersessel und bot mir einen gleichen an. Ich setzte mich ganz vorn auf den Rand.

»Andrew«, sagte mein Chef, »Sie erinnern sich an die psychologischen Tests, die wir vor ungefähr zwei Wochen vorgenommen haben?«

»Jawohl, Herr Ringers!«

»Die Tests zeigen, daß Sie einen außergewöhnlichen Intelligenzquotient haben.«

Ich hatte keine Ahnung, was ein Intelligenzquotient war. Aber da er lächelte, lächelte ich auch.

»Wir haben beschlossen«, fuhr er fort, »Sie in unsern Kursus für Management-Training zu schicken. Ich möchte, daß Sie zwei Wochen Urlaub nehmen. Gehen Sie durch die Fabrik und sehen Sie sich jeden Job genau an! Wenn Ihnen einer gefällt, sagen Sie es mir. Wir werden Sie dafür ausbilden.«

Als ich endlich Worte fand, erwiderte ich:

»Ich weiß schon, welcher Job mir gefällt. Ich möchte der Mann sein, der mit mir gesprochen hat, nachdem ich meine Tests beendet hatte.«

»Ein Berufsberater«, sagte Herr Ringers. Seine scharfen Augen bohrten sich in die meinen. »Und ich nehme an, daß Sie nichts dagegen haben, wenn wir bei unserm Gespräch über Jobs auch auf das Thema Religion kommen.«

Ich fühlte, daß ich rot wurde.

»O ja«, fuhr er fort, »wir wissen, daß Sie da oben Proselyten gemacht haben. Und ich möchte hinzufügen, daß ich Ihre Art von Arbeit für sehr viel wichtiger halte als die Herstellung von Schokolade.«

Er lächelte über den Ausdruck der Erleichterung auf meinem Gesicht.

»Andrew, ich wüßte nicht, warum Sie nicht beides tun können. Wenn Sie mir helfen können, daß meine Fabrik besser läuft, während Sie Rekruten für das Reich Gottes gewinnen, nun, dann kann mir das nur recht sein.«

Thile war begeistert über meinen neuen Job. Sie hoffte, ich würde ihn so interessant finden, daß ich den Gedanken, Missionar zu werden, darüber vergaß. Aber das konnte ich nicht. Obwohl ich die neue Arbeit liebte, gelangte ich mehr und mehr zu der Überzeugung, daß ich zu etwas anderem berufen war. Als Gegenleistung für meine Ausbildung erklärte ich mich bereit, zwei Jahre bei Ringers zu bleiben. Aber ich wußte, daß ich gehen mußte, wenn diese Zeit um war.

Als Thile sah, daß mein Entschluß feststand, hörte sie auf, Einwendungen zu machen, und gab sich alle Mühe, um mir zu helfen. Sie gehörte der Reformierten Kirche an, die viele Missionsstationen in Übersee hatte. Bei allen fragte sie an, unter welchen Voraussetzungen man bei ihnen Missionar werden könne, und von allen erhielt sie die gleiche Antwort: Grundbedingung war die Ordination.

Als ich aber dann an das Seminar der Reformierten Kirche schrieb, erfuhr ich, daß ich zwölf Jahre brauchen würde, um zunächst den durch den Krieg versäumten Schulunterricht nachzuholen und anschließend Theologie zu studieren. Zwölf Jahre! Bei dieser Nachricht sank mir der Mut. Trotzdem trug ich mich sofort bei einigen Fernkursen ein.

Das größte Problem waren die Bücher. Ich hatte keinerlei Ersparnisse, und jetzt, wo Greetje in der Fabrik soviel wie möglich Gutes tun wollte, wanderte jeder Gulden, den Geltje nicht für den Haushalt brauchte, in die Wohltätigkeitskasse.

Eines Abends dachte ich bei einer Zigarette über das Bücherproblem nach, als mir plötzlich der Gedanke kam, daß ich die Lösung in meiner Hand hielt. Ich blickte auf das schlanke, weiße »Stäbchen«, von dessen Spitze sich lustig der Rauch kräuselte. Wieviel Geld verbrauchte ich jede Woche dafür? Ich rechnete es aus. Es genügte, um mir jede Woche ein Buch kaufen zu können. Es genügte, um in den Besitz der Bücher zu gelangen, in denen ich jetzt hinten in einer Buchhandlung rasch ein paar Seiten las.

Es war nicht leicht, mit dem Rauchen aufzuhören. Ich glaube, ich rauchte ebensoviel wie jeder Holländer, und das ist eine ganze Menge. Aber ich hörte auf, und allmählich begann auf dem Tischchen zwischen Cornelius' und meinem Bett eine kleine Bibliothek zu entstehen: eine deutsche Grammatik, eine englische Grammatik, ein Band Kirchengeschichte, eine Bibelkonkordanz. Es waren die ersten Bücher – abgesehen von der Bibel und dem Gesangbuch –, die jemand aus unsrer Familie je besessen hatte. Zwei Jahre lang verbrachte ich jeden freien Augenblick mit Lesen.

Als Fräulein Boot erfuhr, womit ich mit beschäftigte, bot sie mir an, mich in Englisch zu unterrichten, was ich dankbar annahm. Sie war eine wundervolle Lehrerin, immer freundlich und bereit, mir gut zuzureden, wenn ich mutlos und in meinen Vorsätzen wankend wurde. Daß sich ihre Aussprache ein wenig von dem Englisch zu unterscheiden schien, das ich manchmal in Mutters Rundfunkapparat hörte, schob ich auf fehlerhafte Elektronik und ahmte sorgfältig Fräulein Boot nach.

Fräulein Boot freute sich zwar, daß ich meine Bildung vervollständigte, aber wegen des Seminars hatte sie Bedenken.

»Meinen Sie wirklich, daß Sie ordiniert werden müssen, um den

Menschen helfen zu können?« fragte sie mehrmals. »Sie sind jetzt vierundzwanzig Jahre alt und wären schon Mitte dreißig, ehe Sie überhaupt mit Ihrem Beruf anfangen könnten. Es gibt doch sicherlich in der Mission auch nützliche Arbeit für Laien? Ich weiß es nicht, Andrew, ich stelle nur die Frage.«

Und diese Frage stellte ich mir natürlich auch fast jeden Tag. Eines Sonntags besprach ich sie mit dem Evangelisten Sidney Wilson, dessen Wochenendfreizeiten inzwischen von so vielen Arbeitern aus Ringers Fabrik besucht wurden, daß wir das ganze Konferenzgebäude für uns reservierten. Als ich über die Länge und Umständlichkeit der Ausbildung murrte, fing er an zu lachen.

»Sie reden wie die Leute beim WEK«, sagte er.

»WEK?«

»Weltweiter Evangelisations Kreuzzug«, erwiderte er. »Es ist eine englische Gruppe, die Missionare für Länder ausbildet, wo noch keine Kirchen arbeiten.«

Dann erklärte er mir, daß die kirchlichen Missionen erst dann jemand aussenden, wenn sie das Geld dazu haben oder zumindest wissen, woher es kommt. Anders bei dem WEK. Wenn sie dächten, daß Gott einen Mann an einem bestimmten Ort brauche, schickten sie ihn hin und trauten Gott zu, daß er für die Einzelheiten sorge.

»Genauso ist es, wenn sie glauben, daß sich jemand von Gott berufen fühlt und zu voller Hingabe bereit ist«, fuhr der Evangelist fort. Dann fragen sie nicht nach akademischen Graden. Sie bilden ihn zwei Jahre lang in ihrem eigenen College aus, um ihn dann auszusenden.«

Dieser Teil gefiel mir, aber die fehlende finanzielle Unterstützung gab mir etwas zu denken. Ich hatte mehrmals Leute kennengelernt, die in bezug auf ihre Bedürfnisse »auf Gott vertrauten«. Aber die meisten von ihnen waren in Wirklichkeit Bettler. Sie baten nicht offen um Geld, sondern spielten nur darauf an. Nein, was ich von ihnen gesehen hatte, war schlampig und würdelos. Wenn Christus ein König und diese Menschen seine Gesandten waren, dann sprach das sicher nicht für seine Staatskasse.

Erstaunlicherweise interessierte sich Kees, der doch so viele Jahre für seine Ordination studiert hatte, weit mehr als ich für das, was mir Sidney Wilson über den WEK gesagt hatte.

»Tragt keinen Beutel noch Tasche noch Schuhe!« zitierte er aus der Bibel (Lukas 10,4). »Theologisch ist das völlig korrekt. Ich würde gern noch mehr über den WEK erfahren.«

Und ein paar Monate später hatten wir Gelegenheit dazu. Sidney Wilson rief mich eines Tages in der Fabrik an, um mir zu sagen, daß ein Mann aus dem Hauptquartier des WEK nach Haarlem zu Besuch käme.

»Er heißt Johnson, Andrew. Wie wär's, wenn Sie ihn einmal aufsuchten?«

So radelte ich am nächsten Wochenende nach Haarlem. Es war genau so, wie ich es mir vorgestellt hatte. Mr. Johnson war hager und schmächtig, und seine Kleidung sah aus wie aus einem Spendenballen gezogen. Aber als er von der Arbeit sprach, die die Mission überall in der Welt tat, belebte sich sein blasses Gesicht. Es war ganz offensichtlich, daß er alle Leistungen dem WEK-College in Glasgow und seinen Lehrern zuschrieb, die meist ohne Bezahlung arbeiteten. Zu diesen Lehrern gehörten Doktoren der Theologie, Neu- und Alttestamentler und Vertreter anderer akademischer Fächer, aber auch Maurermeister, Klempner und Elektriker; denn die Studenten dort wurden ausgebildet, um Missionsarbeit zu tun und Gemeinden zu gründen, wo es noch keine gab.

»Aber der eigentliche Zweck der Schule ist der, aus diesen Studenten möglichst gute Christen zu machen«, schloß Mr. Johnson.

Sobald ich wieder in Witte war, suchte ich Kees auf, um ihm zu berichten. Wir radelten durch die Polder. Kees' Fragen waren so gezielt und praktisch, als habe er selbst vor, alles andere aufzugeben und sich gleich morgen dort immatrikulieren zu lassen. Wie hoch waren die Gebühren? Wann begann das neue Semester? Was für Sprachen wurden verlangt? Ich hatte mich nicht genug dafür interessiert, um nach all dem zu fragen. So gab ich Kees die Anschrift des WEK-Hauptquartiers in London und wartete auf die Nachrichten, die ich durch ihn hören würde. Ein paar Tage später erzählte er mir dann auch, daß er sich um Aufnahme in das College in Glasgow beworben habe.

Aufgrund seiner guten Zeugnisse wurde Kees fast sofort zum Studium zugelassen. Wenn ich abends von Ringers nach Hause kam, fand ich oft lange, begeisterte Briefe vor, in denen er von seinem Leben in Glasgow, von den Kursen und von seinen Erfahrungen in der Nachfolge Christi berichtete. Ich selbst war nun schon länger in der Fabrik geblieben, als ich Herrn Ringers seinerzeit versprochen hatte. Sicherlich war dieses WEK-College auch für mich das Richtige.

Doch immer noch zögerte ich. Ich besaß nicht Kees' Wissen, und ich hatte einen verkrüppelten Fuß. Wie konnte ich Missionar werden, wenn ich nicht einmal um einen Häuserblock gehen konnte, ohne Schmerzen zu haben?

Hatte ich überhaupt die feste Absicht, Missionar zu werden, oder war es nur ein romantischer Traum? Ich hatte Sidney Wilson oft von »Durchbeten« sprechen hören. Er meinte damit, daß er so lange betete, bis er eine Antwort bekam. Nun, ich wollte es versuchen. Eines Sonntagnachmittags ging ich hinaus in die Polder, wo ich laut beten konnte, ohne dabei gestört zu werden. Ich setzte mich an den Rand eines Kanals und fing an, zwanglos mit Gott zu reden, wie ich etwa mit Thile gesprochen hätte. Ich betete die Kaffee- und Zigarrenstunde hindurch, den Sonntagnachmittag hindurch und bis in den Abend hinein, doch immer noch hatte ich nicht Gottes Antwort.

»Woran liegt es, Herr? Was halte ich zurück? Womit entschuldige ich mich dafür, daß ich dir nicht diene, wo immer du mich gebrauchen willst?«

Und dann, dort am Kanal, erhielt ich schließlich meine Antwort: Mein »Ja« für Gott war immer ein »Ja, aber« gewesen. Ja, aber ich bin nicht gebildet. Ja, aber ich bin lahm . . . Mit dem nächsten Atemzug sagte ich: »Ja!« Ich sagte es auf eine ganz neue Art, ohne Einschränkung. »Ich will gehen, Herr«, sagte ich, »ganz gleich, ob auf dem Weg über die Ordination oder über das WEK-Programm oder indem ich bei Ringers weiterarbeite. Wann, wo und wie auch immer du mich brauchst, will ich gehen. Und ich will jetzt sofort damit anfangen. Wenn ich von diesem Platz hier aufstehe, Herr, und wenn ich meinen ersten Schritt tue, willst du dann bedenken, daß es ein Schritt völligen Gehorsams dir gegenüber ist? Ich will ihn den Schritt des Ja nennen.«

Ich stand auf. Ich tat einen Schritt vorwärts – und in diesem Augenblick fühlte ich einen heftigen Schmerz in meinem lahmen Bein. Entsetzt dachte ich, ich hätte meinen verkrüppelten Knöchel verdreht. Aber als ich den Fuß behutsam aufsetzte, konnte ich ganz normal darauf stehen. Was in aller Welt war geschehen? Langsam und vorsichtig begann ich, nach Hause zu laufen. Und während ich lief, mußte ich ständig an den Bibelvers denken:

». . . da sie hingingen, wurden sie rein.«

Zuerst wußte ich nicht, wo er stand. Aber dann fiel mir die Geschichte von den zehn Aussätzigen ein und daß das Wunder *auf dem Wege* zum Priester geschah, dem sie sich zeigen sollten. ». . . da sie hingingen, wurden sie rein.«

Konnte es sein? War es möglich, daß auch ich »rein«, daß mein Fuß geheilt war?

Ich hatte in einem sechs Kilometer entfernten Dorf einen Sonntagabend-Gottesdienst zu halten. Normalerweise wäre ich mit meinem

Rad hingefahren. Aber heute war es anders. Heute abend wollte ich den ganzen Weg dorthin *laufen*.

Und ich tat es. Nach dem Gottesdienst bot mir ein Bekannter an, mich auf dem Motorrad nach Hause zu fahren.

»Danke, heute abend nicht! Ich möchte lieber laufen.«

Er konnte es nicht glauben. Auch meine Verwandten konnten es nicht glauben, daß ich tatsächlich zum Gottesdienst gewesen war. Sie hatten mein Rad an der Mauer stehen sehen und gedacht, ich hätte es mir anders überlegt.

Am nächsten Tag brachte ich in der Fabrik jeden Angestellten, mit dem ich eine Unterredung gehabt hatte, an seinen Arbeitsplatz zurück, statt wie sonst auf meinem Stuhl sitzen zu bleiben. Als die erste Vormittagshälfte vorüber war, fing mein Knöchel an zu schmerzen, und als ich die alte Narbe rieb, die nie richtig zugeheilt war, kamen zwei Fäden heraus. Ein paar Tage später schloß sich dann die Wunde endgültig.

In der darauf folgenden Woche bewarb ich mich formell um Zulassung zum WEK-College in Glasgow. Einen Monat später kam die Antwort. Vorausgesetzt, daß ein Platz im Männer-Schlafsaal frei wurde, könnte ich im Mai 1953 mit meinem Studium beginnen.

Auch Corrie hatte mir eine Neuigkeit zu berichten, als ich den letzten Tag in der Fabrik war. Sie ging ebenfalls von Ringers fort. Sie war zur Schwesternausbildung in einem Krankenhaus angenommen worden. Ich sah ihr in die Augen, die vor Freude strahlten, und stellte endgültig fest, daß sie nußbraun waren. Wir hielten uns nur einen Augenblick bei den Händen und verabschiedeten uns dann schnell.

Vor mir lag nun die Aufgabe, die ich am meisten fürchtete: Thile zu sagen, daß ich mich in einem Seminar angemeldet hatte, das von keiner Kirche gefördert und von keiner Organisation unterstützt wurde und das keine der altehrwürdigen Begleiterscheinungen aufzuweisen hatte, die für sie zur Bildung, ja sogar zur Religion gehörten. Wir machten einen Spaziergang durch den Hafen von Gorkum und verbrachten an einem der lieblichsten Frühlingstage einen traurigen Nachmittag. Thile sprach sehr wenig. Ich war für alle Einwände, die sie hätte machen können, mit Gegenargumenten gewappnet. Aber statt zu disputieren, wurde sie immer stiller. Nur einmal brauste sie auf. Das war, als ich die Heilung meines Fußes erwähnte. Ich machte den Fehler, sie ein kleines Wunder zu nennen.

»Das ist aber doch ein bißchen stark, Andrew!« rief sie unwillig. »Jeden Tag erleben es Menschen, daß ihre Wunden und Verletzungen heilen, ohne daß sie gleich herumlaufen und unsinnige Behauptungen aufstellen.«

Ich blieb an diesem Abend nicht in Thiles Familie zum Abendessen. Ich hielt es für besser, ihnen Zeit zu lassen, um sich an die neuen Pläne zu gewöhnen. Ja, das war's! Thile brauchte nur Zeit. Allmählich würde sie schon einsehen, warum mein Entschluß richtig war.

Inzwischen begann ich, mir Geld für meine Reise zu beschaffen. Ich verkaufte die paar Sachen, die mir gehörten: mein Fahrrad und meine kostbare Bibliothek, und besorgte mir dann eine Fahrkarte nach London, wo ich die Direktoren des WEK aufsuchen wollte, ehe ich nach Glasgow weiterfuhr. Als ich sie bezahlt hatte, besaß ich noch etwas mehr als dreißig englische Pfund – die Gebühr für das erste Semester.

Ich wollte am 20. April nach London fahren. Aber kurz vorher traten drei Ereignisse so rasch hintereinander ein, daß mir schwindelte.

Das erste war ein Brief von Thile. Sie schrieb mir, sie habe beim Missionsrat ihrer Kirche angefragt, was man dort von der Schule in Glasgow halte. Sie hätten erwidert, es sei ein nicht anerkanntes, zu keiner Kirche gehöriges Institut, das in keinem Missionskreis, mit dem sie selbst in Verbindung stünden, Ansehen genieße. Unter diesen Umständen wolle sie lieber nichts mehr von mir sehen und hören, solange ich mit dieser Gruppe in Verbindung stehe. Sie unterzeichnete den kurzen Brief mit »Thile«, nicht wie sonst »In Liebe, Thile«.

Während ich mit diesem Brief in der Hand in der offenen Tür stand und mir darüber klarzuwerden suchte, was er für mein Leben bedeutete, kam Fräulein Boot über die kleine Brücke auf unser Haus zu.

»Andrew«, sagte sie, »ich habe etwas auf dem Herzen, was ich dir schon lange sagen wollte. Ich wußte nur nicht, wie ich es anfangen sollte.« Sie holte tief Luft und fuhr fort: »Ich habe niemals Englisch *sprechen* hören, Andrew. Aber ich habe eine Menge gelesen«, fügte sie hastig hinzu, »und eine Dame in England, mit der ich korrespondiere, sagt, meine Grammatik sei perfekt.« Sie schwieg und sah ganz unglücklich aus. »Ich dachte nur, ich müßte dir das sagen«, schloß sie dann und lief eilig davon.

Ich hatte diese beiden Nachrichten noch nicht verwunden, als zwei Tage später ein Telegramm aus London eintraf: »Platz nicht frei geworden. Zulassungsantrag abgelehnt. Kann 1954 neu gestellt werden.«

Drei Schicksalsschläge hintereinander. In der Schule war kein Platz für mich. Ich konnte wahrscheinlich die Sprache nicht sprechen, in der die Kurse gehalten wurden. Und wenn ich hinging, verlor ich mein Mädchen.

Vom Standpunkt der Vernunft aus schien alles gegen das College in Glasgow zu sprechen. Und doch – unmißverständlich, wenn auch völlig indifferent gegenüber allen menschlichen und logischen Einwänden, sagte eine leise Stimme in mir: »Geh!« Es war die Stimme, die im Sturm zu mir gesprochen hatte; die Stimme, die mir in der Fabrik gesagt hatte, ich solle offen reden; die Stimme, die mit dem Verstand niemals zu begreifen war.

Am nächsten Tag küßte ich Maartje und Geltje zum Abschied, drückte Vater und Cornelius die Hand und ging die Straße hinunter zu dem Bus, der mich zur ersten Etappe einer Reise bringen sollte, auf der ich mich noch immer befinde.

## Das Spiel nach königlicher Art

Als ich in London den Zug verließ, nahm ich den Zettel in die Hand, auf den ich die Adresse des WEK-Hauptquartiers geschrieben hatte.

Vor dem Bahnhof rasten große, rote Busse und hohe schwarze Taxi auf den verkehrten Straßenseiten vorbei. Ich ging zu einem Polizisten, hielt ihm den Zettel hin und fragte, wie ich zu dieser Adresse gelangen könne. Er sah ihn sich an. Dann nickte er, streckte den Arm aus und rasselte mehrere Minuten lang Straßennamen herunter. Ich starrte ihn verblüfft an. Ich verstand kein einziges Wort. Bestürzt und verlegen nahm ich meinen Zettel wieder an mich, murmelte einen Dank und ging in Richtung seiner ersten Armbewegung davon.

Ich versuchte es mit mehreren anderen Polizisten, ohne bessere Erfolge zu erzielen. Schließlich blieb mir nichts anderes übrig, als etwas von meinem kostbaren Geld für ein Taxi auszugeben. Ich fand eins, das am Straßenrand geparkt hatte, gab dem Fahrer den Zettel und schloß die Augen, als wir auf der linken Fahrbahn davonbrausten. Einige Augenblicke später hielt er an. Er deutete auf meinen Zettel, dann auf ein großes Gebäude, das dringend etwas Farbe brauchte.

Ich nahm meinen Koffer, stieg die Treppe hinauf und klingelte. Eine Frau öffnete die Tür. Ich sagte ihr, so gut ich konnte, wer ich war und was ich wollte. Sie sah mich mit leerem Blick an, so daß mir klar war, daß sie nicht einmal den Sinn meiner Worte verstanden hatte. Sie winkte mir mit der Hand, hereinzukommen, deutete auf einen Stuhl im Flur und verschwand. Als sie zurückkam, brachte sie einen

Mann mit, der ein wenig Holländisch sprach. Wieder erklärte ich, wer ich war und wohin ich wollte.

»Ah, ja natürlich! Aber haben Sie nicht unser Telegramm bekommen? Wir haben Ihnen vor drei Tagen telegrafiert, daß im Augenblick kein Platz in Glasgow ist.«

»Ja, ich habe das Telegramm erhalten.«

»Und Sie sind trotzdem hergekommen?«

Zu meiner Freude sah ich, daß der Mann lächelte.

»Zur rechten Zeit wird ein Platz für mich frei werden«, sagte ich. »Das weiß ich bestimmt. Ich möchte bereit sein.«

Der Mann lächelte wieder und bat mich, einen Augenblick zu warten. Als er wiederkam, brachte er die Nachricht mit, auf die ich gehofft hatte. Ich könne für kurze Zeit hierbleiben, vorausgesetzt, daß ich bereit sei zu arbeiten.

Die Arbeit, die von mir verlangt wurde, war nicht schwer. Ich sollte das WEK-Gebäude streichen. Sobald ich mich an die Leiter gewöhnt hatte, machte mir die Arbeit großen Spaß. Ich nahm nicht einmal einen freien Tag, als Elizabeth zur Königin gekrönt wurde. Mehrmals rief man mir zu, herunterzukommen und mir das Ereignis im Fernsehen anzuschauen. Aber ich zog es vor, hochoben über der Straße zu sitzen, wo ich die Fahnen auf jedem Dach und die Flugzeugformationen über mich hinfliegen sehen konnte.

Was die zwei Monate meines Aufenthalts schwierig machte, war die englische Sprache. Ich lernte so eifrig, daß mir der Kopf ständig weh tat. Die Leute im Hauptquartier hielten morgens alle eine sogenannte »Stille Zeit«. Sie standen lange vor dem Frühstück auf, um ihre Bibel zu lesen und zu beten, ehe die Tagesarbeit begann oder etwas anderes gesprochen wurde. Mir gefiel das sofort. Beim ersten Vogellied war ich schon fertig angezogen im Garten, zwei Bücher in der Hand. Eins war eine englische Bibel, das andere ein Wörterbuch. Es war zweifellos eine ausgezeichnete Übung, hatte aber auch einige Nachteile: Mein Englisch war altmodisch und geschraubt. Einmal gab ich die Bitte um Butter mit folgenden Worten weiter:

»Thus sayeth the neighbor of Andrew, that thou wouldst be pleased to pass the butter« – »Also spricht Andrews Nachbar, daß du die Güte haben möchtest, die Butter weiterzureichen.«

Aber ich lernte es. Als ich sechs Wochen in England war, wurde ich vom Direktor aufgefordert, die Abendandacht zu halten. Nach sieben Minuten gingen mir die englischen Wörter aus, und ich setzte mich. Zwei Wochen später wurde ich wieder gebeten zu sprechen. Diesmal wählte ich als Text Christi Worte an den blinden Mann auf der Straße von Jericho: »Dein Glaube hat dir geholfen.« – es war eine törichte Wahl, weil das englische »th« für einen Holländer ein Greuel ist. »Dy fade had saved dee«, verkündigte ich und versuchte, vierzehn Minuten lang zum größten Vergnügen meiner Zuhörer diese Behauptung zu beweisen.

Nach Schluß meiner kleinen Predigt versammelten sich alle um mich.

»Es wird immer besser, Andrew«, sagten sie und klopften mir erfreut auf den Rücken. «Wir haben fast verstanden, was Sie gesagt haben. Und vierzehn Minuten! Da waren Sie doppelt so gut wie bei den sieben Minuten.«

»Das ist also unser Holländer! Ich glaube, seine Predigt war wirklich sehr gut.«

Die Stimme kam aus dem Hintergrund des Zimmers. Dort stand in der Tür ein fast kahlköpfiger, stämmiger Mann mittleren Alters mit rosigem Gesicht, den ich noch nicht gesehen hatte. Mir fielen sofort seine Augen auf. Sie waren halb geschlossen und funkelten, als habe er irgendwelchen Unfug vor.

»Andrew, ich glaube, Sie kennen William Hopkins noch nicht«, sagte der Leiter des Hauptquartiers.

Ich ging nach hinten und streckte meine Hand aus. William Hopkins nahm sie in seine beiden großen Hände, und als er sie wieder freigab, merkte ich, daß ich gründlich begrüßt worden war.

»Er sieht ziemlich kräftig aus«, sagte Mr. Hopkins. »Wenn wir ihm die Papiere besorgen können, wird er es gut schaffen.«

Ich muß etwas bestürzt ausgesehen haben; denn der Direktor erklärte mir jetzt, daß ich das Hauptquartier nun wieder verlassen müsse. Mit den Malerarbeiten sei ich fertig, und mein Bett werde für einen heimkehrenden Missionar gebraucht. Wenn mir Mr. Hopkins aber englische Arbeitspapiere besorgen könne, könne ich in London einen Job finden und mir Geld für Bücher und andere Ausgaben in Glasgow verdienen. Wenn es um solche praktischen Dinge gehe, wende man sich immer an William Hopkins.

»Holen Sie Ihre Sachen, Andrew, mein Junge!« sagte dieser jetzt zu mir. »Ich lade Sie ein, ein paar Tage bei meiner Frau und mir zu wohnen, bis wir irgendwelche Arbeit finden.«

Einen einzigen Koffer zu packen, dauert nicht lange. Während ich meine Zahnbürste und den Rasierapparat hineinlegte, erzählte mir ein WEK-Mitarbeiter einiges über Mr. Hopkins. Er war ein erfolgreicher Bauunternehmer, lebte aber in selbstgewählter Armut. Neunzig

Prozent seines Einkommens schenkte er verschiedenen Missionsgesellschaften. Der WEK war eine davon.

Binnen weniger Minuten stand ich an der Haustür und sagte dem Stab auf Wiedersehen.

»Das Haus sieht gut aus, Andrew«, sagte der Direktor und schüttelte mir die Hand.

»Dank ou!«

»Laß uns mal dein ›Th‹ hören!«

»Thee-ank ee-ou!«

Alle lachten, während Mr. Hopkins und ich die Treppe hinunter zu seinem Lastwagen gingen.

Sein Heim an der Themse war so, wie ich es mir vorgestellt hatte: schlicht, warm und gemütlich. Mrs. Hopkins war leidend. Sie mußte meist im Bett liegen. Aber sie hatte nichts gegen den Eindringling einzuwenden.

»Machen Sie es sich bequem hier!« begrüßte sie mich. »Sie werden entdecken, wo der Schrank ist, und merken, daß die Haustür niemals verschlossen ist.«

Dann wendete sie sich ihrem Mann zu, und ich sah, daß ihre Augen ebenso funkelten wie seine.

»Und wundern Sie sich nicht, wenn Sie eines Nachts einen Heimatlosen in Ihrem Bett finden. Es ist schon vorgekommen! Wenn es also wieder einmal vorkommen sollte, dann finden Sie Decken und Kissen im Wohnzimmer und können sich ein Lager neben dem Kamin machen.«

Noch ehe eine Woche vergangen war, sollte ich entdecken, wie wörtlich das gemeint war. Als ich eines Abends nach langem, vergeblichem Warten im Arbeitsamt ins Haus zurückkam, fand ich Mrs. und Mr. Hopkins im Wohnzimmer sitzen.

»Machen Sie sich nicht die Mühe, in Ihr Zimmer hinaufzugehen, Andrew!« sagte Mrs. Hopkins. »In Ihrem Bett liegt ein Betrunkener. Wir haben schon zu Abend gegessen, aber wir haben Ihnen etwas aufgehoben.«

Während ich am Kamin mein Abendbrot aß, erzählte sie mir von dem Mann in meinem Bett. Hauptsächlich um vor dem Regen geschützt zu sein, war er in die kleine Missionsstube gekommen, die Mr. Hopkins in einem Laden eingerichtet hatte, und Mr. Hopkins hatte ihn mit nach Hause genommen.

»Wenn er aufwacht, geben wir ihm etwas zu essen und etwas anzuziehen«, sagte Mrs. Hopkins. »Ich weiß noch nicht, woher wir es nehmen sollen. Aber Gott wird dafür sorgen.«

Und Gott tat es! Bei dieser und bei Dutzenden andrer Gelegenheiten erlebte ich, während ich bei diesen gütigen Menschen wohnte, wie Gott auf ungewöhnlichste Weise für das Nötige sorgte. Nie sah ich jemand hungrig oder ohne Rock oder Mantel aus ihrem Haus gehen. Nicht, daß sie Geld gehabt hätten! Von dem Gewinn aus dem Baugeschäft behielten sie nur so viel, wie sie für ihren eigenen bescheidenen Lebensunterhalt brauchten. Fremde wie ich sowie die Bettler und Landstreicher, die ständig im Haus ein- und ausgingen, mußten von Gott ernährt werden. Und er versagte nie. Manchmal war es eine Nachbarin, die mit einem Topf voll Essen hereinkam, »nur falls Sie sich nicht wohl genug fühlen, um heute abend zu kochen, meine Liebe«. Manchmal war es eine alte Schuld, die unerwartet bezahlt wurde, oder einer, der auch schon einmal hier geschlafen hatte und kam, um zu fragen, ob er irgendwie helfen könne.

»Ja, mein Sohn, Sie können! Bei uns liegt heute nacht ein alter Mann im Bett, der keine Schuhe hat. Wie wär's, wenn wir ihm Maß nehmen und Sie ihm ein Paar besorgen würden?«

Ich wollte eigentlich nur ein bis zwei Tage bei den Hopkins bleiben, bis ich meine Arbeitspapiere hatte und einen Job fand. Aber obwohl Mr. Hopkins und ich immer wieder zum Arbeitsamt gingen, bekamen wir keine Arbeitserlaubnis für mich. So nahm ich die Einladung, weiter bei ihnen zu wohnen, dankbar an.

Am ersten Morgen nach meiner Ankunft ging Mr. Hopkins schon sehr früh zur Arbeit. Mrs. Hopkins mußte im Bett bleiben, und ich war mir selbst überlassen. So suchte ich mir einen Scheuerlappen und wischte die Küche. Als ich das Bad sauber machte, endeckte ich den Korb mit schmutziger Wäsche und wusch sie. Am Nachmittag war sie trocken, und ich bügelte sie. Als Mr. Hopkins dann immer noch nicht zurück war, kochte ich das Abendessen.

Ich war von zu Hause an all diese Arbeiten gewöhnt. Jeder meiner Angehörigen, ob männlich oder weiblich, hätte dasselbe getan. Aber Mrs. und Mr. Hopkins waren ganz erschüttert, als sie entdeckten, was ich gemacht hatte. Entweder kannten sie die praktischen Holländer nicht, oder sie waren es nicht gewöhnt, daß sich jemand um ihre Bedürfnisse kümmerte. Jedenfalls taten sie, als hätte ich etwas ganz Ungewöhnliches geleistet und baten mich, bei ihnen zu bleiben, als ob ich zur Familie gehörte.

Das tat ich dann auch. Ich wurde Koch und Mädchen für alles, und sie wurden meine englischen Eltern. Wie viele, viele andere nannte ich sie bald Onkel Hoppy und Mutter Hoppy. Mrs. Hopkins erinnerte mich wirklich in vielen Beziehungen an meine eigene Mutter. Wie sie ertrug sie Krankheit und Schmerzen, ohne zu klagen, und wie bei ihr war die Tür für Bedürftige niemals verschlossen.

Onkel Hoppy zu erleben war schon Unterricht an sich. Er war nie befangen oder verlegen. Wenn ich zuweilen mit ihm in seinem Lastwagen zu den verschiedenen Bauplätzen in der Stadt fuhr, bat ich ihn, als Vorsitzender der Baugesellschaft wenigstens einen Schlips umzubinden und sich einen Rock zu kaufen, in dem noch Ellbogen waren. Aber Onkel Hoppy lachte nur.

»Warum denn, Andrew? Hier kennt mich doch niemand.«

In seiner eigenen Umgebung war es jedoch nicht besser. Oft erwischte ich ihn an der Tür, wenn er mit Arbeitsstiefeln und einem zwei Tage alten Bart in die Kirche gehen wollte. Wenn ich ihn aber schalt, sah er mich vorwurfsvoll an und meinte: »Andrew, mein Junge! Hier kennt mich doch jeder.«

Onkel Hoppys eigene Missionsarbeit war mir ein Rätsel. Die Tür zu seiner Missionsstube war immer offen, und gelegentlich kam auch ein Landstreicher herein – aber nur, um sich aufzuwärmen oder ein Nickerchen zu machen. Während der Andachtszeit fand Onkel Hoppy die Stühle gewöhnlich leer. Das störte ihn aber nicht. Ich entsinne mich, daß ich ihn eines Tages eine ganze Predigt vor leeren Stühlen halten hörte.

»Sie haben unsre Verabredung diesmal nicht eingehalten«, sagte er zu den Leuten, die irgendwie den Weg herein nicht gefunden hatten. »Aber ich werde Sie auf der Straße treffen und Sie dann auch erkennen. Jetzt hören Sie, was Gott Ihnen zu sagen hat . . .«

Als die Predigt zu Ende war,protestierte ich.

»Onkel Hoppy, Sie sind mir zu mystisch«, sagte ich zu ihm. »Wenn ich eines Tages predigen werde, möchte ich wirkliche Menschen vor mir sehen.«

Onkel Hoppy lachte nur.

»Wart's ab!« sagte er. »Ehe wir nach Hause kommen, treffen wir den Menschen, der auf dem Stuhl hätte sitzen sollen. Und wenn wir ihn treffen, ist sein Herz schon vorbereitet. Zeit und Ort sind menschliche Begrenzungen, Andrew. Wir dürfen sie nicht auf Gott übertragen.«

Und wirklich! Auf dem Heimweg wurden wir von einer Dirne angesprochen, und Onkel Hoppy stürzte sich in den Schluß seiner Predigt, als ob sie während der ersten vierzig Minuten gebannt dagesessen und ihm zugehört hätte.

In dieser Nacht schlief ich wieder neben dem Kamin, und am Morgen hatten dieser unermüdliche Unternehmer und seine Frau wieder einen Menschen für Christus gewonnen.

Eines Tages kam schließlich ein Brief aus Glasgow. Der Platz für mich sei frei, und ich solle mich rechtzeitig fürs Wintersemester anmelden.

Wir marschierten triumphierend um Mutter Hoppys Bett herum, Onkel Hoppy, ein Landstreicher und ich – bis uns plötzlich einfiel, daß das ja Abschied nehmen bedeutete . . .

Im September 1953 verließ ich London, um in die Missionsschule in Schottland zu gehen.

Diesmal fiel es mir nicht schwer, meinen Weg zu der gewünschten Adresse zu finden. Ich lief mit meinem Koffer den Berg hinauf, bis ich zur Prince Albert Road 10 kam. Das Gebäude selbst war ein großes, zweistöckiges Eckhaus. Eine niedrige Steinmauer lief um das Grundstück herum. Man konnte in der Mauer noch die Stümpfe eines eisernen Geländers sehen, das zweifellos während des Krieges eingeschmolzen worden war. Über der Einfahrt standen an einem hölzernen Torbogen die Worte: »Vertrau auf Gott!«

Ich wußte, daß *das* der Hauptzweck des zweijährigen Kurses war: den Studenten zu helfen, soviel wie möglich über das Wesen des Vertrauens zu erfahren – aus Büchern, von andern, aus eigenen Begegnungen. Mit frischem Mut lief ich unter dem Torbogen hindurch und auf dem mit weißem Kies bestreuten Pfad zur Haustür.

Auf mein Klopfen öffnete mir Kees. Wie freute ich mich, wieder in dieses gute holländische Gesicht sehen zu können! Nachdem wir uns wiederholt gegenseitig auf die Schultern geklopft hatten, ergriff er meinen Koffer, führte mich in mein Zimmer im zweiten Stock und stellte mich meinen drei Stubenkameraden vor. Dann zeigte er mir den Notausgang und die Gebäude, in denen die übrigen 45 jungen Leute schliefen: die Männer in dem einen der angrenzenden Häuser, die Frauen in dem andern.

»Und die beiden Gruppen sollen sich niemals kennenlernen«, sagte Kees. »Man erwartet von uns, daß wir nicht mit den Mädchen sprechen. Wir sehen sie nur beim Essen.«

Kees begleitete mich auch, als ich mich dem Direktor, Stewart Dinnen, vorstellte.

»Der eigentliche Zweck dieser Ausbildung ist, unsre Studenten zu lehren, Gott zu vertrauen, daß er tut, was er versprochen hat«, sagte Mr. Dinnen zu mir. »Wenn sie von hier fortgehen, sind sie ganz auf sich selbst gestellt; denn sie gehen nicht in die traditionellen Missionsfelder, sondern in neue Gebiete. Sie können nichts leisten, wenn sie Angst haben oder wenn sie daran zweifeln, daß Gott wirklich meint, was er in seinem Wort sagt. So lehren wir hier nicht so sehr Ideen, Vorstellungen, sondern Vertrauen. Ich hoffe, daß Sie das auch in einer Schule suchen, Andrew.«

»Ja, Sir. Genau!«

»Was die Finanzen betrifft, so wissen Sie natürlich, daß wir kein Schulgeld erheben, weil wir ja keinen bezahlten Stab haben. Die Lehrer, die Leute in London, ich – wir alle bekommen kein Gehalt. Wohnung und Verpflegung sowie andere Lebenshaltungskosten belaufen sich auf nur neunzig Pfund im Jahr. Sie sind so niedrig, weil die Studenten selbst kochen, saubermachen und so weiter. Aber wir bitten darum, diese neunzig Pfund im voraus zu bezahlen. Nun weiß ich, daß Sie das nicht können.«

»Nein, Sir.«

»Dann bezahlen Sie sie in Raten, dreißig Pfund zu Beginn eines jeden Trimesters. Aber um Ihret- und um unsertwillen möchten wir darauf bestehen, daß diese Raten immer rechtzeitig bezahlt werden.«

»Ja, Sir, ich bin mit allem einverstanden.«

Und so war es auch. Dies sollte mein erster Versuch sein, mich in meinen materiellen Bedürfnissen völlig auf Gott zu verlassen. Ich besaß noch die dreißig Pfund, die ich als erste Semestergebühr aus Holland mitgebracht hatte. Dann würde ich wirklich nur noch erwartungsvoll zusehen, wie Gott das Geld beschaffen würde.

Doch während der ersten paar Wochen geschah immer wieder etwas, was mich beunruhigte. Bei den Mahlzeiten sprachen die Studenten häufig über unzureichende Geldmittel. Wenn sie eine ganze Nacht um etwas dringend Nötiges gebetet hatten, erhielten sie nur die Hälfte oder drei Viertel von dem, was sie brauchten. Wenn zum Beispiel ein Altersheim, wo die Studenten Gottesdienste hielten, zehn Bettücher brauchte, bekamen die Studenten vielleicht gerade genug, um sechs zu kaufen. In der Bibel stand, daß wir Arbeiter in Gottes Weinberg seien. War das die Art, wie der Herr des Weinbergs seine Leute bezahlte?

Eines Abends begab ich mich auf einen langen, einsamen Spaziergang. Schon mehrmals hatten mich Studenten gewarnt, nach Patrick, dem Slum am Fuße unsres Berges, zu gehen. Sie sagten, dort hausten Süchtige, Trinker, ja sogar Mörder, und es sei gefährlich, dort herumzulaufen. Trotz dieser Warnungen zog es mich jetzt dorthin.

Um mich herum waren die schmutzigen, grauen Straßen von Patrick. Die Septemberluft war ziemlich rauh. Ehe ich fünf Häuserblocks weit gegangen war, hatten mich schon zweimal Bettler angesprochen. Ich hatte ihnen alles Geld, was ich in der Tasche hatte, gegeben und gesehen, wie sie, ohne eine andere Absicht vorzutäuschen, in die nächste Kneipe gingen. Ich wußte, daß diese Herumtreiber in den Slums von Glasgow mehr Geld bekamen als die Bibelschüler oben auf dem Berg.

Ich verstand nicht, warum mich das so ärgerte. War ich geizig? Das glaubte ich nicht. Wir waren immer arm gewesen, und das hatte mich nie bekümmert. Was war es dann?

Und plötzlich, als ich den Berg hinauf in meine Schule zurückging, hatte ich die Antwort.

Mein Problem war nicht das Geld, sondern – eine Beziehung! In der Schokoladenfabrik hatte ich Herrn Ringers vertraut, daß er mich richtig und pünktlich bezahlte. Natürlich sagte ich mir: Wenn ein gewöhnlicher Fabrikarbeiter in finanzieller Sicherheit leben kann, dann kann das einer von Gottes Arbeitern ebenfalls.

Ich ging unter dem Torbogen hindurch. Über mir standen die mahnenden Worte: »Vertrau auf Gott!«

Das war's! Was ich brauchte, war nicht die Sicherheit eines bestimmten Geldbetrags, sondern die Sicherheit einer Beziehung.

Während ich den knirschenden Kiesweg entlangging, wurde es mir immer klarer, daß ich unmittelbar vor einem spannenden Erlebnis stand.

In der Schule schlief alles. Ich ging auf den Zehenspitzen die Treppe hinauf, setzte mich ans Schlafzimmerfenster und sah hinaus auf die Stadt. Wenn ich mein Leben einem König weihen wollte, mußte ich diesen König kennen. Wie war er? Wie konnte ich ihm vertrauen? So, wie ich einer Reihe unpersönlicher Gesetze vertraute? Oder konnte ich ihm als einem lebendigen Führer, als einem im Kampf gegenwärtigen Befehlshaber vertrauen? Das war eine zentrale Frage. Denn wenn er nur dem Namen nach ein König war, würde ich lieber in die Schokoladenfabrik zurückgehen. Ich würde zwar ein Christ bleiben, aber ich würde wissen, daß meine Religion nur aus einer Reihe ausgezeichneter Vorschriften bestand, die wohl befolgt werden mußten, aber schwerlich eine völlige Hingabe des Lebens forderten.

Wenn ich jedoch entdecken sollte, daß Gott Person war, daß er mit dem Menschen in lebendige Verbindung trat, sie umsorgte und liebte und führte, dann war das etwas ganz anderes. Das war ein König, dem ich in jede Schlacht folgen würde.

Und während ich im Mondlicht jener Septembernacht dort in Glasgow saß, wußte ich, daß ich mit Hilfe dieses Geldproblems in das Wesen Gottes eindringen würde. In dieser Nacht kniete ich am Fenster nieder und schloß einen Bund mit ihm.

»Herr«, sagte ich, »ich muß wissen, ob ich dir in praktischen Dingen vertrauen kann. Ich danke dir, daß du mich das Geld für das erste Semester hast verdienen lassen. Ich bitte dich jetzt, für die übrigen Zahlungen zu sorgen. Wenn ich auch nur einen Tag damit in Rückstand komme, weiß ich, daß ich wieder in die Schokoladenfabrik zurückgehen soll.«

Es war ein kindisches Gebet, ungeduldig und anspruchsvoll. Aber damals war ich ja auch noch ein Kind im Glaubensleben. Das Bemerkenswerte ist, daß Gott mein Gebet erhörte – aber erst, nachdem er mich noch ein paarmal auf fast ergötzliche Weise geprüft hatte.

Das erste Semester flog nur so dahin. Die Vormittage verbrachten wir in den Klassenräumen mit dem Studium der systematischen Theologie, der Homiletik, der Weltreligionen und der Sprachwissenschaft, und nachmittags lernten wir Mauern, Schlossern, Tischlern, Reparieren von Motoren, Erste Hilfe und tropische Hygiene. Mehrere Wochen lang arbeiteten wir alle, Frauen sowie Männer, in den Ford-Werken in London, wo wir ein Auto auseinandernehmen und wieder zusammensetzen lernten. Außerdem lehrte man uns, Hütten aus Palmwedeln zu bauen und Lehmkrüge herzustellen, die nicht ausliefen.

Zwischendurch wechselten wir uns in der Küche, der Wäscherei und im Garten ab. Niemand war ausgenommen. Eine der Studentinnen war eine deutsche Ärztin, der ich oft zusah, wenn sie die Mülleimer sauber machte. Sie tat es mit einer Gründlichkeit, als bereite sie einen Raum für eine Operation vor.

Die Wochen vergingen so schnell, daß es für mich bald Zeit wurde, meine erste Evangelisationsreise zu unternehmen.

»Das wird Ihnen von Mal zu Mal besser gefallen, Andrew«, sagte Mr. Dinnen. »Es ist eine Übung im Vertrauen. Die Regeln sind ganz einfach. Jeder Student in Ihrem Team erhält eine Pfundnote. Damit gehen Sie auf eine Missionsreise durch Schottland. Es wird erwartet, daß Sie alles selbst bezahlen: Ihr Fahrgeld, Ihre Unterkunft, Ihr Essen, die Kosten für Werbung jeder Art, die Miete für die Säle, die Erfrischungen, die Sie vielleicht reichen wollen . . .«

»Alles von der einen Pfundnote?«

»Mehr noch! Wenn Sie nach vier Wochen in die Schule zurückkommen, wird erwartet, daß Sie das Pfund wieder mitbringen.«

Ich lachte.

»Das klingt, als würden wir die ganze Zeit den Hut herumgehen lassen.«

»Oh, Sie dürfen keine Kollekten erheben! Niemals! Sie dürfen in Ihren Versammlungen Geld mit keiner Silbe erwähnen! Sie müssen mit allem, was Sie brauchen, versorgt werden, ohne selbst irgendwie nachzuhelfen – oder das Experiment ist ein Fehlschlag.«

Unser Team bestand aus fünf jungen Männern. Wenn ich mich später zu erinnern versuchte, woher während dieser vier Wochen unsere Geldmittel kamen, fiel mir das sehr schwer. Irgendwie war immer das, was wir brauchten, einfach da. Manchmal kam ein Brief mit etwas Geld von den Eltern eines der Teammitglieder. Manchmal erhielten wir in einem Briefumschlag einen Scheck von einer Kirche, die wir ein paar Tage oder Wochen vorher besucht hatten. Was die Spender dazu schrieben, war immer sehr interessant.

»Ich weiß, Sie brauchen kein Geld; denn sonst würden Sie es irgendwie erwähnt haben«, schrieb zum Beispiel jemand.

»Aber Gott hat mich heute nacht einfach nicht einschlafen lassen, bis ich diesen Scheck für Sie in einen Umschlag gesteckt hatte.«

Häufig kamen Beihilfen in Gestalt von Lebensmitteln. In einer kleinen Stadt im Hochland von Schottland erhielten wir sechshundert Eier. Wir hatten Eier zum Frühstück, Eier zum Mittagessen, Eier als Vorspeise zu einem Abendbrot aus Eiern mit einem Eiweiß-Schaumgebäck als Nachtisch. Es dauerte Wochen, bis wir wieder einem Huhn in die Augen sehen konnten.

Aber ob es nun um Geld oder um Lebensmittel ging, an zwei Regeln hielten wir fest: Wir sagten niemals, daß wir etwas brauchten, und wir gaben von allem, was wir bekamen, sofort den Zehnten weg – möglichst innerhalb von vierundzwanzig Stunden.

Ein andres Team, das zur selben Zeit aufgebrochen war, legte zwar auch den Zehnten beiseite, gab ihn aber nicht sofort weg, »falls wir einmal in Not geraten«. Natürlich gerieten sie in Not! Auch bei uns passierte das jeden Tag. Aber am Ende des Monats schuldeten sie Hotels, Vortragssälen und Lebensmittelgeschäften in ganz Schottland Geld, während wir mit fast zehn Pfund Überschuß ins Seminar zurückkamen. Wenn wir den Zehnten auch noch so schnell weggaben, Gott war immer schneller, und wir konnten am Schluß noch Geld an die WEK-Arbeit in Übersee schicken.

Während unserer Reise gab es jedoch Zeiten, wo es aussah, als schlüge das Experiment fehl. Während eines Wochenendes hielten wir Versammlungen in Edinburgh. Am ersten Abend hatten wir durch unsre Veranstaltung eine große Schar junger Leute angezogen, und wir überlegten, was wir tun könnten, damit sie am nächsten Tag wiederkamen. Plötzlich stand jemand von unserm Team auf, ohne sich vorher mit jemand von uns zu beraten, und verkündete:

»Wir möchten euch morgen vor der Abendversammlung gern zu einer Tasse Tee bei uns haben. Um vier Uhr! Wieviel von euch werden wohl kommen können?«

Ein paar Dutzend Hände flogen hoch. Die Einladung war angenommen. Zuerst waren wir übrigen entsetzt, statt uns zu freuen. Wir hatten weder Tee noch Kuchen noch Brot und Butter und besaßen auch nur fünf Tassen. Geld, um diese Dinge zu kaufen, hatten wir ebenfalls nicht. Unsre letzten Groschen hatten wir für die Miete des Saals ausgegeben. Jetzt mußte sich zeigen, ob Gott wirklich für uns sorgte.

Und eine Zeitlang sah es so aus, als wolle er durch die jungen Leute selbst für alles sorgen. Nach der Versammlung kamen einige von ihnen nach vorn und sagten, daß sie gern helfen würden. Einer versprach, Milch mitzubringen; ein andrer ein halbes Pfund Tee und wieder ein andrer Zucker. Ein Mädchen wollte Geschirr besorgen. Nur eins fehlte noch: Kuchen. Ohne Kuchen würde der Tee für diese schottischen Mädchen und Jungen kein Tee sein.

So brachten wir dieses Problem am Abend während der Andacht vor Gott.

»Herr, wir haben uns selbst in eine Klemme gebracht. Von irgendwoher müssen wir einen Kuchen bekommen. Willst du uns helfen?«

Als wir uns in dieser Nacht auf dem Fußboden des Saals in unsre Schlafdecken wickelten, dachten wir fünf alle Möglichkeiten durch, wie Gott uns diesen Kuchen schenken könnte – oder wir glaubten wenigstens, sie alle erschöpft zu haben.

Der Morgen kam. Wir erwarteten fast schon, daß ein himmlischer Bote, einen Kuchen in den Händen, an unsre Tür kommen würde. Aber niemand kam. Die Morgenpost wurde ausgetragen. Wir rissen die beiden Briefe auf in der Hoffnung, Geld darin zu finden. Es war keins drin. Eine Frau von der benachbarten Kirche kam vorbei, um zu fragen, ob sie uns helfen könnte. Das Wort »Kuchen« lag uns allen auf der Zunge, aber wir schluckten es hinunter und schüttelten den Kopf.

»Es liegt alles in Gottes Händen«, versicherten wir ihr. Der Tee war für vier Uhr nachmittags anberaumt worden. Um drei waren die Tische gedeckt, aber wir hatten immer noch keinen Kuchen. Es war halb vier. Wir setzten das Wasser an. Dreiviertel vier. Da klingelte es.

Wir rannten alle zusammen an die Tür, und da stand der Postbote. Er hatte ein großes Paket in der Hand.

»Hallo, Jungens!« sagte er. »Ich habe da etwas für euch bekommen, das ein Lebensmittelpaket zu sein scheint.« Er gab es einem von uns. »Die Zustellungszeit ist eigentlich heute vorüber, aber ich lasse nicht gern verderbliche Sachen über Nacht im Postamt liegen.«

Wir dankten ihm überschwenglich, und kaum hatte er die Tür geschlossen, da übergab mir der eine der Jungen feierlich das Paket.

»Es ist für dich, Andrew. Von einer Mrs. Hopkins aus London.«

Ich nahm das Paket und packte es vorsichtig aus. Erst kam der Bindfaden herunter, dann das äußere, braune Papier. Ein Brief war nicht in dem Paket – nur ein großer weißer Karton. Tief in meinem Inneren wußte ich, daß ich mir das Schauspiel, den Deckel ganz, ganz langsam hochzuheben, leisten konnte. Und dann lag da, von fünf Paar Augen bestaunt, ein völlig unversehrter, riesiger, glänzender Schokoladenkuchen.

Nach diesem wunderbaren Erlebnis war ich wirklich nicht überrascht, als ich bei meiner Rückkehr ins Seminar einen Scheck von den Whetstras vorfand, der genau die Summe enthielt, die ich für mein zweites Semester zu bezahlen hatte.

Dieses zweite Semester schien noch schneller dahinzugehen als das erste, so viel gab es zu lernen und zu denken. Aber ehe es vorbei war, hatte ich auch schon Geld erhalten, um ein drittes bleiben zu können – diesmal ausgerechnet von einigen Kameraden aus dem Veteranen-Krankenhaus. Und so ging es auch im zweiten Studienjahr.

Ich erwähnte meinen Freunden und Bekannten gegenüber die Studiengebühren mit keinem Wort. Und doch kam das Geld immer gerade so, daß ich sie rechtzeitig und voll bezahlen konnte. Die Summe dieser Geschenke war niemals höher als das Schulgeld, und obwohl die Leute, die mir halfen, einander nicht kannten, trafen auch niemals zwei gleichzeitig ein.

Ich erlebte Gottes Treue ständig, und ich entdeckte auch, daß er Gefühl für Humor besaß.

Ich hatte einen Bund mit Gott geschlossen, daß es mir nie an Schulgeld fehlen sollte. Dieses Abkommen bezog sich aber nicht auf Waschmittel, Zahnpasta oder Rasierklingen.

Eines Morgens entdeckte ich, daß ich kein Seifenpulver mehr hatte. Als ich in die Schublade griff, wo ich mein Geld aufbewahrte, fand ich nur noch sechs Pennies. Das Seifenpulver kostete aber acht Pennies.

»Du weißt, daß ich mich sauberhalten muß, Herr!« betete ich. »Willst du mir helfen, daß es mit den zwei Pennies irgendwie klappt?«

Ich nahm meine sechs Pennies und ging in die Geschäftsstraße. Dort sah ich auch gleich ein Werbeplakat:

»Zwei Pennies Rabatt! Kaufen Sie Ihr Waschpulver jetzt!«

Ich ging in den Laden, machte meinen Einkauf und schlenderte dann pfeifend den Berg wieder hinauf. Wenn ich sparsam war, reichte das Paket bis zum Ende meines Studiums.

Aber gleich am Abend sah mich ein Stubenkamerad ein Hemd waschen und rief:

»He, Andrew! Leih mir ein bißchen Seifenpulver! Meins ist alle.«

Natürlich gab ich ihm das Paket und sagte nichts. Ich sah ihm nur zu, wie er mein kostbares Waschpulver herausfließen ließ, und wußte irgendwie, daß er es mir nicht zurückgeben würde. Jeden Tag borgte er sich etwas mehr davon, und jeden Tag durfte ich selbst eben ein bißchen weniger verbrauchen.

Dann kam die Zahnpasta dran. Die Tube war wirklich leer; ausgedrückt, aufgerissen und ausgekratzt – völlig leer. Ich hatte irgendwo gelesen, daß einfaches Tafelsalz ein gutes Zahnputzmittel sei. Meine Zähne wurden auch sauber davon. Aber meine Mundschleimhaut war ständig gereizt.

Und dann die Rasierklingen! Ich hatte meine gebrauchten nicht weggeworfen, und wirklich kam dann auch der Tag, wo ich sie wieder hervorholen mußte. Ich besaß keinen Streichriemen und zog sie daher an meinem nackten Arm ab. Zehn Minuten täglich an meiner eigenen Haut! Ich war immer glatt rasiert – aber um welchen Preis!

Diese ganze Zeit über hatte ich das Gefühl, als spiele Gott ein Spiel mit mir. Vielleicht benutzte er all diese Erfahrungen dazu, mich den Unterschied zwischen a Want and a Need – dem Wünschenswerten und dem Notwendigen – zu lehren. Zahnpasta schmeckte gut, neue Rasierklingen rasierten schneller und besser; aber es waren Luxusartikel und keine Notwendigkeiten. Ich war ganz sicher, daß Gott eine wirkliche Not beheben würde.

Das sollte ich schon bald erfahren.

Ausländer, die in England wohnten, mußten in bestimmten Zeitabständen ihre Visa erneuern lassen. Ich mußte meins am 31. Dezember 1954 erneuern lassen oder das Land verlassen. Aber als dieser Monat herankam, besaß ich nicht einen einzigen Penny. Wie sollte ich die Formulare nach London schicken? Ein eingeschriebener Brief kostete einen Schilling – zwölf Pennies. Ich glaubte nicht, daß Gott es zulassen würde, daß ich aus dem Seminar geworfen wurde, weil mir ein Schilling fehlte.

Und so geriet das Spiel in eine neue Phase. Ich hatte inzwischen einen Namen dafür gefunden. Ich nannte es »das Spiel nach königlicher Art«. Ich hatte entdeckt, daß Gott, wenn er für Geld sorgte, das auf königliche und nicht auf niedrige Weise tat.

Drei Mal war ich versucht, mich wegen dieses Briefes von der königlichen Art weglocken zu lassen. Ich war in diesem letzten Jahr Leiter der Studentenschaft und verwaltete die Traktatkasse des Seminars. Eines Tages fiel mein Auge zuerst auf den Kalender – es war der 28. Dezember – und dann auf die Kasse. Zufällig waren damals gerade mehrere Pfund drin. Sicherlich war es in Ordnung, wenn ich mir einen Schilling davon borgte.

Aber nein! Schnell verwarf ich den Gedanken wieder.

Und dann war der 29. Dezember herangekommen. Nun blieben mir nur noch zwei Tage Frist. Ich merkte gar nicht mehr, wie bitter Salz schmeckte und wie lange es dauerte, eine Rasierklinge an meinem Arm zu schärfen, so stark beschäftigte mich die Sache mit dem Schilling.

An jenem Morgen kam mir der Gedanke, ich könnte die zwölf Pennies vielleicht auf der Erde finden.

Ich hatte tatsächlich schon meinen Mantel angezogen und war ein Stück die Straße hinuntergegangen, als mir klar wurde, was ich tat. Ich lief, den Kopf gesenkt und die Augen auf den Boden gerichtet, und suchte in der Gosse nach Pennies. War das königliche Art? Ich richtete mich auf und lachte mitten auf der belebten Straße gerade heraus. Mit hocherhobenem Haupt ging ich den Weg zum Seminar zurück; aber meinem Ziel war ich nicht näher gekommen.

Die letzte Runde im Spiel war die heikelste von allen. Es war der 30. Dezember. Ich mußte meinen Antrag an diesem Tag in den Briefkasten werfen, wenn er am 31. in London sein sollte.

Gegen zehn Uhr vormittags rief einer der Studenten vom Treppenhaus herauf, ich hätte Besuch bekommen.

»Das muß mein rettender Engel sein!« dachte ich und rannte die Treppe hinunter. Aber als ich sah, wer es war, stürzten alle Hoffnungen zusammen. Dieser Besucher kam nicht, um mir Geld zu bringen, sondern um mich um Geld zu bitten. Es war Richard, ein junger Mann, den ich vor Monaten in den Patrick-Slums kennengelernt hatte und der seitdem gelegentlich ins Seminar kam, wenn er Geld brauchte.

Mit schleppenden Schritten ging ich nach draußen. Richard stand auf dem weißen Kiesweg, die Hände in den Taschen, die Augen niedergeschlagen.

»Andrew«, sagte er, »haben Sie vielleicht ein bißchen Geld übrig? Ich habe Hunger.«

Ich lachte und erklärte ihm, warum. Ich erzählte ihm von dem Seifenpulver und von den Rasierklingen, und während ich sprach, sah ich die Münze.

Sie lag zwischen den Kieseln und blitzte so in der Sonne, daß ich sie sehen konnte, Richard aber nicht. Der Farbe nach mußte es ein Schilling sein. Instinktiv stellte ich meinen Fuß darauf. Während Richard und ich uns unterhielten, bückte ich mich dann und hob die Münze mit einer Hand voll Kiesel auf. Ich warf die Kiesel einen nach dem andern ziellos fort, bis ich nur noch den Schilling in der Hand hatte. Aber in dem Augenblick, als ich ihn in die Tasche steckte, begann mein Kampf. Der Besitz dieser Münze bedeutete, daß ich im Seminar bleiben konnte. Ich würde Richard keinen Gefallen tun, wenn ich sie ihm gab. Er würde sie vertrinken und in einer Stunde wieder Durst haben.

Während ich mir noch mehr vorzügliche Argumente ausdachte, wußte ich, daß das gar keinen Sinn hatte. Wie konnte ich Richard richten, wo Christus mir doch so klar sagte, daß ich das nicht dürfe. Außerdem war das bestimmt nicht die königliche Art! Mit welchem Recht hielt ein Gesandter Geld fest, wenn ein andres Kind des Königs vor ihm stand und sagte, es sei hungrig? Ich steckte meine Hand wieder in die Tasche und holte die Silbermünze heraus.

»Sieh, Richard«, sagte ich, »hier das habe ich. Würde es dir denn helfen?«

Richards Augen leuchteten auf.

»Aber sicher, Kamerad!«

Übermütig warf er die Münze in die Luft und rannte den Berg hinunter. Mit dem Gefühl, richtig gehandelt zu haben, drehte ich mich um und wollte wieder ins Haus gehen. Ehe ich die Tür erreichte, kam der Postbote den Kiesweg herauf.

Er hatte natürlich einen Brief für mich. Als ich Greetjes Handschrift sah, wußte ich, daß er von der Gebetsgruppe in Ringers' Fabrik kam und daß er Geld enthalten würde. Und so war es auch. Es war viel Geld: eineinhalb Pfund – dreißig Schillinge. Mehr als genug, um meinen Brief abschicken, ein großes Paket Waschpulver kaufen und mir meine Lieblings-Zahnpasta und die besten Rasierklingen leisten zu können.

Das Spiel war zu Ende. Der König hatte es nach seiner Art gespielt.

Es war Frühjahr 1955. Meine zwei Jahre im Missionsseminar gingen dem Ende zu, und ich konnte es kaum erwarten, mit der Arbeit anzufangen. Kees hatte im Jahr zuvor sein Examen gemacht und war in Korea. In seinen Briefen schilderte er, wieviel Not dort herrschte und wieviel Gelegenheit zum Helfen es gäbe, so daß mich der Direktor fragte, ob ich mich ihm vielleicht anschließen wolle. Und dann geschah es eines Morgens – ohne großes Tamtam, wie Gottes Wendepunkte so oft kommen. Ich nahm eine Zeitschrift zur Hand, und seitdem hat sich mein Leben grundlegend verändert.

Eine Woche vor dem Examen ging ich in den Keller des Nachbarhauses, um meinen Koffer zu holen. Da lag auf einer alten Pappschachtel eine Zeitschrift, die weder ich noch sonst jemand von der Missionsschule jemals gesehen hatte. Wie sie dorthin gekommen ist, werde ich wohl nie erfahren.

Ich blätterte sie durch. Es war eine sehr schöne Zeitschrift, auf Glanzpapier gedruckt und mit vielen Bildern in Vierfarbendruck. Auf den meisten waren große Massen von Jugendlichen zu sehen, die in den Straßen von Peking, Warschau und Prag marschierten. Ihre Gesichter strahlten vor Lebenslust, ihre Schritte waren beschwingt. Aus dem englischen Text ging hervor, daß diese jungen Menschen einer weltweiten, 96 Millionen starken Organisation angehörten. Nirgends wurde das Wort »Kommunisten« gebraucht, nur selten tauchte das Wort »Sozialist« auf. Und immer wieder war von einer besseren Welt und einer hellen Zukunft die Rede. Auf der Rückseite der Illustrierten wurde für den kommenden Juli ein Jugend-Festival angekündigt, das in Warschau stattfinden sollte und zu dem jedermann eingeladen war.

Jedermann?

Statt die Zeitschrift wieder hinzulegen, schob ich sie mir unter den Arm und nahm sie mitsamt dem Koffer mit in mein Zimmer. Ohne zu ahnen, wohin das führen würde, schrieb ich dann am Abend ein paar Zeilen an die auf der Rückseite angegebene Adresse. Ich erklärte offen, daß ich Christ sei und Missionar werden wolle und daß ich das Festival gern besuchen würde, um mit andern Jugendlichen Gedanken auszutauschen. Ich wolle über Christus sprechen, und sie könnten über den Sozialismus sprechen. Ob es ihnen recht sei, wenn ich unter diesen Umständen hinkäme. Ich schickte den Brief ab und erhielt postwendend Antwort. Sie seien natürlich sehr daran interessiert, daß ich an dem Festival teilnähme. Da ich Student sei, hätte ich Anspruch auf ermäßigte Preise. Ein Sonderzug fahre von Amsterdam ab. Mein Ausweis sei beigefügt und sie freuten sich darauf, mich in Warschau begrüßen zu können.

Der einzige, dem ich etwas von dieser Reise schrieb, war Onkel Hoppy. Er schrieb zurück.

»Andrew, ich glaube, Du solltest fahren. Ich lege Dir fünfzig Pfund für Deine Unkosten bei.«

So begann – gerade als ich Schottland verließ, um nach Holland zurückzufahren – ein Traum Gestalt anzunehmen, der seit den Tagen in Ringers Fabrik immer nur nebelhaft und unbestimmt durch meine Gedanken gehuscht war.

Er hatte am letzten Tag meines Aufenthalts in der Fabrik begonnen. Dort war eine einzige in die Parteiliste eingetragene Kommunistin beschäftigt gewesen, eine untersetzte, stämmige Frau mit kurzgeschnittenem grauen Haar. Sie hatte Standardbezeichnungen für alles, von unserm Lohn – Sklavenlohn bis hin zur Queen – Unterdrückerin. Als sie meine evangelistischen Bemühungen entdeckte, löste das bei ihr Feststellungen aus wie: »Gott ist eine Erfindung der Ausbeuterklasse.« Da sie selbst kein bißchen Humor besaß, merkte sie nie, daß die Leute über sie lachten. Während ihres zwanzigjährigen Aufenthalts in der Fabrik hatte sie nicht eine einzige Person zum Kommunismus bekehrt.

Ich fand sie eher bemitleidenswert als lächerlich und ging mittags öfter zu ihr an den Tisch, an dem sie ganz allein saß. An dem Tag, als ich Ringers Fabrik verließ, blieb ich auch an ihrem Arbeitsplatz stehen, um ihr Lebewohl zu sagen.

»Nun werden Sie mich endlich los«, sagte ich, in der Hoffnung, wenigstens unsern Abschied freundlich zu gestalten.

»Aber nicht die Lügen, die Sie erzählt haben!« rief sie mir wütend zu. »Sie haben die Leute hier mit Ihrem Gerede von Seelenheil und leeren Versprechungen hypnotisiert. Sie haben sie getäuscht –«

Ich seufzte und machte mich innerlich auf die Opium-fürs-Volk-Vorlesung gefaßt. Aber zu meiner Überraschung schwankte die zornige Stimme plötzlich.

»Natürlich haben sie Ihnen geglaubt«, fuhr sie etwas unsicherer fort. »Sie sind ungebildet; sie haben keine dialektische Beweisführung gelernt; sie glauben nur, was sie glauben wollen. Und im Grunde genommen –«, sie sprach jetzt so leise, daß ich sie kaum verstehen konnte, –»wenn man wählen könnte, wer würde dann nicht Gott und das alles wählen.«

Ich sah sie flüchtig an und dachte, ich sähe nicht recht. Mir war, als hätte sie Tränen in den Augen.

# Hinter dem Eisernen Vorhang

Als ich nach zweijährigem Aufenthalt in England nach Witte zurückkam, war mir, als erlebte ich etwas, was »schon einmal dagewesen« war. Wie damals, als ich aus Indonesien heimkehrte, war auch an jenem heißen Julimorgen im Jahre 1955 alles im Dorf so unverändert, daß ich zuerst das unbehagliche Gefühl hatte, als wäre überhaupt keine Zeit verstrichen. Geltje war draußen im Garten und hängte Wäsche auf, als ich über die kleine Brücke ging und unser Grundstück betrat. Hier war allerdings etwas anders geworden: Ein kleiner Junge spielte vorn auf der Veranda – Geltjes Sohn.

»Hallo!« rief ich an ihm vorbei. »Ist jemand zu Hause? Hier ist Andrew!«

Und wie damals kamen plötzlich alle angelaufen. Sie redeten durcheinander, drückten und küßten mich und nahmen dann das schwierige Problem der Unterbringung in Angriff: Wer würde wo schlafen, wenn Onkel Andrew zu Hause war?

In den nächsten paar Tagen besuchte ich erst einmal Bekannte. Ich ging zu Herrn Ringers in die Fabrik und zu Fräulein Boot, die vor Staunen über mein Englisch die Hände über dem Kopf zusammenschlug. Ich suchte Kees Eltern auf und ging zu den Whetstras, die ihren Umzug nach Amsterdam vorbereiteten. Sie hatten mit ihrem Blumenexport gut verdient und wollten den großen Versandfirmen näher sein.

Schließlich fuhr ich nach Ermelo, um meinen Bruder Ben und seine Frau zu besuchen. Ganz beiläufig fragte ich ihn, ob er etwas von Thile gehört habe.

»Ja«, erwiderte er ebenso beiläufig, »ich habe voriges Jahr gelesen, daß sie geheiratet hat. Einen Bäcker, glaube ich.«

Und da es anscheinend darüber nichts weiter zu sagen gab, sprachen wir alle überhaupt nicht mehr.

Der Zug nach Warschau fuhr am 15. Juli 1955 von Amsterdam ab. Ich war erstaunt, wieviel Studenten das Festival angelockt hatte. Hunderte von jungen Mädchen und jungen Männern liefen auf dem Bahnhof umher. Zum erstenmal erschienen mir die enorm hohen Zahlen, die ich in der Zeitschrift gelesen hatte, glaubhaft.

Mein Koffer war schwer. Es waren nur einige wenige Kleidungsstücke darin – einmal Wäsche zum Wechseln und mehrere Paar Strümpfe. Den meisten Platz nahmen die 32seitigen Heftchen mit dem Titel »Der Weg des Lebens« ein. Wenn mich die Kommunisten mit Literatur in ihr Land gelockt hatten, so wollte ich ihnen nun Literatur bringen. Karl Marx hatte einmal gesagt: »Gebt mir 26 Bleisoldaten, und ich will die Welt erobern«, wobei er mit den Bleisoldaten natürlich die Buchstaben des Alphabets gemeint hatte. Nun, dieses Spiel konnte von beiden Seiten gespielt werden.

Ich fuhr nach Polen mit in alle europäischen Sprachen übersetzten Ausgaben dieses packenden kleinen Buchs.

Und so kletterte ich in den Zug – mit einem Koffer, dessen Griff von der Last fast abriß, und mit einer neuen Cordhose, die bei jedem Schritt knarrte. Ein paar Stunden später stand ich auf dem Hauptbahnhof von Warschau und wartete auf meine Hoteladresse. Ich fühlte mich sehr einsam. Ich kannte keinen einzigen Menschen in ganz Polen und verstand auch kein einziges polnisches Wort. Aus aller Welt strömten Tausende und Abertausende von jungen Menschen nach Warschau, deren Ziele den meinen völlig entgegengesetzt waren. Während wir warteten, betete ich; und ich fragte mich, ob ich wohl der einzige Beter in dieser begeisterten, lachenden, selbstsicheren Menge sei.

Mein »Hotel« entpuppte sich als eine Schule, die speziell für dieses Ereignis in eine Art Wohnheim verwandelt worden war. Ich wurde in eine Mathematikklasse eingewiesen, die dreißig Betten faßte. Sobald ich konnte, ging ich hinaus auf die Straße und überlegte, was ich als nächstes tun sollte. Ziemlich planlos stieg ich in einen öffentlichen Bus, und während wir uns durch den Verkehr schlängelten, wußte ich es plötzlich. Ich hatte während der Besetzung ein wenig Deutsch gelernt und gehört, daß es in Polen eine große deutsch sprechende Minderheit gab. So sagte ich, nachdem ich erst einmal tief Luft geholt hatte, laut auf deutsch:

»Ich bin ein Christ aus Holland.«

Die Leute, die neben mir saßen, hörten auf zu sprechen. Ich kam mir schrecklich albern vor, fuhr aber fort: »Ich möchte gern ein paar polnische Christen kennenlernen. Kann mir jemand behilflich sein?«

Schweigen.

Als ich dann aber aufstand, um auszusteigen, trat eine dicke Frau ganz dicht an mich heran und flüsterte auf deutsch eine Adresse. Dann fügte sie das Wort »Bibelladen« hinzu.

Mein Herz raste. Ein Bibelladen in einem kommunistischen Land? Ich fand die Straße, und da war er wirklich. Das Schaufenster lag voller Bibeln, Jubiläums-Ausgaben, fremdsprachige Übersetzungen und Taschen-Testamente. Aber der Laden war mit einem schweren Gitter versperrt. An der Tür klebte ein Zettel, den ich sorgfältig abschrieb.

Als ich die Notiz im Quartier meinem Gruppenleiter zeigte, sagte er lächelnd: »Es ist eine Urlaubserklärung. ›Wegen Ferien geschlossen. Ab 21.7. wieder geöffnet.‹«

So mußte ich warten.

Unser Tagesprogramm für die drei Wochen wurde gleich zu Beginn festgesetzt. Vormittags sollten wir an den offiziellen Stadtrundfahrten teilnehmen und uns nachmittags und abends die Vorträge anhören.

Ich machte das ein paar Tage mit. Es war klar, daß uns Warschau von der besten Seite gezeigt wurde. Neue Schulen, mächtige Fabriken, Hochhäuser mit eleganten Apartments und übervolle Läden. Alles war sehr eindrucksvoll. Aber was würde ich wohl sehen, wenn es mir gelänge, allein herumzulaufen!

Eines Morgens entschloß ich mich, das zu tun. Ich stand zeitig auf und hatte die Schule schon verlassen, ehe die andern aus meiner Gruppe zum Frühstück nach unten kamen.

Was war das für ein Tag! Ich lief durch die breiten Straßen Warschaus und war traurig und bedrückt beim Anblick der Kriegsschäden, die ich überall sah. Ganze Häuserblocks waren von Bomben zerstört, Blocks, die bei den Stadtrundfahrten gemieden worden waren. Es gab eine Menge Elendsviertel, armselige Läden, vor denen Männer und Frauen in zerlumpten Kleidern Schlange standen. Besonders eine Szene hat sich meinem Gedächtnis eingeprägt:

In einem ausgebombten Stadtteil lebten Familien wie Kaninchen in einem Gehege. Sie hatten sich Gänge zu den Kellergeschossen gegraben und wohnten dort. Ein kleines Mädchen spielte barfuß zwischen Steinen und Unrat. Ich hatte ein polnisches Traktat bei mir, das ich ihm zusammen mit einem kleinen Geldschein gab. Es sah mich erstaunt an und rannte den Schuttberg hinauf. Gleich darauf tauchte der Kopf einer Frau aus der Erde auf. Sie kam auf mich zugestolpert, das Traktat und den Geldschein in der Hand. Hinter ihr her kam ein Mann. Beide waren schmutzig und offenbar betrunken. Ich versuchte deutsch, englisch und holländisch mit ihnen zu sprechen, aber sie sahen mich nur ausdruckslos an. Dann wollte ich ihnen durch Zeichensprache klarmachen, daß sie das Traktat lesen sollten, sah aber schließlich an der Art, wie sie es hielten, daß sie gar nicht lesen konnten. Da sie nur immerzu den Kopf schüttelten, ging ich am Ende lächelnd und ebenfalls kopfschüttelnd fort.

Der Sonntag kam, ein großer Tag in unserm Programm. Wir sollten an einer Demonstration im Stadion teilnehmen. Ich ging statt dessen in die Kirche.

In den holländischen Zeitungen hatte so viel über Hausarrest polnischer Kirchenführer und die Schließung theologischer Seminare gestanden, daß ich dachte, in Polen wäre alles, was zur Religion gehörte, »in den Untergrund gegangen«. Offensichtlich stimmte das nicht. Der Bibelladen war anscheinend noch in Betrieb, und ich war an katholischen Kirchen vorbeigekommen, deren Türen weit offen standen. Ob auch protestantische Kirchen noch geöffnet waren?

Ich wollte in der Schule nicht nach der Adresse einer Kirche fragen, da man ja annahm, daß ich die Massenkundgebung besuchte. So schlüpfte ich hinaus und suchte mir ein Taxi. »Guten Tag!« sagte ich auf polnisch.

Der Fahrer lächelte freundlich und rasselte einen langen Satz herunter. Aber »Guten Tag« war das einzige, was ich in polnisch gelernt hatte, und als ich ihn auf deutsch bat, mich zu einer Kirche zu fahren, machte er ein langes Gesicht. Ich versuchte es auf englisch, und sein Gesicht wurde noch länger.

Ich faltete meine Hände wie im Gebet und öffnete sie dann, als ob ich ein Buch läse. Dann bekreuzigte ich mich und schüttelte den Kopf: nein, kein katholischer Gottesdienst! Wieder machte ich eine Gebärde, als ob ich läse. Nun lächelte der Fahrer. Er fuhr los, und er hatte mich richtig verstanden. Wir hielten vor einem roten Backsteingebäude, das zwei stolze Kirchtürme trug. Zehn Minuten später saß ich in einem Gottesdienst der Reformierten Kirche hinter dem Eisernen Vorhang.

Ich war überrascht, wie groß die Gemeinde war. Die Kirche war etwa dreiviertel voll. Ich war auch überrascht, daß so viele junge Menschen da waren. Es wurde begeistert gesungen, und die Predigt schien klar schriftbezogen zu sein, da der Pastor ständig Bibelstellen anführte. Als der Gottesdienst vorüber war, wartete ich hinten im Altarraum, ob ich jemand finden würde, der eine mir bekannte Sprache sprach. An meiner Kleidung mußte man wohl gesehen haben, daß ich Ausländer war; denn es dauerte nicht lange, da hörte ich das Wort: »Welcome!«

Ich drehte mich um und sah in das Gesicht des Pastors.

»Können Sie einen Augenblick warten?« fragte er auf englisch. »Ich möchte gern mit Ihnen sprechen.«

Und ich mit ihm!

Nachdem der größte Teil der Gemeinde die Kirche verlassen hatte, waren der Pastor und eine Handvoll junger Leute bereit, meine Fragen zu beantworten. Ja, sie könnten frei und öffentlich ihre Gottesdienste abhalten, solange sie keine politischen Themen berührten. Ja, es gäbe Kirchenmitglieder, die auch Mitglieder der kommunistischen Partei wären. Die Regierung habe so viel für das Volk getan, daß man allen andern Dingen gegenüber ein Auge zudrücken müsse.

»Es ist ein Kompromiß«, sagte der Pastor achselzuckend. »Aber was soll man tun?«

»Zu welcher Kirche gehören Sie in Holland?« fragte einer der jungen Männer in ausgezeichnetem Englisch.

»Zu den Baptisten.«

»Möchten Sie gern einen baptistischen Gottesdienst besuchen?«

»O ja, sehr gern!«

Er schrieb mir eine Adresse auf.

»Dort ist heute Abend ein Gottesdienst.«

Und so fuhr ich, nachdem ich von den anderen holländischen Delegierten gehört hatte, wie langweilig die endlosen Ansprachen an diesem Tag gewesen wären, noch einmal mit einem Taxi fort – diesmal mit einer genauen Adresse bewaffnet.

Der Gottesdienst hatte schon begonnen, als ich kam. Die Versammlung war hier kleiner. Die Leute waren nicht so gut angezogen, und es gab fast keine jungen Leute. Aber etwas Interessantes geschah. Dem Pastor war die Nachricht überbracht worden, daß ein Ausländer in der Versammlung wäre, und ich wurde sofort gebeten, aufs Podium zu kommen und zu ihnen zu sprechen. Ich war erstaunt. Besaßen sie so viel Freiheit?

»Ist jemand hier, der deutsch oder englisch sprechen kann?« fragte ich, ohne mir bewußt zu sein, daß ich ein Verfahren entdeckt hatte, das ich in Zukunft oft anwenden würde.

Es traf sich, daß an diesem Abend eine Frau in der Versammlung war, die deutsch sprach. Mit ihrer Hilfe hielt ich meine erste Predigt hinter dem Eisernen Vorhang. Sie war kurz und unbedeutend. Aber nachdem ich geschlossen hatte, sagte der Pastor:

»Wir möchten Ihnen dafür danken, daß Sie hier sind! Selbst wenn Sie kein Wort gesprochen hätten, hätte es uns unendlich viel bedeutet, Sie nur zu sehen. Wir haben manchmal das Gefühl, als seien wir ganz allein in unserm Kampf.«

Als ich in dieser Nacht auf meinem Feldbett in der Mathematikklasse lag, mußte ich darüber nachdenken, wie verschieden diese beiden Kirchen gewesen waren. Die eine verfolgte offenbar den breiteren Weg der Kooperation mit der Regierung. Sie zog mehr Menschen an und fand auch Anklang bei jungen Menschen. Die andre schien einen einsameren Weg zu gehen. Als ich fragte, ob Parteimitglieder ihre Gottesdienste besuchten, bekam ich die Antwort: »Nicht daß wir wüßten!«

Ich erfuhr und lernte in so kurzer Zeit so viel, daß es schwer war, alles zu verarbeiten.

Ich war nun schon fast eine Woche in Polen. Endlich war auch der 21.7. herangekommen, der Tag, an dem der Bibelladen wieder geöffnet wurde. Ich verließ die Schule frühzeitig und lief durch die fast leeren Straßen, bis ich zu dem Laden in der Neue-Welt-Straße kam.

Kurz vor neun kam ein Mann eilig die Straße entlang, blieb vor der Tür des Bibelladens stehen, bückte sich und steckte einen Schlüssel in das Schloß.

»Guten Morgen!« sagte ich auf polnisch.

Der Mann richtete sich auf und sah mich an.

»Guten Morgen!« sagte er ein wenig zurückhaltend.

»Sprechen Sie englisch oder deutsch?« fragte ich auf englisch.

»Englisch.« Er schaute die Straße entlang. »Kommen Sie herein!«

Er drehte das Licht an und begann die Rolläden hochzuziehen. Inzwischen stellte ich mich vor. Er grunzte. Dann war er an der Reihe. Er zeigte mir seinen Laden: seine vielen Bibelausgaben, die zahlreichen verschiedenen Preislagen. Währenddessen fragte er mich immer wieder einiges – offenbar um festzustellen, wer ich wirklich war.

»Warum sind Sie in Polen?«

»Wenn ein Glied leidet, so leiden alle Glieder mit«, zitierte ich aus dem 1. Korintherbrief.

Er sah mich fest an.

»Wir haben nicht von Leiden gesprochen«, sagte er. »Im Gegenteil! Ich habe Ihnen erzählt, wie unbehindert wir Bibeln veröffentlichen und verkaufen können. Sogar Stalin hat auf die Leistungen des Bibelladens herabgelächelt.« Und damit begann er eine Geschichte zu erzählen, die mir zeigen sollte, wie gut die Christen mit dem Regime auskämen.

»Eines Tages kamen zwei Beamte in den Laden und übergaben mir eine schriftliche Anordnung. Zur Feier von Stalins Geburtstag sollte jedes Geschäft sein Bild, umgeben von einer Auswahl der erlesensten Verkaufsartikel, im Schaufenster ausstellen.

Natürlich beeilte ich mich, mitzumachen. Ich ging noch am selben Tag einkaufen und fand auch genau das, was ich suchte: ein sehr großes farbiges Bild von Stalin, der, die Arme gekreuzt, mit gütigem Lächeln nach unten schaut. Ich stellte das Bild ins Schaufenster. Dann nahm ich meine kostbarste Bibel, schlug sie an einer Stelle auf, wo einige rotgedruckte Worte Christi standen, und legte sie so hin, daß Stalins zustimmender Blick genau auf sie fiel. Meine Ausstellung schien allen zu gefallen; denn bald versammelten sich eine Menge Leute, und alle lächelten. Die Volkspolizei kam. ›Nehmen Sie das weg!‹ befahlen sie. ›O nein, meine Herren, das kann ich nicht‹, sagte ich. ›Hier sind meine Anweisungen von der Regierung schwarz auf weiß.‹«

Ich lachte, aber der Ladenbesitzer lachte nicht. Er zwinkerte nicht einmal mit den Augen. Zum erstenmal begegnete ich hier dieser trokkenen, doppeldeutigen Ausdrucksweise, die im Leben der christlichen Gemeinde hinter dem Eisernen Vorhang eine so große Rolle spielt. Schnell machte ich wieder ein ernstes Gesicht, um es dem seinen anzupassen.

Während wir uns unterhielten, kamen mehrere Kunden herein. Es war mir interessant, zu sehen, wie lebhaft es in dem kleinen Laden zuging. Als wir wieder allein waren, fragte ich, ob es in den andern kommunistischen Ländern auch Bibelläden gäbe.

»In einigen ja, in einigen nicht«, erwiderte er, während er die Bücherregale abzustauben begann. »Ich habe gehört, daß in Rußland Bibeln sehr selten sind. Man kann dort ein Vermögen damit verdienen. Wenn jemand zehn Bibeln nach Rußland schmuggelt, bekommt er so viel Geld dafür, daß er sich ein Motorrad kaufen kann. Dann fährt er mit dem Motorrad nach Polen, Jugoslawien oder in die DDR, verkauft es dort mit großem Gewinn und kauft dafür wieder Bibeln. Das ist natürlich nur Gerede.«

Ich blieb den ganzen Vormittag bei dem Bibelladen-Besitzer und verabschiedete mich schließlich sehr ungern von ihm. Auf dem Heimweg zur Schule versuchte ich, einen Sinn in das Erlebte zu bringen. Hier war ein Laden, in dem jeder öffentlich Bibeln kaufen konnte – schwerlich ein Beispiel für die religiöse Unfreiheit, von der wir in Holland oft gehört hatten. Und doch war mein Freund so vorsichtig im Gespräch, als ob er ein illegales Gespräch betriebe. Es lag eine solche Unruhe und Spannung in der Luft, daß ich das bestimmte Gefühl hatte, daß alles nicht so war, wie es zu sein schien.

Bisher hatte ich mein Hauptvorhaben noch nicht durchzuführen versucht: Ich wollte meine »26 Bleisoldaten« öffentlich verteilen, um zu sehen, was passieren würde.

So stellte ich mich nun mehrere Tage hintereinander an Straßenekken, auf den Marktplatz, auf dem frisches Obst und Gemüse prangte, und stieg in die Straßenbahnen, um überall meine Heftchen zu verteilen.

Ich hatte noch nie so überfüllte Straßenbahnen gesehen wie hier in Warschau. Ich erinnere mich, daß ich einmal auf einer hinteren Plattform so eingequetscht stand, daß ich die Traktate über meinen Kopf hielt, damit sie nicht zerdrückt wurden. Eine Bauersfrau neben mir schaute zu den Schriftchen hinauf und bekreuzigte sich.

»Ja, ja«, sagte sie auf deutsch, »das ist es, was wir in Polen brauchen.«

Weiter nichts. Aber ich wußte, daß wir uns gefunden hatten, sie, die Katholikin aus Osteuropa, und ich, der Protestant aus dem Westen. Auf der überfüllten Straßenbahn-Plattform hatten wir uns als Christen gefunden.

Als ich merkte, daß das öffentliche Verteilen der Heftchen keine bösen Folgen hatte, war ich hocherfreut über die Möglichkeiten auf diesem unerwarteten Missionsfeld. Und dann entdeckte ich eines Tages, wie defätistisch ich immer noch eingestellt war. Ich dachte, ich hätte an allen nur erdenklichen Orten christliche Literatur verteilt. Aber als ich eines Morgens – wie immer seit meinen Londoner Tagen – meine Stille Zeit hielt, mußte ich plötzlich an die Militärbaracken direkt hinter der Schule denken. Nicht nur, daß ich gar nicht auf die Idee gekommen war, den Soldaten dort Traktate zu geben – ich war schon beim Anblick ihrer Uniformen immer schnellstens in die entgegengesetzte Richtung gelaufen.

Wie blind konnte man werden! Gerade ich hätte wissen müssen, daß die Uniform nicht den Menschen macht. Am Tag, bevor das Festival zu Ende war, ging ich auf eine Gruppe von sechs Rotarmisten zu, die Wache standen, und gab jedem von ihnen eins meiner Heftchen. Sie warfen einen schnellen Blick darauf, dann auf mich, und dann sahen sie sich untereinander an. Ich sagte ihnen, daß ich Holländer sei, und entdeckte, daß einer von ihnen deutsch sprach.

»Die amerikanische Besetzung muß euch ganz schön verbittern«, sagte er.

»Die was?«

»Die Besetzung Hollands durch die amerikanische Luftwaffe.«

Ich wollte den Soldaten gerade erklären, daß wir kein besetztes Land seien, als sie plötzlich stramm standen. Ein Offizier kam auf uns zu, der ihnen auf polnisch Befehle zurief. Sie machten zackig kehrt und gingen im Laufschritt davon. Ihre Heftchen nahmen sie mit.

»Was haben Sie diesen Leuten gegeben?« fragte der Offizier auf deutsch.

»Dieses hier, Herr!«

Ich gab ihm eine der Broschüren. Er sah sie sich genau an. Zwei Stunden später war ich es, der sich losriß. Meine Gruppe sollte am nächsten Tag abreisen, und ich hatte noch ein Dutzend Reiseformulare auszufüllen. Als ich mich von dem Offizier, einem gebürtigen Russisch-Orthodoxen, verabschiedete, wünschte er mir Gottes Segen und eine glückliche Reise.

Der nächste Morgen war unser letzter in Warschau. Ich stand noch früher als sonst auf und war bei Sonnenaufgang schon auf der Straße. Auf einer der breiten Alleen fand ich eine Bank, wischte den Tau ab und setzte mich, mein Neues Testament auf den Knien. Daß ich schon so zeitig hier draußen war, hatte einen besonderen Grund: Ich wollte noch für jeden einzelnen beten, mit dem ich auf dieser Reise zusammengetroffen war. Lange Zeit saß ich so und stellte mir noch einmal im Geiste die Menschen und die Orte vor, die ich gesehen hatte. An drei Sonntagen hatte ich presbyterianische, baptistische, römisch-katholische, orthodoxe, reformierte und methodistische Kirchen besucht. Fünfmal war ich gebeten worden, während eines Gottesdienstes zu sprechen. Ich war in einem Bibelladen gewesen und hatte mich mit Soldaten und einem Offizier, mit Leuten an Straßenecken und in Straßenbahnen unterhalten. Für jeden einzelnen betete ich.

Und während ich so betend dasaß, hörte ich die Musik. Sie kam die breite Allee herab auf mich zu, zackige Militärmusik, von Gesang begleitet. Und dann sah ich sie – den perfekten Höhepunkt dieses Besuchs: die Siegesparade, die das Festival beendete.

Das war die andere Seite der Sache. Dem einen kleinen Bibelladen und den wenigen Christen gegenüber, die ich gelegentlich getroffen hatte, stand die ungeheure Gewalt des Regimes.

Hier kamen sie nun die Straße entlangmarschiert, die jungen Sozialisten! Nicht einen Augenblick hatte ich das Gefühl, als ob man sie dazu gezwungen hätte. Sie marschierten, weil sie glaubten. Sie marschierten zu acht nebeneinander, gut ausgerichtet, gesund und voller Lebenskraft. Sie marschierten singend, und ihre Stimmen klangen wie Rufe . . .

Immer mehr kamen; zehn, fünfzehn Minuten lang eine Reihe junger Männer und junger Mädchen nach der andern.

Der Eindruck war überwältigend. Das waren die Evangelisten des

20. Jahrhunderts! Das waren die Menschen, die ihre guten Nachrichten überall laut verkündeten.

Und ein Bestandteil dieser Nachrichten war, daß die alten Fesseln und abergläubischen Vorstellungen der Religion, die rückständigen Begriffe von Gott nicht mehr galten. Der Mensch war sein eigener Herr. Ihm gehört die Zukunft.

Was sollten wir aus dem Westen gegen diese Tausende von jungen Menschen tun, die hier an mir vorbeimarschierten und jetzt mit wahrhaft furchterregendem Rhythmus in die Hände klatschten?

Sie töten? Das war die Antwort der Nazis gewesen.

Sie siegen lassen, weil wir unsre Pflicht versäumt hatten? So sehr ich den WEK und sein College liebte und schätzte, sie hatten noch nicht einen einzigen Mann hinter den Eisernen Vorhang geschickt.

Was sollten wir also tun? Was sollte *ich* tun?

Vor mir lag die aufgeschlagene Bibel. Die Blätter raschelten im leichten Morgenwind. Ich legte meine Hand darauf, um sie festzuhalten, und als ich niederblickte, sah ich, daß sie auf einer Seite des Buchs der Offenbarung lag und meine Finger auf die Worte zu zeigen schienen: »Werde wach und stärke das andre, das sterben will!«

Plötzlich merkte ich, daß ich diese Worte durch einen Schleier von Tränen sah. War es möglich, daß Gott sie gerade jetzt zu mir sprach, um mir klarzumachen, daß mein Lebenswerk hier hinter dem Eisernen Vorhang lag, wo seine kostbare Restkirche um ihr Leben kämpfte? Sollte ich sie stärken helfen?

Aber das war ja lächerlich! Was konnte ich, eine Einzelperson ohne Mittel oder Organisation, gegen eine überwältigende Macht tun, wie die, die jetzt an mir vorbeimarschierte?

## Der Kelch des Leidens

Unser Zug fuhr fahrplanmäßig in Amsterdam ein. Ich stieg mit den übrigen aus. Immer noch mit knarrender Hose, aber mit einem beträchtlich leichteren Koffer.

Ich fuhr nicht direkt nach Witte, sondern besuchte zunächst die Whetstras in ihrem neuen Heim.

Es war ein Gedicht; ein stattliches braunes Backsteinhaus in einer freundlichen, von Bäumen gesäumten Straße in der Nähe des Flusses. Vor der Tür stand ein hellblauer, nagelneuer VW, von dem mir Herr Whetstra schon einmal geschrieben hatte. Ich stellte meinen

Koffer auf den Bürgersteig und versuchte die Tür des kleinen Wagens zu öffnen.

»Nun, mein Sohn, was hältst du von ihm?«

Ich drehte mich um und sah, daß Herr Whetstra lächelte. Er lud mich zu einer Spritztour am Fluß entlang ein.

»Aber nun genug mit der Angeberei!« sagte er dann. »Du mußt uns jetzt von deinem Besuch in Polen erzählen.«

So erzählte ich den Whetstras während des restlichen Nachmittags von meiner Reise. Ich erzählte ihnen auch von dem Bibelvers, der mir auf so sonderbare Weise geschenkt worden war.

»Aber wie soll ich etwas stärken?« fragte ich. »Was für eine Kraft besitze ich?«

Herr Whetstra schüttelte den Kopf. Er war sich mit mir einig, daß ein einzelner Holländer kaum die Art von Not beheben könnte, von der ich erzählt hatte. Aber Frau Whetstra hatte die richtige Antwort für mich.

»Überhaupt keine Kraft!« erwiderte sie fröhlich. »Weißt du nicht, daß Gott uns am meisten gebrauchen kann, wenn wir am schwächsten sind? Angenommen, nicht du, sondern der Heilige Geist hatte Pläne hinter dem Eisernen Vorhang!? Du redest über Kraft . . .«

Zu Hause in Witte erwartete mich eine angenehme Überraschung.

Zunächst waren den ganzen Abend lang Nachbarn gekommen, um von mir so einiges über die kommunistische Welt zu erfahren. Denn 1955 reisten noch sehr wenige hinter den Eisernen Vorhang. Aber schließlich klapperten die Holzschuhe des letzten Gastes über unsre kleine Brücke, und es war Zeit, ins Bett zu gehen. Ich ergriff meinen Koffer und wollte hinter Cornelius die Leiter zum Speicher hinaufklettern. Da rief Geltje:

»Einen Augenblick, Andrew!«

Ich blieb stehen.

»Wir müssen dir etwas zeigen.«

Ich folgte Geltje in das Zimmer neben dem Wohnzimmer, das früher Mutter und Vater gehört hatte. Es war für mich voller Erinnerungen: Bas' abgezehrte Gestalt unter dem Bettuch; Mutter während der letzten Kriegsjahre – zu schwach, um den Kopf von den Kissen zu heben . . .

»Das neue Zimmer für Vater über dem Schuppen ist fertig geworden, Andrew«, sagte Geltje, »und wir haben beschlossen, daß du dieses hier als deinen Hauptaufenthaltsort haben sollst.«

Ich fand keine Worte. In meinen kühnsten Träumen hatte ich noch nicht an ein eigenes Zimmer gedacht. Ich wußte, unter welchen Opfern mir Arie und Geltje in diesem kleinen Haus ein solches Geschenk machten.

»Bis du heiratest!« dröhnte Vaters Stimme aus dem Wohnzimmer.

Vater spielte jetzt öfter einmal darauf an, daß sein 27jähriger Sohn noch Junggeselle war. »Nur bis du heiratest!« Irgendwie fand ich schließlich ein paar Worte des Dankes. Ein eigenes Zimmer!

Nachdem an diesem Abend alle andern zu Bett gegangen waren, schloß ich meine Tür hinter mir, lief in meinem Zimmer umher und strich über meine Möbel.

»Ich danke dir für den Stuhl, Herr . . . Ich danke dir für die Kommode . . .«

Ich würde mir einen Schreibtisch zimmern und viele, viele Stunden hier in meinem Zimmer sitzen und arbeiten und Pläne machen.

Ich war noch keine Woche zu Hause, als die ersten Einladungen kamen. Kirchen, Klubs, Vereine, Schulen: Alle wollten etwas über das Leben hinter dem Eisernen Vorhang wissen. Ich nahm alle an; einesteils weil ich das Geld brauchte, das sie mir anboten, andernteils – und das war mir wichtiger – weil ich das bestimmte Gefühl hatte, daß mir durch meine Vorträge gezeigt würde, was ich als nächstes tun sollte.

Und so war es auch.

Eine Kirche in Haarlem, wo ich sprechen sollte, hatte überall in der Stadt Plakate angeschlagen, auf denen stand, daß ich über das Thema »Wie Christen hinter dem Eisernen Vorhang leben« sprechen würde. Ich hätte es bestimmt niemals gewagt, nach einem dreiwöchigen Besuch in einer einzigen Stadt über solch ein Thema zu sprechen. Aber die Anzeigen hatten wenigstens eine Menge Leute angezogen. Der Saal war zum Bersten voll. Und sie hatten auch noch etwas anderes angezogen: eine Gruppe Kommunisten.

Ich erkannte sie sofort – einige von ihnen waren mit in Warschau gewesen –, und ich war gespannt, was für Störungen mir bevorstanden. Zu meinem Erstaunen rührten sie sich nicht, weder während meines Vortrags noch während der anschließenden Fragestunde. Aber hinterher kam eine der Frauen zu mir. Sie hatte die holländische Delegation in Warschau mit geleitet.

»Ihr Vortrag hat mir nicht gefallen«, sagte sie.

»Das tut mir leid. Ich habe das auch nicht erwartet.«

»Sie haben nur sehr einseitig berichtet. Offenbar haben Sie nicht genug gesehen. Sie müssen mehr reisen, mehr Länder besuchen und mehr führende Persönlichkeiten kennenlernen.«

Ich hielt den Atem an.

»Man hat mich beauftragt, fünfzehn Holländer für eine Reise in die Tschechoslowakei auszusuchen: Studenten, Professoren und Leute vom Nachrichtenwesen. Und wir hätten auch gern jemand von den Kirchen. Sie werden vier Wochen unterwegs sein. Würden Sie kommen?«

War das Gottes Finger? War das in seinem Plan die nächste Tür, die sich für mich öffnete? Ich beschloß, das Ganze wieder von der Lösung der Geldfrage abhängig zu machen. Ich selbst besaß keine Mittel für solch eine Reise.

»Wenn du willst, daß ich gehe, Herr«, betete ich leise, »mußt du mir die Mittel zur Verfügung stellen.«

»Danke!« sagte ich laut. »Aber ich könnte mir eine solche Reise niemals leisten. Es tut mir leid.«

Ich begann, die Bilder von Warschau, die ich in meinem Vortrag gezeigt hatte, wegzupacken, und spürte dabei, wie die Frau mich beobachtete.

»Nun«, sagte sie schließlich, »das lassen Sie unsre Sorge sein.«

Ich blickte auf. »Wie meinen Sie das?«

»Wir werden die Kosten für Sie übernehmen.«

Und so begann meine zweite Reise hinter den Eisernen Vorhang. Sie ähnelte sehr meinem Besuch in Polen, nur daß die Gruppe kleiner und es sehr viel schwieriger für mich war, allein irgendwohin zu gehen. Ich fragte mich immer wieder, was mich Gott in der Tschechoslowakei lernen lassen wollte.

Gegen Ende der vier Wochen wurde es mir klar. Überall hatte man uns gesagt, daß die Menschen unter dem Kommunismus volle Religionsfreiheit genössen. Hier in der Tschechoslowakei gäbe es sogar eine Gruppe staatlich besoldeter Gelehrter, die gerade eine neue Bibelübersetzung fertiggestellt hätten und jetzt an einem Bibellexikon arbeiteten.

»Ich möchte diese Leute gern einmal besuchen«, sagte ich.

So wurde ich an diesem Nachmittag in ein großes Bürogebäude im Herzen Prags gebracht. Es war die Zentrale für alle protestantischen Kirchen in der Tschechoslowakei, und ich war erstaunt, daß die Kirche in der Lage war, so riesige Gebäude instandzuhalten. Man führte mich in eine Flucht von Büroräumen, wo Männer in schwarzen Jakken hinter dicken Wälzern und gewaltigen Stößen von Papier saßen, und ich erfuhr, daß das die Gelehrten waren, die an der neuen Bibelübersetzung gearbeitet hatten. Ich war sehr beeindruckt. Aber nach und nach entdeckte ich einige belustigende Tatsachen. Als ich fragte, ob ich ein Exemplar der neuen Übersetzung sehen könnte, zeigte man mir ein umfangreiches, ziemlich abgegriffenes Manuskript.

»Oh, die Übersetzung ist noch nicht gedruckt?« fragte ich.

»Nein«, sagte einer der Gelehrten offenbar recht traurig. »Sie ist seit dem Krieg fertig, aber . . .« Er warf einen Blick zu dem Reiseleiter hinüber und sprach den Satz nicht zu Ende.

»Und wie ist es mit dem Lexikon? Ist das schon fertig?«

»Fast.«

»Aber was nützt ein Bibellexikon, wenn keine Bibel da ist? Gibt es denn noch frühere Übersetzungen?«

Der Gelehrte sah wieder den Reiseleiter an, als wollte er von ihm wissen, wieviel er sagen dürfte.

»Nein!« platzte er schließlich heraus. »Nein, es ist sehr schwierig – es ist heutzutage sehr schwer, hier Bibeln zu finden.«

Der Reiseleiter betrachtete das Interview als beendet. Ich wurde hinausgeführt, ohne Gelegenheit zu neuen Fragen zu haben. Aber das Unglück war schon passiert. Ich hatte die List durchschaut. Statt in diesem frommen Volk einen Frontalangriff auf die Religion zu machen, spielten die neuen Machthaber das Spiel der Frustration. Sie förderten eine neue Bibelübersetzung – eine Übersetzung, die in Wirklichkeit niemals gedruckt würde. Und sie förderten den Druck eines neuen Bibellexikons, zu dem es keine Bibeln gab.

Am nächsten Tag bat ich unsern Reiseleiter, mich in die interkonfessionelle Buchhandlung in der Jungmanova Nr. 9 zu bringen. Ich wollte mit eigenen Augen feststellen, wie schwierig es war, eine Bibel zu kaufen. Das Geschäft führte Noten, Papierwaren, Bilder, Kreuze und Bücher, die mehr oder weniger etwas mit Religion zu tun hatten. In einem ähnlichen Geschäft in Holland würde es eine ganze Abteilung für die verschiedensten Bibelausgaben gegeben haben.

»Kann ich eine Jubiläumsbibel haben?« fragte ich die Buchhändlerin. Ich hatte inzwischen festgestellt, daß ich, wenn ich englisch oder deutsch sprach, fast immer verstanden wurde.

Die Verkäuferin schüttelte den Kopf.

»Tut mir leid, mein Herr! Die habe ich im Augenblick nicht am Lager.«

»Und wie ist es mit einer einfachen Schwarzweißbibel?«

Aber auch diese schien vorübergehend nicht vorrätig zu sein.

»Madame«, sagte ich, »ich komme den weiten Weg von Holland hierher, um festzustellen, wie es der Kirche in der Tschechoslowakei geht. Wollen Sie mir damit sagen, daß ich in der größten religiösen Buchhandlung des Landes nicht eine einzige Bibel kaufen kann?«

Die Verkäuferin entschuldigte sich und verschwand im hinteren Teil des Ladens. Ich hörte ein etwas erregtes Gespräch hinter dem Vorhang, gefolgt von lautem Papierrascheln. Dann erschien der Geschäftsführer selbst mit einem bereits in braunes Papier gewickelten Gegenstand.

»Hier, mein Herr!«

Ich bedankte mich.

»Daß Bibeln so knapp sind, kommt von der neuen Übersetzung«, sagte er dann. »Bis diese herauskommt, werden keine andern Bibeln mehr gedruckt.«

Unser letzter Tag in der Tschechoslowakei war herangekommen. Man hatte ein großartiges Programm für uns ausgearbeitet. Wir sollten Muster-Genossenschaften auf dem Land besichtigen, und dann sollte in Prag noch ein gemeinsames Essen stattfinden, ehe wir uns alle voneinander verabschiedeten.

Aus Höflichkeitsgründen würde ich dieses Programm vielleicht über mich haben ergehen lassen, wenn nicht gerade Sonntag gewesen wäre. Es war die letzte Gelegenheit für mich, mit tschechischen Gläubigen Gottesdienst zu halten, ohne daß sich ein Reiseführer in der Nähe herumtrieb. Seit Tagen hatte ich mir einen Fluchtplan zurechtgelegt. Ich hatte bemerkt, daß die Hintertür unsres Reisebusses schlecht schloß. Sogar in geschlossenem Zustand klaffte eine mehr als fußbreite Lücke zwischen ihr und dem Türpfosten. Wenn ich mich ganz dünn machte . . .

Als der Bus am Morgen vom Hotel wegfuhr, saß ich auf dem letzten Platz. Bei jeder Ampel überschlug ich alle Möglichkeiten, ungesehen hinauszuschlüpfen. Aber immer drehten sich zu viel Köpfe um, um die Sehenswürdigkeiten der Stadt in sich aufzunehmen. Endlich kam eine Gelegenheit, wo alle die Hälse reckten und zu einem Reiterstandbild aus Bronze hinüberstarrten. Ich habe nie erfahren, wer der Held war. Denn als sich der Reiseleiter anschickte, etwas über ihn zu sagen, zog ich die Luft ein, zwängte mich durch die Öffnung und sprang auf die Straße. Die Druckluftbremse zischte, und der gewaltige Motor zog wieder an. Ich war allein in Prag.

Eine halbe Stunde später stand ich im Vorraum einer Kirche, die ich bei einer früheren Rundfahrt gesehen hatte und in die ich Leute hatte hineingehen sehen. Ich war vor allem gespannt, wie eine Kirche ohne Bibeln auskommen kann. Hier und da hatte jemand ein Gesangbuch, seltener eine Bibel in der Hand. Aber eins war mir rätselhaft. Viele hatten Notizbücher mit losen Blättern bei sich. Wozu?

Der Gottesdienst begann. Ich setzte mich hinten auf eine Bank und sah auch gleich etwas Erstaunliches. Fast alle schienen weitsichtig zu sein. Die Liederbuchbesitzer hielten ihre Bücher in Armeslänge hoch in die Luft. Die mit den losen Notenblättern taten dasselbe. Und dann wurde mir alles klar: Die Leute, die Bücher hatten, ließen die, die keine hatten, mit hineinsehen. In den Loseblattbüchern waren Note um Note und Wort für Wort die Lieblingslieder der Gemeinde abgeschrieben.

Ebenso war es mit den Bibeln. Als der Prediger den Text ansagte, suchten ihn die Bibelbesitzer auf und hielten ihre Bibeln hoch, damit die benachbarten Gottesdienstbesucher mitlesen konnten. Als ich sah, wie diese Frauen und Männer buchstäblich kämpften, um nahe an das Wort Gottes heranzukommen, krampfte sich meine Hand in der Rocktasche um meine holländische Bibel. Für wie selbstverständlich hatte ich immer mein Recht auf dieses Buch gehalten! Jetzt würde ich es nie wieder in die Hand nehmen können, ohne an die alte Frau zu denken, die jetzt vor mir fast auf den Zehenspitzen stand, um die Worte in der Bibel lesen zu können, die ihr Sohn in die Höhe hielt.

Nach dem Gottesdienst stellte ich mich dem Prediger vor. Als ich sagte, daß ich extra aus Holland gekommen sei, um Christen in seinem Land kennenzulernen, schien er ganz überwältigt zu sein.

»Ich hatte es gehört«, sagte er, »daß die Tschechoslowakei die Grenzen allmählich öffnen wollte. Ich habe es nicht geglaubt. Wir sind –«, er sah sich vorsichtig um, »wir sind seit dem Krieg fast wie in einem Gefängnis gewesen. Sie müssen mit zu mir kommen, damit wir uns unterhalten können.«

So gingen wir zusammen in seine Wohnung. Erst später erfuhr ich, wie gefährlich das damals für ihn war. Er erzählte mir, daß die Regierung versuche, die Kirche völlig in ihre Gewalt zu bringen. Sie wähle die theologischen Studenten selbst aus und lasse natürlich nur Kandidaten zu, die mit dem Regime einverstanden wären. Außerdem müsse alle zwei Monate ein Minister die Zulassung erneuern. Einem Bekannten sei kürzlich sein Erneuerungsantrag abgelehnt worden – ohne Erklärung. Jede Predigt müsse schriftlich eingereicht und von den Behörden genehmigt werden, ehe sie gehalten werden dürfe. Jede Kirche müsse ihre Leiter in eine staatlich geführte Liste eintragen. Gerade in diesen Tagen ständen in Brno fünf Gemeindemitglieder vor Gericht, weil ihre Kirche ihnen nicht erlaubte, die Namen der Leiter anzugeben.

Es war Zeit für den zweiten Gottesdienst in der Kirche.

»Würden Sie mitkommen und zu uns sprechen?« fragte er plötzlich.

»Ist das möglich? Kann ich wirklich hier predigen?«

»Nein! Ich habe nicht gesagt: ›predigen‹. Man muß vorsichtig mit den Worten sein. Als Ausländer können Sie nicht predigen, aber Sie können uns Grüße aus Holland bringen. Und », er lächelte, »wenn Sie gern möchten, können Sie uns ›Grüße‹ vom Herrn bringen.«

Mein Dolmetscher war ein junger Medizinstudent mit Namen Antonin. Zuerst überbrachte ich Grüße aus Holland und dem Westen. Das dauerte nur ein paar Minuten. Und dann überbrachte ich Grüße an die Gemeinde »von Jesus Christus«. Es klappte so gut, daß Antonin mir vorschlug, den Trick noch in einer anderen Kirche anzuwenden. Alles in allem predigte ich an diesem Tag viermal und besuchte fünf verschiedene Kirchen. Jede war in ihrer Art denkwürdig. Am denkwürdigsten von allen war aber die letzte; denn dort empfing ich den Kelch des Leidens.

Es war sieben Uhr abends und schon dunkel an diesem Novembertag. Ich wußte, daß sich die Reisegruppe jetzt wirklich Sorge um mich machen würde. Es wurde Zeit, daß ich zu ihr zurückkehrte.

Aber in dem Augenblick, als ich das dachte, fragte mich Antonin, ob ich noch eine Kirche besuchen wolle, »wo sie es besonders nötig haben, daß jemand von draußen zu ihnen kommt«.

So fuhren wir nochmals durch Prag, bis wir zu einer kleinen, abseits gelegenen Mährischen Kirche kamen. Ich war erstaunt über die große Zahl von Menschen dort, besonders von jungen Menschen zwischen 18 und 25 Jahren. Ich richtete meine Grüße aus und beantwortete dann Fragen: Kann man in Holland als Christ eine gute Stellung bekommen? Wird es der Regierung gemeldet, wenn man in die Kirche geht? Kann man die Kirche besuchen und sich trotzdem an einer Hochschule immatrikulieren lassen?

»Im Augenblick ist es in der Tschechoslowakei unpatriotisch, ein Christ zu sein«, erklärte mir Antonin. »Einige dieser Leute hier haben keine Arbeitsstelle bekommen. Viele konnten sich nicht weiterbilden. Und deshalb möchten sie Ihnen dieses hier geben.« Er nahm eine kleine Schachtel aus den Händen eines jungen Mannes, der neben ihm stand und auf tschechisch sehr ernst zu mir sprach.

»Nehmen Sie das mit nach Holland!« übersetzte Antonin.

»Und wenn man Sie fragt, was es bedeutet, dann erzählen Sie von uns und erinnern Ihre Zuhörer daran, daß auch wir ein Teil des Leibes Christi sind – und daß wir Schmerzen leiden.«

Ich nahm die Schachtel und öffnete sie. Eine silberne Rockaufschlagnadel in Form eines winzigen Kelches lag darin. Ich hatte sie schon bei mehreren jungen Leuten gesehen und mich gefragt, was sie wohl bedeute.

Antonin heftete sie an meinen Rock.

»Dies ist das Symbol der Kirche in der Tschechoslowakei. Wir nennen es den Kelch des Leidens.«

Als mich Antonin an meinem Hotel verlassen hatte, dachte ich wieder über diese Worte nach. Ich erkannte, daß wir in Holland von den Tatsachen moderner Kirchengeschichte ebenso entfernt waren wie die Christen in der Tschechoslowakei. Der Kelch des Leidens war das Symbol einer Wirklichkeit, die wir zu teilen hatten.

Jetzt aber mußte ich einer anderen Wirklichkeit ins Gesicht sehen. Wo würde ich wieder mit meiner Gruppe zusammentreffen? Sie war nicht im Hotel, und niemand wußte dort, wo das Abschiedsessen stattfand. Ich ging in ein Restaurant, wo wir mehrmals gegessen hatten.

»Nein, mein Herr, die holländische Gruppe ist heute abend nicht hier gewesen.«

»Könnte ich vielleicht noch ein belegtes Brot haben?«

»Natürlich, mein Herr!«

Ich hatte gerade hineingebissen, als die Tür des Restaurants aufflog und die Reiseleiterin hereinkam. Sie warf einen raschen Blick über die Tische im Saal und sah mich. Mit einem Seufzer der Erleichterung ließ sie die Schultern sinken. Aber im nächsten Augenblick kam sie, rot vor Zorn, auf meinen Tisch zugerast, warf dem Kellner einen Geldschein hin und deutete mit einer Kopfbewegung nach der Tür. Sie traute sich offensichtlich nicht zu sprechen.

Draußen wartete ein Regierungswagen mit laufendem Motor auf uns, eine lange schwarze Limousine, die von einem äußerst unfreundlich aussehenden Mann gefahren wurde. Er stieg aus, als wir kamen, öffnete die Tür und schloß sie dann hinter uns zu. Wo brachten sie mich hin? Da mir ähnliche Szenen aus Hollywood-Filmen einfielen, versuchte ich mir zu merken, wohin wir fuhren.

Dabei wurde mir das Komische der Situation bewußt; denn wir fuhren ins Hotel.

Kurz bevor der Wagen hielt, sprach die Reiseleiterin zum erstenmal wieder.

»Sie haben die Gruppe einen halben Tag aufgehalten. Wir haben jedes Krankenhaus, jede Polizeistation angerufen. Schließlich haben wir beim Leichenschauhaus angerufen. Unglücklicherweise waren Sie nicht dort! Wo sind Sie gewesen?«

»Oh«, sagte ich, »ich wurde getrennt. Und so bin ich herumgelaufen. Es tut mir wirklich leid, daß ich Ihnen soviel Kummer gemacht habe.«

»Nun, ich möchte Ihnen offiziell mitteilen, mein Herr, daß Sie hier nicht mehr erwünscht sind. Sollten Sie versuchen, wieder in dieses Land zu kommen, werden Sie das selbst feststellen können.«

Und so war es. Ein Jahr später bat ich wieder um ein Visum in die Tschechoslowakei und wurde abgewiesen. Ich versuchte es zwei Jahre später noch einmal; wieder ohne Erfolg. Es dauerte fünf Jahre, ehe ich wieder in dieses schöne Land kommen durfte. Und inzwischen hatte ich so viel Verfolgung von Christen gesehen, daß die Tschechoslowakei dagegen ein Land der Freiheit zu sein schien.

## Der Grund ist gelegt

Die nächsten paar Monate schienen nichts als Enttäuschungen zu bringen. Die Reisen nach Polen und in die Tschechoslowakei waren fast ohne mein Zutun zustande gekommen. Aber als ich jetzt um Reisegenehmigung dorthin oder in andere Länder hinter dem Eisernen Vorhang bat, hatte ich Monat für Monat mit dem Bürokratismus zu tun – Fragebögen, Verzögerung, Formulare in dreifacher Ausfertigung –, aber nie bekam ich ein Visum.

Auch mein eigenes kleines Zimmer brachte Probleme mit sich. In der Tschechoslowakei hatte ich mich so oft danach gesehnt. Jetzt entdeckte ich einen Nachteil, den ich niemals geahnt hatte. Vielleicht war dieses Zimmer einfach zu gemütlich und traulich. Jedenfalls begann es für mich die Tatsache zu versinnbildlichen, daß ich sehr einsam war.

Während ich in diesem Zimmer saß und Briefe an Konsulate verfaßte, träumte ich Tag für Tag von einer Frau, die das Zimmer und den Traum von einer Arbeit hinter dem Eisernen Vorhang mit mir teilen würde. Wenn ich etwas klarer dachte, lachte ich mich selbst aus. Brachte die Missionsarbeit an sich schon ein zu entbehrungsreiches Leben mit sich, als daß man es einem schönen Mädchen anbieten konnte – das Mädchen in meinen Träumen war einfach wunderbar –, was würde es zu diesem neuen Missionsfeld sagen, in das ich flüchtig hineingeschaut hatte; wo ich ihm bestenfalls Trennung, Einsamkeit und Unsicherheit bieten konnte? Das waren, wie gesagt, Bedenken, die die Vernunft erhob. Das Mädchen, das ja nur ein Traummädchen war, sprach sie nie aus.

Ein andres Problem war das Geld. Obwohl weder Geltje noch Arie das Thema jemals erwähnten, wußte ich, daß ich mich an den Haushaltskosten hätte beteiligen müssen. Nachdem ich aus Polen zurückgekommen war, hatte mich die holländische Zeitschrift »Kraft von Oben« gebeten, eine Reihe von Artikeln über meine Erfahrungen hinter dem Eisernen Vorhang zu schreiben. Ich war kein Schreiber, und so antwortete ich gar nicht. Aber als ich jetzt in meinem kleinen Zimmer saß, die leere Brieftasche vor mir auf dem selbstgetischlerten Schreibtisch, war mir, als hörte ich Gott sagen:

» Schreib diese Artikel für ›Kraft von Oben‹!«

Ich war verblüfft über diesen Befehl. Er hatte bestimmt nichts mit meiner Geldnot zu tun, derentwegen ich gerade gebetet hatte; denn die Zeitschrift hatte kein Honorar angeboten.

Aber um gehorsam zu sein, schrieb ich nieder, was ich nicht nur in Polen, sondern auch in der Tschechoslowakei beobachtet hatte. Ich brachte die Artikel, denen ich ein paar Fotos beigefügt hatte, am nächsten Tag zur Post. Der Schriftleiter bestätigte den Empfang und bedankte sich – ohne mir Geld zu schicken, was ich ja auch nicht erwartet hatte –, und ich verbannte die ganze Sache aus meinen Gedanken.

Da kam eines Morgens wieder ein Brief von »Kraft von Oben«, in dem mir der Schriftleiter etwas Merkwürdiges mitteilte. Obwohl ich nirgends in den Artikeln etwas von Geld erwähnt oder geschrieben hatte, daß ich eine neue Reise in diese Länder vorhätte, schickten Leser von überallher Geld. Es war nie sehr viel, nur jedesmal ein paar Gulden, aber der Schriftleiter fragte an, wohin er es überweisen solle.

Und so begann die Geschichte einer ganz wunderbaren Versorgung. Die ersten Gaben meiner unbekannten Freunde waren klein, weil meine Bedürfnisse klein waren. Ich wollte Geltje gern etwas Haushaltsgeld geben; meine alte Jacke war kaputt, und ich hatte Antonin versprochen, ihm eine tschechische Bibel zu schicken. Für diese kleinen Bedürfnisse reichten die kleinen Einnahmen der Leser von »Kraft von Oben« aus. Später, als meine Arbeit wuchs und die Bedürfnisse größer wurden, wuchsen auch die Beiträge der Leser. Erst Jahre später, als wirklich große Summen gebraucht wurden, wandte sich Gott für uns an andre freiwillige Geber.

Aber noch etwas viel Wichtigeres als Geld brachte dieser Kontakt mit »Kraft von Oben« mit sich. Eines Morgens erhielt ich einen Brief vom Leiter einer Gebetsgruppe in Amersfoort. Er schrieb, Gott habe ihn beauftragt, mit mir in Verbindung zu treten. »Wir wissen nicht, warum. Aber könnten Sie uns wohl einmal in Amersfoort besuchen?«

Ich war sofort interessiert. Wenn der Heilige Geist heute Menschen in ihrem Tun so klar leitete, dann mußte ich darüber unbedingt mehr erfahren. Ich fuhr nach Amersfoort. Die Gruppe von etwa zwölf Männern und Frauen traf sich im Haus eines Deichbauern mit Namen Karl de Graaf.

Ich hatte noch nie eine solche Gruppe kennengelernt. Statt daß jemand die Gebetsgemeinschaft unter einem bestimmten Thema leitete, wie ich das von anderen Gebetskreisen her kannte, schienen diese Leute die meiste Zeit über zu lauschen. Hin und wieder betete jemand laut, ohne daß dabei eine besondere Reihenfolge eingehalten wurde. Aber diese Gebete waren eher Ausbrüche der Liebe zu Gott und seines Lobpreises als wohlüberlegte Bitten. Es war, als fühle jeder einzelne in diesem Raum die Nähe des Herrn und wünsche und brauche daher nichts, als dann und wann seine überströmende innere Freude auszudrücken.

Und dann und wann hörte jemand in der erwartungsvollen Stille offenbar noch etwas anderes: einen Auftrag, irgendeine Nachricht, die er nicht von sich selbst haben konnte.

»Joosts Mutter in Amerika braucht heute abend unsre Gebete.«

»Wir danken dir, Herr, daß du unser Gebet für Stephje in diesem Augenblick erhört hast.«

Ich war so gepackt von dieser mir neuen Art des Betens, daß ich, als die andern aufbrachen und Frau de Graaf mich in mein Zimmer führte, der Uhr kaum traute, die dort auf der Kommode stand: Sie zeigte vier Uhr dreißig morgens.

Mehrere Tage später arbeitete ich in meinem Zimmer in Witte an einem neuen Artikel für »Kraft von Oben«, als Geltje an die Tür klopfte.

»Du bekommst Besuch, Andrew! Ich weiß nicht, wer es ist.«

Ich ging hinaus auf die Veranda, und da stand Karl de Graaf.

»Hallo!« rief ich überrascht.

»Hallo, Andrew! Können Sie fahren?«

»Fahren?«

»Ein Auto!«

»Nein«, sagte ich verwundert. »Nein, das kann ich nicht.«

»Wir haben nämlich gestern abend während unsrer Gebetsstunde ein Wort vom Herrn empfangen, das Sie betraf. Es ist wichtig für Sie, Auto fahren zu können.«

»Aber warum denn?« fragte ich. »Ich werde bestimmt nie ein Auto besitzen.«

»Andrew«, sagte Herr de Graaf geduldig, als spräche er mit einem begriffsstutzigen Schüler, »ich will nicht mit Ihnen über die Logik der Sache diskutieren. Ich will Ihnen nur die Botschaft überbringen.«

Und damit ging er über die Brücke zu seinem wartenden Wagen. Der Gedanke, fahren zu lernen, schien mir so weit hergeholt, daß ich nichts in dieser Richtung unternahm. Aber eine Woche später kam der Deichbauer wieder angefahren.

»Haben Sie Ihre Fahrstunden genommen?«

»Nun – eigentlich nicht . . .«

»Haben Sie noch nicht gelernt, wie wichtig Gehorsam ist? Ich glaube, ich muß Sie selbst fahren lehren. Steigen Sie ein!«

An diesem Nachmittag saß ich zum erstenmal seit jenem unglückseligen Morgen vor elf Jahren, als ich den Panzer zur Werkstatt gefahren hatte, wieder am Steuer eines Kraftfahrzeugs. Herr de Graaf war ein so geschickter Fahrlehrer, daß ich ein paar Wochen später meine Fahrprüfung gleich beim erstenmal bestand – etwas ganz Seltenes in Holland. Ich konnte immer noch nicht begreifen, warum ich, der nicht einmal mehr ein eigenes Fahrrad besaß, einen Autoführerschein in der Tasche herumtragen sollte. Aber Karl de Graaf lehnte es ab, Vermutungen anzustellen.

»Das ist ja das Aufregende beim Gehorsam«, sagte er, »später herauszufinden, was Gott vorhatte.«

Und dann geschah etwas, was uns für einige Zeit alles andere vergessen ließ. Im Herbst 1956 kam der ungarische Aufstand und damit die Flucht von Hunderttausenden von verängstigten und enttäuschten Menschen in den Westen – nicht nur aus Ungarn, sondern auch aus Jugoslawien, Ostdeutschland und aus anderen kommunistischen Ländern. Die Flüchtlinge wurden in großen Lagern untergebracht, in denen unglaubliche Zustände herrschen sollten. Ein Mann sprach vor dem Haus des Bürgermeisters zu den Einwohnern von Witte und bat um freiwillige Helfer für die Lager. Ich stieg in den ersten Bus, der Holland verließ.

Die Freiwilligen nahmen nur den vorderen Teil des Busses ein, der im übrigen mit Lebensmitteln, Kleidung und Medikamenten für die größten Flüchtlingslager – in Westdeutschland und Österreich – gefüllt war.

Wir hatten zwar Schlimmes gehört, aber auf das, was wir hier vorfanden, waren wir nicht gefaßt. Zehn Familien in einem Raum! Einige von Ihnen versuchten etwas Intimsphäre zu wahren, indem sie tagsüber ihre Bettücher als Wände aufhängten.

Wir stürzten uns wie Schwimmer am Ufer des Ozeans in dieses Meer von Not; gaben Kleider und Medikamente aus, schrieben Briefe, um getrennte Familien zusammenzuführen, und stellten Anträge auf Einreisevisa. Und natürlich hielt ich, sooft ich konnte, Andachten. Dabei machte ich eine erstaunliche Entdeckung. Die meisten dieser Menschen kannten die Bibel überhaupt nicht. Die, die unter den alten Regimen aufgewachsen waren, waren meist Analphabeten. Die jüngeren, die unter dem Kommunismus groß geworden waren, waren zwar besser ausgebildet, aber natürlich nicht auf religiösem Gebiet.

So begann ich, meist von Dolmetschern unterstützt, ein paar kleinen Gruppen Anfangsunterricht in biblischer Geschichte zu erteilen. Ich wußte aus Erfahrung, wie mächtig dieses Wissen sein konnte, war aber nicht darauf gefaßt, wie es auf Menschen wirken würde, denen es völlig neu war. Ich erlebte, wie aus tiefverzweifelten Menschen Säulen der Kraft für ganze Baracken wurden; wie sich Verbitterung in Hoffnung, Scham in Stolz verwandelten. Ich erinnere mich an ein altes Ehepaar, Flüchtlinge aus Jugoslawien. Die Frau war sehr dick und übelriechend und hatte zentimeterlange Haare am Kinn. Sie versuchte wenigstens den Platz um ihre Betten herum sauber und ordentlich zu halten, während ihr Mann, der durch die Flucht von seinem Bauernhof völlig aus dem Gleichgewicht geraten war, auf dem Rand seines Feldbettes saß und vor- und zurückschaukelte.

Dieses alte Ehepaar fing an, die Bibelstunden zu besuchen, die ich in ihrer Baracke hielt. Zuerst waren sie offenbar von dem, was sie hörten, wie vom Donner gerührt. Der alte Mann weinte hemmungslos. Als ich etwa die vierte Stunde hielt, bemerkte ich, daß die Kinnhaare der Frau verschwunden waren und daß ihr Mann sich rasiert hatte.

Das waren winzige Kleinigkeiten. Aber sie zeigten, wie es auf zwei Menschen wirkte, sich als geliebte Kinder Gottes zu fühlen.

»Wenn ich nur . . .«, begann der alte Mann eines Tages nach der Stunde und hielt dann inne.

»Wenn Sie nur was?« fragte der Dolmetscher ermunternd.

»Wenn ich nur das alles schon vor Jahren zu Hause in Jugoslawien gewußt hätte!«

Jugoslawien – das wurde auch mein Traum.

Die Kleider und Vorräte, die wir mitgebracht hatten, waren schon längst verteilt, und wir fuhren nach Holland zurück, um noch mehr zu sammeln. Während ich zu Hause war, ging ich nochmals ins jugoslawische Konsulat, um erneut um Einreisegenehmigung zu bitten.

Wieder mußten Formulare in dreifacher Ausfertigung ausgefüllt und Fotos – von denen ich mir jetzt gleich zwanzig Stück machen ließ – beigefügt werden. Und wieder hieß es: »Es wird eine Weile dauern . . .«

Nur einmal zögerte ich beim Ausfüllen. In der Mitte der Seite war die bekannte leere Stelle für »Beruf«. Ich hatte das Gefühl, als ob mein Beruf bei meinen früheren Anträgen gegen mich gesprochen hätte. Aber wie hieß der Satz, den wir in Glasgow gelernt hatten? »Wandle im Licht! Verbirg und verheimliche nichts! Sei in allem offen und transparent für alle!« Und so schrieb ich wie früher in Blockschrift MISSIONAR und ließ die ausgefüllten Formulare auf dem Schreibtisch liegen.

Als unser Bus wieder mit Kleidern und Bettüchern, mit Milchpulver, Kaffee und Schokolade gefüllt war, machten wir uns erneut auf den Weg ins Flüchtlingslager. Ich arbeitete gerade in Westberlin, als das Telegramm kam, das mir Vaters Tod anzeigte. Er war in seinem Garten gestorben.

Ich nahm den nächsten Zug nach Hause. Die schlichte Trauerfeier wurde am Grab abgehalten. Wie das in dem an Land armen Holland üblich ist, wurde Mutters Grab geöffnet und Vaters Sarg auf den ihren hinuntergelassen.

Jetzt war das alte Haus wirklich leer. Wie vermißte ich die dröhnende Stimme, die es vom Flur bis zu den Dachsparren erfüllt hatte! Wie vermißte ich die gebeugte Gestalt, die so geduldig die langen Reihen von Salat und Gemüse bearbeitet hatte! Wie vermißte ich seine Liebe für alles Wachsende!

Ich fuhr nach Deutschland zurück und schaltete mich mehr denn je in die Flüchtlingsarbeit ein. Ehe durch den ungarischen Aufstand die neueste Woge von Flüchtlingen in die alten Lager dort gespült wurde, waren sie von aller Welt vergessen gewesen. In diesen Lagern von Westberlin lebten seit Jahren die Opfer des nationalsozialistischen Wahnsinns, die Tausende von Heimatlosen und Verschleppten. Für mich waren sie die bedauernswertesten aller Menschen, besonders die Kinder. Ich lernte Elf- und Zwölfjährige kennen, die nie ein richtiges Haus von innen gesehen hatten. Da zwei Einzelpersonen mehr Raum und mehr Kleider erhielten als ein Ehepaar, heirateten nur wenige von den Flüchtlingen, und die meisten Kinder waren unehelich. Monatelang bemühte ich mich, eine Gruppe dieser Halbwüchsigen nach Holland zu bekommen. Ich kannte viele Familien, die bereit gewesen wären, sie aufzunehmen. Auch Geltje und Maartje hätten ein paar genommen. Aber jedesmal scheiterte es an ihrem Gesundheitszustand. In diesen kalten, feuchten Baracken war die Tuberkulose zu Hause. Die Plakate an den Wänden, die gesunden Jugendlichen Einreise nach Schweden oder in die USA anboten, waren ein Hohn für die Kranken, die neunzig Prozent eines jeden Lagers ausmachten.

Mitten in dieser hoffnungslosen, herzzerreißenden Arbeit war mir eines Morgens während meiner Stillen Zeit, als hörte ich eine Stimme sagen:

»Heute bekommst du die Einreiseerlaubnis für Jugoslawien.«

Ich war skeptisch. Ich hatte meine noch schwebenden Anträge auf Visa für Jugoslawien und andere Länder fast vergessen, so völlig war ich von den Lagern in Anspruch genommen. Trotzdem ertappte ich mich dabei, daß ich aus dem Fenster des Freiwilligenheims hinausblickte und auf die Morgenpost wartete. Als die Briefträgerin kam, lief ich ihr entgegen.

»Ein Brief für Sie aus Holland!« sagte sie und suchte einen Augenblick in ihrer Tasche.

Ich nahm den Brief. Meine Heimatanschrift war durchgestrichen, und darüber stand in Geltjes Handschrift die Adresse des Heims in Berlin. In der linken Ecke des Umschlags war der Stempel der jugoslawischen Botschaft in Den Haag.

»Danke!« sagte ich, riß den Brief genau an dieser Ecke auf und starrte verständnislos auf seinen Inhalt. Die jugoslawische Regierung bedauerte, mir mitteilen zu müssen, daß mein Antrag auf ein Visum abgelehnt sei.

Was sollte das bedeuten? Dieser Brief war mir irgendwie angekündigt worden, aber mit einer positiven Nachricht. Konnte es sein, daß ich zum jugoslawischen Konsulat in Berlin gehen und einen neuen Antrag stellen sollte? Ich lief in mein Zimmer, ergriff rasch ein paar Fotos und rannte zur Straßenbahn. Eine Stunde später füllte ich wieder diese langen Formulare dreimal aus. Und wieder kam ich zu der Zeile: »Beruf«.

»Herr«, betete ich leise, »was soll ich hier schreiben?«

Und plötzlich fiel mir Jesu Missionsbefehl ein:

»Gehet hin und lehret alle Völker . . .«

So war ich also ein Lehrer? Ich schrieb LEHRER auf die Formulare und gab sie dem Beamten.

»Nehmen Sie bitte dort Platz, mein Herr, ich werde Ihren Antrag sofort prüfen lassen.«

Er verschwand in einem anderen Zimmer. Ich wartete bange zwanzig Minuten. Mir war, als hörte ich das Ticken eines Morseapparates. Aber das mußte wohl ein Irrtum gewesen sein; denn der Beamte kam lächelnd zurück und wünschte mir eine glückliche Reise in sein Land.

Ich mußte irgend jemandem die gute Nachricht erzählen. Meinen Verwandten? Wir hatten kein Telefon, und es war unangenehm, die Nachbarn zu belästigen. Den Whetstras? Ja! Ich konnte die Whetstras anrufen.

Ich meldete ein Ferngespräch an und bekam Herrn Whetstra persönlich an den Apparat.

»Hier ist Andrew. Wie schön, Sie mitten am Tag zu Hause anzutreffen!«

»Ich dachte, du wärst in Berlin?«

»Bin ich auch!«

»Es tat uns so leid zu hören, daß dein Vater gestorben ist.«

»Vielen Dank! Aber heute habe ich eine gute Nachricht, Herr Whetstra. Ich konnte nicht anders, ich mußte es Ihnen erzählen. Ich habe zwei Papiere in meiner Hand. Eins stammt vom jugoslawischen Konsulat in Holland, das meinen Antrag auf Einreiseerlaubnis ablehnt, und das andre ist mein Reisepaß mit einem Visum-Stempel der jugoslawischen Botschaft hier in Berlin. Ich habe es geschafft, Herr Whetstra! Ich gehe als Missionar hinter den Eisernen Vorhang.«

»Andrew, du solltest lieber erst wegen deiner Schlüssel nach Hause kommen.«

»Entschuldigen Sie, Herr Whetstra, die Verbindung ist wohl schlecht. Es klang, als hätten Sie ›Schlüssel‹ gesagt.«

»Ja, für deinen Volkswagen! Meine Frau und ich haben alles genau besprochen, und niemand kann uns umstimmen. Schon vor Monaten haben wir beschlossen, dir unser Auto zu geben, wenn du die Einreisegenehmigung bekommst. Komm nach Hause und hol dir deinen Schlüssel!«

Als ich in Amsterdam ankam, versuchte ich es ihnen tatsächlich auszureden. Solch ein großes Geschenk konnte ich doch nicht so ohne weiteres annehmen!

»Und was wird aus Ihrem Geschäft?« fragte ich.

»Unser Geschäft?« sagte Herr Whetstra fast verächtlich. »Andrew, du stehst in des Königs Geschäft! Nein, wir haben darüber gebetet, und das sind die Anweisungen, die wir bekommen haben.«

Und so ging ich noch am selben Nachmittag mit Herrn Whetstra zur Polizei, um die Papiere auf mich überschreiben zu lassen, und wurde der staunende Besitzer eines fast neuen, wunderschönen blauen Volkswagens.

Das einzige Unangenehme an der Sache war, daß ich damit nach Witte fahren mußte.

Ich versuchte, unbemerkt hineinzugelangen. Aber man kann sich nicht unbeobachtet mit einem hellblauen VW in ein kleines holländisches Dorf wie Witte hineinstehlen. Der ganze Ort versammelte sich sofort um mich, um zu erfahren, wem der Wagen gehörte. Und – was ich schon geahnt hatte – keiner war erfreut, als ich sagte, daß er mir gehöre. Was wollte der Sohn eines Schmieds mit einem Auto machen?

»Religion ist ein gutes Geschäft, nicht wahr, Andrew?« sagte ein Mann und tat, als ob er Geld zählte.

Alle lachten, und obwohl ich ihnen immer wieder sagte, daß der Wagen ein Geschenk von Whetstras sei, konnte ich sehen, daß es ihnen nicht paßte: Der Sohn eines Schmieds hatte eben nicht Auto zu fahren. Die Familien in Witte hatten mir oft ein paar Groschen von ihrem Haushaltsgeld für meine Arbeit in den Flüchtlingslagern gegeben. Das hörte nun auf. Mein Verhältnis zu meinem Heimatort wurde nie wieder so, wie es gewesen war.

Aber ich hatte zu tun! Ich brachte mehrere Tage damit zu, meine Reise vorzubereiten, Amsterdam nach jeder Art christlicher Literatur in jugoslawischer Sprache abzusuchen und in meinem Auto Stellen zu finden, wo ich sie verstecken konnte. Ein wenig Zeit verbrachte ich auch damit, mich zu fragen, wie Gott das Geld für diese Reise beschaffen würde.

Ende März wollte ich nach Jugoslawien fahren. Kurz vorher besuchte ich noch Karl de Graaf in Amersfoort. Ich war gespannt, was er für ein Gesicht machen würde, wenn er das Auto sah, den sichtbaren Beweis für das, was er bisher nur durch den Glauben gewußt hatte.

Aber Karl de Graaf schien überhaupt nicht überrascht zu sein.

»Ja, ich dachte mir schon, daß Sie es jetzt haben müßten«, sagte er. »Denn Gott hat uns gesagt, daß Sie in den nächsten zwei Monaten einen zusätzlichen Geldbetrag brauchen würden. Hier ist er.«

Er zog einen Umschlag aus der Tasche und gab ihn mir. Ich öffnete ihn gar nicht erst. Ich kannte diese Gebetsgruppe nun schon gut genug, um zu wissen, daß der Umschlag genau die Summe enthielt, die ich für die Reise nötig haben würde. Und so verabschiedete ich mich dankbaren Herzens von ihm, von den Whetstras und von meiner Familie und verließ Holland, um hinter den Eisernen Vorhang nach Jugoslawien zu fahren.

## Laternen im Dunkeln

Gerade vor mir lag die jugoslawische Grenze. Zum erstenmal in meinem Leben war ich im Begriff, auf eigene Faust ein kommunistisches Land zu betreten, und nicht als Mitglied einer Gruppe, die von der Regierung eingeladen und finanziert worden war. Ich parkte meinen VW am Rande des kleinen österreichischen Dorfes und machte Inventur.

Im Jahre 1957 erlaubte die jugoslawische Regierung ihren Besuchern, nur Dinge für ihren persönlichen Gebrauch mitzubringen. Da überall im Lande der Schwarze Markt blühte, waren alle neuen oder in größerer Anzahl mitgeführten Sachen verdächtig. Besonders gedrucktes Material wurde, auch in kleinen Mengen, an der Grenze beschlagnahmt. Da es von außerhalb des Landes kam, wurde es als ausländische Propaganda betrachtet. Hier stand ich nun mit einem Auto voller Traktate, Bibeln und Bibelteilen. Wie sollte ich damit an dem Grenzposten vorbeikommen? Und so betete ich zum ersten Mal das Gebet des Schmugglers Gottes, das ich noch viele Male beten sollte:

»Herr, ich habe in meinem Gepäck Bibeln, die ich zu deinen Kindern über diese Grenze bringen möchte. Als du auf der Erde warst, hast du blinde Augen sehend gemacht. Jetzt bitte ich dich, mach sehende Augen blind! Laß die Posten nicht sehen, was du sie nicht sehen lassen willst!«

Mit diesem Gebet gewappnet, ließ ich den Motor an und fuhr bis zum Schlagbaum. Die beiden Posten schienen sowohl überrascht als auch erfreut zu sein, mich zu sehen. Ich war gespannt, was sie nun alles machen würden. Daraus, wie sie meinen Reisepaß anstaunten, war zu schließen, daß es der erste holländische war, den sie bisher gesehen hatten. Auf deutsch versicherten sie mir, daß nur ein paar Formalitäten zu erledigen seien. Dann könnte ich weiterfahren.

Einer von ihnen fing nun an, in meiner Campingausrüstung herumzustöbern. In den Falten meines Schlafsacks und meines Zeltes waren Schachteln mit Traktaten.

»Herr, mach diese sehenden Augen blind!«

»Haben Sie irgend etwas zu verzollen?«

»Nun, ich habe mein Geld, eine Armbanduhr, einen Fotoapparat ...«

Der andere Posten schaute in den VW hinein. Er bat mich, einen Koffer herauszunehmen. Ich wußte, daß Traktate zwischen meiner Wäsche verstreut lagen.

»Selbstverständlich, mein Herr!« sagte ich.

Ich zog den Vordersitz nach vorn, nahm den Koffer heraus, legte ihn auf die Erde und öffnete den Deckel. Der Posten hob die Hemden hoch, die obenauf lagen. Darunter und jetzt deutlich zu sehen war ein Stapel Traktate in zwei jugoslawischen Sprachen, in Kroatisch und Slowenisch. Wie würde Gott mit dieser Situation fertig werden?

»Es ist ziemlich trocken für diese Jahreszeit«, sagte ich zu dem anderen Posten und begann über das Wetter zu sprechen, ohne mich um den zu kümmern, der den Koffer inspizierte. Ich erzählte ihm von meiner Heimat und den Polder, und daß es dort immer feucht war. Als ich die Spannung schließlich nicht mehr ertragen konnte, sah ich mich um. Der andere Posten warf nicht einmal einen Blick auf den Koffer. Er hörte mir zu. Als ich mich umdrehte, fing er sich und sagte:

»Na schön! Haben Sie sonst noch etwas anzugeben?«

»Nur ›kleine‹ Sachen«, erwiderte ich. Die Traktate waren ja auch klein.

»Damit wollen wir uns nicht abgeben«, sagte der Posten. Er winkte mir zu, den Koffer wieder zu schließen, und gab mir mit einer grüßenden Handbewegung meinen Paß zurück.

Mein erstes Ziel war Zagreb. Die Holländische Bibelgesellschaft hatte mir den Namen eines dort wohnenden Christen gegeben, der früher gelegentlich größere Mengen Bibeln bestellt hatte. Ich nenne ihn Jamil. Seit Tito 1945 Ministerpräsident geworden war, hatten sie jedoch nichts mehr von ihm gehört. Ich wagte kaum zu hoffen, daß er noch unter derselben Adresse dort wohnte. Aber da mir keine andere Wahl blieb, hatte ich einen vorsichtig formulierten Brief an ihn geschrieben, in dem ich erwähnte, daß gegen Ende März ein Holländer sein Land besuchen werde. Und jetzt fuhr ich nach Zagreb, um diese Adresse zu suchen.

Um die wunderbaren Fügungen bei diesem ersten Kontakt mit

Christen in Jugoslawien hervorzuheben, muß ich erzählen, was mit meinem Brief passierte – obwohl ich das natürlich erst später erfuhr. Er war richtig ausgetragen worden, aber Jamil war schon lange weggezogen. Der neue Mieter wußte nicht, wohin, und schickte den Brief an die Post zurück. Dort blieb er zwei Wochen liegen, bis man Jamils neue Anschrift gefunden hatte. An dem Tag, als ich in Jugoslawien einreiste, wurde er ihm zugestellt. Jamil las ihn kopfschüttelnd. Wer war dieser geheimnisvolle Holländer? Durfte er sich mit ihm in Verbindung zu setzen versuchen?

Mit dem unbestimmten Gefühl, irgend etwas unternehmen zu müssen, stieg Jamil in eine Straßenbahn und fuhr zu seinem früheren Wohnhaus. Aber was nun? Jamil stand auf dem Bürgersteig und fragte sich, ob der Holländer vielleicht schon da gewesen sei und bei den Nachbarn nach einem gewissen Jamil gefragt habe. Sollte er es wagen, zu dem neuen Mieter zu gehen und ihm die verdächtige Geschichte erzählen, daß eines Tages ein unbekannter Holländer kommen und nach ihm, Jamil, fragen würde? Oder was sollte er sonst tun? In diesem Augenblick fuhr ich an den Bordstein heran und hielt. Etwa einen halben Meter von Jamil entfernt, stieg ich aus. Er hatte mich natürlich gleich an meinem Nummernschild erkannt und ergriff meine Hände. Dann tauschten wir unsre Erlebnisse aus.

Jamil war überglücklich, daß ein ausländischer Christ in sein Land gekommen war. Er sagte dasselbe, was ich schon in Polen gehört hatte: allein die Tatsache, daß ich hier sei, genüge ihnen. Sie fühlten sich so verlassen.

Selbstverständlich werde er mir helfen, Kontakte mit Gläubigen in seinem Land herzustellen. Er kenne auch jemand, der mich als Dolmetscher und Reiseführer begleiten könne.

So brach ich ein paar Tage später mit einem jungen technischen Studenten namens Nikola auf, um den jugoslawischen Christen »Grüße« zu bringen.

Bei dieser ersten Autofahrt hinter dem Eisernen Vorhang entdeckte ich, daß ich eine Ausdauer besaß, wie ich sie mir niemals hätte träumen lassen. Mein Visum war fünfzig Tage gültig. Sieben Wochen hindurch predigte, unterrichtete und ermutigte ich und verteilte Schriften. Während dieser Zeit hielt ich mehr als achtzig Versammlungen und sprach sonntags nicht weniger als sechsmal. Ich predigte in großen Städten, in kleinen Dörfern und auf abgelegenen Bauernhöfen. Ich sprach öffentlich im Norden und heimlich im Süden, wo der kommunistische Einfluß am stärksten war.

Auf den ersten Blick schien es mir nicht so, als ob die Kirche in Jugoslawien besonders verfolgt werde. Ich mußte mich anmelden, wenn ich in einen neuen Distrikt kam, aber es stand mir frei, Gläubige in ihren Häusern zu besuchen. Die Kirchen arbeiteten öffentlich. Nach einiger Zeit ließ ich den Vorwand, »Grüße« zu bringen, fallen und fing einfach an zu predigen. Niemand hatte etwas dagegen. Einige meist an der Grenze gelegene Sperrgebiete ausgenommen, konnte ich innerhalb des Landes hinfahren, wohin ich wollte, ohne daß Reiseführer der Regierung kontrollierten, was ich tat.

Das lief auf eine Art wirklicher Freiheit hinaus, die viel größer war, als ich erwartet hatte. Aber als ich Jugoslawien allmählich immer besser kennenlernte, merkte ich, wie die Regierung vorging, um die Christen langsam zu zermürben. Sie konzentrierte ihre Bemühungen dabei offensichtlich auf die Kinder. Laßt die alten Leute in Ruhe, aber bringt die Jugend von der Kirche ab!

Eine der ersten Kirchen, die Nikola und ich besuchten, war eine römisch-katholische in einem kleinen Dorf in der Nähe von Zagreb. Ich stellte fest, daß es dort in der ganzen Gemeinde nicht eine einzige Person unter Zwanzig gab, und fragte Nikola nach dem Grund. Daraufhin stellte er mich einer Bauersfrau vor, die einen zehnjährigen Sohn hatte.

»Sagen Sie Bruder Andrew, warum Josif nicht hier ist!« bat er sie.

»Warum mein Josif nicht mitgekommen ist?« Ihre Stimme klang bitter. »Weil ich eine ungebildete Frau bin. Der Lehrer sagt meinem Sohn, daß es keinen Gott gibt. Die Regierung sagt ihm, daß es keinen Gott gibt. Sie sagen zu ihm: ›Deine Mutter erzählt dir vielleicht etwas anderes. Aber wir wissen es natürlich besser. Du mußt bedenken, daß deine Mutter keine Bildung besitzt. Wir wollen sie in Ruhe lassen.‹ So kommt mein Josif nicht mit in die Kirche. Ich werde in Ruhe gelassen.«

Ein paar Tage später besuchten wir in einer anderen Stadt eine christliche Familie, als ich ein kleines Mädchen mitten am Vormittag draußen vor dem Haus im Sand spielen sah.

»Warum ist sie nicht in der Schule?« fragte ich Nikola.

Er erfuhr es von ihrer Mutter. Die kleine Marta war es von zu Hause gewöhnt, vor dem Essen zu danken. Als sie in der Schule vor dem gemeinsamen Mittagessen ebenfalls laut gebetet hatte, war der Lehrer böse geworden. Wer hatte für dieses Essen gesorgt, Gott oder die Menschen mit Hilfe ihrer guten Regierung?

»Was du da gesagt hast, war falsch, Marta. Du bringst den andern Kindern Unsinn bei.«

Aber Marta war so sehr daran gewöhnt, daß sie es am nächsten Tag wieder tat. Und dafür wurde sie hinausgeworfen.

Doch erst in Mazedonien begegneten wir den ersten Zeichen wirklicher Angst bei den Kirchgängern. In diesem ärmsten der sechs jugoslawischen Staaten ist auch die Partei am stärksten. Unser erster Predigttermin dort war auf zehn Uhr vormittags angesetzt. Als wir jedoch in die Kirche kamen, war niemand da.

»Das verstehe ich nicht«, sagte Nikola und zog den Brief heraus, den wir vom Pastor bekommen hatten. »Ich weiß genau, daß es die richtige Kirche ist.«

Um elf hielten wir es für nutzlos, länger zu warten. Wir gingen hinaus zu unserm Wagen. Als wir gerade einsteigen wollten, kam ein Dorfbewohner vorbei, blieb einen Augenblick stehen, um mir warm die Hand zu drücken, wünschte mir Gottes Segen und ging weiter. Ich wollte mich gerade umdrehen, um die Autotür zu öffnen, als ein andrer Mann aus dem Dorf vorbeischlenderte und das gleiche tat. Vierzig Minuten lang machte das ganze Dorf an diesem Morgen zufällig einen Bummel, und alle kamen zufällig am Auto des zu Besuch weilenden Predigers vorbei, so daß sie ihn sehen und ihm die Hand drücken konnten.

Sogar Nikola wußte nicht, wie er das deuten sollte. Ein paar Tage später hatten wir in einer anderen Stadt in Mazedonien eine Abendversammlung auf acht Uhr festgesetzt. Der Pastor lud uns vorher zum Abendessen ein. Fünf Minuten vor acht fragte ich ihn, ob wir nicht jetzt in die Kirche gehen wollten.

»Nein«, sagte er und sah zum Fenster hinaus. »Es ist noch nicht soweit.«

Um acht Uhr fünfzehn erinnerte ich ihn noch einmal.

»Meinen Sie nicht, daß die Leute warten?«

»Nein, es ist noch nicht soweit.«

Wieder bemerkte ich, daß er zum Fenster hinausblickte, ehe er antwortete.

Um acht Uhr dreißig blickte der Pastor wieder zum Fenster hinaus und nickte dann.

»Jetzt können wir gehen«, sagte er. »Die Leute kommen nicht eher zur Kirche, als bis es dunkel geworden ist. Was wir tun, ist zwar nicht verboten, aber – nun – es lohnt sich, vorsichtig zu sein.«

Und dann sah ich das Schauspiel, mit dem ich in Mazedonien so vertraut werden sollte. Überallher aus dem Dunkel leuchteten Petroleumlampen. Die Bauern kamen zu zweien oder dreien – niemals mehr – über die Felder, und jeder trug eine Lampe. Dann kamen die

Einwohner des Städtchens aus ihren kleinen Lehmhäusern längs der einzigen Straße. Sie trugen ihre Lampen so tief, daß ihre Gesichter im Schatten lagen.

Niemand schien es zu stören, in der Kirche erkannt zu werden. Jeder ging ja dasselbe Risiko ein.

Die Lampen wurden an Haken an den Seitenwänden der Kirche aufgehängt, so daß ein warmes, freundliches Licht über der ganzen Versammlung lag. Ich sprach über Nikodemus, der spät in der Nacht kam, um Jesus zu befragen.

»Auch er hatte es für ratsam gehalten, den Herrn im Schutze der Dunkelheit aufzusuchen«, sagte ich. »Darauf kommt es nicht an. Zeit und Ort werden uns immer vorschreiben, wie wir unsere ersten Schritte auf Gott zu machen.«

Über zweihundert Menschen waren an diesem Abend gekommen, um den ausländischen Prediger zu hören. Fünfundachtzig benutzten die Gelegenheit, um Jesus erneut ihr Leben zu weihen, auch wenn das im Augenblick durch Dunkelheit führte.

In einem anderen Ort in Mazedonien hatten wir unsere einzige bedenkliche Begegnung mit der Polizei.

Ich hatte Nikola gesagt, daß ich Christen in großen und kleinen Städten besuchen wolle. Nosaki war eine kleine Stadt, na schön! Aber dorthin zu gelangen, war gar nicht so leicht.

Wir hatten uns noch einen zweiten Reiseführer mitgenommen, der uns durch Mazedonien lotsen sollte, das Nikola kaum kannte – einen prächtigen Christen, den alle »Kleiner Onkel« nannten. Jetzt zeigte Onkel auf zwei Radspuren, die mitten durch ein Feld führten, und versicherte uns, daß das die Straße nach Nosaki sei. Die Spuren wurden schwächer, und wir sanken immer tiefer ein, bis das Fahrgestell des Autos auf der lockeren Erde schleifte und wir schließlich merkten, daß wir über ein frisch gepflügtes Feld fuhren.

»Das war nun also die Straße, Onkel! Wie geht es jetzt weiter?« fragte ich.

»Aber wir sind ja schon da«, erwiderte er und zeigte auf eine Baumgruppe in der Ferne.

So stiegen wir aus und stapften über das Feld, bis wir zu der kleinen Ansammlung von Lehmhütten kamen, die sich Nosaki nannte. Es sollte eine Kirche hier sein, aber wir sahen keine. Nikola erkundigte sich und erfuhr, daß es in der Tat eine Kirche im Dorf gab. Aber sie bestand aus nur einem einzigen Mitglied, der Witwe Anna. Sie hatte ihr Heim in eine Kirche verwandelt, in die aber niemand kam.

Wir gingen zu Anna. Sie war erstaunt, daß ein Missionar in ihr kleines Dorf gekommen war.

»Ich sollte aber eigentlich nicht überrascht sein«, sagte sie, sich selbst verbessernd. »Habe ich nicht um Hilfe gebetet?«

Anna zeigte uns ihre Kirche. Es war verboten, in einem Privathaus Gottesdienste abzuhalten. So hatte Anna einfach ein Zimmer abgetrennt und ein Schild an die Tür gehängt, auf dem »Molitven Dom« (Gebetshaus) stand. Als sie das Schild anbrachte, runzelten die paar Parteimitglieder im Dorf die Stirn; aber niemand erhob ernstlich Einspruch. Schließlich war doch Anna ganz allein mit ihrem albernen Aberglauben, und sie schadete niemand damit.

Aber jetzt war ein Prediger da. Die Kunde verbreitete sich von Hütte zu Hütte. Fast niemand im Dorf hatte bisher jemand von außerhalb Mazedoniens, geschweige denn aus dem Ausland, zu Gesicht bekommen.

Ob Neugier oder ob religiöse Gründe die treibenden Kräfte waren, ich weiß es nicht. Jedenfalls sah es an diesem Abend nach Dunkelwerden aus, als seien die Felder ringsum voller Glühwürmchen, die zu Annas Haus hinflimmerten.

Wir begannen den Gottesdienst damit, daß wir sie zunächst einmal ein Lied lehrten. Dann erzählten wir ihnen die Jesus-Geschichte, da uns Anna versichert hatte, daß die jüngere Generation sie noch nie gehört habe. Wir sangen gerade ein zweites Lied, als plötzlich laut an die Tür geklopft wurde. Alle hörten auf zu singen.

Anna öffnete die Tür, und da standen zwei uniformierte Polizisten. Sie kamen herein und standen dann längere Zeit einfach da und ließen ihre Augen über die kleine Gemeinde schweifen. Dann zogen sie ihre Notizbücher heraus und schrieben sich Namen auf. Als sie damit fertig waren, stellten sie ein paar Fragen über Nikola und mich und gingen dann so plötzlich, wie sie gekommen waren.

Aber die Versammlung war gestört. Mehrere Dorfleute gingen sofort nach Hause, und die, die blieben, sangen ohne große Begeisterung. Ich war überrascht, daß überhaupt jemand die Hand hob, als ich fragte, wer Christus nachfolgen wolle. Und doch taten es mehrere.

»Sie haben heute abend gesehen, was das bedeuten kann«, sagte ich. »Wollen Sie wirklich seine Jünger werden?«

Noch immer blieben ein paar dabei. So entstand an diesem Abend eine kleine Gemeinde. Aber sie hatte keine Chance zu wachsen. Nikola schrieb mir ein Jahr später, daß sie von der Regierung aufgelöst worden sei. Der »Kleine Onkel« sei dafür, daß er uns geholfen habe, des Landes verwiesen worden und lebe jetzt in Kalifornien. Annas

»Gebetshaus« sei geschlossen worden. Er selbst habe in Zagreb vor Gericht angeben müssen, was für eine Rolle er an diesem Abend gespielt habe. Der Richter habe ihn gerügt und zu einer Geldstrafe von zweihundert Mark verurteilt. Er glaube, daß er nur deshalb, weil er Student sei, nicht härter bestraft worden sei.

Warum die Regierung gegen diese besonders isolierte kleine Gemeinde so scharf vorging, während sie andere in Ruhe ließ, haben weder Nikola noch ich jemals verstanden.

Das Autofahren in Jugoslawien war außerordentlich beschwerlich. Entweder wir fuhren gefährliche Gebirgspfade hinauf, oder wir mußten zwischen steilen Hängen dahinfließende Bäche durchqueren.

Aber die größte Gefahr für den kleinen VW war der Staub. Staub lag auf den ungepflasterten Straßen wie eine Decke. Er drang sogar durch die geschlossenen Fenster zu uns herein. Und ich wagte gar nicht daran zu denken, was für Schaden er am Motor anrichtete. Jeden Morgen in unsrer Stillen Zeit beteten Nikola und ich auch für unser Auto.

»Herr, wir haben weder Zeit noch Geld für Reparaturen. Bitte hilf, daß der Wagen uns nicht stehenbleibt!«

Eine der Eigenheiten einer Reise in Jugoslawien im Jahre 1957 waren die freundlichen Stops auf den Landstraßen. Autos, besonders ausländische, waren noch eine solche Seltenheit, daß zwei Fahrer, die sich begegneten, fast immer anhielten, um ein paar Worte über die Straßenverhältnisse, das Wetter, den Benzinverbrauch und die Brükken zu wechseln. Eines Tages fuhren wir eine staubige Gebirgsstraße entlang, als wir einen kleinen Lastwagen auf uns zukommen sahen. Da er seitlich heranfuhr, hielten wir ebenfalls an.

»Hallo!« sagte der Fahrer. »Ich glaube, ich weiß, wer Sie sind. Sie sind der holländische Missionar, der heute abend in Terna predigen will.«

»Das stimmt!«

»Und das hier ist der Wunderwagen?«

»Der Wunderwagen?«

»Ich meine, das Auto, für das Sie jeden Morgen beten.«

Ich mußte lachen. In einem früheren Gottesdienst hatte ich dieses Gebetsanliegen erwähnt, und das hatte sich offenbar schon herumgesprochen.

»Ja«, sagte ich, »das ist das Auto.«

»Darf ich es mir einmal ansehen? Ich bin Mechaniker.«

»Ich wäre sogar dankbar.«

Ich hatte Benzin getankt, aber das war buchstäblich alles, was ich für das Auto getan hatte, seit ich über die Grenze gekommen war. Der Mechaniker ging nach hinten und öffnete die Haube. Dann stand er lange da und starrte nur immer auf den Motor.

»Bruder Andrew«, sagte er schließlich, »jetzt glaube ich an Wunder. Es ist technisch unmöglich, daß dieser Motor läuft. Sehen Sie sich den Luftfilter an! Den Vergaser! Die Zündkerzen! Nein, es tut mir leid. Dieses Auto kann nicht fahren!«

»Und doch hat es uns Tausende von Kilometern befördert.«

Der Mechaniker schüttelte den Kopf.

»Bruder«, sagte er, »würden Sie mir erlauben, Ihren Motor zu reinigen und einen Ölwechsel vorzunehmen? Es tut mir richtig weh, zu sehen, wie Sie ein Wunder mißbrauchen.«

Dankbar folgten wir dem Mann in sein Dorf, das ein paar Kilometer von Terna entfernt lag. Während wir an diesem Abend predigten, nahm er den Motor auseinander, reinigte ihn, wechselte das Öl, und als wir am nächsten Morgen abfahrbereit waren, beschenkte er uns mit einem strahlend neuen Auto. Gott hatte unsere Gebete erhört.

Am 1. Mai, dem Feiertag der Kommunisten, fuhren wir nach Belgrad. In der ganzen Stadt war weder ein Bett noch ein Sitzplatz in einem Restaurant zu finden.

Nikola und ich hätten im Auto geschlafen, wenn uns der Pastor nicht mit zu sich nach Hause genommen hätte. In seiner Kirche erlebten wir dann das, was meinem Dienst bis zu diesem Augenblick seine besondere Form gegeben hat.

Nikola und ich standen auf dem Podium eines so dicht besetzten Saals, daß wir nicht einmal den Flanellograph aufstellen konnten, mit dem ich meine Geschichten aus der Bibel illustrierte. Mitten im Gottesdienst fing plötzlich jemand an zu hämmern. Im nächsten Augenblick sahen wir, daß eine Tür ausgehängt worden war, so daß eine Menge Menschen die Predigt vom Chorraum aus mithören konnten. Das waren nicht die Landleute mit den ernsten Augen, die ich so liebgewonnen hatte, sondern intellektuelle, ziemlich gutgekleidete Stadtbewohner.

Nach der Ansprache baten wir darum, daß jeder, der sein Leben Christus übergeben oder eine frühere Hingabe erneuern wolle, die Hand heben möge.

Alle Hände flogen hoch.

Sie hatten mich sicher nicht richtig verstanden! Ich erklärte, was für ein ernster Schritt das sei und was es bedeute, unter einer feindlich gesinnten Regierung ein Jünger Jesu zu sein. Dann wandte ich mich mit einem zweiten Aufruf an sie, diesmal mit der Bitte, sich zu erheben.

Die ganze Gemeinde stand auf.

Ich war erstaunt. Eine solche Bereitschaft zur Nachfolge Jesu hatte ich noch nie erlebt. Von ihrer Freude und Begeisterung mitgerissen, schilderte ich, wie wichtig tägliches Gebet und Bibellesen sei, damit aus neugeborenen Kindern in Christo reife Streiter in seinen Reihen würden. Ich gab ihnen einen kurzen Überblick über das Bibelstudium, wie es im Missions-Seminar betrieben wurde, als ich plötzlich bemerkte, daß sich etwas verändert hatte. Zum ersten Mal vermieden es die Leute in dieser aufgeschlossenen Gemeinde, mich anzusehen. Sie schauten auf ihre Hände, auf die Banklehnen – überallhin, nur nicht auf mich.

Verdutzt drehte ich mich zum Pastor um. Auch er schien etwas verlegen zu sein, als er mir durch Nikola sagen ließ: »Beten, ja, das können wir jeden Tag. Was Sie darüber gesagt haben, gefällt mir. Aber in der Bibel lesen . . . Bruder Andrew, die meisten Leute hier haben keine Bibel.«

Ich starrte ihn ungläubig an. In ländlichen Gemeinden hatte ich mich an den Gedanken gewöhnt. Aber im gebildeten, weltoffenen Belgrad?

Ich wandte mich an die Gemeinde.

»Wie viele von euch besitzen Bibeln?«

In der ganzen Kirche wurden sieben Hände gehoben, einschließlich der des Pastors. Ich war wie betäubt. Schon lange hatte ich keine Bibeln mehr. Ich hatte sie alle weggegeben. Was sollte ich jetzt diesen Menschen hier zurücklassen, die so lernbegierig waren und die Führung so nötig hatten auf dem schweren Weg, den sie gewählt hatten – im Gegensatz zu den Millionen, die auf dem andern Weg marschierten?

Mit dem Pastor arbeiteten wir ein System aus, wie sich die Gemeinde in die Bibeln teilen konnte: einen Plan für Gruppenstudium, kombiniert mit persönlichem Benutzungsrecht – soundsoviel Stunden an dem und dem Tag für jedes Mitglied. Aber an demselben Abend versprach ich Gott, jede Bibel, deren ich habhaft werden konnte, zu seinen Kindern hinter die Mauer zu bringen, die Menschen gebaut hatten. Wie ich diese Bibeln kaufen, wie ich sie hinüberbringen würde, wußte ich nicht. Ich wußte nur, daß ich sie hinüberbringen würde – hierher nach Jugoslawien, in die Tschechoslowakei und in jedes andere Land, wo Gott die Tür so lange offen hielt, daß ich hineinschlüpfen konnte.

## Das dritte Gebet

Während ich durch Westeuropa nach Holland zurückfuhr, versuchte ich meine Reise hinter den Eisernen Vorhang auszuwerten. Ich war mehr als sieben Wochen unterwegs gewesen und fast zehntausend Kilometer gefahren. Ich hatte fast hundert Versammlungen gehalten und viele Verbindungen für zukünftige Arbeit aufgenommen.

Ganz besonders wichtig waren die Bekehrungen – Hunderte von Bekehrungen! Neue Christen, Männer, Frauen und Kinder, die eigentlich im Reiche Gottes lebten, gleichzeitig aber unter einer Regierung, die sagte, es gäbe keinen Gott. Wie würde ihr Leben weitergehen? Es war hart, sie in Drangsal und Entbehrungen zurücklassen zu müssen, deren Ausmaß ich nur ahnen konnte.

Was meinen Entschluß, ihnen Bibeln zu bringen, betraf, so sah das im überklaren Licht des Maimorgens sehr viel schwieriger aus als im Überschwang der Gefühle an jenem Abend in Belgrad. Im Jahre 1957 durfte man in kein einziges kommunistisches Land irgendwelche Bücher mitnehmen, geschweige denn christliche. Wie sollte ich die Bibeln hinüberbringen? Und wie sollte ich sie dort verteilen, ohne die zu gefährden, die mir dabei halfen? Welches Land brauchte sie am meisten, und wo sollte ich es zuerst versuchen? Alle diese Fragen bewegten mich unaufhörlich, während ich Kilometer um Kilometer dahinfuhr, immer mehr der Heimat zu.

Nein, verbesserte ich mich. Nicht der Heimat zu! Witte zu! Und Witte – das wurde mir jetzt blitzartig klar – Witte war nicht mehr Heimat für mich. Deshalb fuhr ich so langsam, hielt so oft an, um auf der Landkarte nachzusehen, und sprach mit jedem Bauern, den ich traf, über die Ernteaussichten.

Kein Zweifel! Seit ich Jugoslawien verlassen hatte, trödelte ich, um den Augenblick hinauszuschieben, wo ich wieder allein in meinem Junggesellenzimmer sein würde. Nach meines Vaters Tod war ich in sein kleines Zimmer über dem Geräteschuppen gezogen. Gewiß, es hatte einen separaten Eingang, so daß ich kommen und gehen konnte, ohne die andern im Hause zu stören. Aber um so mehr merkte ich, wie allein ich war.

Während einer Ruhepause in Deutschland holte ich meine Bibel hervor und öffnete sie beim hinteren Buchdeckel, auf den ich Gottes harte Antwort auf ein Gebet von mir niedergeschrieben hatte. Während ich eine Tasse Kaffee trank, dachte ich an jenen Abend in Jugoslawien, an dem ich mich auch so einsam gefühlt hatte.

»Herr«, hatte ich gebetet, »nächstes Jahr werde ich dreißig. Du hast eine Gehilfin für den Mann geschaffen, und ich habe die meine noch nicht gefunden. Herr, ich möchte dich heute abend um etwas bitten. Schenk mir bitte eine Frau!«

Diesen besonderen Gebetswunsch hatte ich in meiner Bibel vermerkt.

»12. April 1957, Nosaki. Habe um eine Frau gebetet.«

Daneben hatte ich Platz für Gottes Antwort freigelassen, die dann fünf Tage später gekommen war. In meiner Stillen Zeit wußte ich plötzlich mit unheimlicher Sicherheit, daß sie Jesaja 54,1 stand. Gespannt suchte ich die Stelle im AT und las:

». . . denn die Einsame hat mehr Kinder als die den Mann hat.«

Wieder und wieder las ich diese Worte, versuchte sie auf mich anzuwenden und versuchte mich über Gottes Willen zu freuen. Er wollte mir mehr Kinder, geistliche Kinder, geben, als ich jemals als ein Vater aus Fleisch und Blut haben könnte. Ich hatte die Antwort neben die Bitte geschrieben.

Aber als ich jetzt meine Tasse am Rande einer Wiese voller Frühlingsblumen langsam leer trank, fühlte ich, daß ich ganz und gar nicht geistliche Kinder meinte. Ich wünschte mir wirkliche, lebendige, lärmende und herumtobende Kinder mit schmutzigen Gesichtern und mit Holzschuhen , die repariert werden mußten, wenn sie sich damit geschlagen hatten. Vor allem wünschte ich mir eine Frau, ein liebevolles Menschenkind, das mir helfen würde, aus meinem Leben ein einheitliches Gewebe zu machen, statt der Flickendecke von Beziehungen, die nirgendwo verankert waren, statt dieses Nach-Hause-Strebens zu niemandem.

Wie wär's, wenn ich ihn jetzt sofort darum bat? Wie wär's, wenn ich einfach meine Bibel aufschlüge, meinen Finger hinfallen ließe, wo er gerade hinfiel, und dann diesen neuen Vers als Gottes wirkliche Antwort betrachtete? Ich hatte immer über die Leute gelacht, die auf diese Weise nach Führung suchten. Aber es war solch ein herrlicher Frühlingstag, wo etwas geschehen konnte . . . und so schloß ich die Augen, öffnete die Bibel aufs Geratewohl und ließ meinen Finger auf die Seite fallen. Ich traute meinen Augen nicht. Er zeigte auf Jesaja 54,1: ». . . denn die Einsame hat mehr Kinder als die den Mann hat.«

Ich sagte mir, ich müßte die Seite irgendwie gekniffen haben, während ich sie damals so intensiv gelesen hatte. Aber was nützte das? Völlig ernüchtert schrieb ich hinten in die Bibel die wiederholte Bitte und die wiederholte Antwort.

»Die Botschaft gefällt mir nicht, Herr, aber sie ist wenigstens klar.«

Ich verstaute den kleinen Campingofen wieder im Auto und ließ den Motor an. Es war ein weiter Weg zurück nach Witte, zurück in das kleine Zimmer und in die Einzelhaft.

Meine Heimkehr war in der Wirklichkeit nicht besser, als ich sie mir vorgestellt hatte. Ich saß bis in die späte Nacht hinein mit meinen Angehörigen im Wohnzimmer und erzählte ihnen von Jugoslawien. Als ich es nicht mehr länger hinausschieben konnte, sagte ich gute Nacht und stieg im Hof die Leiter zu meinem Zimmer hinauf. Dort war es dumpf und klamm. Die Bettwäsche war voller Stockflecke, auf meinem Schreibtisch lag eine weiße, kreidige Staubschicht, und die neue Tapete löste sich von den Wänden. Aber es war ja immer feucht gewesen hier in dem Polder. Früher hatte es mich auch nie gestört. Warum empfand ich es jetzt als so schrecklich?

Während der nächsten sechs Wochen stürzte ich mich in die Arbeit: Ich schrieb eine neue Reihe von Artikeln für »Kraft von Oben«, hielt Vorträge und betete um Klarheit für meinen nächsten Schritt hinter dem Eisernen Vorhang. Ich besuchte die Whetstras, um ihnen zu erzählen, wie tapfer mir der kleine VW gedient hatte, und ich besuchte Karl de Graaf und die Gebetsgruppe in Amersfoort. Ich beschäftigte mich ständig, in der Hoffnung, dann nicht zu merken, wie einsam ich war.

Im Juli gab ich es auf.

»Herr«, betete ich eines Morgens, auf dem kleinen eisernen Feldbett in meinem Zimmer sitzend, »ich muß jetzt noch einmal wegen dieses Junggesellenlebens zu dir kommen, das du mir zugedacht hast. Ich weiß zwar nun schon Bescheid über die Kinder, die du dem Einsamen versprichst; aber, Herr, du versprichst ihm auch ein Heim.« Ich suchte schnell den Vers in Psalm 68, als ob ich sein Gedächtnis auffrischen wollte: »›Ein Vater ist Gott . . . ein Gott, der die Einsamen nach Hause bringt.‹

Du darfst nicht etwa denken, daß ich dir nicht dankbar wäre über das Zimmer über dem Schuppen, Herr – auch wenn es dunkel, dumpf und feucht ist. Aber, lieber Gott, es ist kein Heim. Wirklich nicht! Ein Heim ist ein Ort, wo eine Frau und Kinder sind – richtige Kinder!

Herr, Paulus hat dreimal darum gebetet, daß du ihn von dem Dorn im Fleisch befreien möchtest, der ihn quälte. Du hast es ihm abgeschlagen. Ich habe zweimal um eine Frau gebetet. Ich will es noch einmal tun. Vielleicht schlägst du es mir auch zum drittenmal ab, Herr. Wenn ja, werde ich diesen Wunsch nicht wieder äußern. Ich schreibe es hier in meine Bibel.«

Ich schlug die Bibel hinten auf und kritzelte eine letzte Notiz hin:

»Betete . . . ein drittes Mal . . . um . . . eine Frau . . . Witte, 7. Juli 1957.«

Dann schloß ich die Bibel mit einem Knall.

»Herr, manche Menschen sind dafür geschaffen, ihren Weg allein zu gehen. Ich aber bitte nicht! Ich nicht!«

Erst im September geschah etwas, was ich als Antwort auslegen konnte. Da sah ich plötzlich mitten in meiner Stillen Zeit ein Gesicht vor mir: Langes blondes Haar; ein Lächeln, das die Sonne aufgehen ließ; Augen, deren Farbton ständig wechselte.

Corrie! Corrie van Dam!

Der Gedanke an sie war mir so unerwartet gekommen, so völlig unabhängig von dem, was ich im Augenblick dachte, daß ich mich mit vor Freude hüpfendem Herzen fragte, ob Gott ihn mir geschickt habe, ob Gott mir die über meine kühnsten Träume hinausgehende Antwort auf meine Gebete zeigen wollte.

Aber wie konnte das sein? Obwohl wir gute Bekannte und Arbeitskameraden gewesen waren, hatte ich nie daran gedacht, sie zu Stelldicheins aufzufordern. Sie war noch ein Teenager gewesen.

Doch es war jetzt vier Jahre her, seit wir die Fabrik verlassen hatten – ich, um nach England zu gehen, und sie in ein Krankenhaus, um Schwester zu werden. Ja, sie war jetzt erwachsen. Sie war bestimmt mit ihrer Ausbildung fertig und hatte inzwischen geheiratet. Von einem jungen Mädchen, das kaum den Kinderschuhen entwachsen war, wurde Corrie plötzlich für mich eine reife junge Frau, die – wenn sie nicht schon verheiratet war – gerade in diesem Augenblick zwischen einer ganzen Schar aufdringlicher Bewerber ihre Wahl traf.

Innerhalb einer Stunde war ich in Alkmaar und fuhr in die Straße, wo Corries Eltern wohnten. Wir waren nach Jugend-Freizeiten am Wochenend öfter zusammen dorthin gefahren. Frau van Dam hatte uns Kaffee und Kuchen vorgesetzt, während Herr van Dam aus einer riesigen Meerschaumpfeife Rauchwolken an die Decke geblasen hatte.

Ich wußte nicht genau, was ich machen sollte, wenn ich am Haus ankam. Sollte ich es mir nur ansehen? Mich versichern, daß es noch da war? Oder sollte ich an die Tür gehen und sagen: »Frau van Dam, würden Sie mir bitte Corries Adresse geben?«

Aber wenn nun Corrie selbst die Tür öffnete? Sollte ich sie fragen: »Corrie, bist du verheiratet? Wenn nicht, willst du meine Frau werden?«

Ich war schon am Haus angekommen, ehe ich mich zu einem Entschluß durchgerungen hatte. Und ich sah auch gleich, daß das gar nicht nötig war. Die Fensterläden waren geschlossen und der Garten stand voller Unkraut. Quälenden Kummer im Herzen, fuhr ich in die Fabrik.

Nein, Herr Ringers hatte nicht gehört, wohin die Familie van Dam gezogen war. Corrie war zur Ausbildung ins St.-Elizabeth-Krankenhaus in Haarlem gegangen. Soviel er wußte, war sie noch dort. Nein, ob sie verheiratet sei, wisse er nicht. Während er meine Fragen beantwortete, lächelte er verschmitzt.

»Wer dieses junge Mädchen zur Frau bekommt, kann sich glücklich preisen, Andrew!« sagte er.

Es war erstaunlich, wieviel dringende Geschäfte ich plötzlich in Haarlem zu erledigen hatte: in Bibelläden zu gehen, Kircheneinladungen zu befolgen, die ich sträflich vernachlässigt hatte, Bekannte zu besuchen – eine wunderschöne Stadt!

Von einer Tankstelle etwas außerhalb der Stadt rief ich im St.-Elizabeth-Krankenhaus an und wagte kaum zu atmen, während die Aufnahmeschwester Corries Namen in der Kartei suchte.

»Ja, sie befindet sich im letzten Ausbildungsjahr. Fräulein van Dam –«, mein Seufzer der Erleichterung ließ sie einen Augenblick innehalten, »Fräulein van Dam wohnt dieses Jahr nicht im Krankenhaus, sondern in einer Privatwohnung.«

Sie gab mir die Anschrift und sagte mir, daß sie ein Apartement im obersten Stock eines Privathauses im schönsten Teil der Stadt habe. Die Besitzerin sei eine reiche ältere Dame, die die kleine Wohnung zur Verfügung stelle, um eine Pflegerin im Hause zu haben. Nach einigem Suchen fand ich die Straße und entdeckte sofort Corries Fenster hoch oben unter dem überhängenden Dach. Das ganze Haus war wie ein Miniaturschloß gebaut. Corries Zimmer führte zu einem Balkon, über dem sich ein winziges spitzes Türmchen erhob.

Ich parkte den Wagen weiter unten in der Straße und träumte mit offenen Augen . . . Sie war die Königin in dem Schloß, und ich war ein Ritter in schimmernder Rüstung. Sie war Julia, und wenn sie auf ihrem Balkon erschien, würde ich vor sie hintreten . . .

Aber sie erschien nicht, weder auf dem Balkon noch sonst irgendwo. Der Nachmittag verging, die Dunkelheit brach herein, aber in Corries Zimmern ging kein Licht an. Als ich zur Haustür ging und klingelte, hatte ich jeden Anspruch aufgegeben. Ein Mädchen öffnete. Fräulein van Dam? Ja, sie wohne hier. Aber im Augenblick sei sie bei ihrer Familie in Alkmaar.

»Alkmaar?« All meine gespielte Gleichgültigkeit verließ mich.

»Aber im Haus in Alkmaar ist doch niemand! Die Fenster sind alle geschlossen, der Garten ist verwahrlost, und –«

Vom gequälten Ton meiner Stimme angezogen, erschien eine weißhaarige Dame hinter dem Mädchen. Freundlich erzählte sie mir, daß Corries Vater ernstlich erkrankt sei und sie ihn pflege. Ihre Eltern seien aus ihrem Haus in eine Wohnung gezogen, wo er keine Treppen zu steigen brauche. Sie gab mir die Anschrift.

In den nächsten Tagen quälte ich mich durch meine Verabredungen in der langweiligen Stadt Haarlem hindurch. Wie froh war ich jetzt, daß ich mich immer ein paar Minuten mit Herrn van Dam unterhalten hatte, wenn wir abends in seinem Hause waren. Was war natürlicher, als daß ich ihn einmal besuchte?

Und so stand ich ein paar Tage später eines Abends vor der Wohnung der van Dams und klopfte an die Tür.

Corrie öffnete sie.

Das Licht hinter ihr verwandelte ihr Haar in Gold.

»Ich bin gekommen, um mich nach Ihrem Vater zu erkundigen«, sagte ich schwach.

Mit diesem Vorwand hätte ich nicht einmal ein dreijähriges Kind getäuscht. Aber Corrie führte mich ernst in ihres Vaters Zimmer. Herr van Dam war sehr krank. Ich konnte es schon von der Tür aus sehen. Doch er schien sehr erfreut zu sein über meinen Besuch. Und so saß ich eine Stunde lang auf einem Stuhl neben seinem Bett und erzählte ihm von meinen Reisen hinter dem Eisernen Vorhang und von meinen Hoffnungen für die Zukunft, während Corrie mit Flaschen und Tabletts hin- und herlief und ich mir Mühe gab, sie nicht immer mit meinen Blicken zu verfolgen. Sie trug eine weiße Schwesterntracht und erschien mir noch himmlischer und unerreichbarer, als sie es in meinen Träumen gewesen war.

Und so begann eine seltsame, ungeschickte Werbung. Zweimal wöchentlich besuchte ich Herrn van Dam; zweimal wöchentlich führten Corrie und ich gedämpfte Krankenzimmergespräche an der Haustür. Öfter zu kommen hielt ich für aufdringlich.

Zwischen meinen Besuchen versuchte ich mir oft vorzustellen, wie ich Corrie einen Heiratsantrag machte. Das klang so furchtbar, daß ich schon im voraus wußte, daß es keinen Zweck hatte: Bitte heirate mich! Ich werde meistens nicht zu Hause sein, werde dir keine Adresse geben können, wohin du mir schreiben kannst, und Wochen werden vergehen, in denen ich dir keine Briefe schicken kann. Obwohl wir Missionsarbeit treiben, wirst du niemals über die Orte und die Menschen sprechen können, an denen und mit denen wir arbeiten, und wenn ich einmal nicht zurückkommen sollte, wirst du wahrscheinlich nie erfahren, was passiert ist . . .

Dazu kam, daß ich kein festes Einkommen hatte und ihr nur ein Zimmer über einem Schuppen anbieten konnte – nein, Corrie war einfach zu klug und zu hübsch, um ein solches Leben zu führen.

Am 20. Oktober kam das Schreiben vom ungarischen Konsulat. Mein Gesuch um Einreiseerlaubnis, das ich eine Woche nach dem Aufstand abgeschickt hatte, war genehmigt worden.

Und plötzlich wußte ich, wie ich es mit meinem Heiratsantrag machen sollte. Ich wollte Corrie noch in dieser Woche, noch heute fragen, ob sie meine Frau werden wolle. Sie sollte mir aber nicht eher antworten, als bis ich aus Ungarn zurück war. Auf diese Weise würde sie – falls sie den Antrag überhaupt in Betracht zog – Gelegenheit haben, diese Art Ehe schon vorher kennenzulernen: die Trennung, die Heimlichkeiten, die Unsicherheit. Stell dich, Andrew! sagte ich zu mir. Stell dich, und wenn die ganze Sache noch so erbärmlich ist!

Aber jetzt, wo ich einen Plan hatte, konnte ich es auch nicht verhindern, daß mein Herz schon vor Hoffnung hüpfte. Ich setzte mich ins Auto und fuhr wie der Wind nach Alkmaar. Ich pochte an die Tür, ohne im Augenblick an den kranken Mann drin im Haus zu denken. Es dauerte furchtbar lange, bis jemand kam. Ich hob die Hand, um noch einmal zu klopfen, da öffnete sich die Tür. Ein Blick in Corries Gesicht, und ich wußte Bescheid.

»Dein Vater –?«

Sie nickte.

»Vor einer halben Stunde.« Das Sprechen fiel ihr sichtlich schwer. »Der Arzt ist gerade da.«

So fuhr ich nach Witte zurück, ohne meinen Heiratsantrag losgeworden zu sein.

Außer beim Begräbnis sah ich Corrie drei Wochen lang nicht mehr. Ich verbrachte die Zeit damit, jede ungarische Bibel, deren ich in Holland habhaft werden konnte – es waren nicht sehr viele – zu kaufen oder mir zu erbetteln.

Schließlich, in einer wunderschönen Mondnacht, bat ich Corrie, eine Spazierfahrt mit mir zu machen. Wir sausten einen breiten Damm entlang, bis unsere Scheinwerfer auf eine schmalere Straße fielen, die nach rechts abbog. Ich fuhr hinein und hielt an. Der Mond schimmerte vom Kanal zu unsern Füßen zu uns herauf. Der Rahmen war perfekt.

Und ich sagte alles verkehrt.

»Corrie«, begann ich, »ich möchte gern, daß du meine Frau wirst.

Sag aber nicht nein, ehe du nicht weißt, wie schwierig alles sein wird. Schwierig für mich und noch schwieriger für dich.«

Und dann schilderte ich ihr die Arbeit, die ich von Gott aufgetragen bekommen zu haben glaubte. Ich sagte ihr, daß der nächste Monat ein gutes Beispiel dafür sein werde, was für ein Leben mich erwarte – und auch sie erwarten würde, wenn sie es wählen würde.

»Du wärest verrückt, wenn du es tätest, Corrie«, schloß ich ganz unglücklich. »Aber ich wünsche es mir so sehr.«

Corries große Augen waren noch größer, als ich aufgehört hatte zu sprechen. Sie öffnete den Mund, um etwas zu sagen, aber ich legte meine Hand darauf. Als ich sie dann nach Hause gebracht und mich von ihr verabschiedet hatte, nahm ich ihr Versprechen mit, daß sie mir antworten werde, wenn ich aus Ungarn zurück wäre.

Wie anders war diese Reise durch Europa! Ich hatte gedacht, diese Trennung werde Corrie etwas lehren; ich hatte nicht gedacht, wieviel sie mich lehren würde. Die Kilometer, die früher so leicht unter meinen Rädern dahingerollt waren, schleppten sich dahin und schienen mir zuzurufen: Jeder von uns trennt dich wieder einen Kilometer mehr von ihr.

Vor dem Grenzübergang graute mir mehr als früher. Ob es daher kam, daß ich zum erstenmal verzweifelt wünschte, nicht geschnappt zu werden, nicht aufgehalten, nicht irgendwie daran gehindert zu werden, pünktlich nach Alkmaar zurückzukehren, oder ob ich durch die Berichte in den Flüchtlingslagern besonders vor Ungarn Angst bekommen hatte, ich weiß es nicht.

Aber wieder machte Gott »sehende Augen blind«, und bald rollte mein Wagen an der Donau vorbei durch die ungarische Landschaft. Die Donau war »schön«, wie es im Lied heißt, obwohl sie nicht »blau«, sondern tief milchschokoladenbraun war. Ich begann, hungrig zu werden, und beschloß, am Fluß Rast zu machen und zu frühstücken. So verließ ich die Landstraße, fuhr einen sandigen Heckenweg entlang, hielt auf einer kleinen Lichtung am Ufer der Donau an und lud meine Picknickgeräte aus. Dabei mußte ich erst mehrere Pakete mit Traktaten herausholen, die die Grenzwachen gerade übersehen hatten.

Kaum hatte ich eine Dose mit Erbsen und Möhren geöffnet, als ich Motorengeräusch hörte. Ich blickte erstaunt auf. Ein Schnellboot kam mit voller Kraft auf mich zugerast. Am Bug stand ein Soldat, das Maschinengewehr im Anschlag. Im letzten Augenblick drehte das Boot seitwärts ab und landete geschickt am Ufer. Jetzt sah ich, daß noch zwei andere Soldaten darin waren. Der vorn stehende sprang ans Land, gefolgt von einem der beiden anderen.

»Herr«, betete ich leise, als sie auf mich zukamen, »hilf, daß ich mir keine Angst einjagen lasse!«

Der erste Soldat hielt das Maschinengewehr auf mich gerichtet, der andere lief zum Auto. Ich rührte weiter in meinem Gemüse herum, während ich ihn die Autotür öffnen hörte.

Dann fing ich an, auf holländisch vor mich hinzusprechen, weil ich sicher war, daß sie das nicht verstanden.

»Nun, meine Herren«, sagte ich, immer weiterrührend, »das ist wirklich reizend von Ihnen, auf diese Art hier hereinzuplatzen.«

Der Soldat mit dem Maschinengewehr sah mich mit steinernem Gesicht an.

»Wie Sie sehen, will ich gerade essen«, fuhr ich fort.

Hinter mir hörte ich, wie die andere Autotür geöffnet wurde. Ich griff in meinen Picknickkoffer und holte noch zwei Teller heraus.

»Hätten Sie Lust, sich zu mir zu setzen?«

Ich machte eine einladende Handbewegung. Der Soldat schüttelte barsch den Kopf, als wollte er sagen, er ließe sich nicht bestechen.

»Wenigstens nicht für ein Erbsen- und Möhrengericht, nicht wahr?« dachte ich.

Ich hörte den andern Soldaten herumstöbern. Jeden Augenblick mußte es jetzt so weit sein, daß er nach dem Inhalt der Pakete fragte.

»Nun«, sagte ich laut, »wenn Sie nichts dagegen haben, esse ich jetzt, solange es noch warm ist.«

Ich tat das Gemüse auf meinen Teller und befand mich plötzlich in einem Dilemma. Sollte ich ein Tischgebet sprechen? In den Lagern hatte man mir gesagt, daß man in Ungarn augenblicklich gegen Christen sehr argwöhnisch sei, da viele während des Aufstands führende Rollen gespielt hätten.

Aber wenn auch! Hier war eine Gelegenheit, vor drei Männern ein Zeugnis abzulegen. Mit einer absichtlich auffälligen Bewegung beugte ich den Kopf, faltete die Hände und dankte Gott in einem langen, inbrünstigen Gebet für das Mahl, das ich jetzt essen wollte.

Etwas Erstaunliches geschah. Während ich betete, war nichts von dem Soldaten zu hören, der meinen Wagen durchsuchte. Sobald ich aber fertig war, wurde die Tür zugeschlagen, und ich hörte schnelle Schritte auf mich zukommen. Ich nahm die Gabel in die Hand und aß ein paar Erbsen. Einen Augenblick blieben beide Soldaten vor mir stehen. Dann drehten sie sich plötzlich um, liefen zu ihrem Boot hinunter und brausten in einer Wolke von Gischt davon.

Budapest war die lieblichste Stadt, die ich bisher auf meinen Reisen gesehen hatte: zwei alte Städte, Buda und Pest, auf beiden Seiten der Donau erbaut. Aber überall sah man noch Spuren des Aufstands. Häuserwände waren von Kugeln durchlöchert, Bäume waren gespalten und Straßenbahnschienen verbogen.

Man hatte mir die Adresse eines Professors B. gegeben, der eine sehr gute Lehrerstelle an einer bekannten Schule in Budapest hatte. Als ich ihn fragte, ob er mein Dolmetscher sein wolle, wußte ich die schreckliche Bedeutung seiner Antwort noch nicht richtig einzuschätzen.

»Selbstverständlich, Bruder«, sagte er. »Das machen wir zusammen.« Dieser Entschluß kostete ihn seine Stellung.

Professor B. war überglücklich über die Bibeln, die, wie ich von ihm erfuhr, in Ungarn fast nicht zu haben waren. Er erzählte mir, daß eine Menge Kirchen offen seien und arbeiteten, so gut sie könnten. Ich dürfe so viel predigen und Bücher verteilen, wie ich wolle, vorausgesetzt, ich sei bereit, einige Risiken auf mich zu nehmen.

»Einige Risiken?«

»Ja, sehen Sie, der Aufstand liegt nicht weit zurück. Die Behörden denken, bei jedem kirchlichen Kaffeetrinken werde eine Verschwörung angezettelt. Am meisten gelitten haben die Pastoren. Besonders die in Budapest haben ernstliche Schwierigkeiten mit dem Regime gehabt. Über ein Drittel haben im Gefängnis gesessen, manche sechs Jahre lang. Jeder Pastor mußte seine Lizenz alle zwei Monate erneuern lassen, eine Bestimmung, die sie in ständiger Spannung hielt.«

Professor B. nahm mich mit zu einem seiner Bekannten, einem reformierten Pastor, der auf unser Klopfen hin vorsichtig die Tür öffnete und den Hausflur hinauf- und hinunterblickte, ehe er uns in seine Wohnung einließ. Diese war voller Lampenschirme, fertiger und halbfertiger, an denen er offenbar gerade malte.

Dieser Pastor, so erfuhr ich nun, war ohne Angabe eines Grundes fristlos entlassen worden. Man hatte ihm nicht einmal mehr erlaubt, während des Gottesdienstes auf dem Podium zu sitzen. Aus Angst, andere schon allein durch seine Gegenwart in Schwierigkeiten zu bringen, hatten sich er und seine Frau völlig von ihren Freunden und Bekannten zurückgezogen. Um seine Familie mit dem Notwendigsten zu versorgen, bemalte er von frühmorgens bis spät in die Nacht Lampenschirme mit Straßenszenen von Budapest.

Als wir wieder auf der Straße waren, fragte ich Professor B., wie viele solcher Fälle es bei den Pastoren gäbe.

»Ziemlich viele in den Kirchen, die keine Kompromisse schließen«, erwiderte er. »Aber viele schließen Kompromisse. Sie passen sich dem Regime nicht nur in der Politik, sondern auch in grundlegenden Glaubensfragen an, so daß sie kaum mehr als Instrumente der Regierung sind.«

Ich bat ihn, mich in eine solche Kirche mitzunehmen, und er sagte mir, daß der Pastor einer dieser Kirchen an jenem Nachmittag bei einer Schulfeier amtiere. Der Pastor war auch tatsächlich auf der im Schulhof errichteten Tribüne. Innerhalb weniger Minuten kam er zu uns, um sich mit uns zu unterhalten.

»Etwa ein Viertel dieser Gruppe gehört zu unsrer Kirche«, sagte er, auf eine Reihe von Jungen deutend, die sich auf dem Rasen aufgestellt hatten.

Jedes Kind trug ein leuchtendrotes Halstuch, das Symbol eines treuen Staatsbürgers, wie er mir erklärte. Es dürfe dieses Tuch nur tragen, wenn es »die richtige Einstellung« dem religiösen Aberglauben seiner Eltern gegenüber habe.

»Was für Aberglauben?« fragte ich.

»Oh – die Wunder! Und die Schöpfungsgeschichte, die Erbsünde, der gefallene Mensch und all diese Begriffe.«

»Und wie ist es mit der Tatsache, daß Jesus Gottes Sohn ist?«

»Die stellen sie an die Spitze dieser Liste.«

»Wie denken Sie selbst?«

Der Pastor senkte die Augen.

»Was soll man machen?« fragte er achselzuckend.

Die Kinder hatten offensichtlich viel Spaß. Wieder hörte ich dieses schreckliche In-die-Hände-Klatschen, das mir schon in Polen und in der Tschechoslowakei aufgefallen war. Wie damals begann es spontan. Aber innerhalb von zwanzig Sekunden wurde es von der ganzen Gruppe aufgenommen und klang dann wie ein einziges Pochen und Hämmern auf einen geisterhaften Amboß. Klapp – klapp – klapp . . . Völlig übereinstimmend, alle vereint, alle eins! Der Schulleiter ließ weiterklatschen, bis es mir durch und durch ging. Ich sah, daß es auf den Pastor ebenso wirkte. Fast zitternd hob er die Hände, als wolle er sich am liebsten die Ohren zuhalten, wage es aber nicht.

Als die Feier zu Ende war, zeigte er uns seine Kirche. Er erzählte, daß die Heizungsanlage verbessert, die Fenster ausgewechselt und der Kinderspielplatz hinter der Kirche vergrößert worden seien, und sagte dann plötzlich zu mir:

»Was soll ich machen, Bruder Andrew?«

Ich antwortete nicht sofort. Wie konnte ich Ratschläge erteilen, wo ich doch niemals in seinen Schuhen gesteckt hatte? Es war leicht, zu sagen: »Seien Sie stark!« Aber dieser Mann wußte, daß seine Lizenz, und damit der Lebensunterhalt für seine Familie, Woche für Woche von der Laune der Regierung abhing.

Ich konnte ihm keine Ratschläge erteilen, aber ich konnte ihm die Geschichten in Polen, in der Tschechoslowakei und in Jugoslawien erzählen, die Drangsalen und Schwierigkeiten ähnlicher Art ausgesetzt waren, aber nicht aufhörten, Christi versöhnende Liebe zu predigen. Wenn Menschen diese Liebe im Herzen hatten, konnte man es ihnen meiner Meinung nach dann selbst überlassen, in diesen anderen Glaubenssachen das Richtige zu treffen.

Professor B. versicherte mir, daß es auch in Ungarn Kirchen gäbe, die Mittel und Wege fänden, die Beschränkungen, die ihnen auferlegt wurden, zu umgehen. Eine große Rolle für die Verkündigung des Evangeliums spielten jetzt Begräbnisse und Hochzeiten.

Professor B. lud mich eines Morgens ein, an einer ungarischen Hochzeit teilzunehmen.

»Solch eine Hochzeit haben Sie noch nie erlebt«, versicherte er mir. »Jetzt hören Sie gut zu, weil ich Sie bitten möchte, etwas ganz Merkwürdiges zu tun. Sie werden Gelegenheit haben zu sprechen. Wenn Sie dazu aufgefordert werden, wünschen Sie der Braut und dem Bräutigam kurz Glück und Gottes Segen und halten dann die packendste Heilspredigt, die wir uns wünschen können!«

Ich mußte lächeln.

»Lachen Sie nicht!« sagte Professor B. »Auf diese Weise predigen wir heute den meisten Menschen. Sie haben Angst, in die Kirche zu gehen, es sei denn zu Begräbnissen und Hochzeiten. So halten wir eben unsre Predigten bei diesen Gelegenheiten. Ein Regierungsbeamter sagte vorige Woche zu mir: ›Ich wette, Sie beten jeden Abend darum, daß jemand von Ihren Bekannten sterben möge, damit Sie Ihre Predigt anbringen können.‹«

So predigte ich bei der Hochzeit und erzählte dann Professor B. von dem andern Trick, auf den ich gekommen war: »Grüße« aus Holland zu bringen. Er war ganz begeistert von dieser Idee und leitete sofort eine Kampagne ein. Er rief einige Leute an, und am selben Abend hielten wir eine fadenscheinig getarnte Evangelisations-Versammlung in einer der größten Kirchen der Stadt.

Am nächsten Abend hielten wir wieder eine Versammlung, aber in einer anderen Kirche – und so fort, Abend für Abend. Erst am Schluß gaben wir bekannt, wo die nächste Versammlung stattfand. Trotzdem stellten sich die Leute längs des Bürgersteigs auf, um den holländischen Gast sprechen zu hören. Das erregte zuviel Aufmerksamkeit, und wir gingen bald dazu über, nur zu sagen, daß am nächsten Abend wieder eine Versammlung stattfinde, ohne anzugeben, wo. Dann waren den ganzen nächsten Tag über Leute damit beschäftigt, telefonisch weiterzugeben, wo wir uns versammeln würden.

Wenn wir auf dem Podium saßen und auf den Beginn des Gottesdienstes warteten, sah ich immer, wie die Pastoren die Gesichter der Anwesenden aufmerksam betrachteten.

»Sie suchen nach den Leuten vom Geheimdienst«, erklärte Professor B. »Sie kennen viele von ihnen vom Sehen. Seit dem Aufstand ist es gefährlich, aus was für Gründen auch immer größere Menschenmengen anzulocken.«

Die Nervosität und Angst waren ansteckend, so daß ich nach ein paar Tagen nachts von Unannehmlichkeiten mit der Polizei zu träumen begann.

Und eines Abends kam dann auch der Geheimdienst.

Ich sah es Professor B. am Gesicht an.

»Sie sind hier«, flüsterte er mir zu, und ich brauchte nicht zu fragen, wen er damit meinte. Er gab mir ein Zeichen, ihm in die Sakristei zu folgen. Zwei Geheimdienstbeamte warteten dort. Sie stellten mir eine Menge Fragen und forderten mich dann auf, am nächsten Vormittag mit Professor B. in der Zentrale zu erscheinen.

»Als das das letzte Mal passierte«, sagte Professor B., nachdem die beiden gegangen waren, »wurden zwei Männer verhaftet. Sie waren lange Zeit im Gefängnis.«

Nach dem Gottesdienst versammelten sich alle anwesenden Pastoren in der Sakristei, um zu beraten, was zu tun sei. Professor B. schlug vor, zu ihm nach Hause zu gehen und zu beten. Es war das erste Mal, daß ich in seinem Haus war. Ich hatte ganz vergessen, was für einen bedeutenden Rang ein Professor in der osteuropäischen Gesellschaft einnimmt: Seine Wohnung war sehr groß und luxuriös eingerichtet. Und diese Stellung setzte er aufs Spiel!

Professor B. stellte mich seinem Sohn Janos vor. Ich mochte ihn sofort gern. Er war jung verheiratet und lebte als Rechtsanwalt in guten Verhältnissen. Aber auch er war bereit, seine Karriere aufs Spiel zu setzen, indem er an diesen ungern gesehenen Versammlungen der Christen teilnahm. An diesem Abend waren wir zu siebent, sieben Christen, die fast so versammelt waren wie die Christen seit Beginn der Kirche: heimlich und in Angst. Und wir beteten, daß Gott doch eingreifen und uns eine Konfrontation mit den Behörden ersparen möchte.

Um den runden Tisch in der Mitte des Zimmers kniend, beteten wir eine Stunde lang. Plötzlich brach das Gebet ab. Jeder von uns hatte im gleichen Augenblick die Gewißheit, daß Gott gehört hatte, daß unser Gebet erhört worden war.

Wir erhoben uns von den Knien und sahen uns überrascht an. Ich blickte auf meine Uhr. Es war 11 Uhr 35 abends. Genau zu dieser Stunde *wußten* wir, daß am nächsten Vormittag alles gut gehen würde.

Punkt neun Uhr waren Professor B. und ich am andern Tag in der Zentrale. Während wir warteten, erzählte mir Professor B. leise, daß er den Stab genau kenne. Der Chef der Abteilung sei in seinem Vorgehen gegen die Kirche unerbittlich. Sein Vertreter sei wahrscheinlich viel milder.

»Wir sollen dem Chef der Abteilung vorgeführt werden«, sagte er hinter der vorgehaltenen Hand. »Zu schade!«

Es wurde neun Uhr dreißig, zehn, elf Uhr. Wir waren beide an langes Warten in bürokratischen Ländern gewöhnt. Aber das war eine für alle Begriffe lange Wartezeit. Kurz vor Mittag erschien schließlich ein Angestellter.

»Kommen Sie mit!« sagte er.

Professor B. und ich folgten ihm durch einen langen Korridor. Wir gingen am Büro des Abteilungsleiters vorbei und liefen weiter. Professor B. warf mir einen Blick zu und zog hoffnungsvoll die Augenbrauen hoch. Schließlich blieben wir stehen.

Der Abteilungsleiter sei in der Nacht krank geworden, erklärte der Angestellte. Sein Vertreter werde sich unsern Fall anhören.

Zwanzig Minuten später verließen wir das Büro als freie Männer. Ich hätte den Angestellten gar zu gern gefragt, um wieviel Uhr der Abteilungsleiter krank geworden sei. Bis zum heutigen Tag bin ich überzeugt, daß es um 11 Uhr 35 war.

Der Zwischenfall mit den Behörden machte es unmöglich, im Augenblick weitere Versammlungen in Budapest abzuhalten. So bereitete Professor B. eine zehntägige Vortragsreise durch Ostungarn für mich vor und besorgte mir einen Dolmetscher.

Als ich nach Budapest zurückkam, ging ich zu Professor B. und seinem Sohn, um ihnen darüber zu berichten. Ich merkte sofort, daß etwas nicht stimmte; schon deshalb, weil beide Männer mitten am Tag zu Hause waren. Aber keiner von ihnen verriet, daß etwas nicht war, wie es hätte sein sollen. Sie bestanden darauf, daß ich am nächsten Vormittag zum Frühstück zu ihnen käme, ehe ich mich auf die Heimreise begab.

Am nächsten Morgen hatte ich wieder dieses bange Gefühl eines drohenden Unheils. Als wir uns vom Tisch erhoben, zog Janos ein kleines Päckchen aus der Tasche. Erst später, als ich erfuhr, was für Nachrichten sie damals heimlich mit sich herumtrugen, wurde mir die volle Tragweite seiner Worte klar.

»Wir haben so wenig Möglichkeiten, Ihnen zu danken«, sagte Janos. »Sie wagen viel, indem Sie in unser Land kommen. Wir möchten, daß Sie dieses hier dem Mädchen mitnehmen, das in Holland auf sie wartet.«

Ich hatte ihnen von Corrie erzählt. In der Schachtel lag eine antike, mit Rubinen besetzte goldene Nadel. Alle lachten über das Gesicht, das ich machte. Janos legte den Arm um die Schultern seiner jungen Frau.

»Wir beten für Sie, Andrew, daß Corries Antwort ein Ja ist.«

Ich schlief in einem kleinen Zelt in der Nähe einer Landstraße in Österreich, als ich mitten in der Nacht aus einem furchtbaren Traum erwachte. Ich wurde von einer ganzen Schwadron Polizisten mit roten Halstüchern verfolgt, die alle unaufhörlich in die Hände klatschten – klapp, klapp, klapp! Irgendwie wußte ich, daß dieser Traum etwas mit Professor B. zu tun hatte. Ich war mir sicher, daß er sich in irgendeiner Gefahr befand. Am nächsten Tag schrieb ich ihm aus der ersten Stadt, durch die ich kam, einen Brief.

In Holland fuhr ich nicht erst nach Witte, sondern direkt nach Haarlem. Im Krankenhaus wurde mir gesagt, daß Corrie bis elf Uhr abends Dienst habe. Ich wartete auf sie, als sie aus dem Hauptausgang herauskam. Im Schein der Straßenlampen sah ihr Haar nicht wie Gold, sondern wie Kupfer aus.

»Ich bin wieder da, Corrie«, sagte ich, »und ich liebe dich. Ich liebe dich, ob du nun ja oder nein sagst.«

Corrie sah müde aus von den vielen anstrengenden Arbeitsstunden. Aber als sie jetzt lachte, schien alle Müdigkeit von ihr abzufallen.

»O Andrew«, sagte sie, »ich liebe dich auch. Verstehst du nicht, daß das ja gerade das Schlimme ist? Ich werde mir so und so Sorgen um dich machen, du wirst mir fehlen. Ich werde für dich beten. Wäre ich da nicht besser eine besorgte Ehefrau als eine unglückliche Freundin?«

In der nächsten Woche gingen wir zusammen zu einem Goldschmied in Haarlem und kauften zwei Trauringe. Corrie und ich gingen mit den Ringen in ihr kleines Zimmer oben im Schloß. Dort öffneten wir die Schächtelchen und steckten uns gegenseitig einen Ring an die Hand.

»Corrie«, begann ich, ohne zu wissen, daß die Worte, die ich jetzt zum erstenmal zu ihr sagte, eine Art Motto für uns werden sollten, »Corrie, wir wissen nicht, wohin der Weg führt . . .«

». . . aber wir wollen ihn gemeinsam gehen, Andrew«, schloß sie für mich.

Als ich nach Witte kam, erwartete mich ein Brief von Professor B. Er dankte mir nochmals, daß ich nach Ungarn gekommen sei. Die Kirche sei durch diesen handgreiflichen Beweis des Interesses der Gläubigen füreinander sehr gestärkt worden. Er hoffe, ich werde wiederkommen und auch andere würden meinem Beispiel folgen.

»Aber«, schrieb er und untertrieb das Folgende in für ihn typischer Weise, »ich glaube, ich sollte Ihnen auch mitteilen, was passiert ist. Denken Sie nicht, es sei die Folge Ihres Besuches. Es wäre sowieso gekommen. Ich bin gezwungen worden, mein Amt an der Universität niederzulegen. Seien Sie nicht traurig! Viele haben für ihren Herrn und Heiland sehr viel mehr aufgegeben!

Besonders Sie, Andrew, dürfen sich von diesem äußerst wichtigen Amt, andern Mut zuzusprechen, nicht abbringen lassen. Es ist Ihre Aufgabe, wie wir die unsre haben. Wir beten täglich für Sie, wenn Sie auch nichts mehr von uns hören werden. Diesen Brief nimmt ein Bekannter mit außer Landes. Unsere Post wird zensiert. Wir beten, daß Sie in Ihrem Amt stark bleiben mögen.

Nochmals: Seien Sie nicht traurig! Wir loben und preisen den Herrn.«

# Kirche mit zwei Gesichtern?

Corrie und ich wurden am 27. Juni 1958 in Alkmaar getraut. Greetje war zugegen und Herr Ringers mit vielen andern aus der Fabrik sowie ein ganzer Bus voll Schwestern aus Haarlem. Onkel Hoppy war aus London gekommen und hatte Grüße von seiner Frau mitgebracht, für die die Reise zu beschwerlich gewesen wäre. Auch Bekannte aus dem WEK-Hauptquartier, Mitarbeiter aus den Flüchtlingslagern und natürlich Corries Mutter und meine Angehörigen waren da. Ein paar liebe Freunde vermißte ich sehr: Antonin, den Medizinstudenten aus der Tschechoslowakei, Jami und Nikola aus Jugoslawien und Janos und Professor B.

Es war schon dunkel, ehe wir uns von so vielen Freunden und so vielen Erinnerungen losreißen konnten. Wir hatten uns für die Flitterwochen Karl de Graafs Wohnwagen geborgt und die romantische Idee gehabt, nach Frankreich zu fahren. Aber als wir im Wagen saßen, merkten wir, wie müde wir waren – Corrie von ihrem Examen, das sie gerade hinter sich hatte, und ich von der aufreibenden Arbeit in den Lagern. Ein paar Kilometer von Alkmaar entfernt kamen wir zu einem Gasthaus, das mitten in einem Wäldchen lag, eine Seltenheit in Holland. Wir parkten unter den Bäumen und gingen ins Lokal, um eine Tasse Kaffee zu trinken. Der Besitzer und seine Frau waren so herzlich und beteuerten so nachdrücklich, daß der Anhänger sie nicht störe, daß wir unsern Plan, nach Frankreich zu fahren, aufgaben. Wir fuhren den Wohnwagen ein wenig tiefer unter die Bäume und verbrachten unsre Flitterwochen gleich hier.

Das dunkle, feuchtkalte kleine Zimmer über dem Schuppen war überhaupt nicht dunkel und naßkalt. Wie hatte ich das nur denken können! Mit Corrie kamen Sonnenschein und Wärme hinein und machten es zu einem Zuhause.

Wir hatten keine Küche, wir hatten keine Wasserleitung, und es regnete hier und da und niemals zwei Nächte an derselben Stelle durchs Dach, aber was tat's? Wenn wir nur zusammen waren!

Das einzige Problem waren die Kleiderbündel.

Ich hatte in den Kirchen in ganz Holland erzählt, wie nötig in den Flüchtlingslagern Kleider gebraucht würden; und hatte meine Anschrift für etwaige Sendungen hinterlassen. Daß so viele kommen würden, hatte ich nicht geahnt. Sie kamen per Post, per Bahn, per Lastwagen und stapelten sich in dem winzigen Vorgarten in Witte. Acht Tonnen waren es in diesem ersten Jahr, und das Problem der Unterbringung wurde akut. Maartje war jetzt verheiratet und wohnte bei der Familie ihres Mannes; aber Arie und Geltje hatten ihr zweites Kind bekommen, und Cornelius und seine junge Frau wohnten im Dachgeschoß. Es gab keinen anderen Platz für die Kleider als unser eigenes kleines Zimmer. Corrie und ich mußten buchstäblich jedesmal, wenn wir zur Tür hinein- oder hinausgingen, über Kleiderballen klettern.

Das Schlimmste war, daß viele Sachen nicht gewaschen waren. Wir wuschen die schmutzigsten in einer Wanne und bürsteten und sprayten die übrigen. Aber wir hatten immer Flöhe im Zimmer.

Ein anderes Problem war, wie man eine solche Menge Kleider fortschaffen sollte. Jedesmal, wenn ich in die Lager fuhr, packte ich den Wagen so voll, wie ich konnte. Aber trotz all seiner Vorteile war der VW als Lastwagen ziemlich unbefriedigend.

In diesem Herbst wollte ich nun mit Corrie fahren. Sie sollte die Lager einmal selbst sehen; nicht nur, um die Menschen kennenzulernen, für die sie ständig wusch und packte, sondern weil ich wußte, was eine Krankenschwester an solchen Orten bedeuten konnte. So packten wir den Rücksitz bis zum Dach voll mit Kleidern, Mänteln und Schuhen und machten uns auf den Weg zu den Lagern in Westberlin.

Die erste Ladung lieferten wir im Fichte-Bunker ab. Das war eine alte, kreisförmige Kaserne, die im Krieg von den Nazis benutzt und jetzt in »Heime« für Flüchtlinge umgewandelt worden war. Hier sah Corrie zum erstenmal den Schmutz und das Elend der Lager. An diesem Abend konnte sie nichts essen.

Das Lager in der Volkmarstraße hatte ich absichtlich für den zweiten Tag aufgehoben, weil es dort noch schlimmer war. In diesem alten Fabrikgebäude mußten wohl fünftausend Menschen untergebracht sein. Es herrschten so trostlose Zustände, daß Mädchen ihren Körper für fünfzig Pfennig verkauften. Als wir unsre Kleiderbündel in die Verteilungsstelle brachten, bewarfen uns Jugendliche vom Fenster aus mit Abfällen.

»Sei ihnen nicht böse, Corrie!« sagte ich, während ich verfaulte Salatblätter von ihrem Mantel wischte. »Sie haben hier buchstäblich nichts anderes zu tun, als Unfug zu treiben.«

Aber das traurigste aller Lager, das Corrie und ich zuletzt besuchten, war das nach dem Gründer des Roten Kreuzes benannte Henri-Dunant-Lager. Dorthin wurden zumeist Akademiker, besonders Lehrer, geschickt. Es machte mich nicht deshalb so traurig, weil die äußeren Verhältnisse schlimmer gewesen wären als in den anderen Lagern, sondern weil die Menschen dort stärker an ihren Traditionen festzuhalten versuchten und die unvermeidlichen Fehlschläge dann um so schmerzlicher waren.

Als ich eines Nachmittags aus dem Büro des Lagerleiters kam, fand ich Corrie im Gespräch mit einer grauhaarigen Dame aus der DDR, die sich Henrietta nannte. Sie hatte etwas in ihrem Wesen, das mich an Fräulein Boot erinnerte. Wir fanden ein verhältnismäßig ruhiges Plätzchen, wo wir uns ungefähr eine Stunde lang unterhielten. Henrietta erzählte uns, daß sie Lehrerin sei und in einer Schule in Sachsen Dreizehn- und Vierzehnjährige unterrichtet habe.

»Wenn ich Sechs- oder Siebenjährige unterrichtet hätte, hätte ich vielleicht die Augen verschließen können«, sagte sie.

»Aber ich hatte sie gerade um die Zeit der Jugendweihe.«

»Der Jugendweihe?«

»Ja. Sehen Sie, ich bin Lutheranerin. In unsrer Kirche ist die Konfirmation etwas sehr Wichtiges im Leben eines Kindes. Da gibt es Geschenke und Ansprachen und Gratulationen – und vor allem ist es ein religiöser Festtag. Gelübde werden abgelegt, Versprechen gegeben.«

Und dann erzählte uns Henrietta von der Jugendweihe. Ich sah sofort, daß sie ein äußerst schlauer Angriff auf die Kirche war. Die Regierung ersetzte die kirchliche Konfirmation durch eine eigene Feier.

»Bei der Jugendweihe werden anstatt Gott dem Staat Gelübde abgelegt«, sagte Henrietta. »Und der Staat macht viel Aufhebens von dem Ernst und der Verbindlichkeit dieser Versprechen. Von den Lehrern wird erwartet, daß sie die Schüler ein Jahr lang auf die Teilnahme an der Jugendweihe vorbereiten.«

Ich wußte schon, ehe Henrietta sprach, was geschehen war.

»Und Sie haben sich geweigert.«

»Ja.«

»Das war tapfer von Ihnen.«

Henrietta lachte.

»Nein«, sagte sie, »ich bin bestimmt nicht tapfer. Ich war nur eine Lehrerin, die sich zur Ruhe setzen wollte. Ich bin keine Märtyrerin. Aber ich konnte es nicht übers Herz bringen, diese prächtigen jungen Menschen zu lehren, daß der Staat Gott sei.«

Es wurde erwartet, daß die in Frage kommenden Schüler zu hundert Prozent an der Ersatzfeier teilnahmen. In Henriettas Klasse waren es nur dreißig Prozent.

Zuerst übten sie nur einen schwachen Druck auf sie aus, um sie zur Anpassung zu bewegen. Parteifunktionäre besuchten sie wöchentlich einmal und sprachen freundschaftlich mit ihr. Jeder Lehrer müsse doch sein Bestes tun, um alle seine Schüler zur Jugendweihe zu bringen. Nächstes Jahr werde es bestimmt auch in ihrer Klasse anders aussehen.

Aber im nächsten Jahr war es auch nicht anders.

»Und dann wurde ich richtig unter Druck gesetzt«, erzählte Henrietta. »Aus den wöchentlichen Besuchen wurden abendliche Besuche. Woche für Woche kam jeden Abend jemand anderes, und immer wieder ging es um dasselbe Thema. Wo war meine Loyalität? War mir klar, daß ich dafür, daß ich den Fortschritt aufhielt, zur Rechenschaft gezogen werden könne? Das sei ein schweres Verbrechen in der Volksrepublik.«

Abend für Abend blieben sie bis tief in die Nacht in ihrer Wohnung, regten sie auf und ängstigten sie, bis sie nicht mehr schlafen konnte. Sie verlor ihr seelisches Gleichgewicht. Ihre Arbeit litt. Mittlerweile wurde auch auf die Schüler Druck ausgeübt; sie wurden gefragt, warum sie nicht zur Jugendweihe bereit seien wie die andern.

»Und so blieb mir einfach nichts anderes übrig, als zu fliehen«, schloß Henrietta weinend. »Ich bin fortgelaufen wie all die vielen Lehrer hier im Lager. Nein, ich bin nicht tapfer. Vielleicht waren wir es zuerst. Aber wir haben aufgegeben. Jeder einzelne von uns.«

Aufgrund der Gespräche mit Henrietta und anderen Flüchtlingen konnte ich mir allmählich ein Bild von der Situation der Kirche in kommunistischen Ländern machen. Ich stellte es mir so vor, daß es einen äußeren Kreis gab, Länder, wo nach meiner eigenen Erfahrung und den Berichten anderer noch ein gewisses Maß an Religionsfreiheit herrschte: Polen, die Tschechoslowakei, Jugoslawien, Ungarn und die DDR. Dann gab es aber noch einen inneren Kreis, wo die Kirche heftig angegriffen wurde: Rumänien, Bulgarien, Albanien und Rußland. Von den Ländern des äußeren Kreises hatte ich alle außer der DDR besucht. Dorthin mußte ich jetzt fahren.

Hier in Westberlin hatte man einen günstigen Ausgangspunkt für solch eine Reise. Aber als ich sie Corrie vorschlug, sah sie mich ganz entsetzt an.

»O Andrew, ich kann doch jetzt die Lager nicht im Stich lassen«, rief sie. »Da ist so viel zu tun, und niemand ist da, der es tun könnte.«

Ich sah mir Corrie etwas genauer an. Ihre Wangen glühten, und auch ihre Augen hatten einen unnatürlichen Glanz. Ich fragte mich, ob es nicht falsch gewesen sei, sie mit soviel Not und Entbehrungen zu konfrontieren. Es war für mich schon schwer genug, all das Leiden mit ansehen zu müssen. Für eine Krankenschwester, die sah, was getan werden müßte, aber nicht die Möglichkeit hatte, es alles zu tun, mußte es eine wahre Qual sein. Sie ging wie in Trance von Lager zu Lager, richtete hier einen Mütterkursus ein, sorgte dort für einen Behälter mit abgekochtem Wasser und versuchte an einer anderen Stelle das Geschirr von Tuberkulosekranken von dem der Gesunden getrennt zu halten. Nachmittags hielt sie aus dem Stegreif Sprechstunden, wo sie gerade war, pinselte entzündete Rachen aus, reinigte alte Wunden, spülte kranke Augen und zog gelegentlich sogar Zähne.

Um ihrer selbst willen hätte ich sie gar zu gern aus dieser Umgebung fortgebracht. Aber sie weigerte sich.

»Geh allein, Andrew!« sagte sie, als die Visa für die DDR ohne Verzögerung kamen. »Wozu wäre ich dort nütze? Ich kann nicht predigen. Ich kann nicht deutsch sprechen, und ich kann nicht einmal einen Wagen fahren. Aber ich kann ein Klosett besprühen, das von Bazillen wimmelt.«

Sie ergriff das Desinfektionsgerät, das in diesen Tagen immer in ihrer Reichweite stand.

»Erzähl mir alles, wenn du wiederkommst!«

Und so trennten wir uns zum erstenmal in in unsrer Ehe – nicht meines, sondern Corries Amtes wegen.

Ich ging an einer Kontrollstelle in der Nähe des Brandenburger Tors hinüber.

Der Unterschied zwischen den beiden Hälften der Stadt war schon zu sehen, als ich die Straßen entlangfuhr. Ich war vorbereitet auf die etwas schäbige Kleidung; auf die Läden, in denen große Blumenvasen standen, wo eigentlich Anzüge hätten hängen sollen; auf den Rückstand im Wiederaufbau nach dem Krieg.

Worauf ich aber nicht vorbereitet war, war das Schweigen. Niemand sprach auf den Straßen. Es war, als habe das Land Trauer.

Oder Angst. Mit der Zeit spürte ich selbst diese Angst. Überall war Polizei. Sie standen an den Brücken, an Fabrikeingängen, an öffentlichen Gebäuden – hielten aufs Geratewohl Leute an, durchsuchten Brieftaschen, Einkaufsbeutel und Notizbücher. Und niemand beschwerte sich über diese willkürliche Behandlung. Niemand protestierte. Der fehlende Widerspruch war ein Teil des furchtbaren Schweigens, das wie giftiger Smog über der Stadt hing.

In scharfem Kontrast zum Schweigen des Volkes stand die laute Stimme der Regierung. Sie war überall: im Rundfunk, in Lautsprechern, an Anschlagbrettern. Schlagworte waren an Mauern, Dachgiebel und Telefonmaste gemalt. In den Kiosken, Läden, Hotels und Bahnhöfen hingen Plakate. Propaganda überall!

Ich war erstaunt über die Dreistigkeit der Propaganda. Die DDR litt damals gerade unter Lebensmittelknappheit. Die unternehmenden deutschen Bauern hatten den Kollektivgedanken durchaus nicht freundlich aufgenommen. So viele von ihnen hatten das Land verlassen, daß in diesem Herbst keine Erntearbeiter dagewesen waren. Die Regierung hatte die Produktion von Mähdreschern vorangetrieben, begleitet von einer massiven Propaganda. Es werde eine Menge Brot geben; denn der Sozialismus sei den Unternehmungen einzelner Bauern überlegen.

Das Problem war nur, daß der Weizen trocken sein mußte, wenn er von Maschinen geerntet werden sollte. Es waren ein paar Tage Sonnenschein mehr nötig als für die Ernte mit den Händen. Und natürlich regnete es in diesem Jahr. Es regnete jeden Tag, gerade während der Erntezeit.

Und da erschienen plötzlich im ganzen Land Plakate mit folgendem kleinen Vers: »Ohne Gott und Sonnenschein
holen wir die Ernte ein.«

Dieser Slogan hatte die Leute wirklich erschüttert. Es war ein Zweikampf zwischen dem neuen Regime und Gott selbst. Es regnete weiter, und die Ernte konnte nicht eingebracht werden. Über Nacht waren die Plakate ebensoschnell verschwunden, wie sie erschienen waren – außer ein paar völlig durchweichten, die man noch an Laternenpfählen kleben sehen konnte.

Und was machte die Regierung nun? Neue Plakate erschienen, zugleich mit Bekanntmachungen im Rundfunk und in den Zeitungen:

»Lassen Sie sich nicht weismachen, daß das Brot knapp wäre! Es ist eine Menge Brot da. Das ist wieder ein Beispiel für den Sieg des Sozialismus über die Mächte der Natur.«

Nur war kein Brot da!

Ich selbst ging in die Geschäfte und sah keins. Auch in Restaurants gab es keins.

Das Traurigste an der Sache ist für mich, daß niemand über die Doppelzüngigkeit sprach. Es wurde nie erwähnt, daß es fast kein Brot gab. Die Leute schwiegen.

Der Teil der DDR, für den ich mich am meisten interessierte, war das südliche Sachsen; denn ich hatte von Henrietta und anderen Flüchtlingen gehört, daß es dort eine sehr lebendige Kirche gäbe. Ich war nicht darauf gefaßt, wie lebendig! Die DDR war ein Land der Widersprüche. Einerseits war es das Land, in dem Schulung und Polizeigewalt am krassesten in Erscheinung traten, andrerseits gab es gleichzeitig mehr religiöse Freiheit, als ich in anderen kommunistischen Ländern gefunden hatte.

Der Mann, dessen Namen man mir für Sachsen mitgegeben hatte, ein gewisser Wilhelm, war hauptamtlicher Jugendarbeiter der Landeskirchlichen Gemeinschaft. Er wohnte mit seiner Frau Mar in einem Dorf, das in einem bergigen, bewaldeten Teil des Landes lag.

Von ihrem Vorgarten aus bot sich ein Anblick, um den sie jeder Holländer beneiden konnte. Vor dem Haus stand ein kleines Motorrad, das, wie ich bald erfahren sollte, Wilhelm in Sonnenschein, Schnee und Regen durch die ganze DDR trug.

Wilhelm öffnete mir die Tür und lud mich ohne zu zögern ein, hereinzukommen. Wir saßen an Mars Küchentisch und tranken Kaffee, während ich ihnen von meiner Mission hinter dem Eisernen Vorhang erzählte.

»Ich freue mich, daß Sie gekommen sind«, sagte Wilhelm. Er unterbrach sich, weil er husten mußte. Es war ein harter, trockener Husten, der seinen ganzen Körper schüttelte. »Wir brauchen sehr viel Ermutigung und Unterstützung.«

»Brauchen Sie vielleicht Bibeln?« fragte ich ihn. »Ich habe ein paar deutsche Bibeln bei mir.«

»Oh, wir haben eine Menge Bibeln.«

Ich hatte das früher schon gehört und wartete auf das zaghafte Zugeständnis, daß es tatsächlich nur wenige gab. Aber Mar führte mich in das kleine Arbeitszimmer ihres Mannes, und ich hätte denken können, ich wäre zu Hause: Auf den Wandbrettern standen Dutzende von Bibeln. Ich nahm eine herab und sah mir das Impressum an: »Gedruckt in der Deutschen Demokratischen Republik.«

»Lassen Sie mich noch ein paar andere Freiheiten aufzählen«, sagte Wilhelm. »Wir haben hier Seminare, aus denen nicht Politiker, sondern Christen hervorgehen. Wir haben Evangelisationen, die von Tausenden besucht werden. Wir haben Leben und Bewegung in der lutherischen Kirche, wie Sie es – das wage ich zu behaupten – in Holland nicht besser finden können.«

»Aber Sie sagten doch, Sie brauchten Ermutigung!«

Wilhelm ballte plötzlich die Fäuste, daß die Knöchel ganz weiß wurden.

»Wir kämpfen einen der folgenreichsten Kämpfe in Europa. Hier in der DDR probieren die Kommunisten eine neue Art von Zwang aus, die meiner Meinung nach viel schlimmer ist als offene Verfolgung. Wollen Sie mit zur heutigen Konferenz unsrer Synode kommen? Sie werden dann selbst sehen, was ich damit meine.«

Ich bot ihm an, ihn in meinem Wagen mitzunehmen, und Mar lächelte mir dankbar zu.

»Das schreckliche Motorrad ist daran schuld, daß er so hustet«, sagte sie. »Tausende von Kilometern bei jedem Wetter! Und der Arzt hat ihm vor zwei Jahren gesagt, er solle sich vor Zug schützen.«

Wilhelm streichelte liebevoll ihre Hand.

»Mar macht sich Sorgen«, sagte er entschuldigend zu mir. »Aber wenn man all die jungen Menschen im Lande erreichen möchte, was soll man tun?«

Im Auto kam er wieder auf das Thema von vorhin zurück.

»Wir Deutschen kapieren es mal wieder am schnellsten«, sagte er. »Man kann nicht mit Gewalt gegen die Kirche vorgehen, ohne sie zu stärken. So ist es schon immer gewesen. In Zeiten der Verfolgung prüft der Mensch seinen Glauben, um festzustellen, ob er den Kampf lohnt. Und diese Prüfung kann das Christentum immer bestehen. Die wirkliche Gefahr liegt in einem direkten Angriff, wo der Mensch von der Kirche weggelockt wird, ehe er Gelegenheit hat, stark zu werden. Denken Sie daran, wenn Sie heute zuhören!«

Die Pastoren hatten diese Synode einberufen, um sich mit dem Problem der Kirche mit den zwei Gesichtern zu befassen. Einer nach dem andern stand auf und verlas Statistiken, unter denen ich mir zuerst nichts vorstellen konnte: »Sozialistische Namensgebung 35 %. Jugendweihe 55 %. Sozialistische Eheschließung 45 %. Begräbnis 50 %.«

Aber als mir Wilhelm mit leiser Stimme diese Zahlen erläuterte, wurde mir allmählich die Absicht des kommunistischen Regimes klar. Da es erkannt hatte, daß es mit einem Frontalangriff auf die Kirche nichts erreichen werde, hatte es eine andere Richtung eingeschlagen. Es versuchte, an die Stelle Gottes und des religiösen Gefühls den Staat und den Patriotismus zu setzen und bot staatliche Feiern an, die ganz unverhüllt christlichen Bräuchen nachgeahmt waren.

Da gab es zum Beispiel eine Alternative für die Taufe mit der attraktiven Bezeichnung »Sozialistische Namensgebung«. Zur Feier anläßlich der Namenseintragung im Standesamt wurden Verwandte und Bekannte eingeladen. Die Eltern trugen das Kind zum Standesbeamten nach vorn, der es mit gebührender Feierlichkeit als neues Mitglied des Staates begrüßte.

Dann gab es die »Sozialistische Eheschließung«. Nach der standesamtlichen Trauung lud der Staat zu einer zweiten, kostenlosen Feier ein, bei der es Blumen und Essen gab und das junge Paar feierlich in die sozialistische Gemeinschaft aufgenommen wurde – in der Erwartung, daß es glücklich und fruchtbar werde.

Auch beim Begräbnis fand eine einfache, würdige und kostenlose Feier statt, bei der man wiederum die kirchliche Feier nachahmte. Es wurde eine Ansprache gehalten, in der der Verstorbene als Soldat der Volksdemokratie wegen seines Kampfes für die Freiheit des Menschen gepriesen wurde.

Am lautesten wurde natürlich mit der Jugendweihe geworben. Das hatte sich als besonders wirksam erwiesen, weil sie für Menschen in einem Alter bestimmt war, das Anerkennung braucht. In den Jahren, in denen ein junger Mensch besonders empfänglich ist, wurde ihm gesagt, daß er sich entscheiden müsse, ob er seinem Staat oder seiner Kirche folgen wolle. Es wurde intensiver Druck auf ihn ausgeübt, um zu erreichen, daß er mit seinen Klassenkameraden »nach vorn ging« und den Segen des Staates empfing.

Eine Statistik nach der andern wurde vorgelesen:

»Jugendweihe, 70 %. Beerdigung, 30 %.«

Die wahre Bedeutung dieser Zahlen verstand ich erst, als Wilhelm mir erklärte, daß sie für Kirchenmitglieder standen und daß das der Prozentsatz derer war, die die staatliche Feier nicht zusätzlich zu, sondern anstelle der kirchlichen gewählt hatten.

»Zuerst nahmen die Kirchen eine kompromißlose Haltung gegenüber den staatlichen Feiern ein«, sagte Wilhelm. »Wenn ein Kind an der Jugendweihe teilnahm, konnte es nicht konfirmiert werden.«

Das brachte die jungen Menschen natürlich in eine schreckliche Lage. Und gerade diese Spannung suchte ja das Regime. Im ersten Jahr des Experiments ging die Zahl der Konfirmationen um 40 % zurück. Im nächsten Jahr waren es 50 %, und seitdem war es jedes Jahr schlimmer geworden. Allmählich lockerten viele protestantische Kirchen ihren strengen Standpunkt, indem sie sagten, ein Jahr nach der Jugendweihe könne ein Kind das kirchliche Sakrament der Konfirmation empfangen. Die katholische Kirche hatte jedoch noch nicht nachgegeben und wurde deswegen von besonders standhaften Protestanden bewundert.

»Es ist ein offener Kampf um Gefolgschaft«, sagte Wilhelm. »Und die Kirchen sind die Verlierer. Es ist schwer, nein zu sagen, wenn die Klassenkameraden ja sagen. Die Kirchen haben sich gegen diesen geschickten Angriff dadurch verteidigt, daß sie sich zurückgezogen haben. Statt zum Angriff überzugehen, treiben sie immer mehr in private Frömmigkeit und in die Isolation hinein. Deshalb bin ich so froh, daß Sie zu uns gekommen sind. Sie können uns helfen, uns daran zu erinnern, daß die Kirche größer ist als irgendeine Nation oder irgendeine politische Situation. Wir haben vergessen, daß wir mit Gottes Hilfe siegen werden.«

Wilhelm erzählte mir nun, daß er im Begriff sei, sich auf eine halbmonatige Rundreise zu Jugendgruppen zu begeben, und lud mich ein, mitzukommen.

»Ich würde mich sehr über Ihre Gesellschaft freuen und –« er lächelte, »und Mar über das Auto.«

Und so fuhr ich fast zwei Wochen lang mit ihm durch den südlichen Teil der DDR und predigte mit erstaunlicher Freiheit in Kirchen, die eine Fülle von Bibeln, eine Fülle von Literatur und ungehinderte Evangelisationsversammlungen hatten – und die stärker demoralisiert waren als alle Kirchen, die ich hinter dem Eisernen Vorhang kennengelernt hatte.

Im Grunde genommen hielt ich in diesen zwölf Tagen nur immer und immer wieder eine Predigt in hundert Versionen. Ich forderte die Christen auf, Missionare zu werden, weil ich die Erfahrung gemacht habe, daß eine missionarische Kirche eine lebendige Kirche ist.

In der ersten Kirche, in der ich diese Anregung gab, stand der Pastor auf und sagte erregt:

»Bruder Andrew, Sie können gut über missionarische Arbeit reden, weil Sie hinreisen können, wohin Sie wollen. Aber wie ist es bei uns hier in der DDR? Wir können nicht einmal das Land verlassen.«

»Halt!« sagte ich. »Überlegen Sie sich einmal, was Sie da gesagt haben! Ich muß eine lange und kostspielige Reise machen, um nach Osteuropa zu kommen. Sie sind schon hier! Wie viele russische Soldaten sind jetzt in Ihrem Land? Ich glaube, eine halbe Million. Wie viele unbekehrte deutsche Volksgenossen wohnen in diesen Bergen hier? Beklagen Sie sich nicht, daß Sie nicht aufs Missionsfeld gehen können! Danken Sie Gott, daß er Ihnen das Missionsfeld vor die Füße gelegt hat!«

Und dann erzählte ich ihnen die biblische Geschichte von einem Mann, der genau das getan hatte, wozu ich sie aufforderte. Ich erzählte ihnen, wie Paulus, an zwei Soldaten gefesselt, in Rom im Gefängnis lag.

»Für ihn gab es zwei Möglichkeiten. Er konnte entweder dasitzen und sich beklagen, daß er nicht hinauskonnte, oder er konnte die Situation nutzen. Nun, Paulus begann Gott zu danken, daß er gefesselte Zuhörer hatte. Er predigte ihnen das Evangelium. Nach einer Weile wurden die Soldaten ausgewechselt. Paulus dankte Gott für die beiden neuen und fing von vorne an. Und das Ergebnis war, daß aus diesen Männern Christen wurden. Paulus gründete direkt unter den Augen des römischen Kaisers eine Kirche. Und ich glaube, daß das die einzigartige Mission der Christen hinter dem Eisernen Vorhang ist.«

# An der Grenze zum inneren Kreis

Nach meiner Rückkehr fuhr ich in Westberlin von Lager zu Lager, um Corrie zu suchen. Als ich sie fand, inspizierte sie gerade die Köpfe von fünf- und sechsjährigen Kindern auf Läuse. Ich war erschrocken, wie sie sich in den drei Wochen verändert hatte. Sie war abgemagert, hatte tiefe Ringe unter den Augen, und ihre Haut sah merkwürdig fahl aus.

Ich machte mir aufs neue Vorwürfe, daß ich sie hierhergebracht und überdies noch allein gelassen hatte. Ich hatte mir vorgenommen, von Berlin aus eine wertvolle Ladung Bibeln nach Jugoslawien zu bringen, vor allem in die Kirche in Belgrad, deren Mitglieder nur sieben besaßen. Und ich wußte aus Erfahrung, daß es besser war, im jugoslawischen Konsulat in Berlin um Einreisegenehmigung zu bitten als in Den Haag.

Als ich jetzt die scharfen Linien im Gesicht meiner jungen Frau und ihren gehetzten Blick sah, erkannte ich, daß eine Reise nach Jugoslawien einen doppelten Zweck erfüllen würde. Wo konnte man die Schrecken der Lager besser vergessen als in diesem wunderbaren Land, dem schönsten, das ich bisher gesehen hatte! Und so ging ich mit unseren beiden Reisepässen ins Konsulat und verbrachte den übrigen Tag damit, Bibeln zu kaufen.

Corrie machte wieder Einwände: Es gäbe in den Lagern soviel zu tun, während sie in Jugoslawien nichts tun konnte – dieselben Bedenken wie früher. Aber diesmal ließ ich sie ihrer geschwächten Gesundheit wegen einfach nicht gelten, und wir machten uns zum erstenmal gemeinsam auf den Weg hinter den Eisernen Vorhang.

Wenn Corries Schwäche nicht gewesen wäre, die immer schlimmer statt besser zu werden schien, wäre diese erste Reisewoche einfach wunderbar gewesen. Diesmal warfen die Grenzposten kaum einen Blick auf unser Gepäck. Sie entdeckten, daß wir erst jung verheiratet waren und empfahlen uns Erholungsorte am Meer, die wir besuchen, und landschaftlich schöne Straßen, die wir benutzen sollten. Ich merkte mir diese neue Erfahrung für spätere Schmuggeloperationen: Ein Mann und eine Frau bildeten ein natürliches Reiseteam und waren weniger verdächtig als ein Mann allein. Jamil und Nikola begrüßten uns mit Tränen in den Augen. Als wir nach dem Gottesdienst die neuen Bibeln in der Kirche verteilten, trauten die Gemeindemitglieder kaum ihren Augen. Und dann mußten alle Corrie kennenlernen. Die Frauen küßten sie, die Männer klopften mir auf den Rücken.

Sechs Tage lang hätte alles nicht besser gehen können. Mit Hilfe von Nikola, der trotz der Geldstrafe und der Verwarnung, die ihm sein Dienst damals einbrachte, wieder dolmetschte, teilte ich den jugoslawischen Kirchen die Vision mit, die mir in der DDR gekommen war, die Vision von Kirchen hinter dem Eisernen Vorhang, die nicht im Rückzug, sondern im Vormarsch begriffen waren.

Und dann, am Abend des siebenten Tages, als wir gerade bei Freunden in einer Stadt unweit Sawaweho beim Abendessen saßen, kam die Polizei. Es ging alles so schnell, daß ich mir im ersten Augenblick gar nicht im klaren war, wessentwegen sie gekommen waren. Wir saßen am Küchentisch und aßen Reis und Hammelfleisch – alle außer Corrie, die sich nicht wohl fühlte und sich hingelegt hatte –, als es an die Tür klopfte und zwei grauuniformierte Polizisten hereinkamen.

»Folgen Sie uns!« sagten sie zu mir.

»Folgen? Wohin?«

»Reden Sie nicht! Lassen Sie Ihr Essen stehen und kommen Sie!«

Ich sah meine Freunde an, die mit vor Angst weit aufgerissenen Augen dasaßen. Corrie kam zur Tür herein, blaß und mit aufgelöstem Haar.

»Sie gehört zu Ihnen?«

»Ja.«

»Sie kommt auch mit!«

Es zeigte sich bald, daß die Polizei über meine frühere Reise nach Jugoslawien genau Bescheid wußte. Sie waren ziemlich höflich, teilten uns aber mit, daß wir das Land sofort zu verlassen hätten.

»Ihr Visum ist ungültig gemacht worden. Geben Sie mir bitte Ihren Paß!«

Zögernd, weil ich keinen unangenehmen Stempel in meinem Paß haben wollte, der andern Konsulaten bedenklich erscheinen würde, gab ich ihnen meine Papiere. Die Beamten prüften sie sorgfältig und nahmen dann einen riesigen roten Stempel, feuchteten ihn gut an und knallten ihn quer über mein Visum. Ich war »persona non grata« in Jugoslawien.

Corrie, der es körperlich sehr schlecht ging, war tief erschüttert.

»Andrew, ich war zu Tode erschrocken«, sagte sie immer wieder, als wir durch Österreich nach Deutschland fuhren. »Und dabei waren diese Männer ganz nett!«

Wir wollten in Berlin nur kurz haltmachen, um zwei Flüchtlinge mitzunehmen, für deren Weiterkommen in Holland wir sorgen wollten. Mein einziger Gedanke war, Corrie nach Hause und zum Arzt zu bringen. Irgend etwas stimmte nicht mit ihr, irgend etwas, was nicht nur auf Übermüdung und Überanstrengung zurückzuführen war. Immer öfter mußte ich anhalten, damit sie aussteigen und sich der Länge nach ins Gras legen konnte, bis die würgende Übelkeit vorüber war.

Aber als wir nach Berlin kamen, erwartete uns eine Überraschung. Nachdem das jugoslawische Konsulat in Berlin zugänglicher war als das in Holland, hatte ich gleich anschließend die Konsulate aller der Länder, die ich gern besuchen wollte, aufgesucht. Nun fand ich nicht nur einen, sondern gleich zwei Briefe in unserem Berliner Standquartier vor.

Bulgarien und Rumänien hatten meine Eingaben geprüft und waren erfreut, mir mitteilen zu können, daß ich nur in ihre Büros zu kommen brauche, um meine Visa abzuholen. Bulgarien und Rumänien! Zwei der Länder, wo, wie mir jeder versicherte, die Kirche am intensivsten verfolgt wurde. Endlich der innere Kreis! Ganz sicher war Gottes Hand an der Tür, um sie weit aufzureißen.

Und ebenso sicher brauchte Corrie ihr Zuhause und ihr eigenes Bett. Außerdem war da die Sache mit dem Stempel in meinem Paß. Sicher würden die andern Regierungen wissen wollen, warum ich aus Jugoslawien ausgewiesen worden war.

So fuhren wir, statt in die Konsulate zu gehen, heim nach Witte. Corrie ging fast sofort zu Bett, und ich rief den Arzt. Er war lange bei ihr, während ich ganz unglücklich draußen auf der Leiter saß.

Endlich kam er heraus und kletterte vorsichtig Sprosse für Sprosse die Leiter herunter.

»Ihrer Frau geht es gut«, sagte er, als er festen Boden unter den Füßen hatte. »Ich habe ihr Tabletten gegen die Übelkeit gegeben. Sie soll nächste Woche zu mir in die Sprechstunde kommen.«

»Aber was fehlt ihr denn?«

»Fehlen?« Schließlich merkte er, daß ich nicht begriff.

Mit übertriebener Höflichkeit nahm er den Hut vom Kopf und streckte mir die Hand hin:

»Herzlichen Glückwunsch! Sie werden Vater.«

»Aber um Himmels willen«, fügte er hinzu, während er den Hut wieder aufsetzte, »hören Sie auf, die arme Frau durch ganz Europa zu schleppen! Gönnen Sie ihr ein wenig Ruhe! Und noch etwas!« Er blieb noch einmal kurz an der Brücke stehen. »Sehen Sie zu, daß Sie die Kleiderballen da oben loswerden! Sie will Mutter werden und nicht Bergsteigerin!«

Es war November, als wir aus Jugoslawien zurückkamen, und das Baby sollte im Juni ankommen. Im Januar fühlte sich Corrie so wohl, daß ich wieder ernstlich an diese Reise in den inneren Kreis zu denken begann – natürlich allein! Corrie würde in Geltjes Obhut zurückbleiben, und wenn ich für jedes der beiden Länder drei oder vier Wochen Aufenthalt rechnete, würde ich rechtzeitig zur Geburt des Kindes zurück sein.

Aber da war immer noch die Sache mit dem Reisepaß. Was sollte ich mit der schlimmen Seite machen? Sie herausreißen? Das war unmöglich, da alle Seiten numeriert waren. Den Paß wegwerfen, sagen ich hätte ihn verloren und einen neuen beantragen? Aber das war nicht die königliche Art. Die Diener des Königs brauchten keine krummen Wege zu gehen.

Ich fuhr nach Den Haag ins Paßbüro und erklärte dem Beamten mein Problem. Er war sehr verständnisvoll.

»Es tut mir leid für Sie, aber da können wir nichts machen.«

»Sehen Sie, ich bin Missionar«, sagte ich. »Ich möchte in diese Länder fahren, um mich mit den Christen dort in Verbindung zu setzen.«

Er dachte einen Augenblick darüber nach. Dann schüttelte er den Kopf.

»Wir können Ihnen nicht einmal einen Wink geben, wie Sie schnell zu einem neuen Paß kommen könnten; indem Sie zum Beispiel eine Menge Reisen in benachbarte Länder machten und immer darauf beständen, daß ihr Paß gestempelt und infolgedessen rascher voll würde. Wir können Ihnen nicht einmal einen solchen Wink geben, verstehen Sie? Es tut mir sehr leid!«

Innerhalb weniger Wochen hatte ich einen neuen Paß.

Corrie ließ mich ungern fort. Sie hatte den Schock immer noch nicht verwunden, den ihr unsere Verhaftung versetzt hatte. Aber als die Ladung bulgarischer und rumänischer Bibeln von der »British and Foreign Bible Society« aus London kam, half sie mir, sie im Auto zu verstauen.

»Geschäft ist Geschäft!« sagte sie. »Schließlich habe ich mich ja als Missionarsfrau verpflichtet.«

Als der Tag meiner Abreise kam, fühlten wir uns beide nicht sehr tapfer. Wir packten den noch freien Raum im VW voll mit Kleidern für die Lager in Österreich, die ich auf der Hinreise besuchen wollte. Auf Anordnung des Arztes hatten wir das Kleiderdepot in den winzigen Flur des Haupthauses verlegt, wo es uns allen das Leben schwer machte.

»Bulgarien und Rumänien sind nicht Jugoslawien«, sagte Corrie leise. »Du kannst in diesen Ländern verhaftet werden, und ich sehe dich vielleicht nie wieder. *Wir* möchten, daß du wiederkommst, Andrew, dein Kind und ich.«

Natürlich versuchte ich sie zu beruhigen. Aber mir war selbst keineswegs sehr wohl zumute. Ich stieg in den vollbeladenen Wagen und ließ den Motor an.

»Hast du dein Geld bei dir?« fragte Corrie.

Ich griff nach meiner Brieftasche. Diesmal fuhr ich mit mehr als genug Geld. Ich konnte gar nicht verstehen, warum neuerdings so viele Gaben von Lesern von »Kraft von Oben« gekommen waren. Meine Reise kostete sehr wenig, da ich so oft wie möglich im Zelt schlief und mein Essen selbst kochte. Ich hatte den mir überschüssig erscheinenden Betrag bei Corrie zurücklassen wollen, aber wie in einer seltsamen Voraussicht hatte sie darauf bestanden, daß ich ihn mitnahm. Ja, das Geld hatte ich wohlverwahrt bei mir. Und so fuhr ich nach einem letzten Kuß davon.

Als ich das letzte Lager in Österreich verließ und nach Jugoslawien weiterfuhr, beunruhigte es mich ein wenig, daß ich in ein Land zurück mußte, aus dem ich erst kürzlich ausgewiesen worden war. Aber es gab praktisch keinen anderen Weg nach Bulgarien, es sei denn, ich machte die weite, teure Reise nach Italien, fuhr von dort aus mit dem Schiff nach Griechenland und dann die weite Strecke hinauf durch Mazedonien. Wie ich es erwartet hatte, waren mir beim Ausstellen der neuen Einreisegenehmigung keine Schwierigkeiten gemacht worden. Die jugoslawischen Büros waren dafür bekannt, daß sie sehr langsam arbeiteten, und so waren die westlichen Konsulate noch nicht benachrichtigt worden, daß ich »persona non grata« war. Die einzige Stelle, wo ich vielleicht Schwierigkeiten haben konnte, war die Grenze selbst.

Mit klopfendem Herzen fuhr ich an den Schlagbaum heran. Aber der Grenzposten sah nur flüchtig in meinen Paß. Wir plauderten eine Weile über Straßenverhältnisse, und es dauerte keine zwanzig Minuten, da war ich drüben.

Meiner Berechnung nach hatte ich jetzt vier Tage Gnadenfrist in Jugoslawien, ehe aufgrund der Meldung meines Genzübertritts die Liste unerwünschter Personen in Belgrad kontrolliert worden war. Ich machte einen kurzen Besuch bei Jamil, fest entschlossen, am Morgen des fünften Tages über die Grenze nach Bulgarien zu fahren. Aber wie immer in Jugoslawien, gab es eine Unmenge zu tun. Jamil hatte mich mit so viel Anschriften von Personen und Kirchen versorgt, daß ich einen Monat lang genug Arbeit gehabt hätte. Von den Behörden war mir nichts Beunruhigendes zu Ohren gekommen, und so beschloß ich, meine Chance um vierundzwanzig Stunden zu verlängern.

Am fünften Abend stieg ich nach Mitternacht in einem Hotel ab, hinterließ meinen Paß in der Rezeption und ging in mein Zimmer. Ich hatte etwa fünf Stunden geschlafen, als es plötzlich an meine Tür klopfte. Ich öffnete und sah zwei Männer in Zivil im Flur stehen.

»Ziehen Sie sich an und folgen Sie uns!« sagten sie auf deutsch und hielten die Tür offen. »Nehmen Sie nichts mit!« Sie ließen mich nicht aus den Augen, während ich mir eilig Hemd und Hose anzog. Wir gingen durch die Vorhalle, die um diese Stunde leer war, abgesehen von einer Frau, die die Treppe wischte. Draußen liefen wir einige hundert Meter, bis wir zu einem großen Steingebäude kamen. Ich wurde einen Marmorkorridor entlanggeführt, in dessen Leere unsere Schritte widerhallten, und schließlich in ein Büro.

Der Mann hinter dem Schreibtisch hatte meinen Paß in der Hand.

»Weshalb sind Sie hier?« fragte er. »Warum sind Sie wieder in Jugoslawien?« Er wartete gar keine Antwort ab, sondern fuhr mit immer lauter werdender Stimme fort: »Wie ist es Ihnen überhaupt gelungen, diesen Paß umzutauschen? Will Holland es auf diese Weise den Spionen und Verbrechern leicht machen?«

Er griff in ein Schubfach seines Schreibtischs, und ich sah mit Entsetzen, daß er den gewaltigen roten Stempel herausgeholt hatte. Er knallte ihn dreimal auf das jugoslawische Visum, ehe er befriedigt zu sein schien.

»Sie haben das Land innerhalb von vierundzwanzig Stunden zu verlassen«, sagt er dann. »Jeder Kontakt mit irgendwelchen Leuten hier in Jugoslawien ist Ihnen untersagt. Wir werden den Grenzposten in Triest verständigen, wann er Sie erwarten kann.«

Triest! Das konnte doch nicht sein Ernst sein! Triest lag in der nordwestlichen Ecke des Landes, wo ich gerade hergekommen war, während wir hier nur etwa achtzig Kilometer von der bulgarischen Grenze entfernt waren.

»Aber ich will doch nach Bulgarien!« wendete ich ein.

»Könnte ich das Land nicht auf diesem näheren Weg verlassen?«

Aber er war unerbittlich. Triest hatte er gesagt, und dabei blieb es – und so schnell wie möglich!

Und so fuhr ich traurig nach Triest zurück und machte dann den weiten Umweg durch Italien und Griechenland: 2400 Kilometer Fahrt, wo ich meinem Ziel schon so nahe gewesen war!

Eine Niedergeschlagenheit, wie ich sie bisher nie gekannt hatte, befiel mich, als ich mich langsam den Stiefel Italiens hinunterschlängelte. Die Straßen waren zum Verrücktwerden: Die ganze Küste entlang war eine endlose Folge aneinandergereihter Städte durch Straßen verbunden, die voller Lastwagen, Fahrräder und Pferdewagen waren. Ich mußte fast immer im zweiten Gang fahren.

Der 31. März kam, Corries Geburtstag. Ich schickte ihr ein Telegramm. Aber statt mich ein wenig aufzuheitern, diente das nur dazu, mich daran zu erinnern, wie weit weg sie war. Ihr erster Geburtstag, seit wir verheiratet waren, und ich war hier; noch nicht aus Italien heraus, weiter von meinem Ziel entfernt als je – und jede Minute entfernte ich mich mehr von Corrie. Angenommen, in Bulgarien gab es ebenfalls Schwierigkeiten mit der Polizei! Angenommen, ich war nicht rechtzeitig zur Geburt des Kindes zurück! Zumindest verstand ich jetzt, warum ich diesmal so besonders viel Geld mithatte! Ich mußte froh sein, wenn es bei einem solchen Umweg überhaupt für Hin und Zurück reichte.

Zu allem Unglück war da wieder der Argwohn erregende Stempel auf dem jugoslawischen Visum.

Und als ich dachte, ich hätte den Tiefpunkt erreicht, fing mein Rücken wieder an weh zu tun. Seit drei oder vier Jahren hatte ich hin und wieder, besonders wenn ich weite Strecken fuhr, Schwierigkeiten mit einem verrenkten Rückenwirbel.

Etwa auf halbem Wege durch Italien fingen diese Beschwerden wieder an, und zwar schlimmer als je. Als ich in Brindisi ankam, wo das Schiff nach Griechenland abfuhr, lief ich tief vornübergebeugt und mit schlürfenden Schritten. Ich hatte keine Zeit, mich ärztlich behandeln zu lassen, und mußte es einfach hinnehmen, daß die Leute mich anstarrten. Als ich in Griechenland das Auto vom Schiff fuhr, war es noch nicht besser, und nach ein paar Tagen Fahrt auf den griechischen Straßen schrie ich buchstäblich vor Schmerzen. Während die italienischen Straßen vom Verkehr verstopft gewesen waren, waren die griechischen voller Steine und Schlaglöcher. Da ich die Wegweiser mit den mir fremden griechischen Buchstaben nicht lesen konnte, entdeckte ich oft erst nach dreißig Kilometern mein Rückgrat peinigender Fahrt, daß ich falsch abgebogen war und die ganze, mühsam eroberte Strecke wieder aufgeben mußte.

Und die ganze Zeit über arbeitete diese Depression wie ein heimtückisches Gift in mir.

»Diesmal bist du noch davongekommen, Andrew«, flüsterte es in mir. »Sie waren nett zu dir, haben dich ausgewiesen. Sie hätten dich ins Gefängnis werfen können – für wieviel Jahre? Für fünf? Für zehn? Das wirst du in Bulgarien sehen! Sie sperren die Leute ein. Manchmal kommen sie nie wieder heraus . . . Nicht einmal einen Brief darfst du schreiben . . . Corrie wird nie erfahren . . .«

So ging es Stunde für Stunde, Tag für Tag, bis meine Nerven völlig überreizt waren. Und dann kam der letzte Schlag. In der griechischen Stadt Serrai erfuhr ich, daß der Grenzübergang, auf den ich zusteuerte, nur für Diplomaten geöffnet war. Für gewöhnliche Reisende gab es nach Bulgarien überhaupt keine Einreisemöglichkeit. Sie mußten den Umweg über die Türkei machen, viele Kilometer und viele Tage weiter.

Am Morgen nach dieser Entdeckung holperte ich auf steiniger Straße einem, wie es mir schien, fernen Horizont voller Enttäuschungen entgegen, als ich plötzlich ein kleines blaues Schild vor mir sah. Die Hauptbeschriftung war in griechisch, aber darunter las in in lateinischen Buchstaben das einzelne Wort:

PHILIPPI

Ich hielt den Wagen mit einem Ruck an. Philippi? Das Philippi aus der Bibel? Die Stadt, wo Paulus und Silas im Gefängnis gewesen waren – wo Gott das Erdbeben geschickt hatte, um die Tür ihres Kerkers zu öffnen?

Natürlich! Das war es! Ich stieg aus dem Wagen und starrte durch einen hohen Drahtzaun auf ein Trümmerfeld. Da waren die alten Straßen, da waren die Überreste eines Tempels und dort eine Reihe von Häusern, von denen nur noch die Mauern standen. War eins davon Lydias Haus, wo Paulus gewohnt hatte?

Im Zaun war eine Tür, die aber verschlossen war, und ringsum war kein Mensch zu sehen. Ein ungeheures Schweigen brütete über allem. Die neue Stadt Philippi lag drei Kilometer weiter nordwestlich.

Hier hörte man keinen Laut – nur die Stimme des Apostels, der über die Jahrhunderte herüberrief:

»Christ, wo ist dein Glaube?«

Paulus hatte hier im Gefängnis gesessen, genau wie ich mich in einem Gefängnis befand, einem Gefängnis der Qual und der Mutlosigkeit. Paulus und Silas hatten dasselbe getan wie ich. Sie hatten das Evangelium gepredigt, wo es verboten war. Gott hatte ein Wunder getan, um seine Männer aus dem Gefängnis zu holen, und in diesem Augenblick wußte ich, daß er gerade jetzt wieder ein Wunder tat, um mich aus dem meinen herauszuholen.

Die Fesseln der Depression, die sich um mich gelegt hatten, zersprangen wie die Fesseln um die Handgelenke des Paulus. Der Geist der Schwermut fiel von mir ab, und gleichzeitig wurde mir plötzlich bewußt, daß ich aufrecht stand, mit geradem Rücken und erhobenem

Kopf. Ein Gefühl der Freude, physischer sowie psychischer Freude, durchströmte mich.

Ich rannte buchstäblich zum Auto zurück, blieb aber immer wieder einmal stehen, um einen kleinen Luftsprung zu machen. Ich ließ den Motor an, legte den ersten Gang ein und fuhr dröhnend – noch einmal meinem Ziel zu, den unbekannten Gläubigen des inneren Kreises.

## Abraham, der Riesen-Töter

Nach all den Besorgnissen war der Grenzübertritt von der Türkei nach Bulgarien eine angenehme Überraschung. Der Zollbeamte blickte nur flüchtig in den Wagen und forderte mich auch nicht auf, einen Koffer zu öffnen. Er trug das Datum und den Ort meiner Einreise in das bulgarische Visum ein, wendete aber die andern Seiten des Passes nicht um. Dann hieß er mich mit ein paar englischen Sätzen in seinem Lande willkommen.

Noch erfreulicher für mich war nach der beschwerlichen Fahrt auf den griechischen und den ebenso schrecklichen türkischen Straßen, daß die bulgarischen Landstraßen frisch gepflastert und gut angelegt waren. Unterwegs wurde ich überall ebenso freundlich begrüßt wie an der Grenze. Kinder winkten und schrien und rannten am Straßenrand entlang, solange sie das Auto sehen konnten. Männer und Frauen, die auf den Feldern arbeiteten, richteten sich auf, um mir lächelnd zuzuwinken, etwas, was ich anderswo in Europa noch nicht erlebt hatte.

Die bulgarischen Straßen waren gut, das heißt, solange ich auf den Hauptstraßen blieb. An jenem ersten Abend bog ich auf der Suche nach einem Campingplatz in einen schmalen Weg ein, der einen Berg hinaufführte. Ich fand ein einsames Fleckchen. Am nächsten Morgen brachte ich einige Zeit damit zu, Bibeln aus den verschiedenen Verstecken herauszuholen. Dann packte ich die rumänischen wieder weg und schlitterte auf dem gefährlichen Kiesweg den Berg hinunter, um wieder auf die Hauptstraße zu gelangen. Aber jetzt schlängelte sich mein Weg durch die Hinterhöfe eines winzigen Dorfes. Er wurde jeden Augenblick schlammiger. Ich fuhr noch durch einen kleinen Bach, daß das Wasser nur so spritzte, und blieb dann ein paar Meter weiter im Schlamm stecken.

Da saß ich, hoffnungslos festgefahren in einem abgelegenen Bergdörfchen, wo ich nichts zu tun hatte. Was sollte ich machen? Kaum hatte ich mir die Frage gestellt, als ich ziemlich lautes Singen und Gröhlen hörte. Es kam aus einem Haus ganz am Ende des Dorfes. Ich öffnete die Wagentür und sprang hinaus. Als mir der Schlamm bis zu den Knöcheln reichte, hörte ich auf zu sinken. Nun, was half's? Ich watete hindurch, bis ich die Tür des Hauses erreichte.

Es war eine Kneipe, und obwohl es erst zehn Uhr vormittags war, schienen die Männer da drin schon ganz schön in Fahrt zu sein. Ich trat ein, und sofort hörte das Singen auf. Zwanzig Gesichter starrten mich an, offensichtlich erstaunt über das Auftauchen eines Fremden in ihrem Dorf. Die Luft war voller Rauch, der beißender roch als der in westlichen Kneipen.

»Kann hier jemand englisch sprechen?« fragte ich. Niemand antwortete. »Deutsch?« Nein. »Holländisch?« – »Nun, jedenfalls hallo!« sagte ich lächelnd und führte meine Hand wie zum Gruß an die Stirn.

Dann versuchte ich mich mit allerlei Lauten und Gebärden verständlich zu machen. Ich ahmte das Geräusch eines Automotors nach, wenn der Wagen im Schlamm steckengeblieben ist: »Humm, humm, stotter, stott, stop.«

In keinem der runden, braunäugigen Gesichter, die mich anstarrten, war irgendwelches Verständnis zu lesen.

Ich streckte meine Hände aus wie ein Mann, der das Steuerrad mit beiden Händen festhält.

»Ahh! Oh!« Der Mann hinter dem hölzernen Schanktisch nickte verständnisvoll. Zwei volle Biergläser in der Hand, kam er vorgelaufen und schob mir in jede ausgestreckte Hand eins.

»Nein, nein!« rief ich lachend. »Automobil! Wagen! Huum, huum, brr, brr, stop.«

Ich stellte die Gläser hin und winkte mit dem Arm.

»Kommen Sie!«

Schließlich verstanden mehrere Männer und erhoben sich von den Tischen. Die Sache machte ihnen Spaß. Andere folgten. Ich kam mir vor wie der Rattenfänger von Hameln. Hinter der Kneipe steckte die Ursache des ganzen Aufstands erwartungsvoll im Schlamm: mein kleiner blauer VW.

»Ahh!« Heftiges Kopfnicken und Klatschen auf die Schenkel. Jetzt verstanden sie! Selbstverständlich wollten sie helfen! Sie trugen kniehohe Stiefel und wateten ohne Zögern in den Schlamm, während sie mir zuwinkten, mich hinters Steuerrad zu setzen. Ich ließ den Motor an, und als diese breitschultrigen Männer den Wagen anhoben, schaltete ich den Gang ein. Innerhalb weniger Sekunden waren wir auf der Hauptstraße vor der Kneipe.

Ich stieg aus dem Wagen und dankte ihnen, ein wenig besorgt über die Neugierde, die sie für das Auto und seinen Inhalt zeigten. Auf keinen Fall durfte ein Gerücht von einem Holländer entstehen, der eine Ladung Bücher in seinem Wagen hatte. Rasch ergriff ich eine riesige, arbeitsharte Hand nach der andern, schüttelte sie kräftig und sagte dabei:

»Ich danke Ihnen wirklich ganz, ganz herzlich! Holland dankt Ihnen. Der Herr dankt Ihnen . . .«

Und während ich sprach, ließ einer der Männer meine Hand einfach nicht los, sondern zog mich ins Gasthaus. Noch ehe ich den Schanktisch erreicht hatte, wußte ich, was passieren würde. Sie würden mir ein Bier kaufen, ob ich wollte oder nicht.

Ich hatte keinen Alkohol mehr getrunken seit jener stürmischen Januarnacht, als ich mich Gott ganz ausgeliefert hatte. In meinem Leben war der Alkohol zweifellos immer etwas Gefährliches, Zerstörendes gewesen.

»Was soll ich aber jetzt machen, Herr?« fragte ich laut auf holländisch. Und plötzlich wußte ich, daß ich dieses Glas Bier trinken mußte; daß die Zurückweisung dieses Biers bedeuten würde, daß ich sie zurückwies; daß ihre Freundlichkeit und Gastfreiheit bei Gott mehr galt als die Befolgung einer Regel. Zwanzig Minuten später schüttelte ich – diesmal mit Augen, die von dem starken, selbstgebrauten Bier tränten – nochmals zwanzig Hände, lachte, wünschte ihnen die eiligste von allen möglichen Errettungen und fuhr los. Erst als ich vierzig Minuten lang mit Höchstgeschwindigkeit die Landstraße entlanggefahren war, fiel der letzte Schlammbrocken, der an den Rädern meines VW geklebt hatte, von der Innenseite der Kotflügel herunter.

Am letzten Abend in Jugoslawien hatte ich einen Mann kennengelernt, dessen bester Freund in Sofia wohnte.

»Petroff ist einer der Heiligen der Kirche«, hatte er zu mir gesagt. »Wollen Sie ihn besuchen?«

Das wollte ich natürlich gern und hatte mir seine Anschrift gut eingeprägt, um nichts Schriftliches bei mir zu haben, falls ich Scherereien mit der Polizei bekam. Als ich jetzt auf einer Höhe über Sofia saß und auf die Stadt hinunterschaute, staunte ich, wie Gott meinen letzten Gesprächspartner in dem einen Land dazu benutzte, den ersten Kontakt herzustellen, den ich in einem anderen Land brauchte.

Die Stadt zu meinen Füßen, mit den hohen Bergen im Hintergrund, bot einen wunderschönen Anblick. Die Kuppeln ihrer orthodoxen Kirchen funkelten in der Spätnachmittagssonne. Aber wie sollte ich in dieser Riesenstadt die Straße finden, in der Petroff wohnte? Mein jugoslawischer Freund hatte mich darauf aufmerksam gemacht, daß es für ihn gefährlich sein könnte, wenn ein Ausländer überall nach ihm fragte. So bat ich als Erstes im Hotel um einen Stadtplan.

»Tut mir leid, mein Herr, wir haben keinen mehr. Vielleicht versuchen Sie es im Buchladen an der Ecke.«

Aber dort gab es auch keinen mehr.

Ich ging zurück ins Hotel und fragte den Angestellten, ob er denn gar nichts an Karten habe. Er sah mich mißtrauisch an.

»Warum brauchen Sie denn so dringend einen Stadtplan?« fragte er. »Ausländer sollten nicht einfach so überall herumlaufen.«

»Oh, nur um mich orientieren zu können«, sagte ich. »Ich möchte mich nicht gern verlaufen, zumal ich nicht bulgarisch sprechen kann.«

Das schien dem Mann einzuleuchten.

»Wir haben nur diesen kleinen hier«, sagte er und deutete auf einen handgemalten Stadtplan unter dem Glas auf seinem Schreibtisch. »Er wird Ihnen nicht viel nützen. Es sind nur die Namen der Hauptverkehrstraßen verzeichnet.«

Als ich mich aber darüber beugte, sah ich etwas Erstaunliches. Der Kartenzeichner hatte wirklich nur die Namen größerer Straßen eingezeichnet – mit einer Ausnahme: Nur wenige Häuserblocks vom Hotel entfernt war eine winzige Straße, an der ein Name stand. Und das war die, die ich suchte. Wieder kam dieses Staunen über mich, daß diese Reise schon lange vorbereitet war.

Am nächsten Morgen verließ ich das Hotel schon sehr früh und steuerte sofort auf die Straße zu, in der Petroff wohnte. Ich fand sie ohne Schwierigkeiten. Jetzt mußte ich nur noch die Hausnummer finden.

Als ich den Bürgersteig entlangging, kam ein Mann aus der entgegengesetzten Richtung die Straße herauf. Wir trafen uns, als ich zu der Nummer kam, die ich suchte. Es war ein großes, zweistöckiges Doppelhaus. Ich bog in den Vorgartenweg ein, der Fremde ebenfalls.

Als wir uns der Haustür näherten, blickte ich für den Bruchteil einer Sekunde in das Gesicht des Mannes. Und in diesem Moment erlebte ich eines der bekannten Wunder im Christenleben: Unsere Seelen erkannten einander.

Wortlos marschierten wir nebeneinander die Treppe hinauf. Es wohnten noch andere Familien im Haus. Wenn ich einen Fehler machte, würde das sehr unangenehm sein. Der Fremde war an seiner Wohnung angelangt, zog den Schlüssel aus der Tasche und öffnete die Tür. Ohne von ihm aufgefordert zu sein, ging ich in seine Wohnung. Ebenso schnell schloß er die Tür hinter sich. Wir standen uns gegenüber.

»Ich bin Andrew aus Holland«, sagte ich auf englisch.

»Und ich bin Petroff.«

Petroff und seine Frau wohnten in einem einzigen Raum. Sie waren beide über fünfundsechzig, und ihre Renten reichten gerade aus, daß sie das Zimmer und ihre Lebensmittel bezahlen und sich gelegentlich ein Kleidungsstück kaufen konnten. Wir drei knieten zuerst einmal nieder, um Gott zu danken, daß er uns auf so wunderbare Weise zusammengeführt hatte, so daß keine Minute Zeit vergeudet war und nur ein Mindestmaß von Risiko bestand.

Dann unterhielten wir uns.

»Ich habe gehört, daß in Bulgarien und Rumänien Bibeln gebraucht werden«, sagte ich. »Stimmt das?«

Als Antwort führte mich Petroff an seinen Schreibtisch, auf dem eine alte Schreibmaschine mit einem eingespannten Bogen Papier stand. Daneben lag eine Bibel, die beim Zweiten Buch Mosis aufgeschlagen war.

»Vor drei Wochen hatte ich unglaubliches Glück«, sagte er. »Ich fand diese Bibel.« Er zeigte mir eine zweite Bibel auf dem kleinen Eßtisch. »Ich brauchte nicht viel dafür zu bezahlen. Nur eine Monatsrente. Sie war so billig, weil die beiden ersten Bücher Mosis und die Offenbarung herausgeschnitten sind und –«

»Warum das?« unterbrach ich ihn.

»Wer weiß? Vielleicht um sie zu verkaufen. Vielleicht auch, um aus dem dünnen Papier Zigaretten zu drehen. Jedenfalls war ich sehr glücklich, daß ich sie fand und das Geld hatte, sie zu kaufen. Nun brauche ich nur die fehlenden Teile zu ersetzen, und ich habe eine zweite vollständige Bibel. In nochmals vier Wochen werde ich wohl mit der Abschrift fertig sein.«

»Und was wollen Sie mit der zweiten Bibel machen?«

»Oh, sie weggeben!«

An eine kleine Kirche in Plovtiv«, sagte seine Frau, »wo sie keine Bibel haben.«

Ich war mir nicht sicher, ob ich richtig verstanden hatte. Keine Bibel in der ganzen Kirche?

»Ja gewiß!« sagte Petroff. »Und es gibt viele solcher Kirchen in diesem Land. Ebenso ist es in Rumänien und in Rußland. Früher hatten nur die Geistlichen Bibeln. Gewöhnliche Menschen konnten nicht lesen. Und seit der Kommunismus herrscht, ist es unmöglich, welche zu kaufen. Ich habe nicht oft solches Glück.«

Meine Erregung stieg. Ich konnte es kaum erwarten, Petroff den Schatz zu zeigen, den ich in meinem Auto für ihn mitgebracht hatte.

Am Abend fuhr ich zu seinem Wohnhaus, blickte die Straße hinauf und hinunter, ob sie leer war, und trug dann den ersten von vielen, vielen Kartons mit Bibeln hinein, die ich diesem Mann im Laufe der Jahre überbringen sollte. Petroff und seine Frau sahen mir zu, wie ich den Karton auf ihren Tisch stellte. Ihre Augen waren ganz groß vor Neugier.

»Was ist das?« fragte Petroff.

Ich hob den Deckel hoch und nahm eine Bibel heraus. Ich legte sie in Petroffs zitternde Hände – und eine zweite in die seiner Frau.

»Und – und in der Schachtel?«

»Noch mehr! Und draußen im Wagen noch mehr!«

Petroff schloß die Augen. Er preßte die Lippen zusammen, um seine Bewegung zu verbergen. Aber zwei Tränen rollten langsam zwischen seinen geschlossenen Lidern hervor und fielen auf das Buch in seinen Händen.

Petroff und ich machten uns sofort auf eine Reise durch fast ganz Bulgarien, um die Bibeln an die Kirchen auszuliefern, von denen er wußte, daß sie sie am nötigsten brauchten.

»Wissen Sie, welchen Grund die Regierung dafür angibt, daß sie Bibeln verbietet?« fragte Petroff, während wir durch eine Gegend fuhren, die von Rosen für die Parfüm-Industrie leuchtete und duftete. »Weil Bibeln in der alten Orthographie gedruckt sind. Sie halten die Bildung auf, indem sie die Leute an die alte Rechtschreibung und an alte Gebräuche binden.«

Er erzählte mir, daß die sichtbare Kirche in Bulgarien von allen gegen das neue Regime gerichteten Elementen gereinigt sei. Die Bulgarische Orthodoxe Kirche, die Staatskirche des Landes, sei nur noch wenig mehr als ein Arm der Regierung. Der augenblickliche Patriarch lobe das Regime in jeder seiner öffentlichen Ansprachen, die mit der Herrlichkeit der »Narodna Republika Bulgariya« ebensoviel zu tun hätten wie mit der Herrlichkeit des Reiches Gottes. »In Wirklichkeit gibt es jetzt hier zwei Kirchen«, fuhr Petroff fort zu erzählen, »eine Marionettenkirche, die nur ein Echo des Staates ist, und eine Untergrundkirche. Sie werden heute abend eine Untergrundkirche kennenlernen.«

Es war mein erster Gottesdienst in Bulgarien. Wir zwölf Teilnehmer brauchten an jenem Abend mehr als eine Stunde, um uns zu versammeln; denn wir kamen in solchen Abständen, daß niemand auf die Idee kommen konnte, es träfe sich hier eine ganze Gruppe.

Um 7 Uhr 30 waren Petroff und ich an der Reihe. Wir liefen auf ein Mehrfamilienhaus zu, gingen wie zufällig zusammen hinein, blieben wie zufällig im dritten Stock hinten stehen, sahen uns rasch einmal um und gingen in die Wohnung, ohne anzuklopfen. Ich mußte an die Sonntage in Witte denken, wo sich das ganze Dorf auf die Beine machte, um zur Kirche spazierenzugehen.

Acht Männer und Frauen waren schon versammelt, als wir kamen. Zwei weitere erschienen um 7 Uhr 45 und um 7 Uhr 55. Im Zimmer war es ziemlich dunkel. Nur eine schwache Glühbirne hing von der Decke herab, und vor das Fenster waren Decken gehängt, damit niemand hereinsehen konnte. Niemand sprach. Jeder neue Besucher nahm seinen Platz an dem Tisch in der Mitte ein, neigte den Kopf und betete still für die Sicherheit der Zusammenkunft. Punkt acht Uhr stand Petroff auf, sprach mit leiser Stimme auf bulgarisch und übersetzte es gleich für mich.

»Wir freuen uns sehr, heute abend einen Bruder aus Holland unter uns zu haben«, begann er. »Ich werde ihn bitten, Ihnen ein Wort Gottes zu sagen.«

Petroff setzte sich, und ich wartete auf das Lied, erkannte aber dann, daß Singen in dieser Untergrundkirche natürlich unmöglich war. Ich sprach etwa zwanzig Minuten und nickte dann Petroff zu. Er sprang auf, wickelte das Päckchen aus, das er mitgebracht hatte, und – hielt eine Bibel hoch. Die Freude war so groß, daß sich einige kaum noch rechtzeitig die Hand vor den Mund halten konnten, um nicht laut aufzuschreien. Dann dankten mir die Männer mit tolpatschigen Umarmungen, und die Frauen, indem sie die Stirn an meine Schulter legten, ehe sie die Bibel andächtig und fast zärtlich von Hand zu Hand gehen ließen.

Nachdem wir so lange, wie wir es wagen konnten, zusammengeblieben waren, gingen wir auseinander, wie wir gekommen waren: in Abständen, einzeln oder zu zweit. Es dauerte mehr als eine Stunde. Der letzte, der von den Knien aufstand, war ein Hüne von einem Mann mit einem Bart wie ein Patriarch, einem kantigen, gebräunten

Gesicht und den gütigsten, treuherzigsten Augen, die ich je gesehen hatte.

»Das ist Abraham!« sagte Petroff.

Abraham hatte während der Versammlung wenig gesprochen. Aber um diesen alten Mann war eine fast kindliche Unschuld und eine Reinheit, die sich ohne Worte mitteilte. Wie Petroff war er schon zu alt, um noch berufstätig sein zu können, und so hatten diese beiden Männer seit mehreren Jahren ihre Zeit damit zugebracht, Kirchen ausfindig zu machen, die zwei Bibeln besaßen, und sich eine davon zu erbetteln oder zu kaufen, um sie einer Gemeinde zu geben, die keine hatte.

Wie mir Petroff erzählte, wohnte Abraham im Rhodope-Gebirge in einem Zelt. Er erhielt vom Staat fünfzehn Mark wöchentlich, von denen er mit seiner Frau lebte. Er hatte früher Grund und Boden besessen, ihn aber seiner »staatsgefährdenden« Tätigkeit wegen verloren.

»Sie müssen ihn einmal besuchen«, sagte Petroff, »damit Sie sich ein Bild davon machen können, was ein Mann für Gott opfern kann. Den größten Teil des Jahres leben Abraham und seine Frau von wilden Beeren, Obst und etwas Brot.«

Petroff nannte den alten Mann »Abraham, den Riesen-Töter«, weil er immer darauf aus war, seinen »Goliath« zu finden, irgendeinen hohen Parteigenossen oder Offizier, bei dem er ein Zeugnis für Gott ablegen konnte.

»Abraham findet immer wieder einen«, sagte Petroff. »Und dann beginnt der Kampf. Oft gewinnt Goliath, und Abraham muß ins Gefängnis. Aber häufig gewinnt auch Abraham, und dann wird eine neue Seele zur Kirche Christi hinzugetan.«

Ehe Abraham nach Hause ging, gab ich ihm den Rest der bulgarischen Bibeln aus meinem Auto. Er würde schon wissen, was er damit machen sollte.

Abraham hielt die Bibeln im Arm, wie man ein kleines Kind hält. Er sagte nicht: »Danke schön!« Aber die Worte, die er sagte, sind mir bis heute im Gedächtnis geblieben. Er sah mich durchbohrend mit seinen blauen Augen an, während Petroff für ihn übersetzte:

»Die Kampflinie ist lang, Bruder! An manchen Stellen müssen wir ein bißchen zurückgehen, an andern rücken wir vor. Heute, Andrew von Holland, heute sind wir vorgerückt.«

Den Rest dieser ersten Reise nach Bulgarien verbrachte ich damit, die winzigen nichteingetragenen Untergrundkirchen zu besuchen.

Das Bibelwort: »Stärke das andre, das sterben will!« wurde hier für mich mehr denn je ein Befehl, der mir den Schlaf verscheuchte. Wie tapfer, wie unbekümmert um sich selbst, wie völlig allein waren sie, dieser letzte Rest der Kirche! Besonders an drei Geistliche entsinne ich mich aus diesen Wochen: an Constantine, Arminn und Basil.

Constantine hatte achtzehn Monate im Gefängnis zugebracht, weil er Gläubige unter einundzwanzig Jahren getauft hatte. Man hatte ihn gerade wieder freigelassen. Er erzählte mir, daß er am Abend nach seiner Entlassung 27 Jugendliche heimlich in einem Fluß außerhalb der Stadt getauft habe.

Arminn wußte, daß Weihnachten Regierungsbeobachter in seiner Gemeinde waren. Daher sah er sich vor, um ja nicht gegen das Verbot, Kindern das Evangelium zu predigen, zu verstoßen. Nur zu den Erwachsenen sprechen! Und ja nichts Politisches äußern! Aber in einem unbedachten Augenblick blickte er zu den Kindern hinunter, die unter dem Christbaum saßen, und fragte: »Wißt ihr, warum wir uns zu dieser Zeit des Jahres beschenken? Um damit das größte aller Geschenke zu versinnbildlichen.«

Wegen dieser beiden Sätze wurde er vor Gericht gestellt und seines Amtes enthoben.

Basil war dafür bekannt, daß er eng mit der Geheimpolizei zusammenarbeitete. Petroff hatte mich eines Sonntags mit in seinen Gottesdienst genommen, damit ich die Marionettenkirche einmal in Aktion sehen konnte. Ihre Mitgliederzahl war seit dem Krieg mehr und mehr zusammengeschmolzen. Basil beklagte das uns gegenüber vor dem Gottesdienst und sagte dann plötzlich zu mir, ohne daß sich sein Gesichtsausdruck veränderte:

»Würden Sie uns heute nachmittag hier eine Versammlung halten?«

Ich glaubte nicht richtig gehört zu haben. Basil wußte ebensogut wie ich, daß nichteingetragene Prediger keine Versammlungen abhalten durften. Was war denn mit dem Mann los?

»Ich werde – ich werde erst darüber beten müssen«, erwiderte ich.

Und ich betete – ganz inbrünstig betete ich den ganzen Gottesdienst über. War das eine Falle? Angenommen, er hatte das mit der Polizei so besprochen, damit ich des Landes verwiesen werden konnte? Und doch war die Antwort, die ich deutlich und bestimmt bekam, ein klares: »Tu es!«

Am Schluß des Gottesdienstes verkündete Basil der Handvoll Menschen in der Gemeinde, daß der Bruder aus Holland am Nachmittag eine Extraversammlung abhalten werde. Er lud alle ein, zu kommen und Bekannte mitzubringen.

Zu unsrer großen Überraschung waren an jenem Nachmittag etwa zweihundert Menschen da. Wir hatten einen wunderschönen Gottesdienst. Als ich am Schluß dazu aufrief, nach vorn zu kommen, folgten Dutzende dem Ruf.

Dann überraschte mich Basil erneut, indem er mir vorschlug, am Abend noch eine Versammlung abzuhalten. Ich war mehr als bereit dazu und Petroff ebenfalls. Noch immer konnten wir nicht verstehen, was mit dem Mann vor sich gegangen war, der doch als Marionette galt.

Am Abend war die Kirche zum Bersten voll. Wir spürten alle die Nähe des Heiligen Geistes. Eine große Anzahl Menschen erklärten sich bereit, Christus nachzufolgen, koste es, was es wolle. Und wieder lud Basil alle ein, am nächsten Abend wiederzukommen.

Am Montagabend war die Kirche so voll, daß die Menschen an beiden Seiten standen und viele im Mittelgang saßen. Aber diesmal bemerkte Basil ein halbes Dutzend seiner Bekannten vom Geheimdienst unter den Zuhörern. Wir setzten zwar den Gottesdienst fort, ließen aber den Ruf nach vorn weg. Wir wagten nicht einmal, um das Handzeichen zu bitten, aus Angst, daß Namen aufgeschrieben würden.

Nach der Versammlung saßen Petroff und Basil in der Sakristei und berieten, was wir nun machen sollten. Es lag auf der Hand, daß wir keine Versammlungen mehr abhalten konnten. Und was würde mit Basil werden? Würde er nun Scherereien bekommen? Es war mir klar, daß er in einer Weise handelte, die er selbst nicht verstand. Was würde nun geschehen? Was würde die Polizei unternehmen?

Als ein Tag nach dem andern verstrich, verstanden wir, warum Christus Basil als Werkzeug für das Wirken des Heiligen Geistes gewählt hatte, und nicht irgendeinen anderen Pastor. Die Polizei unternahm nichts, weder gegen mich, noch gegen Petroff oder gegen Basil, weil sie diesen für einen ihrer wertvollsten Mitarbeiter hielt. Was er tat, mußte doch im Sinne des Regimes sein. Er war als Aushängeschild für die neue Linie der Kirche zu angesehen, als daß er Mißtrauen verdiente. So mußte es die Polizei wohl für das beste gehalten haben, mit der Abreise des holländischen Evangelisten die Flamme von selbst verlöschen zu lassen.

Aber als ich weggegangen war, verlosch die Flamme nicht. Diese kleine Kirche, die einige fünfzig gelegentliche Besucher gehabt hatte, wurde eine lebendige Gemeinde von fast vierhundert Gliedern. Schließlich versuchte die Regierung wirklich, das Feuer einzudämmen. Basil, der in die Schweiz gefahren war, um sich dort einer schon längst fälligen Operation zu unterziehen, wurde bei seiner Rückkehr nach Bulgarien an der Grenze zurückgeschickt. Ein neuer «sicherer« Pastor wurde an seine Stelle gesetzt, und dieser hatte innerhalb von drei Jahren die Flammen erstickt. Die Besucherzahl war auf die ursprünglichen Fünfzig zurückgegangen. Doch die dreihundert neuen Bekehrten verließen Stara Zagora, schwärmten über die Balkanhalbinsel aus wie einstmals die Kirche von Jerusalem über das Römische Reich, um Feuer zu entzünden, wo immer sie hinkamen.

Natürlich konnten wir das alles damals noch nicht vorhersehen. Aber Petroff und ich hatten gleich zu Anfang eines gelernt: Man kann niemals mit Sicherheit sagen, daß eine Kirche eine Marionette sei – mag sie auf der Oberfläche noch so tot, unterwürfig und opportunistisch erscheinen. Sie trägt Gottes Namen, und Gottes Auge wacht über ihr. Er kann jederzeit die Oberfläche mit dem läuternden Wind seines Heiligen Geistes hinwegfegen.

Ehe ich Bulgarien verließ, fuhren Petroff und ich ins Rhodope-Gebirge, in der Hoffnung, Abraham zu finden. Wir hatten keine Ahnung, wo sein Zelt stand. Wir kannten nur den Namen des nächstgelegenen Dorfes, in dem sich die Straße, die schon längere Zeit kaum noch zu sehen gewesen war, völlig verlor. Wir stiegen aus und standen unentschlossen neben dem Dorfbrunnen. An den Gebirgshängen über uns war Wald, soweit wir sehen konnten. Wo fanden wir in dieser Wildnis den Mann, den wir suchten? Die Leute, die am Brunnen Schlange standen, um ihre Becher und Krüge zu füllen, starrten uns neugierig an. Da drehte sich der erste von ihnen, der mit Trinken fertig war, um. Es war Abraham!

Als er uns erkannte, strahlten seine blauen Augen vor Freude, und ehe ich mich's versah, erstickte ich fast in einer gewaltigen Umarmung, wobei mich das eiskalte Wasser an seinem langen Bart bis auf die Haut durchnäßte. Abraham war über diese unerwartete Begegnung noch erstaunter als wir; denn er kam nur jeden vierten Tag ins Dorf, und dann nur, um schnell Brot einzukaufen. Er nahm jetzt ein halbes Dutzend flacher Laibe von der steinernen Mauer neben dem Brunnen und ging dann vor uns her den Berg hinauf.

Wieder und wieder mußten Petroff und ich diesen fünfundsiebzigjährigen alten Mann bitten, stehenzubleiben, damit wir Atem schöpfen konnten. Er erzählte uns, daß er gerade in der vergangenen Woche die letzte der Bibeln, die ich mitgebracht hatte, weggegeben habe. Bis ins einzelne beschrieb er uns, wie sie aufgenommen worden seien, und Petroff versprach keuchend, mir alles zu übersetzen, wenn wir am Ziel wären.

Es dauerte zwei Stunden, unsere Ruhepausen eingeschlossen, bis wir endlich vor dem Zelt aus Ziegenfell standen, in dem Abraham wohnte. Noch mehr als sonst glich er dem biblischen Patriarchen, als er uns in seinem Heim willkommenhieß. Seine Frau trat uns ruhig und gelassen entgegen, als ob täglich Leute in ihr Bergversteck zu Besuch kämen. Sie war so klein, wie er groß war, schlank und geradegewachsen, mit einer Haut wie zerknittertes Pergament. Nur ihre Augen waren gleich: blau, kindlich offen und vertrauensvoll. Ich sah mir diese Frau an, die früher einmal ein Haus mit vielen Teppichen, Schränken, Wäsche – und wahrscheinlich auch Dienstboten gehabt hatte, und ich glaubte noch nie ein zufriedeneres Gesicht gesehen zu haben.

Sie bot uns Früchte an, die wie winzige blaue Brombeeren aussahen, und wilden Honig dazu. Wir aßen wenig, weil wir nicht wußten, wieviel sie hatten. Und wir blieben auch nicht lange, weil wir nicht im Dunkeln den Berg hinunterzugehen wagten. Es war nur ein ganz, ganz kurzer Besuch – und doch entstand in diesen Augenblicken eine Freundschaft, die zu den Bollwerken meines Lebens gehört.

So brachte der Besuch Bulgariens Ermutigung und aufrichtige Liebe und endete andererseits mit einem Beiklang von Enttäuschung. Gerade als ich nach Rumänien weiterfahren wollte, kamen ein paar Leute, die die Versammlungen in Basils Kirche besucht hatten, um mich zu einem ähnlichen Feldzug in ihre Stadt zu bitten.

»Wir haben seit Jahren auf diese Botschaft gewartet«, sagten sie bittend. »Wir haben keine Angst vor den Folgen. Uns geht es nur um den Willen Gottes.«

Und ich mußte in diese geliebten und liebevollen Gesichter sehen und nein sagen. Ich war nur *ein* Mensch. Ich konnte nicht mit ihnen gehen und gleichzeitig dahin, wohin mich Gott ja ebenfalls gerufen hatte.

»Ich wünschte, ich könnte mich verzehnfachen«, sagte ich zu ihnen, »und jedem Ruf folgen, der mich erreicht. Eines Tages werde ich die Möglichkeit finden, das zu tun.«

## Das Gewächshaus im Garten

Ich brauchte vier Stunden, um über die rumänische Grenze zu gelangen.

Als ich zum Kontrollpunkt an der anderen Seite der Donau fuhr, dachte ich: »O, ich habe Glück! Nur ein halbes Dutzend Autos. Das wird schnell gehen.«

Als vierzig Minuten vergangen waren und der erste Wagen immer noch kontrolliert wurde, dachte ich: »Armer Kerl! Sie müssen etwas bei ihm gefunden haben, daß es so lange dauert.«

Aber als dieser Wagen schließlich weiterfuhr und die nächste Inspektion ebenfalls eine halbe Stunde dauerte, begann ich mir Sorge zu machen. Buchstäblich alles, was die Familie bei sich hatte, mußte herausgenommen und auf der Erde ausgebreitet werden. Die vierte Kontrolle dauerte mehr als eine Stunde. Die Grenzposten nahmen den Fahrer mit in die Baracke und ließen ihn dort, während sie Radkappen abnahmen, den Motor zerlegten und die Sitze entfernten.

»Lieber Gott!« betete ich, als schließlich nur noch ein Auto vor mir war. »Was soll ich machen? Jede genaue Inspektion wird die rumänischen Bibeln sofort ans Tageslicht bringen. Ich weiß, daß mir keine noch so große Schlauheit meinerseits helfen kann, durch diese Grenzkontrolle hindurchzukommen. Darf ich dich um ein Wunder bitten? Laß mich ein paar Bibeln herausnehmen und hinlegen, wo jeder sie sehen kann! Dann kann ich mich unmöglich auf meine eigene List verlassen. Ich will mich ganz auf dich verlassen, Herr!«

Während der letzte Wagen durchsucht wurde, gelang es mir, mehrere Bibeln aus ihrem Versteck zu holen und auf dem Sitz neben mir aufzustapeln.

Jetzt war ich an der Reihe. Ich fuhr langsam an den Posten heran, der auf der linken Straßenseite stand, gab ihm meine Papiere und wollte aussteigen. Aber er hatte sein Knie gegen die Tür gestemmt, so daß ich sie nicht öffnen konnte. Er sah auf mein Foto im Paß, kritzelte irgend etwas, gab mir die Papiere zurück und winkte mir kurz, weiterzufahren.

Es waren bestimmt keine dreißig Sekunden vergangen. Ich ließ den Motor an und fuhr ganz langsam vorwärts. Hatte er gemeint, ich sollte etwas beiseite fahren, um den Wagen dann auseinanderzunehmen? War ich . . . nein, ich war sicher noch nicht . . . Ich fuhr langsam weiter, den Fuß über der Bremse. Es geschah nichts. Ich blickte in den Rückspiegel. Der Posten winkte den nächsten Wagen heran und machte dem Fahrer ein Zeichen, auszusteigen. Ich fuhr wieder ein paar Meter weiter. Der Posten hatte den Fahrer hinter mir die Motorhaube öffnen lassen. Und dann war ich schon zu weit weg, um noch daran zweifeln zu können, daß ich es geschafft hatte, innerhalb von dreißig Sekunden durch diesen unglaublichen Kontrollpunkt hindurchzukommen.

Mein Herz raste. Nicht, weil ich mich wegen des Grenzübergangs so sehr aufgeregt hätte, sondern weil ich so ganz besonders deutlich erleben durfte, wie Gott an der Arbeit war.

Als ich zu dieser Reise aufgebrochen war, hatte ich keinen Unterschied zwischen Bulgarien und Rumänien gekannt. Jetzt wußte ich natürlich, daß die Verhältnisse dort ganz verschieden waren. Rumänien war bei den Christen hinter dem Eisernen Vorhang als das »Treibhaus des Atheismus« bekannt. Es war immer noch Rußlands Laboratorium, in dem antireligiöse Experimente gemacht wurden.

»In Rumänien werden Sie strenge Kontrolle der Kirche durch den Staat feststellen«, hatte man mir gesagt, »wirtschaftlichen Druck auf Gläubige, Beschlagnahme von Eigentum, Einschränkung der Gottesdienste und Verbot von Evangelisationen.«

Sobald ich über die Grenze war, merkte ich, daß die Polizeikontrolle hier anders war. In jedem Dorf schien es eine polizeiliche Überwachungsstelle zu geben. Polizisten hielten jeden Bauern an, der mit dem Fahrrad ins Dorf kam. Wo wollte er hin? Welchen Beruf hatte er? Sogar ich, der die relative Freiheit eines »Touristen mit harter Währung« besaß, stand dauernd unter Kontrolle. Alle Städte, die ich besuchen wollte, wurden in mein Visum eingetragen, und zwar mit den Daten, an denen ich bei jedem Kontrollpunkt zu erscheinen hatte. Wie genau diese Kontrolle war, erlebte ich, als ich in einer reizenden kleinen Stadt, etwa fünfundsiebzig Kilometer von Cluj entfernt, ankam und, da es schon spät war, hier zu übernachten beschloß. Die Ortspolizei war erstaunt, daß ich überhaupt fragte.

»Aber, mein Herr!« sagten sie, indem sie sich meine Touristenkarte ansahen, »Sie werden zum Abendessen in Cluj erwartet! Sie können es jetzt gerade noch schaffen, wenn Sie sich beeilen.«

Da ich mir wegen solch einer Kleinigkeit keine Unannehmlichkeiten zuziehen wollte, tat ich, was sie wünschten. Ich raste nach Cluj, kam gerade an, als der Speisesaal des Hotels geschlossen wurde, fand einen Tisch für mich gedeckt, die Vorspeise schon serviert und sogar eine kleine holländische Fahne mitten zwischen den Wassergläsern aufgestellt.

Innerhalb der verschiedenen rumänischen Städte konnte ich mich aber frei bewegen. Es war Sonntagmorgen. Ich erwachte sehr früh und konnte es kaum erwarten, an solch einem hellen, heiteren Tag in diesem lieblichen Garten von einem Land mit meinen Brüdern und Schwestern in einem Gotteshaus zusammenzutreffen. Der Mann in der Rezeption des Hotels sah mich ein wenig unsicher an, als ich ihn nach einer Kirche fragte.

»Wir haben nicht viele Kirchen«, sagte er. »Außerdem würden Sie doch auch die Sprache nicht verstehen.«

»Oh, Christen sprechen eine Art Weltsprache«, erwiderte ich.

»Was denn für eine?«

»Sie heißt ›agape‹.«

»Agape? Davon habe ich noch nichts gehört.«

»Schade! Es ist die schönste Sprache der Welt. Aber wie dem auch sei, wie komme ich in eine Kirche?«

Während in Bulgarien die Hauptwaffe gegen die Kirche die Anmeldepflicht war, war es in Rumänien die Konsolidierung, die Zusammenlegung: Denominationen zusammenlegen, Gebäude zusammenlegen, Gottesdienste zusammenlegen. Wo es Kirchen mit leeren Bänken gab, wurden die Gemeinden mit anderen in benachbarten Dörfern zusammengelegt und die übriggebliebenen Gebäude vom Staat beschlagnahmt. In der Theorie klang das vernünftig und schien sogar vorteilhaft für die Kirche zu sein: eine große, vereinigte Gemeinde an Stelle mehrerer kleiner, die sich mühsam durchkämpften. Aber praktisch bedeutete es, daß viele Mitglieder der vom Staat geschlossenen Kirchen einfach nirgendwo mehr Gottesdienste besuchten. Die meisten von ihnen waren Bauern, die an ihren alten Andachtsstätten hingen. Und das Hin- und Herreisen zwischen den Dörfern war zeitraubend und beschwerlich.

Jede Woche durften zwei Gottesdienste abgehalten werden, einer am Samstag und einer am Sonntag. Aber der Samstag war in Rumänien ein voller Arbeitstag. Die Samstagabend-Gottesdienste waren schwach besucht, so daß in Wirklichkeit der Gottesdienst in eine einzige Versammlung zusammengelegt war.

Aber was für eine Versammlung!

Ich kam um zehn Uhr morgens an, und der Gottesdienst dauerte schon eine Stunde. Ich hätte keinen Sitzplatz bekommen, wenn ich nicht als Ausländer gebeten worden wäre, auf dem Podium Platz zu nehmen. Und so verbrachte ich, die Knie fest gegen die Orgel gedrückt, die nächsten drei Stunden mit dieser Schar von Christen im Herzen des inneren Kreises des Kommunismus.

Als die Kollekte erhoben wurde, legte ich etwa den gleichen Betrag, wie ich ihn zu Hause gegeben hätte, in rumänischem Geld auf den Teller. Der Zufall wollte es, daß ich der erste war, dem der Teller gereicht wurde. Da lag nun mein Schein, für alle sichtbar, auf der Almosenschale.

Als sie weiterwanderte, merkte ich mit wachsender Verlegenheit, daß ich zwanzig- bis dreißigmal mehr gegeben hatte als sonst jemand. Und ich bemerkte noch etwas: Oft legte ein Kirchenbesucher eine Münze auf den Teller und hielt sie fest, bis er sie gewechselt hatte. Ich hatte das in katholischen und orthodoxen Kirchen gesehen, wo es Kirchenstuhlgebühren gab; aber noch niemals bei Protestanten. Die ganze Münze war offenbar mehr, als die meisten Leute geben konnten. Wahrscheinlich entsprach der Geldschein, den ich auf den Teller gelegt hatte, einem Netto-Monatseinkommen. Ich fühlte mich gar nicht wohl bei dem Gedanken, daß man das als Prahlerei eines reichen Ausländers auslegen würde, und mußte andererseits lächeln, als ich daran dachte, daß wir in Witte immer die ärmste Familie gewesen waren. Um das Unglück voll zu machen, kam der Mann mit dem Teller am Schluß der Kollekte noch einmal zu mir. Er schob ihn mir in die Hände und sagte mehrmals etwas auf rumänisch zu mir. Schließlich verstand ich. Ich sollte mein Wechselgeld nehmen. Niemand würde solch einen großen Geldschein in die Kollekte geben, ohne etwas zurückzuerwarten.

Was sollte ich tun? Das Wechselgeld aus Höflichkeit nehmen oder als Prahler gelten und der Kirche das Geld lassen, das ich ihr zugedacht hatte?

Während ich noch überlegte und aller Augen auf mich gerichtet waren, fiel mir zu meiner größten Freude plötzlich ein, daß das ja gar nicht mein eigenes Geld war. Es stammte von den Hunderten von Lesern von »Kraft von Oben«, deren anonyme Gaben darin steckten.

»Das war nicht meine Gabe«, begann ich impulsiv auf deutsch, und glücklicherweise stand ein Mann in der Gemeinde auf, der es übersetzen konnte. »Das war nicht von mir«, wiederholte ich. »Es kommt von den Gläubigen in Holland für die Gläubigen in Rumänien. Es ist ein Zeichen der Einheit des Leibes Christi.«

Ich beobachtete die Gesichter der Kirchenbesucher, während der Mann übersetzte, und wieder sah ich diese ungläubige Frage, diese erwachende Hoffnung: Wir sind also nicht allein? Wir haben Brüder und Schwestern an anderen Orten? Wir haben Freunde, von denen wir noch gar nichts wußten?

Als dieser lange Gottesdienst schließlich zu Ende war, ging ich auf den Mann zu, der deutsch gesprochen hatte, und sagte, ich würde mich gern mit ihm unterhalten. Es stellte sich heraus, daß er der Sekretär für die ganze Denomination in Rumänien war, und ich merkte sofort, daß er über meinen Vorschlag, mich privat mit ihm zu unterhalten, nicht sehr erfreut war. Er gab ausweichende Antworten und entschuldigte sich, sobald er konnte.

Verdutzt folgte ich ihm, als er die Kirche verließ. Er lief so schnell wie möglich die Straße hinauf – er war ziemlich dick –, und ich dachte, er fürchte sich vielleicht, vor aller Augen mit mir zu sprechen. So folgte ich ihm, allerdings in einiger Entfernung, bis er zu meiner großen Freude in ein Privathaus hineinging. So würde ich doch noch unbeobachtet mit ihm sprechen können!

Ich lief noch etwa eine Viertelstunde herum, bis ich sicher sein konnte, daß die Straße leer war, und ging dann an die Tür und klopfte. Ich hatte das Gefühl, als ob Augen zu mir herausspähten. Dann ging die Tür auf, und ich wurde ins Haus gezogen.

»Was wünschen Sie?« fragte der Sekretär.

Ich versuchte mein Erstaunen über seine Schroffheit hinter einem freundlichen Lächeln zu verbergen.

»Ich möchte mich nur gern ein bißchen mit Ihnen unterhalten«, sagte ich. »Vielleicht kann ich auch etwas für Sie tun?«

»Tun?«

»Ja! Wie wäre es zum Beispiel mit Bibeln? Haben Sie genug rumänische Bibeln?«

Der Sekretär sah mich scharf an.

»Sie haben rumänische Bibeln bei sich? Sie haben Sie über die Grenze gebracht?«

»Jawohl, ich habe Bibeln.«

Er schwieg einen Augenblick. Als er dann antwortete, lag Schärfe in seiner Stimme:

»Wir brauchen keine Bibeln! Und Sie dürfen unter keinen Umständen noch einmal mit solchen Absichten in mein Haus oder in das irgendeines Gläubigen kommen. Ich hoffe, Sie verstehen das!«

Irrte ich mich, oder hörte ich einen Hilfeschrei durch all dieses Mißtrauen und diese Schroffheit?

»Könnte ich Sie dann in Ihrem Büro aufsuchen?« fragte ich. »Wäre das ungefährlich?«

»Darum geht es nicht! Ich habe das Wort ›ungefährlich‹ nicht gebraucht!« Und dann: »Ja, wenn Sie morgen in unser Büro kommen wollen, werde ich dafür sorgen, daß der Präsident Sie zu einer kurzen Unterredung empfängt.«

Am nächsten Tag ging ich mit sechs Bibeln in der Aktentasche zur Zentrale dieser christlichen Glaubensgemeinschaft. Der Sekretär war da, und er sah wieder so aus, als fühle er sich sehr unbehaglich. Dicke Schweißtropfen standen auf seiner Stirn. Ich hatte den Eindruck, als habe er Angst vor etwas oder vor jemand. Er ging mit mir in das Büro des Präsidenten.

»Was kann ich für Sie tun?« fragte er auf deutsch.

Ich schüttelte ihm die Hand und wollte gerade erwidern, daß ich vielleicht etwas für ihn tun könne, als mir meine gestrige Unterhaltung mit dem Sekretär einfiel. Zuzugeben, daß es an etwas fehlte, war offenbar schon eine Feststellung von politischer Bedeutung. So sagte ich nur, daß ich dieses Land als Christ besuche und meinen Landsleuten gern ein Grußwort der rumänischen Christen mitbringen wolle.

Das Gesicht des Präsidenten entspannte sich. Das war sicherer Boden! Ein Grußwort an die ausgebeuteten Menschen in Holland von der Bevölkerung der großen Volksrepublik Rumänien! Der Sekretär lächelte und hörte auf, sich die Stirn abzuwischen.

»Wollen Sie sich nicht setzen?« fragte er und zog einen Stuhl heran.

Wir drei unterhielten uns nun eine Viertelstunde lang, indem wir sorgfältig jeden wirklichen Austausch vermieden. Wir sprachen über die rumänischen Tomaten, die größten, die ich jemals gesehen, und über Wassermelonen, die ich in diesem Land zum erstenmal in meinem Leben gegessen hatte. Und wir sprachen über das angenehme, milde Klima, das, wie der Präsident erklärte, durch das Schwarze Meer bedingt sei.

Während wir uns unterhielten, hatte ich Gelegenheit, mich im Zimmer umzusehen. Von *einer* Beobachtung war ich wie gebannt. Auf jedem Stuhl, jedem Tisch und jedem Bild war eine Nummer. Ich fragte mich, ob die Regierung damit verhindern wollte, daß diese Gegenstände für den persönlichen Gebrauch entwendet würden.

Nachdem wir die Themen Wetter und Tomaten erschöpft hatten, stockte die Unterhaltung. Tief Luft holend, stellte ich fest, daß jetzt der Augenblick gekommen war, entweder wieder abgeblitzt zu werden oder einen wirklichen Kontakt zu diesen beiden verschüchterten Männern herzustellen. Ich öffnete meine Aktenmappe und holte eine Bibel heraus.

»Würden Sie mir gestatten – nein, das wollte ich gar nicht sagen! Würden Sie dem holländischen Volk gestatten, dem rumänischen Volk mit diesen Bibeln ein Geschenk zu machen?«

Sofort wurden die beiden Männer wieder förmlich. Es war erstaunlich, wie schnell der Sekretär wieder zu schwitzen begann. Der Präsident nahm die Bibel in die Hand, und ich merkte, wie zärtlich er sie für den Bruchteil einer Sekunde festhielt.

Aber er gab nicht nach. Schroff reichte er mir die Bibel zurück. »Ich brauche sie nicht«, sagte er. »Wir haben schon zuviel Zeit vertan. Ich muß heute vormittag noch allerlei erledigen . . .«

Und so verließ ich dieses Gebäude mit den sechs Bibeln, mit denen ich hineingegangen war. Die Angestellte im Vorzimmer strich auf einer Liste meinen Namen, als wäre sie auf Wache in einer militärischen Anstalt. Wer weiß? Vielleicht war sie ein Mitglied des Geheimdienstes!

Wie konnte ich den Präsident und den Sekretär wegen ihrer Angst und ihres Mißtrauens verurteilen, wo ich noch nie unter den Bedingungen gelebt hatte, unter denen sie arbeiten mußten!

Doch das war noch nicht alles, was ich in Rumänien erlebte. In der folgenden Woche lernte ich Christen kennen, die unter dem gleichen Druck lebten und sich trotzdem Hoffnung und Vertrauen auf Gott bewahrt hatten.

Die Umstände waren immerhin so ähnlich, daß man wirklich gut einen Vergleich ziehen konnte. In beiden Fällen traf ich mit den Leitern staatlich anerkannter protestantischer Glaubensgemeinschaften in ihren offiziellen Geschäftsstellen zusammen. In beiden Fällen waren außer mir zwei Männer anwesend, ein wichtiges Element bei dem Vergleich, da das Mißtrauen gegenüber Mitchristen bei dem allmählichen Aushöhlungsprozeß der Kirche eine so große Rolle spielte.

Auch diesmal bemerkte ich die Nummern. An den Wänden dieses Büros hingen drei Bilder. Sie zeigten den Präsidenten des Landes, den Sekretär der kommunistischen Partei und jenes berühmte alte Bild, das den breiten und den schmalen Weg darstellt. Ich fragte mich, wie der registrierende Beamte wohl das Bild bezeichnet habe.

Von dem Augenblick an, wo Gheorghe, der Präsident dieser christlichen Gemeinschaft, ins Zimmer trat, machte ich mir Sorgen um ihn. Dieser gebrechliche kleine Mann war so angestrengt vom Laufen, daß es mehrere Minuten dauerte, bis er wieder zu Atem kam.

Als er endlich sprechen konnte, mußten wir feststellen, daß weder er noch Ion, sein Sekretär, auch nur ein Wort der mir geläufigen Sprachen verstand – und ich keins der ihrigen. Wir saßen uns in diesem öden Zimmer gegenüber und waren unfähig, uns zu unterhalten. Da sah ich auf Gheorghes Schreibtisch eine abgenutzte Bibel liegen, deren Seitenränder vom vielen Umblättern etwa drei Millimeter breit »abgefressen« waren. Wie wär's, wenn wir uns mit Hilfe von Bibelstellen unterhielten? Ich zog meine holländische Bibel aus der Rocktasche und schlug 1. Kor. 16,20 auf:

»Es grüßen euch alle Brüder. Grüßet euch untereinander mit dem heiligen Kuß.«

Ich hielt die Bibel hoch und zeigte auf den Namen des Briefes, der ja in jeder Sprache erkennbar ist, und auf die Zahlen des Kapitels und des Verses.

Sofort leuchteten ihre Gesichter auf.

Sie fanden rasch die Stelle in ihrer eigenen Bibel, lasen sie und sahen mich strahlend an. Dann durchblätterte Gheorghe die Seiten nach einer Antwort, die er mir hinhielt: Sprüche 25,25:

»Eine gute Botschaft aus fernen Landen ist wie kühles Wasser für eine durstige Kehle.«

Nun lachten wir alle drei. Ich schlug den Brief des Paulus an Philemon auf und deutete auf Vers 4:

»Ich danke meinem Gott und gedenke dein allezeit in meinem Gebet, da ich höre von der Liebe und dem Glauben, welche du hast an den Herrn Jesus . . .«

Jetzt war Ion an der Reihe, und er brauchte nicht weit zu suchen. Seine Augen flogen über die nächsten Zeilen, und er schob mir die Bibel zu, indem er auf Vers 7 deutete:

»Denn ich hatte große Freude und Trost durch deine Liebe, da die Herzen der Heiligen erquickt sind durch dich, lieber Bruder.«

Oh, wir erlebten eine wunderbare halbe Stunde bei dieser Unterhaltung mit Hilfe der Bibel. Wir lachten, bis uns die Tränen kamen. Und als ich am Schluß meine rumänischen Bibeln herausholte, sie auf den Schreibtisch legte und mit Gesten zu verstehen gab, daß sie sie behalten konnten und nichts dafür zu bezahlen brauchten, umarmten mich die beiden Männer immer und immer wieder.

Nachdem wir, etwas später an diesem Tag, einen Dolmetscher gefunden hatten und unsere Unterhaltung sachlicher wurde, vereinbarte ich mit Ion, daß er alle rumänischen Bibeln, die ich bei mir hatte, an sich nahm. Er würde besser wissen, wie und wo sie in diesem schwierigen Land unterzubringen waren, und er versicherte mir außerdem, daß es besser sei, nur *einen* Kontakt zu haben.

Als ich an diesem Abend in mein Hotel zurückkam, sprach mich der Angestellte in der Rezeption an.

»Hören Sie!« sagte er. »Ich habe dieses Wort ›agape‹ im Lexikon aufgesucht. Dabei steht aber nichts von Sprache. Das ist nur ein griechisches Wort für Liebe.«

»Das stimmt«, erwiderte ich. »Ich habe den ganzen Nachmittag darin gesprochen.«

In den nächsten anderthalb Wochen fuhr ich mit einem ausgezeichneten Dolmetscher durch Rumänien. Dabei folgte ich Hinweisen, die mir Gheorghe und Ion gegeben hatten.

Ich begegnete bei den Christen jeder nur möglichen Einstellung zu ihrer Situation, von der tiefsten Niedergeschlagenheit bis zum höchsten Mut. Es fiel mir nicht schwer, mit den am Boden Liegenden Mitgefühl zu haben. »Was sollen wir machen?« war eine so natürliche Reaktion. Viele hatten nur den einen Wunsch, Rumänien zu verlassen.

So merkwürdig es auch ist, je ernster und gläubiger ein Christ war, um so wahrscheinlicher war es, daß er bleiben wollte. In Siebenbürger besuchten wir eine solche Familie. Sie hatten eine Hühnerfarm, die wenigstens zum Teil noch ihnen gehörte. Aber der Staat hatte ihnen ein Ablieferungssoll vorgeschrieben, das sie nicht erfüllen konnten. Wenn sie es nicht erreichten, mußten sie auf dem Freien Markt so viele Eier kaufen, daß sie das Fehlende ergänzen konnten. Jahr für Jahr war das passiert, und ihre wirtschaftliche Not war groß.

»Warum bleiben Sie dann? Um ihre Farm behalten zu können?«

Der Farmer und seine Frau sahen ganz entsetzt aus.

»O nein!« sagte er. »Eigentlich möchten wir die Farm gern loswerden. Aber wir bleiben, weil –«, er ließ seine Augen über das Tal hinschweifen, »weil – wenn wir gehen, wer ist dann noch hier, um zu beten?«

Aber ich traf auch Christen, die nicht so sicher waren. Ich hatte von einer kleinen, abgelegenen Gemeinde gehört, die unter den Zigeunern arbeitete. Schon als wir an die Kirche heranfuhren, sah ich, daß hier etwas nicht stimmte. Mehrere Fenster waren zerbrochen, das Gras im Kirchhof stand hoch, und die Bienenkörbe waren am Umkippen. Mein Dolmetscher und ich gingen um die Kirche herum zum Wohnhaus des Pastors und klopften an die Tür. Der Pastor war nicht zu Hause, aber seine Frau begrüßte uns, bat uns zu sich herein und setzte uns Untertassen voll Honig vor, der so süß war, daß mir die Zähne weh taten.

Sie erzählte uns, daß ihr Mann nach Bukarest gefahren sei, um sich bei der Regierung für ihre Kirche einzusetzen. Der Parteiführer des Ortes wolle sie beschlagnahmen, um sie als Klubhaus zu verwenden.

Sie und ihr Mann arbeiteten seit fast dreißig Jahren unter den Zigeunern, deren von einem mageren Pferd gezogene Wagen wir unterwegs überall begegnet waren. Die Regierung hatte kürzlich beschlossen, etwas für die Zigeuner zu tun, indem sie ihnen besser bezahlte Arbeiten anbot. Darüber hatte sich das Pfarrerehepaar sehr gefreut, zumal sie sich seit Jahren dafür eingesetzt hatten. Aber diese Arbeiten wurden nur an solche Zigeuner vergeben, die nicht die Kirche besuchten.

»Und so stehen wir in einem Kreuzfeuer«, schloß die Pfarrersfrau. »Unsre Mitglieder verlassen uns, und wenn die Gemeinde zusammenschmilzt, hat die Partei immer mehr Grund, uns die Kirche wegzunehmen. Ich glaube nicht, daß wir nächstes Jahr noch hier sind.«

Sie begann lautlos zu weinen. Nur das Zucken ihrer Schultern verriet es.

»Ich glaube, wir sollten das, was Sie uns hier erzählt haben, im Gebet vor Gott bringen«, sagte ich, und so neigten wir uns, und ich betete für sie und für ihren Mann, für die Zigeuner und für das ganze kleine Dorf, das sich in einer so verzweifelten Lage befand. Als wir dann unsere Köpfe wieder hoben, sagte sie mit Tränen in den Augen: »Früher wußte ich immer, daß Leute im Westen für uns beteten. Aber seit vielen Jahren haben wir nichts mehr von ihnen gehört. Wir haben niemals Briefe schreiben können, und es ist dreizehn Jahre her, seit wir den letzten bekamen. Wir haben das Gefühl, als seien wir vergessen, als denke niemand an uns und unsre Not, als bete niemand für uns.«

Ich konnte ihr nun wenigstens aus tiefstem Herzen versichern, daß, sobald ich wieder zu Hause wäre, genug Leute von ihnen erfahren würden, so daß sie nie wieder das Gefühl zu haben brauchten, sie müßten ihre Last allein tragen.

Wieder kam der Augenblick, wo ich Abschied nehmen mußte. Mein Visum war fast abgelaufen, und – was sehr wichtig war – Corrie würde bald niederkommen.

Meine letzten Stunden in Rumänien verbrachte ich mit Gheorghe und Ion. Ich hatte es so eingerichtet, daß ich an einem Montag abfuhr, so daß ich den Sonntagsgottesdienst noch mit ihnen besuchen konnte. Es war eine Versammlung, die ich nie vergessen werde. Ich war es nun schon gewöhnt, daß Gottesdienste von neun bis ein Uhr dauerten. Aber dieser dauerte von neun Uhr morgens bis fünf Uhr nachmittags, und dann folgte ein gewaltiges Mahl.

Gheorghe hielt die letzte Predigt dieses Tages. Sie war sehr persönlich. Er erzählte, daß er jahrelang kurzatmig gewesen sei.

»Aber als wir diese wunderbare Unterhaltung mit Hilfe unsrer Bibeln hatten«, sagte er, »ging nicht nur mit meiner Seele, sondern auch mit meinem Leib etwas vor. Ich kann seitdem viel besser atmen.«

Dann schlug Gheorghe seine Bibel auf.

»Ich möchte noch eine letzte Bibelstelle mit Ihnen zusammen lesen, Andrew«, sagte er zu mir durch den Dolmetscher. »Wollen Sie bitte in Ihrer Bibel Apostelgeschichte 20, 36–38 aufschlagen?«

Ich tat es.

»Dies ist die Stelle, wo Christen so Abschied nehmen, wie ich es gern tun möchte: ›Und als er solches gesagt, kniete er nieder und betete mit ihnen allen. Es ward aber viel Weinen unter ihnen allen, und sie fielen Paulus um den Hals und küßten ihn, am allermeisten betrübt über das Wort, das er sagte, sie würden sein Angesicht nicht mehr sehen; und geleiteten ihn auf das Schiff.‹«

Ich mußte darüber lachen, daß er Worte über Paulus auf mich anwendete.

»Das bedeutet, vom Größten zum Kleinsten zu gehen«, sagte ich. Aber mochten wir auch neben diesen Christen des ersten Jahrhunderts klein im Glauben sein, so konnten wir doch ihrem Beispiel folgen. Und so kniete ich nach dem Abendessen nieder und betete noch einmal mit ihnen allen. Und dann weinten diese Christen, die hier im Zentrum der kommunistischen Welt lebten, umarmten mich und begleiteten mich zu meinem kleinen, blauen »Schiff«.

## Das Werk beginnt zu wachsen

Als ich endlich wieder über die holländische Grenze fuhr, war ich mehr als zwei Monate von zu Hause weg gewesen – viel länger, als ich erwartet hatte, weil ich den gewaltigen Umweg auf der Hin- und Rückfahrt hatte machen müssen. Ich kam spät nachts in Witte an, erschöpft, aber fröhlich. Ich raste die Leiter hinauf und rief:

«Corrie, Corrie! Ich bin wieder da!«

Corrie kam zur Tür gestolpert, blinzelnd, glücklich. Aus überströmendem Herzen hielt sie mir eine wundervolle kleine Rede, in der sie nicht länger als drei Sekunden bei einem Thema blieb.

»Ja, Andrew, alles ist in Ordnung. Das Loch im Dach ist größer geworden. Die ganze Familie ist gesund. Der Arzt spricht jetzt von Anfang Juni, aber beim ersten Kind ist es manchmal schwer vorauszusagen. Willst du wirklich keinen Kaffee mehr haben?«

Jan kam am 4. Juni 1959 an. Er wurde zu Hause geboren wie ich, und ich war die ganze Zeit über bei Corrie wie mein Vater, der uns alle hatte auf die Welt kommen sehen.

Nach Jans Geburt war es uns klarer denn je, daß wir eine eigene Wohnung brauchten. Geltjes drittes Kind war unterwegs, und Cornelius' Frau erwartete ihr erstes. Selbst für holländische Verhältnisse platzte das kleine Haus nun wirklich aus den Nähten. Aber wo sollten wir hin? Obwohl der Krieg schon seit vierzehn Jahren vorüber war, merkte man in Holland seine Auswirkungen überall. In unserem kleinen Land hatte es nie einen Überfluß an Wohnungen gegeben, und seit 1945 war jeder verfügbare Ziegelstein dazu verwendet worden, Häuser wieder aufzubauen, die während des Krieges zerbombt oder unter Wasser gesetzt worden waren. Obwohl sich die Bevölkerung von Witte wie die Pilze vermehrte, war seit 1930 kein einziges neues Wohnhaus gebaut worden.

Als ich beim Bürgermeister wegen einer Wohnung fragte, schüttelte er den Kopf.

»Ich muß Ihren Namen an das Ende der Liste setzen, Andrew«, sagte er, »und ich kann Ihnen nur sagen, daß auf dieser Liste seit drei Jahren nicht ein einziger Name abgehakt worden ist.«

»Nun gut, wir müssen irgendwo anfangen. Schreiben Sie uns bitte auf!«

»Wenn Sie ein Haus kaufen könnten, wäre es natürlich anders. Die Warteliste gilt nur für Mietwohnungen.«

»Besten Dank für das Kompliment, mein Herr! Wo in aller Welt sollte ich das Geld hernehmen, um ein Haus zu kaufen?«

Der Bürgermeister nickte.

»Und nicht nur das!« sagte er. »Soviel ich weiß, gibt es auch nirgends Häuser zu kaufen.«

Als die Leute im Laufe des Sommers wieder Woche für Woche Kleider zu schicken begannen, die unser kleines Zimmer über dem Schuppen fast völlig verstopften, beteten wir zum erstenmal ernstlich und anhaltend um Hilfe in unsrer Not. Eine Woche lang brachten wir unser Anliegen voller Hoffnung und Vertrauen vor Gott.

Und am Morgen des achten Tages, als ich gerade zur Post gehen wollte, fiel mir plötzlich etwas ein. Hatte nicht der Lehrer, der jetzt nach Haarlem zog, das Haus des alten Wim hier im Ort gemietet? Dieses Haus war also zu haben.

Aber was half uns das? Unser Name war der letzte auf der Liste der Wohnungssuchenden. Trotzdem konnte ich den Gedanken nicht einfach beiseite schieben. Er war so plötzlich, so zwingend gekommen, wie ich das schon mehrmals erlebt hatte. Angenommen, es war ein

Gedanke von Gott? Angenommen, Wim wollte das Haus verkaufen? Er hatte seit vielen Jahren nicht mehr darin gewohnt. Ich wollte jetzt auch gar nicht über die 20000 Gulden nachdenken, die es kosten würde. Ich wollte nur einen Schritt vorwärts tun und sehen, was geschah.

Ohne erst zur Post zu gehen, schlug ich den Weg zu Wims Hof ein. Ich fand ihn beim Melken.

»Tag, Wim!«

»Tag, Andrew!« sagte Wim, seinen Kopf etwas von der Flanke der Kuh wegdrehend. »Ich höre, du bist immer ganz schön auf Reisen. Arbeit für den Herrn?«

»Jawohl, Wim!«

»Was kann ich für dich tun?«

»Ich habe gehört, daß Ihr Haus in Witte leer wird. Haben Sie schon einmal daran gedacht, es zu verkaufen?«

Dem alten Wim klappte buchstäblich der Unterkiefer herunter.

»Woher weißt du das?« fragte er. »Ich habe mich erst in der vergangenen Nacht dazu entschlossen. Aber ich habe es noch keiner Menschenseele erzählt.«

Ich holte tief Luft und faßte mir ein Herz.

»Würden Sie es dann vielleicht mir verkaufen?«

Wim sah mich lange an, ohne mir zu antworten.

»Das Haus ist schon seit vielen Generationen im Besitz meiner Familie«, sagte er schließlich. »Ich könnte mir nichts Besseres wünschen, als daß es jetzt, wo niemand von uns mehr da ist, für das Werk des Herrn gebraucht würde.«

Mit klopfendem Herzen fragte ich Wim nach dem Preis.

»Nun, Andrew«, sagte er, »könntest du 10000 Gulden aufbringen?«

Diesmal war ich der Überraschte. Das war halb soviel, wie ich erwartet hatte.

»Gut, Wim! Abgemacht! Ich werde Ihr Haus kaufen«, sagte ich, der keinen Pfennig besaß.

Ehe ich nach Hause ging, rief ich Philip Whetstra an. Ich hatte noch nie in meinem Leben Geld geborgt, aber jetzt schien es mir richtig zu sein. Herr Whetstra sagte, wenn ich am nächsten Tag in sein Büro käme, könnte ich das Geld sofort haben.

So waren Corrie und ich, als ich in unser Zimmer über dem Schuppen zurückkam, praktisch schon Besitzer eines Hauses. Wir gingen sofort hin, um es uns anzusehen. Ich hatte mir, glaube ich, bisher nie richtig klargemacht, was es für Corrie bedeuten mußte, im Hause anderer Leute in einem geliehenen Raum zu wohnen. Sie lief von Zimmer zu Zimmer, strich über die Tapeten, machte Pläne und sah in dem heruntergekommenen Haus schon das neue Heim für uns.

»Hier kommt Jan hinein, Andrew! Und sieh, ein ganzes Zimmer für die Kleider, gleich neben der Waschwanne! Und hast du das Zimmer oben gesehen, wo dein Schreibtisch gerade hineinpassen wird?«

Mit glühenden Wangen und glänzenden Augen lief sie weiter, und ich wußte, daß sie und ich endlich nach Hause gekommen waren.

Am nächsten Tag fuhr ich nach Amsterdam und holte das Geld. Herr Whetstra gab es mir in Banknoten. Wir unterzeichneten keine Papiere und verabredeten auch nicht, wann und wie ich das Geld zurückzahlen sollte. Ich erwähnte das Darlehen auch keinem Menschen gegenüber. Trotzdem kam in den nächsten drei Jahren so viel Geld ein, daß nicht nur die Unkosten meiner Missionsarbeit gedeckt waren, sondern daß wir auch das Darlehen in dieser kurzen Zeit zurückzahlen konnten. Sobald aber das Haus bezahlt war, versiegte sofort der Strom der ungewöhnlich hohen Geldsummen auf geheimnisvolle Weise, bis er wieder gebraucht wurde. Seit ich dieses Leben im Glauben führe, habe ich es noch nie erlebt, daß Gottes Fürsorge nachließ.

Wir haben im Holländischen einen Ausdruck, der den Zustand von Wims Haus beschreibt, als Corrie und ich dort einzogen: »uitgeleefd«, ausgelebt – verlebt. Die Fußböden hingen durch, der Putz bröckelte überall ab, das Dach war verwittert; alles Schäden, die den Poldern eigen sind. Aber Corrie und ich liebten es nur um so mehr. Während wir es wieder instandsetzten, wurde es richtig unser.

Der einzige Raum, der trocken genug war, um darin schlafen zu können, war das Wohnzimmer. So wohnten wir dort, während wir überall im Haus die Wände abkratzen und strichen und verfaulte Bretter ersetzten – und natürlich einen Garten anlegten. Wir machten alles selbst und kamen daher nur sehr langsam voran. Es dauerte fünf Jahre, bis das Heim, das Corrie bei jenem ersten Besuch gesehen hatte, in seiner Gesamtheit auch für andere Augen sichtbar wurde.

Und inzwischen wuchs das Werk ständig. Im ersten Jahr nach Jans Geburt besuchte ich jedes Land, für das ich wieder eine Einreisegenehmigung bekam – manche davon mehr als einmal. Und mit dem Werk wuchsen auch die Probleme. Problem Nummer eins war die Korrespondenz. Jedesmal wenn ich von einer Fahrt nach Hause kam, ging ich, statt zuerst nach Hammer und Malerpinsel zu greifen, in mein kleines Büro – Corrie hatte recht gehabt, der Schreibtisch paßte gerade hinein – und brachte höchst unglücklich ein paar Tage damit zu, auf einer uralten Schreibmaschine mit zwei Fingern Antworten auf einen Berg von Briefen herunterzuhacken. Ich erreichte nie den Boden des Stapels, ehe es Zeit für mich wurde, erneut auf Reisen zu gehen.

Auch die Anonymität wurde ein Problem. Wenn ich meine Vorträge weiter unter meinem richtigen Namen hielt, gefährdete ich dann nicht meine Freiheit, die Grenzen in beiden Richtungen zu überschreiten? Ich fand schließlich eine Lösung, die jedoch auch nur zum Teil befriedigend ist. Ich benutzte nicht mehr meinen vollen Namen, sondern den, unter dem ich hinter dem Vorhang bekannt war, wo die Familiennamen unter den Christen fast nicht mehr existieren: »Bruder Andrew«. Als Anschrift wählte ich eine Postfachnummer in dem Wohnort meines Bruders Ben, die zu Anfragen über das Werk diente.

Es war ein Kompromiß. Ich wußte, daß jeder, der es wollte, erfahren konnte, wer ich war.

Aber von allen Problemen, die durch das wachsende Werk entstanden, schien sich eines am schwierigsten lösen zu lassen: daß ich immer länger von zu Hause fort sein mußte. Reisen war etwas für einen Junggesellen, aber nichts für einen Mann mit Frau und Kind. Von den ersten zwölf Monaten meines Sohnes Jan verpaßte ich acht. Der erste Zahn, das erste Wort, der erste Schritt – davon hörte ich nur, statt es mitzuerleben. Kurz nach Jans Geburt erinnerte mich Herr Ringers an sein immer noch bestehendes Angebot, in seiner Fabrik zu arbeiten, und zwar für ein fürstliches Gehalt. Etwas später wurde mir die Pastorenstelle an einer Kirche in Den Haag angeboten. Beide Male kam ich wirklich in Versuchung.

Aber die Versuchung, zu Hause zu bleiben, dauerte niemals lange. Immer wenn sie am stärksten geworden war, kam ein Brief. Es stand kein Absender darauf, oft war er schon vor Wochen abgeschickt, und manchmal sah es aus, als ob er geöffnet worden sei. Er stammte von irgendeinem Gläubigen in Bulgarien, Ungarn, Polen oder sonstwo und berichtete von neuen Schwierigkeiten, mit denen sie dort zu kämpfen hatten. Welche Nachricht diese Briefe auch immer enthalten mochten, sie kamen stets in dem Augenblick, wo ich sie am meisten brauchte, um wieder einmal meine Koffer zu packen und mir eine Einreiseerlaubnis in irgendein Land hinter dem Eisernen Vorhang zu besorgen.

Auf solch einer Reise in jenem Jahr tat der brave kleine Automotor seinen letzten Atemzug.

Es geschah in der Bundesrepublik. Ich war auf dem Heimweg von der DDR und Polen und hatte zwei holländische Studenten im Wagen, die während der Osterferien in Berliner Flüchtlingslagern gearbeitet hatten. Eines Nachmittags um fünf knatterte es plötzlich hinten im Auto, und der Motor stand still.

Wir ließen den Wagen ausrollen und öffneten die kleine Motorhaube im Heck. Aber der Motor kam nicht wieder in Gang.

Ich richtete mich auf und sah neben der Autobahn, an der Stelle, wohin uns die eigene Triebkraft des Wagens befördert hatte, ein Notruf-Telefon stehen. Ich hob den Hörer ab und bat um einen Abschleppwagen. Nach etwa 20 Minuten beugten wir uns mit dem Leiter der Reparaturwerkstatt über den Motor.

Er sah sich die verschiedenen Teile schweigend einige Minuten lang an, ging nach vorn und blickte auf den Kilometerzähler. »97000 Kilometer«, las er laut. Seine Stirn war immer noch nachdenklich gerunzelt. »Das ist natürlich eine ganz schöne Strecke. Aber wenn Sie nicht über ungewöhnlich holprige Straßen gefahren sind . . .«

Jetzt verstand ich, was ihm Kopfzerbrechen machte. Ein wenig beschämt gestand ich, daß der Kilometerzähler schon lange seinen Höchststand von 99999 erreicht hatte und wieder auf das Nullzeichen geschnellt war. Er hatte schon zum zweitenmal 97000 gezeigt.

»Dann möchte ich wohl sagen, daß er sein Geld wert war«, sagte der Mann von der Reparaturwerkstatt, während er sich das Öl von den Händen wischte. »Dieser Motor ist ganz einfach verbraucht.«

»Wie lange würde es dauern, einen neuen einzusetzen?«

Er überlegte einen Augenblick.

»Meine Leute machen in zehn Minuten Feierabend. Sie könnten innerhalb einer Stunde einen neuen Motor eingebaut bekommen, wenn sie ihnen für die Überstundenarbeit ein gutes Trinkgeld geben.«

»Was würde die ganze Sache einschließlich Trinkgeld kosten?«

»Fünfhundert Mark.«

Ohne zu zögern sagte ich: »Dann fangen Sie bitte sofort an! Ich werde inzwischen am Bahnhof noch etwas Geld umtauschen.«

In der Straßenbahn, die zum Bahnhof fuhr, zählte ich mein Geld und mußte feststellen, daß alles, was ich bei mir hatte, nicht fünfhundert Mark ergeben würde. Die beiden Studenten, die ich in der Garage zurückgelassen hatte, würden mir nicht helfen können. Sie fuhren vor allem deshalb mit mir, weil sie völlig abgebrannt waren.

Sollte ich umkehren und den Auftrag zurückziehen? Nein! Ich sah zu deutlich Gottes Hand in dem ganzen Geschehen: Der Stopp direkt neben dem Notruf-Telefon, das Versagen des Motors hier in

Deutschland, woher er stammte, statt an irgendeinem entfernten Ort in feindseliger Umgebung, wo ich ihn nicht hätte austauschen lassen können und noch dazu mit peinlichen Fragen hätte rechnen müssen . . . Ich war nun schon zu vertraut mit der Art und Weise, wie sich Christus um die praktische Seite des geistlichen Amtes kümmert, um diese Zeichen zu übersehen. Das hatte er alles so berechnet, und die Geldfrage lag auch in seinen Händen. Ich war nicht besorgt, sondern gespannt, wie er das Problem lösen würde.

Als ich alles bis auf den letzten Gulden gewechselt hatte, besaß ich, mit dem deutschen Geld in meiner Tasche, vierhundertsiebzig Mark, fünfzig Mark weniger, als ich brauchte, um die Rechnung zu bezahlen und Benzin für die Heimreise zu tanken.

»Nun, irgend etwas wird in der Straßenbahn passieren«, dachte ich auf der Rückfahrt zur Reparaturwerkstatt. Aber nichts geschah. Als ich in die Werkstatt kam, waren die Arbeiter gerade fertig und meine beiden Passagiere nirgends zu sehen. Sie seien spazierengegangen, sagte einer der Männer, während er sein Werkzeug wegpackte. Die andern waren auch schon beim Aufräumen. Ich konnte den Augenblick der Abrechnung nicht länger hinausschieben.

Da kamen die beiden jungen Holländer hereingerannt. Einer von ihnen schwenkte etwas in der Hand.

»Andrew!« rief er. »So etwas Tolles ist mir noch nie passiert. Als wir die Straße entlanggingen, kam eine Dame auf uns zu und fragte, ob wir Holländer seien. Ich sagte: ›Ja!‹, und da gab sie mir diesen Geldschein. Sie sagte, Gott wolle, daß wir ihn bekämen.«

Es war ein Fünfzigmarkschein.

Trotz dieses Erlebnisses – und ähnlicher anderer, die ich fast täglich hatte – war ich immer noch ein Anfänger in diesen Erfahrungen mit Gottes großmütiger Fürsorge. Ich verließ mich immer noch auf das einzelne Wunder, die göttliche Fügung, durch die ich aus einer schwierigen Situation befreit wurde, statt mich getrost in die Arme eines Vaters zu legen, der mehr als genug hatte.

Zu Hause erwarteten mich mehrere neue Ausgaben; die größte durch die Ankunft eines zweiten Kindes. Nur ein Jahr nach Jans Geburt gesellte sich Henk zu uns. Wir kauften etwas weniger Fleisch auf dem Markt und lebten ein bißchen mehr von dem Gemüse in unserem Garten.

Das fiel uns nicht schwer; denn wir aßen gern Gemüse. Was wir aber nicht erkannten, war, daß wir in eine ganz falsche Geisteshaltung hineingeraten waren: die der Bedürftigkeit.

Diesen Fehler erkannte ich dank der Worte einer Frau, die ich niemals persönlich kennengelernt habe.

Eines Tages erhielten wir durch unsre Postfachnummer in Ermelo ein ziemlich großes Geldgeschenk, etwa hundertundzwanzig Mark. An den Scheck war ein Zettel geheftet, auf dem stand: »Lieber Bruder Andrew! Dieses Geld soll für Sie persönlich sein. Es soll nicht in das Werk gesteckt werden! Verwenden Sie es als Zeichen der Liebe Christi!«

Ich war gerührt von diesem Gedanken. Wir hatten von Zeit zu Zeit persönliche Geschenke von Bekannten erhalten. Aber dies war das erste Mal, daß ein völlig fremder Mensch solch einen Vorbehalt machte. Statt diesen Zettel unter den Stapel unbeantworteter Post zu stekken – er war damals wohl etwa drei Monate hoch –, setzte ich mich noch am selben Tag hin und tippte einen Dankesbrief. Ich schrieb der Spenderin, daß wir für diesen Zettel sehr dankbar seien, weil alle Spenden in das Werk flössen, wenn keine besonderen Angaben gemacht würden. Wir wären in diesem Punkt peinlich genau und nähmen sogar unsre Kleider aus der Sammlung für die Flüchtlinge, um Geld zu sparen.

Ich habe oft bedauert, den Brief nicht aufgehoben zu haben, den mir diese gute Frau zurückfeuerte. Sie erinnerte mich zuerst einmal an den ausdrücklichen Befehl in der Bibel, den Ochsen, der da drischt, nicht davon abzuhalten, daß er sich am Korn gütlich täte, und fragte mich dann, ob ich glaubte, daß Gott an seine menschlichen Arbeiter weniger dächte. Ich sollte mich doch lieber einmal prüfen, ob ich nicht einen »Opfergeist« nährte; ob ich vielleicht nur behauptete, von Gott abhängig zu sein, aber so lebte, als würden meine Bedürfnisse durch meine eigene Knauserigkeit befriedigt.

Ich erinnere mich an den Schluß ihres Briefes:

»Gott wird Ihnen schenken, was Ihre Familie braucht, und auch, was Ihr Werk braucht. Sie sind ein reifer Christ, Bruder Andrew. Handeln Sie auch wie ein solcher!«

Ich las den Brief mehrmals und unter Gebet. Hatte sie recht? Lebte ich wirklich in einer Atmosphäre der Bedürftigkeit, die höchst unchristlich war?

Um diese Zeit herum wurden Corrie und ich nach außerhalb zum Essen eingeladen. Als es Zeit war, dorthin aufzubrechen, war Corrie noch nicht erschienen. Ich ging hinauf in unser Zimmer und fand sie noch im Bademantel.

»Ich habe nichts anzuziehen«, sagte sie kleinlaut.

Ich lachte. Sagten das die Frauen nicht immer?

Da sah ich die Tränen in ihren Augen. Schweigend begann ich ihre Garderobe selbst durchzusehen. Warme Kleider, die bestimmt brauchbar waren – das heißt durch Corries sorgfältiges Ausbessern brauchbar geworden waren. Aber irgendwie hatten die Kleider aus dem Flüchtlingszimmer nichts Nettes, nichts Frauliches und Fröhliches . . .

Und plötzlich erkannte ich, daß wir wirklich in eine Atmosphäre der Armut hineingeraten waren, in eine finstere, bedrückende, enge Einstellung, die kaum zu der Großherzigkeit Christi, die wir predigten, paßte.

So beschlossen wir, das zu ändern. Wir leben immer noch einfach und werden das weiter tun – zum Teil, weil wir beide so erzogen sind und gar nicht wüßten, wie wir es anders machen sollten. Aber wir lernen auch, Freude an den äußeren Dingen zu haben, die Gott uns gibt. Corrie hat sich ein paar Kleider gekauft, und wir haben eine Mauer entfernt, so daß sie jetzt direkt vom Haus in die Küche gehen kann.

Und als unser drittes Kind, Kees, ankam – wieder nur ein Jahr nach dem zweiten –, kauften wir tatsächlich ein paar Babysachen für ihn. Und ich kann nicht sagen, daß es ihm irgendwie geschadet hat, daß er seine ersten Tage in Kleidungsstücken verbrachte, die noch die Preisschildchen des Geschäfts trugen.

Merkwürdig, wie lange wir brauchten, um die einfache Tatsache zu lernen, daß Gott wirklich ein Vater ist, der über eine verkrampfte, knickerige Einstellung ebenso ungehalten ist wie über den entgegengesetzten Fehler der Gewinnsucht.

Im Grunde war das eine Lektion in Fülle. Und als ich sie in unserm persönlichen Leben gelernt hatte, war ich auch zur rechten Zeit so weit, sie auf das Missionswerk anzuwenden.

Seit Jahren arbeitete ich allein. Das bedeutete, daß ich jährlich mehr als 80 000 Kilometer reisen mußte und etwa acht Monate von zu Hause fort war. Ich war dazu bereit, solange es Gott so haben zu wollen schien. Aber wie oft hatte die Arbeit neuerdings darunter gelitten, daß ich nicht gleichzeitig an zwei Stellen sein konnte! Ich hatte diese Leute in Bulgarien niemals vergessen, die mich, kurz bevor ich nach Rumänien weiterfahren mußte, gebeten hatten, in ihre Stadt zu kommen. Als ich ein Jahr später wieder nach Bulgarien kam, hatte sich vieles geändert. Die Versammlungen, von denen sie so viel für ihre Landsleute erwartet hatten, waren nicht mehr erlaubt.

Aber angenommen – nur angenommen, ich hätte einen Partner gehabt, der mit mir gereist wäre! Angenommen, wir wären zwei . . . drei . . . zehn! Einer könnte da sein, wo ein andrer nicht sein konnte; man könnte sich im Fahren ablösen, im Predigen, ja, auch im Briefeschreiben!

Der Gedanke an diese Möglichkeiten begann mich Tag und Nacht zu verfolgen. Es würde eine ungewöhnliche Gemeinschaft sein müssen, eher ein Organismus als eine Organisation. Je weniger wir äußerlich organisiert waren, um so besser. Denn wenn wir verhaftet würden, würden wir uns gegenseitig nicht hineinziehen. Wir würden eine kleine Schar von Männern sein – warum nicht auch Frauen dabei? –, die von demselben Wunsch beseelt waren: der Kirche in ihrer Not Mut und Hoffnung zuzusprechen. Jeder von uns würde ein Pionier sein, wahrscheinlich nicht einmal nach den gleichen Methoden vorgehen, um nicht zu leicht erkannt und kontrolliert werden zu können.

Als ich Corrie meinen Wunschtraum mitteilte, schrie sie laut auf vor Freude.

»Ich will ehrlich sein, Andrew, meine Reaktion ist völlig selbstsüchtig. Ist dir klar, daß wir vier dich dann immer einmal *sehen* könnten?«

Es tat ihr sofort leid, daß sie das gesagt hatte. Aber mir nicht! Selbstverständlich waren meine langen Abwesenheiten hart für uns alle. Ich konnte tatsächlich sehen, wie Jan, Henk und Kees in der Zeit zwischen meiner Abreise und meiner Heimkehr gewachsen waren.

Aber wie sollte ich vorgehen, um diese Menschen zu finden? Nicht, daß sich nicht von Zeit zu Zeit welche angeboten hätten! Sehr häufig kamen nach einem Vortrag drei oder vier junge Männer zu mir und baten:

»Bruder Andrew, können wir uns nicht Ihrer Arbeit hinter dem Eisernen Vorhang anschließen?« Und manch einer sagte: »Ich habe ebenfalls einen Ruf von Gott bekommen, das Evangelium dort zu verkündigen.«

Andere gaben ehrlich zu, daß das Abenteuer sie lockte.

»Das klingt alles so aufregend!« sagte ein junger Mann.

»Ich würde gern mitkommen, nur um Ihnen die Koffer zu tragen.«

Aber ich hatte nie die Freudigkeit gehabt, solche Gespräche fortzusetzen. Daß ich immer wieder über diese Grenzen gelangte, verdankte ich ja nicht etwa einem Trick oder einem System, das ich auf andere hätte übertragen können, um auch ihre Sicherheit zu garantieren. Es war nicht meine eigene Klugheit oder Erfahrung, die bisher ein Unglück verhütet hatte, sondern allein die Tatsache, daß ich mich jeden Morgen bewußt in Gottes Hände legte und versuchte, möglichst keinen Schritt von seinem Willen abzuweichen. Aber das kann niemand für einen andern tun. Und so sagte ich gewöhnlich:

»Wenn ich Sie hinter dem Eisernen Vorhang treffe, wollen wir auf alle Fälle weitersehen.«

Und dann sah und hörte ich meist nichts mehr von ihnen.

»Und doch«, sagte ich eines Abends zu Corrie, »wenn Gott will, daß wir unser Werk vergrößern, hat er bestimmt schon die Leute dazu vorbereitet. Aber wie soll ich sie finden?«

»Versuch es mit Beten!«

Ich lachte. Das war meine Corrie! Das einzige, was ich noch nicht getan hatte, war, Gott darum zu bitten, uns die richtige Person zu zeigen. So beteten wir. Und sofort fiel mir ein Name ein.

Hans Gruber.

Ich hatte Hans in Österreich kennengelernt, wo er in einem Flüchtlingslager arbeitete. Er war Holländer, 1,86 m groß, sogar für diese Größe sehr schwer und unglaublich ungeschickt. Er schien sechs Ellenbogen, zehn Daumen und ein Dutzend Knie zu besitzen – und er sprach das gräßlichste Deutsch, das ich je gehört hatte.

Alles an Hans war, für sich betrachtet, verkehrt. Aber zu einem gewaltigen Ganzen zusammengesetzt, war er die genau richtige Persönlichkeit. Er konnte sich auf den Lagersportplatz stellen und fünfhundert Menschen Stunde für Stunde einfach mit Worten fesseln. Ich hatte es erlebt, daß es, während er in diesem unbeschreiblichen Deutsch sprach, anfing zu regnen, ohne daß ein einziger seiner Zuhörer nach dem Himmel guckte. Sogar über die große Schar verwaister Jungen wurde er Herr. Diese zweihundertvierzig unruhigen, sich langweilenden Kinder waren der Schrecken eines jeden anderen Redners, der das Lager besuchte. Bei Hans saßen sie wie Bildsäulen und liefen danach wie Schafe hinter ihm her.

Noch am gleichen Abend schrieb ich an Hans und fragte ihn, ob er jemals das Gefühl gehabt habe, daß er sein Predigtamt hinter dem Eisernen Vorhang ausüben sollte. Ich wüßte bereits, wohin mich meine nächste Reise führen werde. Seit Wochen seien die Zeitungen voll von Berichten über die neuen Reiseerleichterungen in Rußland. Ausländer könnten jetzt ohne Reiseleiter in der Sowjetunion umherreisen. Darauf hatte ich schon lange gewartet, um endlich meine langersehnte Reise an die Wiege des Kommunismus anzutreten.

Postwendend erhielt ich Antwort von Hans. Er war begeistert. Mein Vorschlag war für ihn die Erfüllung einer alten Prophezeiung. Als er in der 6. Klasse war, seinem letzten Schuljahr, hatte er jedesmal, wenn er auf die Landkarte von Rußland schaute, ein seltsames

Gefühl gehabt. Es war ihm immer gewesen, als ob eine Stimme zu ihm sage: »Eines Tages wirst du in diesem Land für mich arbeiten.«

»Und seit dieser Zeit«, so schrieb er, »habe ich russisch gelernt, um bereit zu sein, wenn die Zeit kommen würde. Mein Russisch ist jetzt sehr gut, fast so gut wie mein Deutsch. Wann fahren wir?«

Mit Hans' Brief begann ein neuer Abschnitt in meinem Dienst: die Annahme eines Partners, die Verdopplung des Werkes, das Christus auf diese Weise tat.

Wir mußten erst ein paar wichtige Dinge erledigen, ehe wir uns auf den Weg machen konnten. Einmal brauchten wir einen neuen Wagen. Auch mit dem neuen Motor bot der VW nicht mehr die notwendige Sicherheit. Für Hans war es zudem unmöglich, seine massige Gestalt auf den Vordersitz zu zwängen. Und so kauften wir einen neuen Opel-Kombiwagen, in dem wir auch schlafen und sehr viel mehr Bibeln befördern konnten.

Ein verblüffendes Problem war Hans' Fahren.

»Ich werde es niemals kapieren«, stöhnte er, als ich ihm zum hundertsten Mal klarzumachen versuchte, wie Kupplung und Gangschaltung aufeinander eingestellt sind. Ich hielt es für einen der großen Vorteile einer Partnerschaft, jemand zu haben, mit dem man sich im Fahren abwechseln konnte und hatte angenommen, daß Hans bei mir sehr schnell fahren lernen würde. Sechs Stunden später stellte ich fest, daß es etwas länger dauern würde, als ich gedacht hatte.

Der Tag unsrer Abreise kam heran, und noch immer hatte er keinen Führerschein. In den meisten westeuropäischen Ländern ist es jedoch für einen Fahrschüler erlaubt, ohne Führerschein zu fahren, vorausgesetzt, daß er neben einem qualifizierten Fahrer sitzt und daß sich eine Bremse zwischen beiden befindet. Wir wollten plangemäß aufbrechen . . .

Und so verstauten wir unser Gepäck, ich umarmte meine Jungen einen nach dem andern, küßte Corrie noch einmal, und fort waren wir. Der Opel ließ sich gut fahren – trotz der Last. Außer den Bibeln, von denen ich mehr als je mitgenommen hatte, hatte er ja noch die volle Campingausrüstung für zwei Personen zu tragen. Da er immerhin ein wenig pendelte, dachte ich, Hans solle sich an dieses etwas veränderte Fahrgefühl gewöhnen, ehe wir die West-Ost-Grenze überschritten, und übergab ihm in Westdeutschland das Steuer.

Zwei Kilometer weiter übernahm ich es wieder selbst. Hinter uns war eine mehrere Kilometer lange Autoschlange entstanden.

»Gut, Hans!« sagte ich. »Du bist zwar für Autobahnverhältnisse ein bißchen zu langsam gefahren, aber das macht nichts. Das Gefühl dafür wird schon noch kommen.«

»Bei mir nicht! Daß weiß ich genau.«

»Unsinn! Du hättest mich sehen sollen, als ich anfing zu fahren.«

Um seine Stimmung zu verbessern, erzählte ich ihm, was ich in Indonesien mit dem Panzer erlebt hatte, und wir lachten, bis wir nach Berlin kamen.

Wenn Hans in technischen Dingen etwas ungeschickt und schwerfällig war, so war er mir auf anderen Gebieten weit überlegen. Zum Beispiel, wenn es um Wagemut ging. Die Bekannten, bei denen wir in Berlin wohnten, waren begeistert von dem Gedanken, Bibeln in die Sowjetunion zu bringen.

»Unsre Kirche besitzt einige russische Bibeln, Andrew! Können Sie sie nicht mitnehmen?«

Ich war mir nicht so sicher. Unser Wagen sah sowieso verdächtig genug aus.

»Natürlich nehmen wir sie mit!« sagte Hans. Dann wandte er sich an mich. »Wenn wir dafür verhaftet werden, daß wir Bibeln ins Land bringen, warum dann nicht eine Menge Bibeln?«

So quetschten wir die zusätzlichen Bibeln in den Wagen.

Als wir gerade abfahren wollten, kamen noch andere Bekannte mit einem ganzen Paket ukrainischer Bibeln. Ich sah Hans flehend an, obwohl ich schon wußte, daß dieser Karton ebenfalls mitgehen würde. Diesmal war aber einfach kein Platz mehr dafür da.

»Nun, Andrew«, meinte Hans, »du hast mir erzählt, du ließest immer ein paar Bibeln offen liegen, damit Gott den Job tun kann, und nicht du. Ich werde sie einfach auf den Schoß nehmen.«

Unser Durchreisevisum erlaubte uns einen zweiundsiebzigstündigen Aufenthalt in Polen. Seit meinem Besuch vor sechs Jahren hatte sich in Warschau viel verändert. Wir fuhren an der Schule vorbei, in der ich übernachtet hatte, und an den Kasernen, wo ich mich mit den Soldaten der Roten Armee unterhalten hatte. Aber der Schutthaufen, wo ich das kleine Mädchen mit seinen Eltern gesehen hatte, war nicht mehr da. Ein Park war dort angelegt worden.

Wir nutzten unsre drei Tage nach Kräften aus, und ich machte Hans mit Freunden in Warschau und andren Städten des Landes bekannt. Als wir dann keine zwanzig Kilometer mehr von der russischen Grenze entfernt waren, merkte ich, daß ich in Warschau zu viel Geld in Zlotys umgetauscht hatte.

»Kannst du es nicht an der Grenze zurücktauschen?« fragte Hans.

»Nein, Warschau ist der einzige Ort, wo man ausländische Währungen bekommen kann. Und wenn wir jetzt dorthin zurückfahren, läuft unser Visum ab.«

Wir waren schon weit draußen auf dem Land, und Hans saß am Steuer. Er war nur dann bereit zu fahren, wenn kein andres Auto zu sehen war. Und das kam sehr häufig vor, auch noch 1961. Ich saß neben ihm und versuchte auszurechnen, wieviel Geld wir verloren hatten, als ich plötzlich sah, daß eine schwierige Strecke vor uns lag. Eine Brücke war abgerissen, und die Umgehungsstraße führte steil in die Tiefe, überquerte den Fluß auf einer schmalen Holzbrücke und stieg auf der andren Seite ebenso steil die Böschung hinauf. Ein polnischer »Warschau« war gerade vor uns in der Schlucht und fuhr ganz langsam über die kleine Brücke.

Ich sah Hans von der Seite an. Schweiß stand auf seiner Oberlippe, aber entschlossen packte er das Steuer fester. Gut! dachte ich. Ein paar solcher Manöver, und er wird Selbstvertrauen gewinnen.

Hans fuhr von der Fahrbahn herunter und langsam den Abhang hinab. Zu meiner großen Freude schien er den Wagen völlig in der Gewalt zu haben. Wir fuhren weder schneller noch langsamer als vorher. Mit seinem unveränderten Tempo von zehn Kilometern in der Stunde kroch er den Abhang hinunter und über die Brücke. Aber jetzt war der andere Wagen direkt vor uns und quälte sich mühsam den Abhang hinauf.

Zu spät merkte ich, daß Hans keine Anstalten machte anzuhalten. Wie in einem Film im Zeitlupentempo bohrte er sich erbarmungslos in das Heck des »Warschau« hinein.

Zornsprühend kam der Fahrer auf uns zu. Sein breites slawisches Gesicht war gerötet, seine Fäuste waren geballt.

»Du betest, während ich mit ihm rede«, sagte ich zu Hans.

»Guten Morgen, Kamerad! Schönes Wetter heute!« sagte ich auf deutsch.

Zusammen traten wir ans Heck seines Wagens und besahen uns den Schaden. Dank Hans' Schneckentempo war er nicht sehr groß. Das Schlußlicht und ein hinterer Kotflügel waren beschädigt. Unsre Stoßstange und ein vorderer Kotflügel waren eingedrückt.

»Polizei!« sagte der Mann. »Polizei!« Dieses deutsche Wort kannte er gut.

Aber das durfte auf gar keinen Fall sein! Zum einen waren wir schwer beladen mit Bibeln in einem kommunistischen Land, und zum andern saß Hans ohne Führerschein am Lenkrad.

Da fiel mir meine Brieftasche ein, die mit Zlotys vollgestopft war. Hatte mich Gott deshalb so übermäßig viel Geld umtauschen lassen?

»Schon gut, schon gut!« sagte ich. »Was meinen Sie denn, wieviel das Ganze kosten wird?«

Das Gesicht des Polen veränderte sich nicht.

»Polizei, Polizei!« sagte er.

Ich steckte ein Stück Glas hinten ins Schlußlicht und zuckte die Achseln, in der Hoffnung, ihm damit anzudeuten, daß der Schaden nicht allzu groß war.

»Sechstausend Zloty?« fragte ich.

Der Mann verstand sofort. Seine geballten Fäuste öffneten sich. Aber er wiederholte aufs neue das Wort »Polizei«.

»Achttausend Zloty? Neuntausend? Die Reparatur wird bestimmt nicht mehr als neuntausend kosten.«

Mit theatralischer Gebärde griff ich in die Brieftasche und zog noch einen Tausendzlotyschein mehr heraus.

»Zehntausend! Das ist ein anständiger Betrag«, sagte ich und hielt ihm das Geld hin.

Er nahm es. Während er zu seinem Auto zurückrannte, rief er mir über die Schulter zu: »Keine Polizei!«. Er fuhr davon und ließ uns in einer Staubwolke stehen.

»Kann ich nun wieder Luft holen?« fragte Hans.

»Du kannst!«

Und dort auf der staubigen Umgehungsstraße dankten wir Gott, daß er uns einen Fehler machen ließ, um uns aus einem anderen herauszuhelfen.

Wir fuhren in Brest über die Grenze. Hans wußte sich vor Aufregung kaum noch zu halten, als der Schlagbaum hochging. Er wollte unbedingt sein Russisch bei den Zollbeamten anbringen. Ich bezweifle, daß sie eins von zehn Worten verstanden. Aber sie fühlten sich äußerst geehrt, daß er sich solche Mühe gab.

Wir müssen wohl zu den ersten Autos gehört haben, die ohne Reiseleiter fuhren. Den Posten machte es offenbar Spaß, unsre Papiere und Barbestände selbst zu kontrollieren, und sie waren hocherfreut, als wir sie mit amerikanischen Dollars zum Umtauschen beschenkten.

»Rußland und die Vereinigten Staaten beschimpfen sich«, sagte einer der Posten augenzwinkernd auf englisch. »Aber hierfür verzeihen wir ihnen.« Er nahm die Dollarnoten.

»Ein Rubel für einen Dollar. Das ist ganz einfach.«

Schließlich kam der Augenblick, wo der Wagen selbst kontrolliert werden mußte. Hans und ich hatten uns vorher geeinigt, wie wir uns verhalten wollten, wenn wir zu zweit über die Grenze gingen. Nur einer von uns sollte sprechen. Der andere sollte ständig beten. Er sollte Gott bitten, daß in jeder Einzelheit der Inspektion sein Wille geschehen möge; er sollte auch für das Land beten, in das wir hineinfuhren – angefangen mit den Grenzbeamten.

In diesem Fall forderte uns der Posten auf, ein paar Koffer zu öffnen, warf aber nur einen kurzen Blick hinein. Sein Interesse galt dem Opel-Motor. Er stellte mir ein paar technische Fragen, war dann offensichtlich verlegen, daß er so viel nichtamtliche Neugier gezeigt hatte, und warf die Haube zu. Er ging mit uns durch einen kleinen Garten in die Zollbaracke, stempelte unsre Papiere und sagte uns Lebewohl.

Wir waren drüben.

## Rußland auf den ersten Blick

Hans war noch nicht in Rußland gewesen. Für mich war es die zweite Reise dorthin. In dem Jahr, als Henk geboren wurde, hatte ich eine Gruppe junger Leute aus Holland, Deutschland und Dänemark zu einem Jugendkongreß in Moskau begleitet, der dem in Warschau ganz ähnlich war. Wir waren mit dem Zug gefahren und hatten natürlich ein festes Programm einhalten müssen. Trotzdem war diese vierzehntägige Reise als Erkundungsfahrt ungeheuer wertvoll für mich gewesen. Mehrere Erlebnisse hatten mich ganz besonders beeindruckt. Ich erinnerte mich an sie, als Hans und ich jetzt die mehr als vierhundert Kilometer weite Strecke von Brest nach Moskau fuhren, und nahm die Zeit wahr, sie ihm zu erzählen.

Das Hotel, in dem ich damals untergebracht war – in Wirklichkeit eine riesige Kaserne –, lag in einem Dorf, etwa fünf Kilometer von Moskau entfernt. An unserem ersten freien Abend ging ich auf die Suche nach der Kirche.

Es war ein russisch-orthodoxer Zwiebelkuppelbau, der offensichtlich einmal der Mittelpunkt des Dorfes gewesen war; denn er stand vor dem einzigen Brunnen des Ortes. Jetzt war diese Kirche völlig verfallen. Wo einstmals Füße den Weg fest und glatt getreten hatten, wuchs Unkraut. Die Fenster waren mit Brettern vernagelt. Kisten und Kartons waren vor der Kirche aufgestapelt, als ob sie jetzt als Lagerhaus benutzt würde.

Ich ging um die Kirche herum und suchte das Kreuz. Aber es war verschwunden. Als ich ein zweites Mal herumging, sah ich etwas, was ich nie wieder vergessen werde. Im Schloß an dem Haupteingang der Kirche steckte ein Sträußchen frischer gelber Blumen.

Als ich näher trat, sah ich, daß Hunderte von verwelkten Blumen auf der Erde lagen, als ob diese kleinen Sträuße regelmäßig ausgewechselt würden. In Gedanken stellte ich mir vor, wie eine schwarzgekleidete Bauersfrau spät abends zur Kirche schlich, um ihr Werk der Liebe und des Gedenkens zu vollbringen.

An jenem Sonntag hatte ich mich auf den Weg zu der einzigen noch offenen protestantischen Kirche in Moskau gemacht. Nach allem, was ich in der holländischen Presse gelesen hatte, erwartete ich eine kleine, demoralisierte Gemeinde.

Zuerst war ich mir nicht ganz sicher, ob ich die richtige Adresse hatte. Warum wartete diese lange Reihe von Menschen draußen? Ich stellte mich etwas zögernd ans Ende, als plötzlich ein Mann auf mich zukam und mich auf deutsch ansprach.

»Sie wollen in die Kirche?« fragte er.

»Das ist also eine Kirche?«

»Selbstverständlich! Kommen Sie mit! Wir haben eine besondere Empore für ausländische Gäste reserviert.«

So gingen wir durch eine kleine Tür, einen Flur entlang, eine eiserne Treppe hinauf und auf die Empore. Und dort sah ich zum erstenmal das Bild, das mir in den kommenden Jahren so vertraut wurde: die Moskauer Protestantische Kirche beim Gottesdienst. Das Kirchenschiff war rechteckig, schmal und lang, mit zwei Reihen Emporen auf jeder Seite, einem Podium mit zwölf Sitzplätzen, einer schönen Orgel und einem bunten Glasfenster, das nach Osten lag und auf dem die Worte standen, die mir mein Führer übersetzte: »Gott ist Liebe.« Die Kirche hatte etwa tausend Sitzplätze, und an jenem Morgen waren annähernd zweitausend Besucher da.

Auf keiner meiner Reisen hatte ich so viele Menschen in einem Gebäude zusammengedrängt gesehen. Jeder Sitzplatz war besetzt. Die Seitenschiffe, der Mittelgang und die Balkons standen voller Menschen.

Dann begann das Singen. Zweitausend tiefe slawische Stimmen in völligem Unisono! Sie übertönten die Orgel: voll, kehlig, stark, frisch, männlich. Ich schloß die Augen, und mir war, als hörte ich himmlische Chöre. Sie sangen und sangen, bis mir die Tränen in die Augen traten.

Als die Zeit für das Einsammeln der Kollekte herankam, war es den dazu bestimmten Leuten nicht möglich, sich einen Weg durch die vielen Menschen zu bahnen, und so wurden die Geldscheine über die Köpfe nach vorn gereicht. Sobald die Kollekte zu Ende war, begannen die Predigten. Ja, es waren zwei, und jede war normal lang, und eine schloß sich an die andere an.

Während der Predigten sah ich, daß einige Zuhörer etwas ganz Merkwürdiges taten. Sie falteten Papierflieger und warfen sie von hinten über die Köpfe der Kirchenbesucher und von den Balkonen hinunter nach vorn. Das schien niemand zu stören. Die Flieger wurden gefangen und nach vorn gereicht, wo sie einer der Männer auf dem Podium einsammelte.

Schließlich konnte ich meine Neugier nicht länger bezähmen und fragte den Mann, der mich auf den Balkon geführt hatte, was das zu bedeuten habe.

»Das sind die Gebetsanliegen«, erklärte er mir. »Der Pastor legt sie auf zwei Haufen. Der eine enthält persönliche Bitten, der andere Bitten von Besuchern aus dem ganzen Land, die wünschen, daß die Gemeinde hier für ihre Heimatgemeinde betet. Sie werden es gleich sehen.«

Kaum hatte sich der zweite Prediger gesetzt, da stand der erste auf und hielt einen Stapel Bitten hoch. Dann las er die Namen der Gäste aus anderen Gemeinden vor und sagte, wie ich durch meinen Dolmetscher erfuhr:

»Freuen wir uns, daß diese Gäste unter uns sind?«

»Amen!«

»Unterstützen wir sie durch unsre Gebete?«

»Amen!«

»Und die folgenden Bitten« – er las zwei oder drei der persönlichen Anliegen vor –, »wollen wir dafür beten?«

»Amen!«

»Dann laßt uns beten!«

Und ohne weitere Einleitung begann diese ganze Gemeinde von zweitausend Menschen gleichzeitig laut zu beten. Von Zeit zu Zeit erhob sich eine einzelne Stimme über das Gemurmel, laut und flehend, während die andern Stimmen kaum noch zu hören waren. Dann schwollen diese wieder an, bis sich erneut eine einzelne Stimme vernehmen ließ, die die Gedanken aller wiedergab. Es war ein Erlebnis, das die Tiefen meines Herzens aufwühlte.

Nach dem Gottesdienst wurde verkündet, daß die Pastoren gern alle Besucher des Jugend-Kongresses unten im Kirchenschiff begrüßen und ihre Fragen beantworten würden. Etwa ein Dutzend von uns nahmen die Einladung an. In rascher Folge wurden Fragen gestellt.

»Wo ist die nächste protestantische Kirche?«

»Oh, es gibt viele protestantische Kirchen in Rußland; einige ganz in der Nähe.«

»Wie nahe?«

»Einhundertachtzig Kilometer.«

»Herrscht in Rußland Religionsfreiheit?«

»Jawohl, wir haben hier völlige Religionsfreiheit.«

»Wie steht es damit, daß Pastoren ins Gefängnis geworfen worden sind?«

»Wir wissen nichts von Pastoren, die im Gefängnis sind, ausgenommen vielleicht solche, die sich als staatsgefährdend erwiesen haben.«

Und dann stellte ich eine Frage:

»Wie ist es mit Bibeln? Haben Sie genug Bibeln?«

»Ja, es gibt genug Bibeln.« Zum Beweis ließen sie ein Exemplar herumreichen. »Diese ausgezeichnete Ausgabe ist jetzt gerade hier in Rußland gedruckt worden.«

Das war mir neu.

»Wieviel Exemplare?«

»Oh, eine Menge!«

Und weiter gingen das Fragen und die Antworten, die nichts besagten. Am nächsten Tag ging ich noch einmal auf gut Glück in die Kirche, um vielleicht einen der Pastoren allein zu treffen. Es war ein Montagmorgen. Aber selbst an diesem Tag und zu dieser Stunde herrschte dort reges Leben und Treiben. Ich erfuhr, daß dieses Kirchengebäude auch als Hauptgeschäftsstelle der Baptistischen Vereinigung für ganz Rußland diente.

»Kann ich Ihnen irgendwie behilflich sein?« fragte jemand hinter mir. Ich drehte mich um und sah in das Gesicht eines der Männer, die am Tag zuvor auf dem Podium gesessen und nach dem Gottesdienst Fragen beantwortet hatten. Er sagte, er heiße Ivanhoff, und lud mich ein, mit in sein Privatbüro zu kommen. Ich überlegte, wie ich es machen sollte, um noch einmal auf seine Äußerungen über die russischen Bibeln zurückzukommen. Aber vielleicht war es am besten, ihm direkt zu sagen, daß ich Bibeln mitgebracht hätte, und dann abzuwarten, wie er darauf reagierte.

»Ich habe etwas von den holländischen Baptisten für die russischen

Baptisten mitgebracht«, sagte ich und legte ein in braunes Papier gewickeltes Paket auf seinen Tisch.

»Was haben Sie da?«

»Bibeln.«

»Russische Bibeln?«

»Von der ›Britischen und Ausländischen Bibelgesellschaft‹. Ich habe mir erlaubt, die Seite mit dem Impressum herauszureißen.«

Es fiel ihm offenbar schwer, Fassung zu bewahren.

»Darf ich sie bitte sehen?«

Ich schnürte das Paket auf und zeigte ihm das klägliche Häuflein von drei Bibeln, das ich im Zug hatte mitbringen können. Das Problem war, wie bei so vielen osteuropäischen Bibeln, die Größe jedes einzelnen Bandes. Russisch wird – wie Serbisch, Ukrainisch und Mazedonisch – in kyrillischer Schrift gedruckt. Dadurch entstehen sehr viel umfangreichere Bände. Ich hätte statt dieser drei russischen Bibeln zehn oder zwölf holländische oder englische mitbringen können. Aber was mich interessierte, war die Reaktion des Pastors auf dieses winzige Geschenk. Zweifellos bezähmte er seine Neugier nur mit großer Mühe.

»Sagten Sie, das sei ein Geschenk?«

»Ja!« Und dann konnte ich es mir nicht versagen, ihn ein wenig aufzuziehen. »Aber Sie haben ja gesagt, es gäbe eine neue sowjetische Ausgabe. Vielleicht hätte ich gar keine Bibeln zu bringen brauchen.«

»Nun . . .«, der Pastor erinnerte sich an seine Worte vom Tag zuvor, »eigentlich ist ja diese Ausgabe zum größten Teil ins Ausland geschickt worden – zur Brüsseler Messe und so . . .«

»Ich verstehe.«

Dann beugte er sich vor und stellte noch eine Frage: »Sagen Sie, lieber Freund, warum sind Sie nun wirklich nach Rußland gekommen?«

Bei seiner Seiltänzerei schien mir eine Antwort aus der Heiligen Schrift am taktvollsten zu sein. Ich dachte einen Augenblick nach und sagte dann:

»Erinnern Sie sich an die Stelle in der Bibel, wo Joseph in Sichem umherirrte? Einer der Sichemiter sah ihn und stellte ihm eine Frage. Wissen Sie noch, welche?«

Der Pastor überlegte. Dann antwortete er:

»Er fragte: ›Wen suchst du?‹«

»Und Josephs Antwort?«

»›Ich suche meine Brüder.‹«

»Nun, das ist auch meine Antwort auf Ihre Frage.«

Hans hatte diesen Erinnerungen mit großem Interesse zugehört und auch zwischendurch hin und wieder etwas gefragt. Als ich fertig war mit Erzählen, bat er Gott in einem seiner schlichten Gebete, uns wieder mit Ivanhoff zusammenzuführen, da der Kontakt doch nun schon hergestellt sei.

»Ich glaube, jetzt ist es Zeit für eine Pause, Andrew«, sagte er dann. »Ich würde gern eine Tasse Kaffee trinken.«

»Ich auch.«

Vor uns war eine Lücke in einer großen Hecke. Wir fuhren hinein, ohne weiter darauf zu achten, daß schon ein anderes Auto dort abseits der Straße parkte, dessen Insassen ein Picknick machten.

Wir hielten an und begannen, unser Kochgeschirr herauszuholen. Mir kam es so vor, als wären die Russen aus dem anderen Wagen nicht gut auf uns zu sprechen. Sie sahen häufig zu uns herüber und murmelten vor sich hin. Der Mann goß schimpfend eine halbe Tasse Tee auf die Erde, während die beiden Frauen Teller, Obst und angebrochene Brotlaibe in einen Strohkorb zu packen begannen.

Wir überlegten noch, was da los sein könnte, als an der anderen Seite der Hecke auf einmal Bremsen quietschten. Wagentüren wurden zugeworfen, und plötzlich sahen wir zwei uniformierte Polizisten vor uns. Sie standen in der Öffnung der Hecke, die Arme in die Seiten gestemmt, und überflogen die beiden Gruppen mit einem raschen Blick. Dann kam einer der Offiziere auf uns zu, während der andere zu dem russischen Wagen hinüberging.

»Guten Tag!« sagte Hans und lächelte vergnügt über diese Gelegenheit, sein Russisch anwenden zu können.

Der Offizier antwortete nicht, und Hans machte ein langes Gesicht.

»Er hat keine Lust zu einem gemütlichen Beisammensein«, sagte er und wandte sich scheinbar interessiert seinem Kaffee zu. Da ich Hans jedoch gut kannte, wußte ich, daß er inbrünstig betete. Dieser Offizier durfte nicht in unserm Auto herumstöbern! Und wärend wir beteten, drehte sich der Polizist plötzlich um und ging zu seinem Kameraden beim anderen Wagen. Dort gab es einen heftigen Wortwechsel, und dann fingen die Russen an, ihr Auto auszuladen.

Wir beobachteten, wie diese armen Menschen alles, was nicht niet- und nagelfest war, aus ihrem Auto heraustrugen und auf den Erdboden legten. Dann guckten die Offiziere in den Motor, in den Kofferraum, unter den Wagen. Wir wußten, daß wir irgendwie für die Unannehmlichkeiten, denen die drei Russen ausgesetzt waren, verantwortlich waren. Aber wir wußten nicht, was wir für sie tun könnten. So rührten wir nur in unserm Kaffee herum, bis er kalt war.

Nach einer halben Stunde, während der die Offiziere nicht einen einzigen Blick zu uns hinübergeworfen hatten, beschlossen wir fortzufahren. So tranken wir den schrecklichen Kaffee aus, verstauten das kleine Kochgerät und machten möglichst viel Krach beim Türen-Schlagen und Motor-Anlassen. Noch immer beachteten uns die Offiziere nicht. Wir fuhren langsam durch die Hecke und vorsichtig um den Polizeiwagen herum auf die Landstraße.

»Was war denn nun eigentlich los?« fragte Hans, als wir wieder in voller Fahrt waren.

»Ich weiß es nicht – es sei denn, die Polizisten hielten uns für Schmuggler, die dort neben der Landstraße ihre Waren austauschten. Jedenfalls müssen wir für die drei Leute beten, Hans, daß sie nicht durch uns in Schwierigkeiten geraten. Und wir wollen an dieses Erlebnis denken, wenn es für uns erst soweit ist, daß wir unsere Fracht loswerden.«

Moskaus Hauptstraßen sind gewaltig – breit genug, daß zehn Autos nebeneinander fahren können; und der Verkehr war diesmal stärker als bei meinem früheren Besuch. Wir kamen an dem riesengroßen Warenhaus, dem GUM, vorbei, fuhren über den weiten Roten Platz und am Mausoleum vorüber und gelangten schließlich zu dem Campingplatz, den man uns angegeben hatte. Wir schlugen sofort unser igluförmiges Zelt auf und schickten uns an, wenigstens ein paar von unsren Bibeln herauszuholen.

»Laß dir nichts anmerken!« sagte Hans. »Aber da beobachtet uns jemand.«

Ohne aufzuschauen, warf ich eine Straßenkarte auf die beiden Bibeln, die ich herausgenommen hatte. Dann drehte ich mich wie zufällig um und sah den Mann. Er trug einen grünen Arbeitsanzug, stand wenige Meter von unserm Auto entfernt und beobachtete uns. Ich nahm unsern Kaffeetopf heraus, und Hans und ich machten uns daran, uns eine Tasse Kaffee zu kochen, obwohl wir im Augenblick eigentlich gar keinen Appetit darauf hatten. Sobald wir aber aufgehört hatten, Bibeln auszupacken, verschwand der Neugierige.

»Was meinst du dazu?« fragte ich Hans.

»Es gefällt mir nicht. Ich wünschte, wir würden diese Fracht endlich los.«

Wir nahmen nur eine Bibel heraus, schlossen das Auto ab und verließen den Campingplatz. Es war Donnerstagabend, der Abend, an dem der Wochengottesdienst der Baptistengemeinde stattfand, auf die wir zusteuerten.

Ungefähr zwölfhundert Menschen besuchten diese Versammlung. Der Gottesdienst verlief fast genauso wie vor zwei Jahren, aber ich sah Ivanhoff weder auf dem Podium noch in dem Teil der Gemeinde, den ich überblicken konnte.

Als die Versammlung vorüber war, gingen Hans und ich in die Vorhalle hinaus und mischten uns unter die Menge. Der Hauptzweck des Abends war für uns, Leute kennenzulernen, denen wir unsre Bibeln ausliefern konnten. Ich sah mir in dem Gewühl ein Gesicht nach dem andern an und bat Gott, mir, wie schon so oft, jenen Augenblick plötzlichen Erkennens zu schenken, der bei Christen ein jahrelanges Kennen- und Vertrauenlernen ersetzen kann.

Und es dauerte nicht lange, da sah ich ihn: einen schmächtigen, kahlköpfigen Mann von etwa fünfundvierzig Jahren, der an eine Wand gelehnt stand und in die Menge schaute. Ich spürte eine so klare Weisung, ihn anzusprechen, daß ich Hans fast vergaß. Aber bei einer echten christlichen Partnerschaft legt ein Mitglied dem andern seine Führungen zur Korrektur und zur Bestätigung vor. So wartete ich, bis sich Hans mit seiner massigen Gestalt an meine Seite geschoben hatte.

»Ich habe unsern Mann entdeckt«, sagte er, ehe ich sprechen konnte, und deutete mit einer Kopfbewegung zu dem Mann hinüber, den ich ebenfalls aus den Hunderten von Menschen hier ausgewählt hatte. Frohen Herzens drängten wir uns zu ihm durch.

»Kak vi po zhi vayete?« begann Hans.

»Kak vi po zhi vayete?« erwiderte der Mann, sofort aufhorchend.

Als Hans nun eifrig zu erklären anfing, wer wir waren und woher wir kamen, wurde sein Gesicht immer verblüffter. Doch bei dem Wort »holländisch« lachte er laut auf. Er erzählte uns, daß er Deutscher sei, Sohn eines in Sibirien lebenden Einwanderers, und daß seine Familie zu Hause immer noch deutsch spreche.

So kamen wir schnell ins Gespräch und erfuhren eine erstaunliche Geschichte. Dieser Mann stammte aus einer kleinen, anderthalbtausend Kilometer entfernten Gemeinde in Sibirien, die hundertfünfzig Abendmahlsgäste, aber keine einzige Bibel hatte. Eines Tages sei ihm im Traum gesagt worden, er solle nach Moskau fahren, wo er eine Bibel für seine Gemeinde finden werde. Er hatte sich zuerst gegen den

Gedanken gesträubt, weil er wußte, daß es äußerst wenig Bibeln in Moskau gab.

Und das war nun das Ende seiner Geschichte.

Hans und ich sahen uns ungläubig an. Ich nickte Hans zu, und es war nun an ihm, unserm sibirischen Freund die gute Nachricht mitzuteilen.

»Sie bekamen den Auftrag, anderthalbtausend Kilometer nach Westen zu fahren, um eine Bibel zu bekommen, und wir erhielten den Auftrag, anderthalbtausend Kilometer nach Osten zu fahren und Bibeln nach Rußland zu bringen. Nun haben wir uns hier getroffen und sofort erkannt.«

Damit hielt ihm Hans die dicke russische Bibel hin, die wir mitgebracht hatten. Der Sibirier fand keine Worte. Er hielt die Bibel in Armeslänge von sich und starrte erst sie, dann uns beide an und dann wieder die Bibel. Plötzlich brach der Damm, und es folgte solch eine Flut von Dankesworten und tolpatschigen Umarmungen, daß sich rasch eine Schar von Zuschauern um uns versammelte. Das war mir nicht recht. Ich wollte lieber keine Aufmerksamkeit erregen. So erzählte ich dem Mann leise den Rest der Nachricht, daß wir noch mehr Bibeln hätten und ihm ein halbes Dutzend mit nach Hause geben könnten, wenn wir uns am nächsten Morgen wieder um zehn hier treffen würden.

Der Sibirier wurde plötzlich bedenklich.

»Sie kosten nichts?«

»Natürlich nicht!« erwiderte ich. »Ein Zweig der Kirche sorgt ganz einfach für die Bedürfnisse eines anderen.«

Am nächsten Morgen um neun Uhr stand Hans Wache, während ich versuchte, Bibeln aus ihrem Versteck im Auto herauszuholen. Ich war noch nicht halb fertig, als Hans ein holländisches Volkslied pfiff und ich damit wußte, daß unser Freund im grünen Arbeitsanzug wieder da war. Seufzend tat ich, als wäre ich beim Kaffeekochen.

»Der Kaffee ist fertig!« rief ich Hans zu.

Er kam herüber und nahm eine Tasse mit eiskalter Flüssigkeit aus meiner Hand entgegen.

»Er ist wieder da?« fragte ich.

»Genauso neugierig wie gestern. Irgend etwas ist ihm verdächtig. Wieviel hast du herausgetan?«

»Vier.«

»Gut, das muß genügen. Steck sie in die KLM-Flugtaschen und laß uns gehen!«

Eine Bibel für den eigenen Gebrauch zu besitzen, war kein Verbrechen. Aber der Handel mit geschmuggelten Bibeln war illegal, und es war gefährlich, den Eindruck zu erwecken, als habe man Schmuggelware bei sich. So ließen wir es bei nur vier Bibeln und bummelten langsam mit unsern Flugtaschen zur Bushaltestelle. Punkt zehn Uhr betraten wir die Kirche und setzten uns in die Nähe der Tür. Um zehn Uhr dreißig wurden wir unruhig und merkten auch, daß wir sehr auffielen. Und um zehn Uhr fünfundvierzig sagte eine Stimme dicht neben mir:

»Guten Morgen, Bruder!«

Ich fuhr herum. Es war nicht der Mann aus Sibirien. Es war Ivanhoff.

»Warten Sie auf jemand?« fragte er.

»Ich – wir – ja. Wir haben gestern hier jemand kennengelernt.«

Nach kurzem Schweigen sagte Ivanhoff leise:

»Ja, das habe ich befürchtet. Ihr sibirischer Freund kann nicht kommen.«

»Was meinen Sie damit: *kann nicht* kommen?«

Ivanhoff sah sich vorsichtig um.

»Meine lieben Freunde«, sagte er dann, »bei jedem Gottesdienst ist Geheimpolizei anwesend. Wir rechnen damit. Sie haben euch mit diesem Mann im Gespräch gesehen, daher kann er nicht kommen. Man hat mit ihm ›gesprochen‹. Aber Sie haben ihm etwas mitgebracht?«

Ich sah Hans an. Konnten wir Ivanhoff trauen? Hans zuckte mit den Achseln und nickte dann fast unmerklich.

»Ja!« sagte ich kurz. »Vier Bibeln. In diesen Taschen.«

»Lassen Sie sie bei mir! Ich will sehen, daß er sie bekommt.«

Wieder wechselten Hans und ich Blicke. Aber schließlich nahmen wir die in Zeitungspapier gewickelten Bibeln aus den Taschen und gaben sie ihm. Dann wagte ich, Gott um seinen Schutz bittend, den entscheidenden Schritt. Es schien keine andere Möglichkeit mehr zu geben.

»Können wir uns irgendwo unterhalten?« fragte ich.

»Unterhalten?«

»Nun, ich will offen sein. Dies sind nicht die einzigen Bibeln, die wir haben.«

Ivanhoff hielt den Atem an.

»Was meinen Sie damit? Sprechen Sie nur leise! Wieviel Bibeln haben Sie?«

»Über hundert.«

»Sie scherzen!«

»Sie sind in unserm Auto auf dem Zeltplatz.«

Ivanhoff dachte einen Augenblick nach. Dann führte er uns wortlos einen großen Korridor entlang. Wo dieser um eine Ecke herumführte, blieb er plötzlich stehen, legte die Bibeln auf den Fußboden und hielt uns seine Hände hin, die Handflächen nach unten gekehrt.

»Sehen Sie diese Fingernägel?« fragte er.

Wir starrten auf Fingernägel, die gefurcht und verdickt waren, als seien sie im Nagelbett beschädigt worden.

»Ich habe um des Glaubens willen meine Zeit im Gefängnis zugebracht«, sagte jetzt der Mann, der der Jugenddelegation damals erzählt hatte, in Rußland gebe es keine Christenverfolgung. »Ich will Ihnen gegenüber offen sein. Ich könnte es nicht noch einmal ertragen. Ich kann Ihnen bei diesen Bibeln nicht helfen.«

Ich fühlte mich zu diesem Mann hingezogen.

»Ich verstehe Sie«, sagte ich. »Wir tadeln Sie ja auch nicht. Aber vielleicht kennen Sie jemand, der uns helfen würde?«

»Markov!« sagte Ivanhoff. »Ich werde dafür sorgen, daß er ein Auto mietet. Er wird sich Punkt ein Uhr mit Ihnen am GUM treffen.« Und – wie ein nachträglicher Einfall: »Aber seien Sie vorsichtig!«

Hans zeigte auf den kleinen Stoß Bibeln auf dem Fußboden.

»Und wie ist es mit diesen Bibeln? Riskieren Sie nicht etwas, wenn Sie sie mitnehmen?«

Ivanhoff lächelte, aber seine Augen blieben ernst.

»Vier Bibeln – das ist kein großes Wirtschaftsverbrechen. Sie sind vierhundert Rubel wert. Wie lange muß man für vierhundert Rubel ins Gefängnis gehen? Höchstens vier Monate. Aber hundert Bibeln! Sie sind hier in Moskau zehntausend Rubel wert und in den Provinzen noch mehr. Für zehntausend Rubel pornographische Literatur! Nun, ein Mann könnte –«

»Pornographie?« fragten Hans und ich wie aus einem Munde. »Was hat das mit uns zu tun?«

»Nichts!« sagte Ivanhoff. »Nur daß man Sie, wenn Sie geschnappt werden, beschuldigt, welche verkauft zu haben.«

Und als hätte ihm jemand ein Zeichen gegeben, machte er plötzlich auf dem Absatz kehrt, raffte die Bibeln auf und ging rasch davon.

Um ein Uhr mittags fuhren wir am GUM vor. Aus einem Wagen, der etwa hundert Meter von uns entfernt geparkt hatte, stieg ein Mann aus, schlenderte an uns vorbei und sah dabei vorsichtig durchs Fenster zu uns herein. Dann kam er ebenso langsam zurück.

»Bruder Andrew?«

»Sie sind Markov«, sagte ich. »Seien Sie gegrüßt im Namen des Herrn!«

»Wir werden etwas sehr Gewagtes tun«, sagte Markov. Er sprach sehr rasch und leise. »Wir laden die Bibeln zwei Minuten vom Roten Platz entfernt um. Niemand wird uns an solch einer Stelle verdächtigen. Es ist ein genialer Streich.«

Offensichtlich war dieser Bruder genialer veranlagt als ich. Mir gefiel die ganze Sache nicht. Er führte uns in eine Straße, die bestimmt noch weniger als zwei Minuten vom Roten Platz entfernt war. Eine hohe, blinde Mauer lief an der einen Straßenseite entlang, während an der andern Haus an Haus stand. An jedem Fenster konnten ein Paar neugierige Augen gucken.

»Du solltest beten!« sagte ich zu Hans, während ich hinter Markovs Wagen parkte.

Hans betete. Er betete laut, während ich immer gleich ganze Arme voll Bibeln in Säcke und Kartons verstaute. Markov öffnete die hintere Tür seines Wagens, und wir luden sie in aller Öffentlichkeit, direkt auf dem belebten Bürgersteig, um. Als wir fertig waren, gönnte sich Markov nur einen Augenblick, um uns beiden rasch die Hand zu drücken.

»Spätestens nächste Woche sind diese Bibeln in den Händen von Pastoren in ganz Rußland«, sagte er dabei.

Dann lief er zu seinem Wagen zurück und ließ den Motor an.

Als Markov abfuhr, sah ich Hans an. Er betete noch, aber er lächelte dabei. Dieser Teil unsrer Mission war beendet. Unser Freund im grünen Arbeitsanzug konnte nun so angestrengt gucken, wie er wollte. Bis auf den einen Karton mit ukrainischen Bibeln war unser Wagen leer.

Nach Hause fuhren wir über die Ukraine, wo wir diese letzten Bibeln persönlich in Gemeinden ablieferten.

Bei einem dieser kurzen Aufenthalte erwachte in mir ein Wunschtraum, der mich in den nächsten drei Jahren nicht mehr losließ. Wir hatten einer Gemeinde gerade zwei Bibeln geschenkt, als uns eins der Gemeindeglieder seinen Familienschatz zeigte: eine ukrainische Taschenbibel.

Ich hielt den kleinen Band ungläubig in der Hand.

»Ja, es ist eine vollständige Bibel«, versicherte mir der Besitzer.

Aber sie war nur ein Viertel so groß wie die Bibeln, die wir mitgebracht hatten. Ich blätterte die Dünndruckpapierseiten um und war erstaunt über den kleinen, doch klaren Druck. Ich bombardierte den Mann mit Fragen, wo diese Bibel gedruckt und herausgegeben und wo sie gekauft sei, aber er konnte keine davon beantworten.

Ich konnte mich von dem kleinen Buch nicht trennen. Ich wog es in der Hand. Ich steckte es in die Tasche und holte es wieder heraus und hielt es neben eine der Standard-Bibeln . . . Ja, wir könnten drei- oder viermal soviel Bibeln auf jeder Reise mitbringen, wenn sie nur so groß wären wie diese! Und wenn sie erst im Lande wären, konnte man sie viel leichter übergeben und verstecken. Und nicht nur ukrainische, sondern auch russische Bibeln und solche in anderen osteuropäischen Sprachen konnten dann in diesem kleinen Format gedruckt werden . . .

Als der Eigentümer der Taschenbibel sah, wie sie mich interessierte, machte er einen Vorschlag: Wie wär's, wenn er die beiden neuen Bibeln bekäme, die wir mitgebracht hatten, und wir dann diese eine dafür behielten? Die Kirche hätte ja dann trotzdem noch eine Bibel mehr.

Zu meiner größten Freude waren der Pastor und die übrige Gemeinde einverstanden, und ich verließ diese Stadt, den »Traum« in meiner Tasche. Ich konnte es kaum erwarten, ihn unsern Bibelgesellschaften zu zeigen.

An unserm letzten Sonntag in Rußland besuchten wir eine Baptistengemeinde in einem ukrainischen Dorf, nicht weit von der ungarischen Grenze entfernt. Der Gesang war aufwühlend, und die Gebete waren ein einziges, inbrünstiges Flehen. Doch als der Pastor mit der Predigt hätte beginnen müssen, tat er etwas Merkwürdiges. Er kam vom Podium herunter, ließ sich von jemand aus der Gemeinde ein Buch geben und nahm es mit auf die Kanzel. Es war die Bibel! Wir hatten schon gehört, daß es in Rußland Pastoren gab, die keine eigene Bibel besaßen. Jetzt hatten wir es zum erstenmal mit eigenen Augen gesehen.

Nach dem Gottesdienst lud uns der Pastor mit seinen Ältesten zu einem kurzen Besuch in sein Arbeitszimmer ein. Die Unterhaltung begann, wie so oft in Rußland, mit einem Angriff. Wir hatten gelernt, daß das ein Absicherungstrick war, da alle Pastoren wußten, daß sie ständig beobachtet wurden. In diesem Fall richtete sich der Angriff des Pastors gegen mein Auto.

»Sagen Sie mir bitte: Welches Industrieunternehmen leiten Sie?« ließ er mich durch ein deutschsprachiges Gemeindeglied fragen.

»Aber ich gehöre doch zu keinem Unternehmen!«

Der Pastor ließ jedoch das Thema nicht fallen.

»Ich weiß, daß Sie nicht die Wahrheit sagen«, fuhr er fort. »Sie haben draußen ein Auto geparkt, und nur Kapitalisten besitzen Autos. Das arbeitende Volk geht zu Fuß.«

Was sollte ich tun? Es war unmöglich, ihn davon zu überzeugen, daß ich früher Fabrikarbeiter war, Sohn eines Dorfschmieds, der ein sehr viel weniger gesichertes Einkommen hatte als er selbst. Er konnte diese Tatsachen einfach nicht fassen und verließ das Thema nur aus Höflichkeit – oder weil er vielleicht seine Antipathie gegen die faulen Kapitalisten ausreichend nachgewiesen zu haben glaubte.

Jedenfalls begannen wir über das Zweite Kommen Christi zu sprechen – das volkstümlichste theologische Thema in Rußland –, und der Ton unsrer Unterhaltung änderte sich sofort. Ich zog meine holländische Bibel aus der Tasche, um die Stellen, die er anführte, nachzulesen, und legte sie auf den Schreibtisch, als er damit fertig war.

Ich merkte fast sofort, daß er das Interesse an dem Gespräch verloren hatte. Seine Gedanken waren mit dieser Bibel beschäftigt. Er nahm sie prüfend in die Hand, öffnete den Reißverschluß, starrte auf die holländischen Wörter, die er nicht lesen konnte, und machte den Reißverschluß wieder zu.

Dann legte er sie auf den Schreibtisch zurück – nicht, wie ich sie hingelegt hatte, sondern mit größter Sorgfalt. Er legte sie auf die Ecke des Schreibtischs und fuhr mit dem Finger ganz langsam am Rand entlang, so daß Rücken und Kopf der Bibel parallel zum Schreibtischrand verliefen. Dann sagte er mit einer Stimme, die von weither zu kommen schien, mehr zu sich selbst als zu uns: »Ich habe nämlich keine Bibel, Bruder.«

Mir brach fast das Herz vor Jammer. Dieser Mann, der geistliche Führer von tausend Seelen, hatte keine eigene Bibel!

Alle, die wir mitgebracht hatten, waren weg –. Da fiel mir die ukrainische Taschenbibel ein.

»Warten Sie!« rief ich und sprang vom Stuhl auf.

Die Bibelgesellschaften mußten mir einfach so glauben! Ich lief zu meinem Wagen, riß die Tür auf, holte die kleine Bibel unter dem Sitz hervor und lief ins Studierzimmer zurück.

»Hier!« Ich schob sie in die Hand des Pastors. »Das ist für Sie! Zum Behalten!«

Der Dolmetscher übersetzte die Worte, aber der Pastor verstand immer noch nicht.

»Wem gehört sie?« fragte er.

»Sie gehört Ihnen! Ihr Eigentum!«

Als Hans und ich an diesem Tag wegfuhren, tat uns alles weh von den Umarmungen dieser Ältestengruppe. Jetzt hatte ihr Pastor eine Bibel ganz für sich allein, eine Bibel, die er nicht am Ende des Gottesdienstes wieder zurückgeben mußte; eine Bibel, zu der er greifen konnte, wann er wollte; eine Bibel, in der er lesen und die er lieben durfte.

Und als wir Rußland verließen, wußte ich, daß eine Aufgabe vor mir lag, die größer war als alle, die ich mir bisher vorgenommen hatte. Ich mußte irgendeine Bibelgesellschaft dazu überreden, Taschenbibeln in slawischen Sprachen zu drucken, und ich mußte diese Bibeln nicht zu Hunderten, sondern zu Tausenden nach Rußland bringen.

## Bibeln für die russischen Pastoren

Was mich jetzt Tag und Nacht beschäftigte, war die Frage, wie ich zu russischen Taschenbibeln kommen konnte. Ich ging von einer Bibelgesellschaft zur andern. Aber auch wenn eine Gesellschaft zugab, daß solch eine Ausgabe theoretisch möglich sei, gab es dann jedesmal praktische Schwierigkeiten. Die Amerikanische Bibelgesellschaft, die mich kostenlos mit russischen Bibeln versorgt hatte, konnte sich nicht dazu entschließen, eigens für dieses Unternehmen eine besondere Ausgabe zu drucken. Der Britischen und Ausländischen Bibelgesellschaft ging es ebenso, und die Holländische Bibelgesellschaft hatte sich verpflichtet, in Afrika und Indonesien zu arbeiten, und befaßte sich nicht mit osteuropäischen Sprachen.

»Warum druckst du nicht selbst Taschenbibeln?« fragte Philip Whetstra eines Abends, als ich mit ihm über mein Problem sprach.

»Sehr witzig!«

»Ich meine es ernst! Du weißt genau, was du brauchst. Drucke sie selbst!«

»Sie müssen träumen, Herr Whetstra! Das würde wenigstens fünfzehntausend Mark kosten. Wo sollte ich die hernehmen?«

Herr Whetstra sah mich traurig an.

»Nachdem du das alles erlebt hast, kannst du noch so fragen?« erwiderte er.

Natürlich hatte er recht. Nicht ich würde die Geldmittel für solch ein Projekt beschaffen, sondern der Herr! Noch ehe ich die Whetstras an diesem Abend verließ, wußte ich, daß ich mich in ein neues bedeutendes Experiment gestürzt hatte – bis jetzt das bedeutendste. Diesmal dauerte es jedoch länger als gewöhnlich, bis der Traum sich verwirklichte.

Inzwischen ging die gewohnte Arbeit weiter. Hans dabei als Partner zu haben, war noch besser, als ich es mir vorgestellt hatte. Wir bildeten ein Team, bei dem der eine stark war, wo der andere Schwächen hatte.

Als wir 1962 Bulgarien besuchten, sagte Hans eines Abends plötzlich:

»Andrew, es wird Zeit, daß wir um einen neuen Mitarbeiter beten.«

Es war sehr heiß an diesem Abend. Ich saß schweißbedeckt auf meinem Bett und versuchte, einen Brief nach Hause zu schreiben.

»Ja, das stimmt«, sagte ich zerstreut.

»Erinnerst du dich, wie die Visa für die Tschechoslowakei endlich kamen, du aber allein in der DDR warst und ich in Rußland? Wenn wir mehr wären, brauchten wir nicht solche Entscheidungen zu treffen.«

»Ja, das stimmt.«

»Du hörst mir gar nicht zu.«

Ich legte das Briefpapier nieder. Es klebte an meinem Handballen fest.

»Doch, ich höre schon zu.« Ich versuchte, mich zu erinnern, was er gesagt hatte. »Wir haben mehr Gelegenheiten, als wir wahrnehmen können. Das stimmt, Hans! Aber du weißt, wie das ist, wenn man zu schnell wächst –«

Hans unterbrach mich.

»Ein neues Mitglied in sieben Jahren kann man wohl kaum zu schnelles Wachstum nennen. Laß uns beten.«

Ich sah zu Hans hinüber. Er hatte das »Laß-uns-Beten« so eng an das Ende seines Satzes angeschlossen, daß ich mir nicht sicher war, ob ich richtig gehört hatte. Aber er betete schon. Ich neigte ebenfalls den Kopf, und während Hans sprach, wurde es auch mir immer klarer, daß wir noch jemand finden mußten, der sich mit uns zusammen dieser Arbeit hingab: hauptberuflich, ohne Gehalt und ohne Vorbehalt.

Fast gleichzeitig dachten Hans und ich an dieselbe Person.

»Wie wär's mit Rolf?« sagten wir beide, und dann lachten wir.

»Es könnte Führung sein«, sagte Hans.

»Das könnte es wirklich!«

Rolf war ein junger holländischer Theologiestudent, der vor dem zweiten Examen stand und seine Arbeit in systematischer Theologie gerade beendet hatte. Er war nicht nur ein ausgezeichneter Theologe, sondern auch ein Mann der Tat.

Ich schrieb ihm noch am selben Abend einen Brief, in dem ich ihn fragte, ob er sich uns anschließen wolle. Und wirklich! Bei unsrer Rückkehr nach Holland wartete eine Antwort auf uns. Rolf schrieb, er habe sich zunächst über meinen Brief gewaltig geärgert. Ein salbungsvoller, bibelschwingender Missionar zu werden, war wohl das

Letzte, was ihn hätte locken können. Wozu war er wohl die vielen Jahre zur Schule und zur Universität gegangen, wenn er nichts anderes zu kennen brauchte als: »Vorwärts, Streiter Christi!«?

Aber dann hätte er keine Nacht mehr schlafen können. Gott hätte ihm den Brief beim Essen oder beim Arbeiten, beim Sitzen oder beim Laufen unter die Nase gehalten, bis er sich schließlich geschlagen gegeben habe. Wann konnte er anfangen?

Protestierend und wild um sich schlagend, schloß sich uns so ein drittes Mitglied an. Hans nahm Rolf sofort mit auf eine Orientierungsreise nach Rumänien. Sie erlebten eine fantastische Zeit in diesem schönen Land, wo die Kirche völlig aus ihrer Reserve herausgetreten war. Sie wurden von zwei Männern bespitzelt, die sie kaum aus den Augen ließen, brachten es aber trotzdem fertig, ihre Bibeln loszuwerden und sogar in Privathäusern zu predigen.

Rolf kam staunend und völlig überzeugt wieder.

Wir erzählten Rolf nun auch, wie sehr wir uns eine russische Taschenbibel für unsre Arbeit wünschten. Kaum hatten wir ihm von unsren Schwierigkeiten berichtet, als er denselben Gedanken äußerte wie Philip Whetstra: Wir sollten diese Bibeln doch selbst drucken.

»Was würde der Druck von fünftausend Bibeln kosten?« fragte er.

Ich mußte zugeben, daß ich noch nie um einen Kostenanschlag gebeten hatte. Damit kam ich bei Rolf nicht durch. Zusammen nahmen er und ich Beziehungen zu Druckereien in Holland, Deutschland und England auf. Den günstigsten Kostenanschlag erhielten wir von einem englischen Drucker, der bei einer Auflage von fünftausend Bibeln das Stück mit neun Mark berechnete.

»Seht ihr?« sagte ich zu Corrie, Hans und Rolf, als wir dieses Angebot unter der Post fanden. »Das wären dann fünfundvierzigtausend Mark!«

Rolf und Hans lachten über mich.

»Wenn es um so etwas Geringfügiges wie Geld geht, bist du wie gelähmt.«

Und selbstverständlich hatten sie recht. Ich hatte es gelernt, mich, wenn es um Zahnpasta und Rasiercreme ging, auf den Herrn zu verlassen. Aber bei solch einer schwindelerregenden Summe von fünfundvierzigtausend Mark fiel es mir schwer, zu glauben, daß derselbe Grundsatz galt.

Am Abend setzte ich mich an den Küchentisch. Ein Bankbuch mit der Aufschrift »Russische Bibeln« lag geöffnet vor mir. Die Eingänge, die ich 1961 gleich nach unsrer Rückkehr aus Rußland einzutragen begonnen hatte, beliefen sich auf fünftausendneunhundertdreiundsechzig Mark. Trotz allen Sparens betrug die Gesamtsumme immer noch keine sechstausend Mark.

Corrie setzte sich zu mir.

»Was überlegst du, Andrew?«

Ich schob ihr das Kontobuch hin.

»Das ist das ganze Geld, was wir in zwei Jahren gespart haben.« Ich holte tief Luft, da es mir schwerfiel zu sagen, was ich jetzt sagen mußte. »Was meinst du, wieviel unser Haus wert ist?«

Corrie antwortete nicht, sondern machte nur große Augen.

»Wir haben es sehr billig bekommen, und durch die Arbeit, die wir hineingesteckt haben, ist es im Wert um ein Vielfaches gestiegen. Was meinst du, wieviel es wert ist? Dreißigtausend Mark? Sechsunddreißig? Soviel brauchen wir!«

»Unser Haus, Andrew? Jetzt, wo wir wieder ein Kind erwarten?«

»Wir müssen etwas tun, um von dem toten Punkt wegzukommen.«

Corrie war ganz blaß geworden.

»Vielleicht will Gott gar nicht, daß wir diese Taschenbibeln haben sollen«, sagte sie mit schwacher Stimme. »Vielleicht ist es seine Führung, daß alles so langsam geht.«

»Ich weiß«, sagte ich. »Ich weiß.«

Das war alles, was wir an diesem Abend über den Verkauf des Hauses sagten. Aber in der nächsten Woche erzählte mir Corrie, daß sie angefangen habe, Gott zu bitten, daß er sie das Haus nicht als unser, sondern als sein Eigentum betrachten lassen möchte.

»Es soll dir gehören, damit du damit machst, was du willst«, beteten wir nun jeden Abend zusammen. »Und doch spüren wir, daß wir in Wirklichkeit nicht so empfinden, Herr! Wenn du willst, daß wir das Haus für die Bibeln verkaufen, wirst du ein kleines Wunder in unsern Herzen tun müssen, um uns willig zu machen.«

Das vierte Baby kam – das Kind, auf das wir schon so lange gewartet hatten: ein kleines Mädchen. Wir nannten es Annie. Jedes Geldgeschenk, das für sie ankam, wanderte in die Bibelkasse. Aber zwanzig Jahre dieser Art des Sparens würden nicht ausreichen . . .

Wir hörten auf, um Bereitschaft zu beten, sondern baten Gott nur, uns willig zu machen, willig zu sein, das Haus zu verkaufen.

Und schließlich beantwortete er unser Gebet. Eines Morgens wußten Corrie und ich plötzlich, daß wir weder dieses Haus noch sonst etwas auf dieser Erde brauchten, um glücklich zu sein.

»Ich weiß wirklich nicht, wo wir wohnen werden«, begann Corrie, und dann lachte sie. »Weißt du noch, Andrew? ›Wir wissen nicht, wohin der Weg führt . . .‹«

Und ich ergänzte den Satz, den wir so oft gesagt hatten: »›– aber wir wollen ihn gemeinsam gehen.‹«

Noch am selben Tag ließen wir das Haus und das Grundstück schätzen. Mit dem Sparkonto zusammen betrug die Summe etwas über fünfundvierzigtausend Mark.

Das war die Bestätigung, die wir brauchten. Wir boten das Haus zum Verkauf an, und ich bat den Drucker in England, mit den Druckplatten zu beginnen, wie wir es besprochen hatten. An diesem Abend schliefen Corrie und ich ruhiger und glücklicher als seit Monaten.

Wie treu, wie zuverlässig, wie über alle Vorstellung hinaus gut ist doch Gott! Er bittet um unser Weniges, um uns sein Vieles zu geben. Denn obwohl es in Witte immer noch wenig Wohnungen gab, kam die ganze Woche lang kein Mensch, um nach unserm Haus zu fragen. Und am Freitag rief Corrie:

»Andrew, Telefon!«

Da Hans und Rolf soviel auf Reisen waren, waren wir gezwungen gewesen, uns ein Telefon legen zu lassen. Ich ärgerte mich oft über die Störungen, die es verursachte. Aber an diesem Tag nicht. Denn der Anruf kam von dem Leiter der Holländischen Bibelgesellschaft, der mich bat, ihn am gleichen Nachmittag zu besuchen.

Innerhalb weniger Stunden saß ich mit dem Aufsichtsrat zusammen am Tisch. Die Direktoren erklärten mir noch einmal, daß sie ihrem eigenen Werk verpflichtet seien, aber sie hätten immer wieder über meine Notlage nachdenken müssen. Ob ich Vorkehrungen treffen könnte, daß die Bibeln irgendwo anders gedruckt werden könnten . . .

Das hätte ich schon? In England? Nun, dann hätten sie folgenden Vorschlag: Sie würden die Hälfte der Kosten übernehmen. Wenn jede Bibel neun Mark koste, könne ich sie für vier Mark fünfzig kaufen. Und obwohl die Bibelgesellschaft die gesamten Druckereikosten gleich nach Fertigstellung bezahle, brauchte ich meine Bibeln immer erst bei Bedarf zu bezahlen. Wenn mir das genüge – –

Und ob mir das genügte! Ich konnte kaum glauben, was ich da gehört hatte. Ich würde über sechshundert Bibeln – das war alles, was wir auf einmal befördern konnten – sofort aus unserm Sparfonds kaufen können. Wir brauchten unser Haus nicht zu verlassen, und Corrie konnte die rosa Vorhänge für Annies Zimmer weiternähen, und ich konnte meine Gemüsebeete bepflanzen, und – ich konnte es kaum erwarten, zu Corrie zu kommen, um ihr zu erzählen, was Gott mit dem bißchen Bereitwilligkeit, das wir ihm angeboten hatten, getan hatte.

Der Traum von den Taschenbibeln war endlich Wirklichkeit geworden. Als ich die Geschäftsstelle der Holländischen Bibelgesellschaft verließ, wußte ich, daß wir in sechs Monaten, im Frühjahr 1964, anfangen konnten, russische Pastoren mit den Bibeln zu versorgen, die sie so nötig brauchten.

Rolf heiratete.

Corrie und ich hatten es für unsre Pflicht gehalten, ihm zu sagen, welche langen Trennungszeiten und andere Nachteile mit dieser Art Arbeit verbunden waren. Aber für Rolf war unser eigenes Glück der beste Beweis gegen den Junggesellenstand. Er meinte, Elena könne ihn auf seinen Reisen begleiten. Sie werde ein ebenso tüchtiges Teammitglied sein wie die Männer.

So wurden wir Trauzeugen bei ihrer Hochzeit, und für die Flitterwochen beschenkten wir sie mit einem Auftrag, der unsern Herzen teuer war. Die erste Bestellung russischer Bibeln war fertig. Rolf und Elena sollten sie in England abholen.

Wir hatten jetzt ein zweites Auto, einen Lieferwagen, der besonders für weite Reisen gebaut war. Er hatte im hinteren Teil keine Fenster und konnte mehr tragen als der Opel.

Rolf und seine junge Frau setzten mit ihm nach England über und luden unsere ersten russischen Taschenbibeln ein. Was war das für ein Freudentag, als sie zu uns ins Haus gestürzt kamen, eine der neuen Bibeln, unsre eigene Ausgabe, in der Hand! Ich nahm sie in die linke und eine Standardausgabe in die rechte Hand. Welch ein Unterschied!

Es war mir klar, daß wir uns so schnell wie möglich auf den Weg machen mußten. Der 16. Mai 1964 war unser Abreisetag. Da ich wußte, daß ich für dieses Wagnis unbedingt die Unterstützung eines Partners brauchen würde, und da Hans gerade in Ungarn war, wurde der neuvermählte Rolf eingeschaltet.

Es war Sonntagmorgen in Moskau, Zeit in die Kirche zu gehen. Rolf und ich ließen den Wagen mit einem ziemlich unbehaglichen Gefühl zurück. Was war unsre nicht deklarierte Ware wert? Für eine Bibel konnte man jetzt auf dem Lande eine Kuh kaufen. Sechhundertfünfzig Kühe – diese Ladung stellte allein an Geldwert ein beträchtliches Schmuggelgeschäft dar. Wir wollten die Bibeln verschenken; aber das würde nichts an der Sache ändern, wenn wir verhaftet würden, solange sie noch in unserem Besitz waren. Wir hatten gerade jetzt von einem Mann gehört, der wegen »Wirtschaftsverbrechen« gegen den Volksstaat vor Gericht stand. Ein andrer, der wegen desselben Delikts verurteilt worden war, war neulich durch ein Exekutionskommando hingerichtet worden. Wenn wir gefaßt wurden . . . nun, daran durften wir jetzt nicht denken.

Ivanhoff war an diesem Vormittag auf dem Podium. Als er zur Gästeempore hinaufsah, war ich sicher, daß er mich erkannte, obwohl er sich nichts anmerken ließ. Ein paar Minuten später stand er auf und verließ das Podium. Er kam nicht zurück und war auch nicht in der Vorhalle, als der Gottesdienst zu Ende war. Aber plötzlich sagte eine kräftige Stimme hinter mir:

»Willkommen in Rußland!«

Es war Markov. Ich stellte ihn Rolf vor.

»Wir haben Geschenke mitgebracht«, sagte ich.

»Wunderbar!« rief er. »Das ist eine herrliche Nachricht.«

Er sprach lauter als nötig, und ich wußte, daß das Absicht war. Niemand würde sich Mühe geben, uns zuzuhören, wenn wir laut sprachen.

»Wo könnten wir denn hingehen, um uns ein bißchen zu unterhalten?« fragte ich.

»Wie wär's mit derselben Stelle wie vor ein paar Jahren?«

Dieselbe Stelle! Zwei Minuten vom Roten Platz! Markov mußte Nerven von Stahl haben; ich hatte sie nicht.

»Ich würde lieber einmal etwas anderes sehen.«

Zum erstenmal senkte Markov die Stimme.

»An der Straße nach Smolensk steht ein großes blaues Schild, auf dem ›Moskau‹ steht. Dort treffen wir uns um fünf Uhr. Ich bringe Sie dann noch zu einer anderen Stelle. Packen Sie die Sachen schon vorher aus, damit wir schnell umladen können.«

Das klang schon besser. Aber Rolf und ich standen immer noch vor dem Problem, wo wir die Bibeln auspacken sollten. Dazu mußten wir mindestens eine halbe Stunde ungestört sein.

Als wir wieder auf dem Campingplatz waren, hatte ich einen Gedanken.

»Laß uns einen kleinen Ausflug machen!« sagte ich. »Du siehst dir nur die Gegend an, während ich nach hinten krieche und auszupacken beginne. Was du auch tun magst, fahre dabei immer weiter!«

Aber kaum hatte ich angefangen, als der Wagen mit einem Ruck anhielt. Ich kroch nach vorn und blickte verstohlen über die Sitze hinweg. Ein Polizeioffizier kam auf den Wagen zu.

»Bete!« flüsterte Rolf und steckte dann den Kopf zum Fenster hinaus.

»Was ist, Offizier?« fragte er auf holländisch.

Der Polizist rasselte wütend einen langen russischen Satz herunter und brachte dann ein paar englische Worte hervor:

»Nicht abbiegen! Nicht abbiegen! Zeichen sagt!«

»War da etwas falsch, Offizier?« sagte Rolf immer noch auf holländisch. »Das tut mir schrecklich leid. Ich bin es eben nicht gewöhnt, in einer so riesigen und wunderschönen Stadt wie Moskau zu fahren.«

Der Polizist tobte wieder auf russisch. Ich drückte meinen Rücken dicht an die Seitenwand des Autos und betete, daß er nicht hereinschauen möchte. Nach einer kleinen Ewigkeit hörte ich ihn etwas ruhiger noch ein paar russische Worte sagen.

»Das wünsche ich Ihnen auch«, antwortete Rolf auf holländisch. »Und ich wünsche Ihnen und Ihrem Volk Gottes reichsten Segen.«

Rolf brachte den Wagen wieder in Gang und fuhr langsam in den Verkehr hinein. Erst als wir mehrere Häuserblocks weit gefahren waren, wagte ich wieder ruhig zu atmen.

»Das wollen wir nicht mehr versuchen. Es ist zu viel für mich.«

Wir brachten die restliche Zeit damit zu, nach einem Platz zu suchen, wo wir unser Werk vollenden konnten. Um vier mußten wir dann, fertig oder nicht, zu unserm Stell-dich-ein aufbrechen. So fuhren wir mit Herzen, die nicht zu dem sonnigen Himmel über uns paßten, hinaus auf die Straße nach Smolensk.

»Warum sind wir eigentlich so ängstlich?« fragte Rolf plötzlich. »Das ist doch Gottes Werk! Er wird auch eine Möglichkeit für uns finden.«

Und als ob er beweisen wollte, daß er davon überzeugt sei, fing er an zu singen.

Sobald die Stimmung im Wagen heller wurde, verdunkelte sich seltsamerweise der Himmel über uns. Zuerst verschwand die Sonne hinter einer Wolke, dann breiteten sich rasch dunkle, drohende Wolken über den ganzen Himmel aus. Es blitzte in der Ferne. Dann donnerte es. Und noch immer fuhren Rolf und ich singend weiter.

Dann begann es zu regnen.

Während aller meiner Reisen habe ich noch keinen solchen Regen erlebt. Es war, als ob ein himmlisches Reservoir ein Leck bekommen hätte, so daß das Wasser in Strömen herniederfloß. Uns blieb nichts anderes übrig, als an der Seite der Fahrbahn anzuhalten. Auch andere Wagen mußten die Straße verlassen. Die Fenster beschlugen. Wir konnten kaum unsre sich mühsam bewegenden Scheibenwischer erkennen.

»Sag mal –«

»Ich weiß –«

»Gott hat uns unsichtbar gemacht«, sagte Rolf.

Ein Dankgebet auf den Lippen, krochen wir nach hinten, holten den Rest der Bibeln hervor und packten ihn in Kartons. Gerade als der Regen aufhörte und der Himmel sich aufhellte, setzten wir uns wieder bequem auf unsern Sitzen zurecht.

Genau um fünf Uhr fuhren wir an dem Moskau-Schild vorbei. Markov überholte uns. Seine Scheinwerfer waren nach dem Gewittersturm noch eingeschaltet. Er blinkte einmal damit. Zehn Minuten nach fünf hielten wir vor einer Art Zentralmarkt, wo die Leute um uns herum Kartons aus Lastwagen ausluden oder in Lastwagen stapelten. Das Umladen dauerte fünf Minuten. Nach drei Jahren hatte ich die erste Abzahlung auf ein Versprechen gemacht, das ich einigen Pastoren gegeben hatte.

## Der erwachende Drache

Unter meinem Flugzeug lag die große Felseninsel Hongkong, die Hauptstadt der britischen Kronkolonie, die wie ein zarter Schmetterling auf dem Schwanz des gar nicht so schläfrigen Drachen, des kommunistischen China, sitzt. Jenseits davon lag das chinesische Festland, das sich so weit erstreckte, wie das Auge sehen konnte.

Eine Sekunde lang war ich bestürzt, keine hohe Mauer um das Ganze zu sehen; denn so stellte ich mir Rot-China vor: abgeschlossen, verschlossen, unangreifbar. Selbst als ich zwischen den Ländern des Äußeren und Inneren Kreises im kommunistischen Europa einen Unterschied zu machen lernte, hatte ich nie versucht, China irgendwo einzuordnen. Für mich lag es in einer von innen her abgeriegelten Welt, die für christliche Missionsarbeit unzugänglicher war als das totalitärste europäische Regime.

Und dann setzte ich mich eines Tages in Moskau in einem Bus neben einen Chinesen. Damals waren Hunderte von Chinesen in Moskau. Aber dieser trug ein Kreuz am Rockaufschlag. Wir unterhielten uns auf englisch miteinander, und er erzählte mir, daß er Sekretär des Christlichen Vereins Junger Männer (CVJM) in Schanghai sei. Ich war erstaunt. Der CVJM noch offen in Schanghai? Ja, versicherte er mir, offen und tätig. Er gab mir seine Karte und lud mich ein, ihn zu besuchen.

Von diesem Augenblick an hoffte ich inbrünstig, eines Tages den isolierten Christen in China dienen zu können.

Aber vorher mußten erst viele Fragen beantwortet werden. Wieviel Christen gab es überhaupt in China? Ich wußte, daß die große Mehrheit der Bevölkerung niemals christlich gewesen war. Andrerseits hatten in China wahrscheinlich mehr Missionare gearbeitet als in jedem anderen Land. Was hatte die Hingabe so vieler Männer und Frauen bewirkt? Bestanden die Gemeinden noch, die sie gegründet hatten? Wurden sie verfolgt? Trafen sie sich heimlich? Verlangten sie ebenso nach Bibeln wie die Kirchen in Osteuropa?

Das mußten wir erst herausfinden. Als mich daher 1965 eine Vortragsreise nach Kalifornien führte, entschloß ich mich, von da aus nach Taiwan weiterzufahren, um mit Leuten zu sprechen, die China kannten, und dann aufs Festland selbst zu kommen zu suchen. Ich verließ mich auf meinen holländischen Paß. Holländer durften unter Umständen noch hinter diesen Vorhang reisen, der härter als Eisen war.

Aber jetzt, im Flugzeug nach Hongkong, entdeckte ich, daß ich es ganz falsch angefangen hatte. Der Mann neben mir, ein Bankier aus Hongkong, sah mich verwundert an, als ich ihm sagte, daß ich nach China wolle.

»Sind Sie nicht in Taiwan zugestiegen?«

»Ja, ich war zehn Tage dort.«

»Zeigen Sie mir mal Ihren Paß!«

Er suchte den taiwanesischen Stempel, stockte aber beim amerikanischen Visum.

»Vereinigte Staaten!« sagte er.

»Ja, ich komme gerade von dort.«

»Mann, Sie werden mit diesem Paß niemals nach Rot-China hineinkommen!«

Nun freue ich mich im allgemeinen, wenn mir jemand sagt, ein missionarisches Wagnis sei unmöglich; weil ich dann erfahren darf, wie Gott mit Unmöglichem fertig wird. Aber kaum hatte ich mir in Hongkong beim CVJM ein Zimmer genommen, als ich noch mehr Entmutigendes hörte. Ganz Hongkong schien von Missionaren überschwemmt zu sein, die versucht hatten und denen es nicht gelungen war, aufs chinesische Festland zu gelangen. Unter ihnen waren Ärzte und Lehrer, die dem Volk nachweislich lange Jahre gedient hatten. Jetzt zählte das alles nicht mehr. Da sie vom vor-kommunistischen

Regime anerkannt gewesen waren, war ihnen der Zugang zum Land jetzt automatisch verboten.

Als ich diese Dinge zum hundertsten Mal gehört hatte, begann ich unsicher zu werden. Vielleicht konnte ich einen neuen Paß bekommen, in dem meine früheren Reisen nicht eingestempelt waren?

Ich fuhr mit der Fähre von Kaulun, wo der CVJM von Hongkong seinen Sitz hat, zum Hauptteil der Stadt auf der Felseninsel hinüber und ging zum holländischen Konsulat. Der Konsul saß hinter einer Wolke von dickem, beißendem Qualm. Er paffte aus einer langstieligen Tonpfeife, die mich schmerzlich an mein Heimatland erinnerte. Als ich ihm sagte, daß ich ins chinesische Festland fahren wolle, nahm er die Pfeife aus dem Mund und lächelte. Als ich ihm dann weiter erklärte, daß ich Missionar sei, lächelte er noch mehr. Als ich ihm aber offen erzählte, daß ich dort nach Christen suchen und fragen wolle, wie ich ihnen Bibeln bringen könne, lachte er laut auf.

»Kann ich Ihren Paß sehen?« fragte er.

Er blätterte ihn durch und schüttelte den Kopf.

»Unmöglich!« sagte er, indem er mit dem Pfeifenstiel auf die belastenden Visa deutete.

»Aber deshalb bin ich hier«, sagte ich. »Ich möchte einen neuen Paß haben.«

»Unmöglich!« sagte er wieder. Das Konsulat in Hongkong sei nicht befugt, Pässe auszustellen. Wenn er aber meinen Antrag nach Indonesien schicken solle, müsse er legale Gründe angeben, und die hätte ich nicht.

Er blies eine Rauchwolke aus seiner Pfeife, die sich langsam zur Decke hinauf kringelte. Und ich wußte, daß ich entlassen war.

Zuerst war ich enttäuscht, daß mein Plan fehlgeschlagen war. Dann wurde ich plötzlich froh. Nun konnte ich nicht mehr mit Hilfe meiner eigenen Klugheit nach China hineingelangen. Da ich fest glaubte, daß der Wunsch, dorthinzugehen, von Gott gekommen war, wollte ich es auch ihm überlassen, den Weg zu seiner Verwirklichung zu finden. Ich wollte am nächsten Morgen einfach ins chinesische Konsulat gehen und in dem Bewußtsein, daß ich die nötigen Papiere bekommen würde, wenn Gott wirklich hinter meinem Plan stand, um Einreisegenehmigung bitten.

Zuerst mußte ich jedoch »Hausaufgaben« machen. Ich dachte daran, wie Josua sich vorbereitete, ehe er ins Land der Kanaaniter ging; wie er Späher vorausschickte, die das Land auskundschaften sollten. Vielleicht mußte ich das ebenfalls tun: das Land der chinesischen Amtsmethoden auskundschaften. Es war jetzt dunkel. Geschäfte und

Büros waren geschlossen. Aber ich machte mich auf die Suche nach dem chinesischen Reisebüro. Wie ich erwartet hatte, war es geschlossen. An einer großen Säule vor der Tür stand auf einem Schild in englisch: »Chinesischer Reisedienst«. Auf dem dunklen Bürgersteig vor der verschlossenen Tür begann ich, das »Gebet des Sieges« zu beten, mit dem ich alle finsteren Mächte band, die mich hindern konnten, dorthinzugehen, wo Gott es wollte, und mit dem ich verkündigte, daß Christus ein für allemal über jene Macht gesiegt hat, die sich der Herrschaft Gottes widersetzt. Ich lief vor dem Gebäude auf und ab und betete dort zwei Stunden lang im Dunkeln.

Am nächsten Morgen war ich wieder dort. Diesmal war die Tür offen. Oben auf einer Treppe saß ein chinesischer Soldat. Hinter ihm war ein großes Zimmer voller Menschen. Ich stellte mich am Schluß einer Schlange an, und während ich wartete, betete ich für die Beamten und Angestellten auf der anderen Seite des Schalters und bat Gott, Wege zu öffnen, auf denen ich diese Bürger Chinas erreichen konnte.

Und dann kam ich an die Reihe. Ich trat vor, und der Mann in der blaßblauen »Volksuniform« sah mich fragend an.

»Sir«, sagte ich auf englisch, »ich möchte ein Visum nach China beantragen.«

Der Mann senkte den Blick und fing an, Papiere zu stempeln.

»Sind Sie schon einmal in den Vereinigten Staaten oder in Taiwan gewesen?« fragte er dann.

»Jawohl! Ich komme von Taiwan und war vorher in Kalifornien.«

»Dann können Sie unmöglich nach China gehen, weil diese Länder unsre Feinde sind«, sagte er mit einem Lächeln.

»Aber«, sagte ich ebenfalls lächelnd, »es sind nicht meine Feinde; denn ich habe keine Feinde. Wollen Sie mir bitte die Formulare geben?«

Wir sahen uns in die Augen. Ich weiß nicht, was der andere Mann tat, aber ich betete. Er sah mich lange fest an, ohne etwas zu sagen. Dann schlug er die Augen nieder.

»Es wird keinen Zweck haben«, sagte er achselzuckend, gab mir aber die Antragsformulare.

Als ich sie ausgefüllt hatte, sagte er mir, daß ich erst nach drei Tagen Antwort haben könne, da der Antrag mit dem belastenden Paß nach Kanton geschickt werden müsse.

An diesem Tag war ich bei einem alten China-Missionar zum Abendessen eingeladen.

»Sie haben mir gesagt, ich bekäme in drei Tagen Bescheid«, erzählte ich dort frohlockend.

Mein Gastgeber warf den Kopf zurück und lachte schallend.

»Das zeigt mir, wie wenig Sie die östliche Mentalität kennen«, sagte er. »Sie sagen immer: ›drei Tage‹! Drei Tage heißt auf chinesisch ›nie‹.«

Ich ließ mich durch sein belustigtes Lachen nicht beirren. Während der folgenden drei Tage betete und fastete ich fast ständig. Und ich tat mehr als das. Ich ging in den Bibelladen des Ortes und kaufte chinesische Bibeln, die ich hinter den Bambusvorhang mitnehmen wollte. Außerdem traf ich Vorkehrungen, um einiges von meiner Kleidung bis zu meiner Rückkehr aufbewahren zu lassen, da ich wegen der Bibeln kaum Platz in meinem Koffer haben würde. Und ich wartete.

Am dritten Tag fand ich in meinem Zimmer einen Zettel, auf dem stand, daß ich das chinesische Reisebüro anrufen solle. Statt zu telefonieren, ging ich direkt ins Büro. Ich versuchte im Gesicht des chinesischen Beamten zu lesen, als er aufblickte und mich sah. Aber es war undurchdringlich. Als ich schließlich an den Schalter kam, händigte er mir wortlos meinen Paß aus. Daran war ein Stück Papier geheftet, das den für die Reise in sein Land so wichtigen Stempel trug.

Am nächsten Morgen um acht saß ich in einem Zug, der vom Bahnhof Tsim Sha Tsui abfuhr. Um an die Grenze zu gelangen, mußte man zwei Stunden durch die Britische Kronkolonie bis zu der kleinen Stadt Lo Wu fahren. Von dort ging man zu Fuß über eine Brücke, die über einen kleinen Fluß führte, ins Land des erwachenden Drachen.

Auf der britischen Seite befanden sich nur ein kleines Restaurant und das Bahnhofs- und Zollgebäude. Ich hatte das lange Warten satt und ging hinaus an die Brücke, an der ein britischer Soldat Wache stand. Ein Güterzug nach Hongkong ratterte gerade darüber. Er hatte lebende Schweine und Hühner sowie Naturprodukte für die Millionen in der britischen Stadt geladen. Der Soldat erzählte mir, daß diese Brücke von den Ortsansässigen »Brücke des Weinens« genannt werde. Jeden Tag müßten Flüchtlinge aus China, die heimlich über den Fluß gekommen seien, trotz ihres Weinens und Flehens wieder über die Brücke zurückgetrieben werden.

»Herr«, betete ich leise, »laß hier eines Tages keine ›Brücke des Weinens‹ mehr sein! Laß bald den Tag kommen, wo die ganze Menschheit zu dem einen Königreich deiner Liebe gehört!«

Meine Aufgabe war es, Kundschafterdienste für dieses Reich zu tun.

Als uns der Zollbeamte endlich sagte, wir könnten nun über die Brücke hinübergehen, liefen wir im Gänsemarsch, vorsichtig auf die Schwellen tretend, über die Brücke. Zu der Gruppe gehörten etwa ein Dutzend Europäer und einige Geschäftsleute aus Kanada. In der Mitte der Brücke änderte sich der grüne Farbton, in dem die Träger gestrichen waren. Wir befanden uns im kommunistischen China.

Auf dieser Seite der Grenze war ein viel größerer Gebäudekomplex. Seine Eintönigkeit wurde durch eine Fülle von Geranien unterbrochen, die überall gepflanzt waren. Der Zollinspektor war ein sehr junges, sehr adrettes Mädchen. Mit dem gleichen höflichen Lächeln wie der Beamte im Reisebüro sagte sie: »Wollen Sie bitte Ihren Koffer öffnen?«

Mein Herz schlug schneller. Ich hatte die chinesischen Bibeln, mit denen ich die Reaktion Chinas auf die Anwesenheit eines Missionars prüfen wollte, hineingelegt, ohne sie besonders zu verstecken. Wie würde diese junge Beamtin reagieren?

Ich hob den Deckel meines Koffers hoch, so daß die Bibeln sichtbar wurden.

Und in diesem Augenblick machte ich meine erste Erfahrung mit den rätselhaften chinesischen Kommunisten.

Die Zollinspektorin berührte nicht einen einzigen Gegenstand in meinem Koffer. Sie sah einen Moment auf die Bibeln, hob dann die Augen und sagte mit dem immer gegenwärtigen Lächeln:

»Danke, mein Herr! Haben Sie eine Uhr bei sich? Haben Sie einen Fotoapparat?«

Keine Reaktion auf das, was sie im Koffer gesehen hatte! Sie war zwanzig, vielleicht fünfundzwanzig Jahre alt. War es möglich, daß sie noch nie eine Bibel gesehen hatte? Daß sie gar nicht wußte, was das war?

Der Zug nach Kanton wartete auf uns. Der alte Personenwagen war makellos sauber. Frische Blumen steckten in den Vasen zwischen den Sitzplätzen. Eine Schaffnerin servierte uns heißen Tee. Als der Zug abfuhr, sah ich auf meine Uhr. Wir waren auf die Minute pünktlich. Die Schaffnerin sah mich strahlend an.

»*Unser* Zug pünktlich!« sagte sie, nachdem sie einen Augenblick nach den englischen Worten gesucht hatte.

Es war meine erste Begegnung mit dem »Unser« des modernen China. Überall hörte ich es: »unser« Zug, »unsre« Revolution, »unser« erstes in China hergestelltes Auto. Und schon auf dem Bahnhof in Kanton bekam ich einen flüchtigen Eindruck davon, wie solche nationalen Gefühle geschaffen und erhalten werden. Überall sah ich Ständer mit Lesestoff, schön gedruckt und illustriert und – unentgeltlich. Im Hotel, in dem ich wohnte, war es dasselbe: Ganze Stöße von Literatur erwarteten mich in der Vorhalle, im Speisesaal, auf jedem Treppenabsatz. Der Lesestoff im Hotel war in europäischen Sprachen – Deutsch, Englisch, Französisch – gedruckt und offensichtlich für die Reisenden gedacht. Überall sonst in Chinesisch. Jede Zeitschrift, jede Zeitung, jeder Film und jedes Theaterstück enthielt eine doppelte Botschaft: Sei dankbar für die Revolution! Hasse Amerika!

Eines Abends ging ich in ein Schauspielhaus, wo eine Gruppe von Kindern Theater spielte. Ein koboldähnlicher kleiner Junge versuchte wieder und wieder, einen Feuerwerkskörper anzuzünden. Aber kurz vor der Explosion wurde die Zündschnur jedesmal vom Helden des Spiels ausgelöscht. Mit jeder Szene wurde der Feuerwerkskörper größer, bis er eine mit einer riesigen amerikanischen Fahne behängte Atombombe war. Wieder rettete der Held im letzten Augenblick die Situation, und jetzt fingen die Zuhörer an zu toben. Wild vor Freude und begeistertem Patriotismus sprangen sie von ihren Sitzen auf . . .

Das andere Propagandathema, die Begeisterung für die Revolution, war ebenso unbarmherzig und in seiner Art ebenso nervenötend. Während meines Aufenthalts in Kanton besuchte ich ein Altersheim. An europäischen Verhältnissen gemessen, war es außerordentlich primitiv, aber die Männer und Frauen dort schienen ganz zufrieden zu sein. Einige webten, einige waren mit Saubermachen beschäftigt. Alle leisteten in irgendeiner Form produktive Arbeit.

Die Leiterin des Heims, eine alte Frau von etwa achtzig Jahren, begrüßte mich durch einen Dolmetscher und hielt eine kleine Ansprache. Das Thema war, wie glücklich und wie nützlich sich die alten Menschen seit der Revolution fühlten.

»Vor der Befreiung« habe man die alten Leute auf den Feldern sterben lassen, »nach der Befreiung« sei alles wundervoll geworden.

Die Heiminsassen blickten kaum auf, während ihre Leiterin sprach. Jedesmal, wenn sie die Worte »nach der Befreiung« sagte, war es jedoch, als hätte jemand auf einen Knopf gedrückt. Alle strahlten plötzlich, und alle klatschten in die Hände. Als dann die Leiterin weitersprach, versanken sie wieder in die Träumereien des Greisenalters.

Aber wenn bei den Älteren die Begeisterung offenbar keineswegs spontan war, sah das bei der jungen Generation ganz anders aus. In dem jungen Dolmetscher, den ich eine Woche später in Schanghai hatte, brannte zweifellos das Feuer eines Evangelisten. »Vorher« war

Schanghai wegen seiner Prostitution bekannt gewesen, »nachher« waren die Prostituierten in Schulungslagern mit nützlichen Berufen vertraut gemacht worden. »Vorher« hatte China einen der niedrigsten Bildungsgrade in der Welt gehabt, »danach« hatte es einen der höchsten erreicht. Und so ging es immer weiter ...

Nach solchen Gesprächen war ich um so begieriger, einmal eine Kommune zu besuchen. Reiseführer waren ja letzten Endes Regierungsbeamte, die für ihren Job ausgewählt und geschult waren. Der Durchschnittsarbeiter war bestimmt nicht so überglücklich über die wundervolle Welt »danach«.

Alles in allem war ich während meines Aufenthalts in China in sechs Kommunen. Die erste bestand aus mehr als 10000 Menschen. Und hier hatte ich auch zum erstenmal Gelegenheit, zwanglos ein chinesisches Heim zu besuchen.

Ich suchte es mir selbst aus, ein kleines, strohgedecktes Haus in einer Seitenstraße, in dem ich mich nicht erst anzumelden brauchte. Ein alter Mann öffnete auf unser Klopfen. Er und seine Frau führten uns herum – ständig lächelnd und offensichtlich sehr stolz. Mehrmals zeigten sie auf ihren Getreidevorrat in einem zylindrischen, aus Bambus hergestellten großen Behälter. Ich fragte durch den Dolmetscher, ob sie nicht unter Mäusen zu leiden hätten. Der alte Mann lachte.

»Wir haben Mäuse«, sagte er. »Aber jetzt macht uns das nichts aus, weil genug für uns und für sie da ist. ›Vorher‹ war es allerdings anders.«

Vorher! Der große Nachteil für mich war natürlich, daß ich keine Vorstellung von diesem »Vorher« besaß. Ich war ein krasser Neuling in diesem komplizierten Land; ohne wirkliche Vergleichsmöglichkeiten. In einer anderen Kommune wurde ich zum Beispiel durch ein Krankenhaus geführt, das wir in Holland bestimmt keinem Besucher gezeigt hätten. Der Operationssaal hatte weder Oberlicht noch Sterilisationsapparate. Die Apotheke bestand aus einer Reihe leerer Regale, und in einigen Sälen fehlten in den Betten nicht nur die Bettlaken, sondern auch die Matratzen. Trotzdem wurde mir während einer Rundfahrt, auf der man mich offensichtlich beeindrucken wollte, dieses Krankenhaus gezeigt, als ob es etwas Fortschrittliches wäre.

Gab mir das einen kleinen Einblick in das »Vorher«?

Mein Hauptziel in Schanghai war, den CVJM-Sekretär wiederzufinden, mit dem ich in Moskau im Bus gefahren war. Als ich mich im Hotel erkundigte, erfuhr ich zu meiner größten Freude, daß das CVJM-Haus noch in Betrieb war. Als ich allerdings das Haus betrat, schwand meine Freude. Drin saßen meist alte Damen bei Brettspielen. Diese Zentrale war offenbar weder für »junge Männer«, noch schien sie sehr »christlich« zu sein. Was von diesem CVJM übriggeblieben war, war ein Verein.

Durch meinen Dolmetscher fragte ich nach meinem Bekannten. Zu meiner Überraschung hatte niemand von ihm gehört.

»Würden Sie so freundlich sein und einmal nachsehen?« bat ich.

Die Sekretärin verschwand für einige Zeit und kam mit der Nachricht zurück, daß niemand den Namen kenne.

»Wie ist das möglich?« fragte ich. »Dieser Mann war hier Ihr Sekretär. Es muß doch jemand seinen Namen kennen. Würden Sie wohl noch einmal fragen?«

Diesmal blieb sie lange weg. Als sie wiederkam, lächelte sie.

»Es tut mir leid«, sagte sie, und dann gebrauchte sie einen Satz, den ich in China noch oft hören sollte, wenn ich nach einer besonderen Person fragte: »Ihr Bekannter ist nicht hier. Er ist auswärts.«

Das war alles, was ich ermitteln konnte. Es blieb mir überlassen, zu vermuten, warum dieser christliche Leiter einfach verschwunden war. »Ständig auswärts« war meine Vermutung. Wieviel Christen waren im heutigen China ständig auswärts?

Damals in Moskau hatte mir der CVJM-Sekretär erzählt, daß es in Schanghai ein Bibelgeschäft gäbe. Ich fand es: einen kleinen Laden in einer abgelegenen Straße, der aber geöffnet und mit Bibeln in allen Größen vollgestapelt war. Jeder Mensch in Schanghai konnte die Bücher kaufen – Bücher, die in so viele osteuropäische Länder eingeschmuggelt werden mußten.

Ich wurde auf englisch von dem Geschäftsführer begrüßt, der mich voll Stolz im Laden herumführte. An der Wand hing ein Farbdruck, der Christus inmitten einer Schar von Kindern darstellte – blonder, blauäugiger Kinder.

Ich nahm eine Bibel von einem Tisch. Zu meiner Überraschung stand da auf englisch, daß sie in Schanghai gedruckt war.

»Hier gedruckt?« fragte ich. »Nicht in Hongkong?«

Der Geschäftsführer richtete sich stolz empor.

»In China machen wir alles selbst«, sagte er.

Als ich ihn aber fragte, ob er viel verkaufe, machte er ein langes Gesicht. Ich war seit einer Stunde im Laden, und es war noch niemand hereingekommen.

»Nicht viele Kunden«, sagte er traurig.

»Wieviel Bibeln verkaufen Sie jeden Monat?«

»Nicht viele.«

Nicht viele Bibeln! Nicht viele Kunden! Die Regierung erlaubte diesem komischen kleinen Laden, seine Antiquitäten zu verkaufen, weil er nicht gefährlich werden konnte. Niemand kümmerte sich darum.

Ich überlegte, was ich erlebt hatte, als ich Bibeln zu verschenken suchte. Die erste hatte ich meiner Dolmetscherin in Kanton angeboten. Sie hatte sie mir zurückgegeben: sie habe keine Zeit zum Lesen. Da ich dachte, es sei vielleicht gefährlich, wenn man dabei beobachtet wurde, daß man eine Bibel annahm, hatte ich versucht, mehrmals eine wie zufällig im Hotelzimmer liegenzulassen, wenn ich das Hotel verließ. Es war mir nie gelungen. Immer war das Zimmermädchen, noch ehe ich das Stockwerk verließ, hinter mir hergelaufen gekommen, die Bibel in der Hand: »Bitte, gehört Ihnen?«

In meiner Verzweiflung hatte ich versucht, Bibeln auf der Straße wegzugeben. Meine Führer oder Begleiter hatten nichts dagegen. Sie schienen mich ehrlich zu bedauern, als ein Passant nach dem andern stehenblieb, um zu sehen, was ich da anbot, und mir das Buch dann zurückgab.

Und nun dieses Geschäft hier! »Nicht viele Kunden.« Seltsamerweise war ich beim Verlassen dieses gutbestückten Bibelladens mehr als bisher hier in China entmutigt. Verfolgung ist ein Feind, über den die Kirche viele Male Herr geworden ist. Gleichgültigkeit konnte ein viel gefährlicherer Feind sein.

Ich hatte immer noch eine Hoffnung. Überall versicherten mir Leute, daß die theologischen Seminare noch offen seien. Zuerst hielt ich das für eine unglaublich gute Nachricht. Aber nachdem ich eins davon besucht hatte, war ich mir nicht mehr so sicher.

Das Seminar lag direkt bei Nanking. Der Rektor und einer der Professoren sprachen englisch. »Jetzt habe ich endlich einmal Gelegenheit, mit Christen zu sprechen, ohne daß ein Dolmetscher zuhört«, dachte ich erfreut.

Aber kaum waren wir allein, als wir in betretenem Schweigen dasaßen, das nur von geräuschvollem Teeschlürfen unterbrochen wurde. Als wir unsre Tassen fast ausgetrunken und immer noch kein Wort gesprochen hatten, beschloß ich, den Anfang zu machen, indem ich erklärte, daß ich Missionar sei. Aber bei dem Wort »Missionar« sahen die beiden Männer so entsetzt aus, als hätte ich in diesen heiligen Mauern etwas Unanständiges gesagt.

»Die Missionare, die wir kennengelernt haben, waren Spione«, sagte der Rektor.

Er sagte etwas auf chinesisch zu dem Professor, und dieser verließ das Zimmer. Nach kurzer Zeit kam er wieder hereingetrippelt mit einem riesigen Buch, das bei einer deutlich markierten Stelle geöffnet war. Auf dieser Seite war der Briefwechsel zwischen einem Missionar und einigen Regierungsbeamten abgedruckt, in dem es um Bodenschätze, Lebensmittelversorgung und um Unzufriedenheit in der Bevölkerung ging.

Während der nächsten Viertelstunde lief dieser kleine Professor in seiner blauen Uniform immer wieder in die Bibliothek und brachte jedesmal einen neuen Band mit, der ebenfalls an einer unterstrichenen Stelle geöffnet war. Die Bücher stammten alle von bekannten westlichen Verlagshäusern, und es sah wirklich so aus, als hätten einige Missionare ihre Botschaften regelmäßig mit Informationen versorgt. Wir im Westen hatten nie einen Konflikt zwischen der Treue Christus gegenüber und der Treue dem Heimatland gegenüber gesehen. Hatten wir deswegen ein unklares Zeugnis hinterlassen?

Was auch immer die Wahrheit sein mag, mein Besuch im Nankinger Seminar wurde eine rein politische Angelegenheit. Der Rektor war Mitglied des örtlichen Parlaments und eng verbunden mit der internationalen kommunistischen Bewegung. Antiamerikanische Plakate klebten an den Wänden, auf denen der unvermeidliche Chinese den unvermeidlichen Amerikaner jagte, der die unvermeidliche Atombombe trug.

Über das Christentum, das hier gelehrt wurde, erfuhr ich nichts. Welche Gestalt es auch annehmen mag, eins ist sicher: Es ist in das militant antiwestliche Gewand gekleidet, das das gesamte Erziehungswesen in China heute trägt.

Wieviel kann man bei einem einzigen oberflächlichen Besuch über ein Land erfahren, dessen Sprache man nicht versteht und dessen Dolmetscher einen nur das Gute sehen lassen wollen? Alles, was man mitnimmt, sind vielleicht Eindrücke. Viele Eindrücke waren positiv: die Sauberkeit, die Aufrichtigkeit, keine Bettler und keine Rikschamänner. Einige Eindrücke waren traurig: die riesengroßen, mit vollem Personal besetzten Speiseräume, in denen ich der einzige Gast zu sein schien; die leeren Straßen, wo mein Taxi das einzige motorisierte

Fahrzeug in Sichtweite war und der Verkehrspolizist schon lange, bevor wir kamen, ganze Fußgängergruppen anhielt.

Und manche waren beängstigend. Ich erinnere mich an den Morgen, als ich Nanking mit dem Frühflugzeug verlassen wollte. Ich zog mich gerade in meinem Hotelzimmer an, als ich lautes Schreien von der Straße herauf hörte. Ich lief ans Fenster. Auf dem großen Platz unten exerzierten Hunderte von Männern, Frauen und Kindern. Noch bevor Fabriken und Schulen geöffnet wurden, trat die ganze Bevölkerung an, um zu marschieren, zu schreien und eine ganze Reihe schwieriger Manöver zu machen.

Mein Taxi fuhr mich mitten durch die exerzierende Menge. Als wir die Ecke erreicht hatten, ertönte das Kommando: »Stillgestanden!«, ein Manöver, bei dem jeder in der Haltung, die er gerade einnahm, wie angewurzelt stehenblieb; mitten im Schritt, mit ausgestreckten Armen. Alle diese Arme schienen nach mir ausgestreckt zu sein, die Finger auf mich zu deuten, die Augen mich anklagend anzusehen . . .

Im Flugzeug versuchte ich, den Eindruck abzuschütteln. Aber die Augen verfolgten mich. War ich, gemeinsam mit meinen westlichen Brüdern, schuld an diesen anklagenden Blicken? Was für Repräsentanten Christi waren wir gewesen? Wenn die Chinesen infolge der Behandlung, die sie durch uns erfahren hatten, antiwestlich eingestellt waren, war das tragisch. Wenn sie aber dadurch zu einer antigöttlichen Einstellung gekommen waren, war das ein nicht wieder gutzumachender Schaden. Ich konnte die Worte eines Kommuneleiters nicht vergessen, den ich gefragt hatte, ob ich ihre Kirche sehen könne.

»In den Kommunen finden Sie keine Kirchen, mein Herr! Religion ist für die Hilflosen, und hier in China sind wir nicht mehr hilflos.«

Es war acht Uhr morgens. Ich saß auf dem Bett in meinem Hotelzimmer in Peking und wartete. Vor einer Stunde hatte ich dem Führer gesagt, daß ich heute in die Kirche gehen wolle.

»Kirche!« sagte er. Er versprach, es zu versuchen, versicherte mir aber, daß es in Peking sehr wenig offene Kirchen gäbe, besonders unter den protestantischen. Eine halbe Stunde verging. Wenn er nicht bald kam, war die Zeit für den Morgengottesdienst – neun Uhr – vorüber. Aber kurz vor neun kam er zurück. Sein gewöhnlich ernstes Gesicht strahlte. »Ich habe Ihre Kirche entdeckt, Sir!« sagte er, als habe er etwas außerordentlich Merkwürdiges und Seltenes gefunden. »Kommen Sie mit!«

Die kleine Kirche sah verwahrlost und wenig einladend aus, und es überraschte mich nicht, daß mein Führer nicht mit hineingehen wollte. So ging ich allein durch das verrostete Tor und befand mich in einem großen kahlen Raum, der ebenso langweilig aussah wie das Gebäude von außen. In dem ganzen Raum waren nur zwei Farbtupfen: die rote Strickjacke einer Frau und eine rote chinesische Fahne, die neben der Kanzel stand.

Ich hatte mich gerade hinten auf eine Bank gesetzt, als ein altes Mütterchen zu einem kleinen, verstimmten Klavier wankte und zu spielen begann. Es war ein englisches Kirchenlied aus dem 19. Jahrhundert, dessen Stimmung und Botschaft ganz und gar nicht zu China paßten. Ich zählte sechsundfünfzig Kirchenbesucher, und ich glaube, ich war der einzige unter sechzig Jahren. Ein alter Mann mit einem dünnen Bart und verschwommenen, wäßrigen Augen stand auf und fing an zu predigen. Die meisten seiner Gemeindemitglieder schliefen ein.

Ich empfand tiefes Mitleid mit diesen armen alten Männern und Frauen, die an dem dünnen Faden des Glaubens festhielten, der ihnen vor schon so langer Zeit von Missionaren gebracht worden war. Aber was hatte das Evangelium für eine Chance, wenn nur die Alten es glaubten? Was hatte es für eine Chance, wenn es auf Schritt und Tritt mit den Heimatländern der Missionare, mit den Imperien von gestern verbunden war?

Ich war froh, daß mein Reiseführer draußengeblieben war. Ich hatte ihn zu überzeugen versucht, daß das Christentum ein großes Abenteuer sei. Aber dies hier? Als ich nach dem Gottesdienst wieder in seinem Auto saß, dachte ich so bei mir: »Wenn das ein gültiges Beispiel für chinesisches Christentum wäre, würde es die Regierung leicht haben, es auszulöschen. Ein Hauch würde genügen.«

So verließ ich China tief bekümmert. Einen Hoffnungsstrahl sah ich darin, daß die Regierung den Bibeln so gleichgültig gegenüberstand. Sie gaben sich offensichtlich keine Mühe, zu verhindern, daß sie ins Land gebracht, verkauft und sogar dort gedruckt wurden. Zweifellos unterschätzten sie die Heilige Schrift. Und das konnte Gottes Gelegenheit sein. Ich wußte ja aus persönlicher Erfahrung, was für ein mächtiges Werkzeug die Bibel in den Händen des Heiligen Geistes sein konnte. War ich selbst nicht einfach dadurch bekehrt worden, daß ich sie las?

Aber außer der Bibel brauchte der Heilige Geist auch Menschen in China, hingebungsvolle, begeisterte Menschen! Und selbst dieser oberflächliche Besuch hatte mir gezeigt, daß diese Menschen in der zweiten Hälfte des 20. Jahrhunderts nicht Abendländer sein durften. Um den Chinesen von heute Christus zu verkündigen, brauchte Gott chinesische Hände und Stimmen.

Und so fügten Corrie, Hans, Rolf, Elena und ich, als ich wieder in Holland war, eine neue Bitte zu denen, die wir täglich vor Gott brachten: daß sich uns von irgendwoher chinesische Christen anschließen möchten, die in ihrem Vaterland den missionarischen Dienst tun würden, der uns durch die Geschichte verwehrt worden war.

## Zwölf Apostel der Hoffnung

Es war klar, daß wir unsre Mannschaft noch vergrößern mußten – und nicht nur Chinas wegen! Was nützte es, wenn man ein Land besuchte, den Menschen dort seine Liebe und sein Interesse beteuerte und dann nie wieder etwas von sich hören ließ? Unser Ziel war, jedes kommunistische Land mindestens ein Mal im Jahr, und am liebsten noch viel öfter, zu besuchen. Am liebsten würden wir auch zu zweien fahren, da das erfahrungsgemäß viel besser war. Aber wo sollten wir genügend Partner finden, um diesen Plan durchzuführen?

Nicht, daß es keine Freiwilligen gegeben hätte! Fast jedesmal, wenn einer von uns irgendwo gesprochen hatte, bot sich jemand als Mitarbeiter an. Aber wie sollten wir erkennen, daß das die Leute waren, die Gott uns schickte? Um die Abenteurer und die nur Neugierigen auszuschalten, sagte ich oft:

»Sobald Sie schon einmal selbst hinter dem Eisernen Vorhang angefangen haben, missionarisch zu arbeiten, setzen Sie sich mit uns in Verbindung, damit wir dann sehen, ob wir zusammenarbeiten können.«

Und dieser Fall trat wirklich einmal ein. Eines Tages erhielt ich einen Brief von einem jungen Holländer namens Marcus.

»Vielleicht erinnern Sie sich an den Vortrag, den Sie im ›Swansea Bible College‹ in Wales gehalten haben«, schrieb er. »Sie sagten dort: ›Wenn Sie angefangen haben, hinter dem Eisernen Vorhang zu arbeiten, können wir über eine Zusammenarbeit reden.‹ Ich bin also nun hier. Wie wär's mit der Unterredung?« Der Brief war in Jugoslawien abgestempelt.

»Sieh dir das an!« sagte ich zu Corrie.

Sie las den Brief ebenfalls, und wir beschlossen, den Vorschlag dieses Mannes ernst zu nehmen, wenn er nochmals von sich hören ließ. Mehrere Monate später meldete sich Marcus wieder. Er war auf einer zweiten Reise in Jugoslawien. Als er zum drittenmal von dort aus schrieb, meinte er, die Bedingungen nun erfüllt zu haben. Jetzt wolle er uns besuchen.

Eines Vormittags kam Jan in mein Arbeitszimmer gestürzt, wo ich mich wieder einmal mit der Korrespondenz herumquälte.

»Marcus ist hier, Papa!«

Ich sprang vom Schreibtisch auf und lief die Treppe hinunter. Ich hatte Marcus vom ersten Augenblick unsrer Begegnung an gern. Bei einer Tasse Kaffee erzählte er uns von seinen Erlebnissen in Jugoslawien. Er hatte eine ganze Menge Druckschriften mitgenommen, die er auf Ladentische oder auf Parkbänke legte. Dann hatte er sich in die Nähe gestellt, während die Leute kamen und sich bedienten. Er gab zu, daß es eine ziemlich lahme Evangeliumsverkündigung war. Aber er lernte ja noch.

»Ich glaube, ich sollte Sie einmal mit Rolf fahren lassen«, sagte ich. »Er wird Sie einigen Pastoren und Kirchenmitgliedern vorstellen. Bringen Sie sie zum Reden, Marcus! Wenn Sie wiederkommen, sagen Sie mir, ob Sie noch mit uns zusammenarbeiten möchten.«

Drei Wochen lang reisten Rolf und Marcus durch Jugoslawien und Bulgarien. Als sie zurückkamen, brauchte ich Marcus nicht zu fragen, ob er bei dieser Arbeit mithelfen wolle. Ich konnte die Antwort schon von seinem Gesicht ablesen.

»Ich hatte keine Ahnung«, war alles, was er sagte.

Und so schloß sich Marcus unsrer kleinen Schar an.

Aber seit seiner Ankunft schien es, als explodiere das Werk fast, so schnell breitete es sich aus. Und bald reisten wir alle mehr denn je.

Zwei Monate, nachdem Marcus sich uns angeschlossen hatte, verließen Hans und ich Europa, um das einzige kommunistische Land in der Neuen Welt zu besuchen. Als uns die Visa für Kuba erteilt wurden, arbeiteten wir gerade in der Tschechoslowakei und flogen gleich von dort aus. Es war Hans' erste Reise nach Amerika und, abgesehen von der kurzen Vortragsreise in die USA, auch die meine. Welch ein Gegensatz zu dem kalten, grauen Prag! In Havanna wurden die warmen Sonnenstrahlen von weißen Gebäuden reflektiert und glitzerten auf den Wellen unter dem Malecon. Die Menschen waren fröhlich und gutgekleidet. Auf der Busfahrt vom Flughafen sangen schon nach ganz kurzer Zeit völlig Fremde miteinander.

Hans ging direkt in die Oriente Province im Osten der Insel, während ich in der Hauptstadt und in ihrer Umgebung blieb. Mein Hotel war das »Havanna Libre«, das frühere Hilton. Ich war nicht überrascht, als ich die Aufforderung erhielt, mich im Polizeipräsidium zu melden, und ich war auch nicht überrascht, wie lange ich dort warten mußte. Bürokratische Länder sind sich alle gleich, ob in der Sonne oder nicht in der Sonne.

Der Polizeioffizier, der mich schließlich empfing, strotzte vor Mißtrauen. In sehr schwachem Englisch fragte er mich: warum ich hier sei.

»Ich bin gekommen, um das Evangelium zu predigen«, erwiderte ich. Er sah sich meinen Paß an, in den meine Besuche nach Rußland, den Vereinigten Staaten und anderen Ländern eingetragen waren. Zweifellos vermutete er einen komplizierteren Grund. Er stellte mir noch sehr viel mehr Fragen, machte sich viele Notizen und ließ mich schließlich ins Hotel zurückgehen. Noch viermal wurde ich vernommen. Aber inzwischen fing ich an zu predigen, wie ich es ihm gesagt hatte. Die Kirche, in der ich meine Versammlungen abhielt, war ziemlich groß, ein attraktives Gebäude mit einer Orgel, einem Pastor und genau zwei offiziellen Mitgliedern in seiner Gemeinde. Die Mitgliederzahl war einstmals sehr groß gewesen; aber das war, bevor die antireligiöse Kampagne begann: das Lärmen des Mobs draußen, das Plärren von Lautsprechern während des Gottesdienstes, das Aufreißen des Straßenpflasters und das Eindringen von Polizei.

Fünfunddreißig Kubaner kamen jedoch an diesem ersten Abend in die Kirche, um mich sprechen zu hören. Am zweiten Abend kamen die fünfunddreißig wieder. Am dritten und vierten Abend kamen sechzig und dann über hundert. Zweifellos waren einige dieser »Gläubigen« Polizisten. Aber ich war froh, sie unter meinen Zuhörern zu haben. Ich achtete sorgfältig darauf, daß ich mich auf das Evangelium konzentrierte und mich von der Politik fernhielt. Aber innerhalb dieser Grenzen, die für alle Polizeistaaten die gleichen sind, besaßen die Kubaner zu meinem größten Erstaunen sehr viel mehr Freiheiten in bezug auf Versammlungen, Reisen und die Entwicklung der eigenen Persönlichkeit, als die Untertanen der älteren kommunistischen Regime.

Während der folgenden Wochen reiste ich in der unmittelbaren Umgebung von Havanna ungehindert umher und sprach in verschiedenen Kirchen viele Male am Tag zu einer immer größer werdenden Zahl von Menschen – manchmal zu insgesamt sechshundert. Ich predigte in Englisch, für das ich immer ohne Schwierigkeiten einen Dolmetscher fand. Hans und ich blieben telefonisch ständig miteinander in Verbindung. Er berichtete, daß in Oriente, wo der militärische Stützpunkt der Vereinigten Staaten ist, die Polizeikontrollen schärfer und die Leute ängstlicher seien als in Havanna.

Vor jeder Predigt verkündeten Hans und ich, daß wir Holländer waren. Das war wichtig. Denn die Haßkampagne gegen die USA ist eine totale Offensive in Kuba, und auch in den Kirchen sind sich die Menschen oft nicht im klaren über ihre Gefühle. Die Regierung hat die Tatsache hochgespielt, daß die meisten protestantischen Kirchen in Kuba ursprünglich amerikanische Missionen waren.

Aber alle Kirchen, die katholischen wie die protestantischen, haben in gleichem Maße unter dem neuen Regime gelitten; und am meisten die Geistlichen. Priester und Pastoren gelten als unproduktive Mitglieder der Gesellschaft. Sie bekommen keine Lebensmittel- oder Kleiderkarten und werden häufig gezwungen, in Arbeitsbataillone zu gehen, die aus militärdienstuntauglichen Männern bestehen. Rauschgiftsüchtige, Homosexuelle, Zuchthäusler und Geistliche werden zusammen auf die Felder geschickt, um Zuckerrohr zu schneiden.

Und doch verlassen die meisten dieser tapferen Männer ihre Posten nicht. Die Kirchen bleiben offen, der geistliche Hunger ist riesengroß. Wo Hans oder ich auch immer predigten, es sprach sich herum, und die Leute versammelten sich. Oft steckten sie erst einmal nur die Köpfe zu Fenstern und Türen herein, um von draußen zuzuhören. Manchmal hielten wir es für klüger, keine Kirchengebäude zu benutzen. Ich entsinne mich, daß ich eines Nachmittags mit etwa fünfzig Studenten auf einem Felsen hoch oben über einer Meeresbucht saß und mich mit ihnen unterhielt, während ein mit bewaffneten Soldaten besetzter Jeep auf der Straße hinter uns auf und ab fuhr.

Wohin wir auch kamen, fragten uns die Menschen, wie es in den kommunistischen Ländern, die wir besucht hatten, mit Verhaftungen und Gefängnisstrafen aussähe. Sie stellten uns oft auch Fragen, an denen wir merkten, wie gut bewandert sie im religiösen Zeitgeschehen waren.

»Wie steht es mit Dave Wilkersons Jugend-Zentrum in New York?« »Wo ist Billy Graham jetzt?« »Was ist los mit dieser wahnsinnigen Behauptung: ›Gott ist tot?‹«

Daraus konnten wir schließen, daß kirchliche Nachrichten – sogar aus Amerika – immer noch auf normalen Postwegen ins Land kamen.

Mehrere Monate vor unsrer Ankunft in Kuba hatte Castro verkündet, daß er den Leuten erlauben wolle, das Land zu verlassen. Hunderttausende schrieben ihren Namen auf die Liste. Aber es flogen täglich nur zwei Flugzeuge von Kuba ab. Es würde zehn Jahre dauern, um nur die 900000 Menschen auszufliegen, die ihren Namen auf die Liste gesetzt hatten. Inzwischen verloren die, die warteten, ihre Stellung und ihren Besitz. Immerhin verließen täglich einhundertneunzig das Land, und andere glaubten fest, daß sie bald an die Reihe kommen würden. Bei diesen Menschen, die Kuba verlassen wollten, schien unsre Arbeit am erfolgreichsten zu sein.

Wie in Osteuropa, baten wir unsre Zuhörer dringend, darüber nachzudenken, wie sich ein Christ zu verhalten hat, wenn sich sein Land in Schwierigkeiten befindet. Soll er weglaufen, oder soll er bleiben? Das Leben in Kuba war 1965 nicht leicht. Aber vielleicht hatte Gott Gründe dafür gehabt, daß er sie zu dieser Zeit an diesen Platz stellte. Vielleicht sollten sie in dieser Situation seine Arme und Füße und seine heilenden Hände sein, ohne die er keinen Stellvertreter in diesem Lande haben würde.

Als ich eines Abends etwas in dieser Richtung äußerte, stand ein kräftiger, gutgekleideter Mann mit dichtem schwarzem Vollbart auf und sagte:

»Ich bin ein methodistischer Pastor. In den letzten zwei Jahren habe ich als Friseur gearbeitet. Aber heute abend hat Gott zu mir gesprochen. Ich werde in das geistliche Amt zurückkehren. Ich bin ein Hirte, der seine Schafe verlassen hat. Aber ich werde zu ihnen zurückgehen.«

Seine Worte entfesselten einen Sturm der Begeisterung. Jeder in der Kirche mußte ihm die Hand drücken, und ich hörte Freudenrufe wie: »Danke, Pastor!« »Danke!«

Wir erlebten viele solche Entscheidungen. Ein Ehepaar, das eines Abends in unsre Versammlung kam, hatte die langersehnten Flugkarten für die Ausreise in zwei Wochen bekommen. Es beschloß, sie zurückzugeben.

»Von jetzt an ist Kuba unser Missionsfeld«, sagte dieses Ehepaar zu mir.

Als Hans und ich dann in Havanna unsre Heimreise antraten, wußten wir, daß Kuba auch unser Missionsfeld war. Hier war ein Land, weit offen für Bibeln, religiöse Bücher und Schriften aller Art, und für Besucher aus fast allen Ländern. Hier waren Menschen, in deren großzügigen, leidenschaftlichen romanischen Herzen der kleinste Funke von Ermutigung Feuer der Liebe und Hingabe entfachte.

Es war gut, daß wir die Kubareise noch rechtzeitig hatten ausführen können; denn im folgenden Jahr fuhren wir endlich in das von allen kommunistischen Ländern am strengsten überwachte Land. Es war so schwierig, hineinzugelangen und dort etwas auszurichten, daß wir all unsren Optimismus aufwenden mußten, um es nicht überhaupt aufzugeben. Ich spreche von dem winzig kleinen Albanien.

Ich war weit weg in Sibirien, als unsre Gruppe Gelegenheit zur Einreise erhielt. Ein französisches Reisebüro machte Geschichte, indem es als erstes eine zweiwöchige Albanien-Rundreise arrangierte. Rolf und Marcus nahmen als »Lehrer« aus Holland daran teil.

Sie hatten keine Bibeln bei sich; denn wir hatten schon vor Jahren entdeckt, daß es keine albanischen Bibeln gab. Ja, es gab nicht einmal eine albanische Sprache, in der eine Bibel hätte gedruckt werden können. Die anderthalb Millionen Menschen sprachen mindestens drei Dialekte, und keine Gruppe konnte die andere verstehen. Die einzigen Bibeln im Land waren für die römisch-katholischen Kirchen in Lateinisch und für die griechisch-orthodoxen in Griechisch gedruckt. Als dritte Glaubensrichtung gab es noch die Mohammedaner.

Die Amerikanische Bibelgesellschaft schrieb, daß sie ein im Jahre 1824 ins Skipetarische übersetztes Neues Testament in ihrer Bibliothek habe, daß aber kein anderes Exemplar zu existieren schiene. Erst seit der Revolution waren Fortschritte in der Entwicklung einer einheitlichen Sprache gemacht worden, und wir konnten kaum damit rechnen, daß dann auch eine neue Bibel gedruckt würde.

Rolf und Marcus hatten aber Traktate und Bibelteile in allen drei albanischen Dialekten bei sich, und als die Zollbeamten auf dem Flugplatz nicht einmal ihre Koffer öffneten, glaubten sie, besonderes Glück gehabt zu haben. Denn in Albanien gab es ein Gesetz, das die Einfuhr gedruckter Schriften generell streng verbot. Wenn sie auch noch so kurz und unpolitisch waren, sie galten als Propaganda-Material. Rolf und Marcus hatten ihre Schriften wie gewöhnlich nicht anders verpackt als alles andere in ihrem Koffer und fest damit gerechnet, daß sie an der Grenze beschlagnahmt würden. Um so glücklicher waren sie, bei ihrer Ankunft im Hotel in Tirana alle noch bei sich zu haben.

Sie hatten nicht mit den wohlerzogenen, gehorsamen Albanern gerechnet. Während der ganzen zweiwöchigen Reise versuchten sie immer wieder, diese Schriften wegzugeben. Die Leute reagierten alle gleich: Sie versteckten die Hände hinten dem Rücken. Sie nahmen die Schriften nicht nur nicht an, sie berührten sie nicht einmal. Selbst ein katholischer Bischof, dem Rolf ein Johannes-Evangelium in Gegisch zu geben versuchte, drehte sich um und lief den Mittelgang seiner Kathedrale hinunter, als habe man ihm Gift angeboten.

Schließlich waren sie ganz verzweifelt und ließen einfach einen Stapel Traktate in einer Geschäftsstraße auf einem Fensterbrett liegen, in der Hoffnung, daß Vorübergehende sie mitnehmen würden, wenn sie sich unbeobachtet fühlten. Zu ihrem Schrecken kamen einen ganzen Tag später und an einem neunzig Kilometer entfernten Ort zwei Polizisten in das Lokal, in dem die Reisegruppe ihr Mittagessen einnahm, und wollten wissen, wer diese Traktate auf der Straße liegengelassen habe. Die kriminalistische Leistung erschien nicht so ungeheuerlich, wenn man sich klarmachte, daß diese Reisegruppe die einzige ausländische im ganzen Land war. Aber um die Reisegruppe nicht zu gefährden, mußten sie bekennen, was sie getan hatten, und schwören, solche »politische« Tätigkeit zu unterlassen. Nicht eins der Traktate, die sie auf der Straße zurückgelassen hatten, fehlte.

So war die Reise nach Albanien im Hinblick auf irgendwelche spätere Schriftenmission äußerst entmutigend. Was Rolf und Marcus sonst dort beobachteten, hinterließ bei ihnen recht gemischte Gefühle. Die Albaner selbst gehörten zu den freundlichsten, liebenswürdigsten Menschen, die sie je kennengelernt hatten – soweit es ihre Beziehungen untereinander betraf. Die gleiche Liebe brachten sie dem Führer des Landes, Enver Hodscha, entgegen. Denn Hodscha leistete etwas, daran war nicht zu zweifeln. Dieses kleine Land, in dem seit undenklichen Zeiten andere Völker ihre Streitigkeiten ausgetragen hatten und das bald von der Türkei, bald von Italien beherrscht worden war, hatte – wahrscheinlich zum erstenmal in seiner Geschichte – eine Regierung, die sich mit seinen eigenen Interessen befaßte.

Aber selbst wenn die Landessprache Chinesisch gewesen wäre, hätten Rolf und Marcus nicht enttäuschter darüber sein können, wie wenig es ihnen gelang, irgendeinen wirklichen Kontakt mit den Leuten herzustellen. Marcus sprach ein wenig italienisch und hatte gehofft, sich gelegentlich mit einem italienisch sprechenden Albaner unterhalten zu können, ohne daß jedes Wort durch den Filter des allgegenwärtigen Regierungsdolmetschers ging. Aber selbst als die Gelegenheit günstig zu sein schien, war fast keine Verständigung möglich. Albanien war ein Land, wo niemand etwas wußte und niemand sich an etwas erinnerte.

»Sagen Sie, mein Freund«, begrüßte Marcus einen Fabrikarbeiter auf einem menschenleeren Korridor, »arbeiten Sie schon lange hier?«

Ein Lächeln und ein Achselzucken.

»Das ist schwer zu sagen, Signore.«

»Wieviel Stunden arbeiten Sie?«

»Ah – das ist verschieden. Jeden Tag anders.«

»Nun, wieviel Menschen arbeiten in dieser Fabrik?«

Das Lächeln wurde breiter, das Achselzucken gewaltig.

»Wer kann das sagen? Wer hat sie gezählt?«

Marcus und Rolf hatten das Gefühl, als stellten sich die Menschen mit Absicht dumm, um sich in allem, was ihr Land betraf, vor der Neugier der Ausländer zu schützen.

Nur im Gespräch mit einigen Geistlichen fielen die Schranken ein paarmal. Und auch hier war jeder Satz so vorsichtig formuliert, daß das, was nicht gesagt wurde, wichtiger war als das, was gesagt wurde. Besonders ein junger katholischer Priester schien sich über die Begegnung mit ihnen zu freuen, da er begierig war, etwas vom Westen zu hören und ihnen seine eigene Situation zu schildern. Seine Kirche sei römisch-katholisch gewesen, bis Maos harter Kurs sie zwang, alle Verbindungen mit dem Ausland abzubrechen. Jetzt nenne sie sich die »Nationale Katholische Kirche«.

»Und wie ist es innerhalb des Landes?« fragte Marcus. »Läßt die Regierung Sie so ziemlich in Ruhe?«

»Die Regierung mischt sich offiziell nicht in religiöse Angelegenheiten.«

»Sie haben also Religionsfreiheit?«

»Dem Gesetz nach, ja!«

»Können Sie zum Beispiel von der Kanzel aus sagen, was Sie wollen?«

»Die richtige Antwort ist ja!«

Und so ging es in ermüdenden Umschreibungen weiter, die scheinbar nichts, in Wirklichkeit aber alles sagten. Von diesem jungen Priester erfuhren sie auch etwas, was sie kaum glauben konnten: In einer griechisch-orthodoxen Kirche sollte es eine Bibel in der neuen albanischen Sprache geben.

Marcus und Rolf baten sofort darum, diese Kirche besuchen zu dürfen. Der orthodoxe Priester begrüßte sie und ihren Führer freundlich. Ja, auf dem Hochaltar läge eine nagelneue Übersetzung des Neuen Testaments. Sie wollten sie gern sehen? Aber selbstverständlich!

Er ging vor ihnen her durch das Schiff der alten Basilika. Schon von fern konnten sie die Bibel auf dem Altar liegen sehen, einen ungeheuer großen Band, der mit Juwelen verziert war. Etwa vier Meter vor dem Altar blieb der Priester so plötzlich stehen, daß Rolf mit ihm zusammenstieß. Einige Augenblicke standen die vier Männer schweigend da und blickten auf die Kostbarkeit vor ihnen. Als sich dann der Priester umdrehte, um wieder zu gehen, platzte Rolf heraus:

»Aber – ich möchte noch etwas näher herangehen! Kann ich mir sie nicht ansehen? Ich meine, sie öffnen, die Seiten sehen . . .«

Während der Führer übersetzte, weiteten sich die Augen des Priesters vor Entsetzen. Näher? Unmöglich! Wer nicht zum Priester geweiht war, durfte sich der Heiligen Schrift nicht auf mehr als vier Meter nähern!

»Was hat die neue Übersetzung dann aber für einen Sinn?« fragte Rolf etwas unsicher. »Da die Priester in griechisch vorlesen, wozu wird die Bibel dann gebraucht?«

»Nun, um bei Prozessionen feierlich herumgetragen zu werden und die Huldigungen des Volkes entgegenzunehmen. Wozu ist denn eine Bibel sonst da? Und bedenken Sie, wie tröstlich es für die Gläubigen ist, zu wissen, daß Gott selbst in der Sprache des großen albanischen Volkes gesprochen hat!«

Und so fuhren Rolf und Marcus nach Hause zurück, ohne mehr als nur die Außenseite sowohl von dieser Bibel als auch von Land und Leuten gesehen zu haben.

Inzwischen kam unser Werk im übrigen Europa immer mehr in Schwung. Wir reisten von Monat zu Monat mehr. Damit wuchs natürlich auch die Gefahr, wiedererkannt zu werden. Wir versuchten bei schnell aufeinanderfolgenden Reisen in dasselbe Land niemals dieselben zwei Partner zu schicken. Wenn zuerst zwei Männer gefahren waren, versuchten wir das nächste Mal, einen Mann und eine Frau zu schicken.

Es waren Rolf und Elena, die 1966 auf einer Reise nach Rußland die bisher größte Gefährdung durchzustehen hatten. Je mehr nach Rußland gereist wurde, um so mehr nahm auch der Schmuggel aller Arten von Waren zu, so daß die Zollbeamten an der Grenze verdreifacht worden waren. Die Zeitungen berichteten laufend von Verhaftungen, Geld- und Gefängnisstrafen. Diesmal nahmen Rolf und Elena eine besonders große Ladung Bibeln im Opel-Kombi mit. Corrie und ich beteten die ganze Nacht mit ihnen, ehe sie fortfuhren.

»Denkt daran«, sagte ich, »daß die Leute, die erwischt werden, sich auf ihre eigene Schlauheit verlassen und meist aus unlauteren Beweggründen fahren. Haß und Habgier sind schwere Lasten. Euer Beweggrund dagegen ist die Liebe. Und statt euch etwas auf eure eigene Geschicklichkeit einzubilden, wißt ihr, wie schwach ihr seid . . . so schwach, daß ihr euch völlig auf den Geist Gottes verlassen müßt . . .«

Wie uns Rolf später erzählte, waren unsre Vorahnungen berechtigt gewesen. Als sie sich der Grenze näherten, sahen sie, daß nicht ein Sicherheitsbeamter, sondern sechs auf sie warteten. Rolf bat seine Frau, zu beten, daß Gott die Gedanken dieser Männer verwirren möge.

»Hör nicht auf zu beten, bis wir durch sind, Elena!«

Sie hielten an der Stoplinie an.

»Guten Tag!« sagte Rolf freundlich auf russisch.

Er stieg aus dem Wagen und ging herum, um Elena die Tür aufzumachen.

Einer der Beamten hielt einen Zettel in der Hand. Rolf und Elena unterhielten sich ungezwungen darüber, was für eine seltene Hochzeitsreise sie mit diesem Besuch osteuropäischer Länder vor sich hätten.

»Das ist nicht das erste Mal«, sagte der Beamte, der den Zettel in der Hand hatte, und las nacheinander die Städte vor, die Rolf und ich auf unsrer Reise nach Rußland besucht hatten.

Rolf war erschüttert.

Die Inspektion schien Stunden zu dauern. Zwei Beamte durchstöberten innen alle Ecken des Wagens, während sich drei andere außen mit dem Motor, den Rädern und den Radkappen beschäftigten, die Fenster auf- und zudrehten, um zu sehen, ob sie auf halbem Wege steckenblieben, und das Schaltbrett abklopften.

»Verwirre ihre Gedanken . . .«

Und die ganze Zeit über nahm ein Beamter nicht an der Inspektion teil, sondern beobachtete unentwegt Rolfs und Elenas Gesichter. Es war ein Meisterstück psychologischer Kriegsführung. Dieser Mann verließ sich darauf, daß ihm ein allzu harmloses Lachen, heimliche Blicke, ja, Schweißtropfen verrieten, was er wissen wollte.

»Kann ich Ihnen behilflich sein?« fragte Rolf einen der Männer, der sich mühte, das Campingzelt aus dem Auto zu holen. Er half ihm, die Handschuhfächer zu öffnen, die Ersatzreifen herauszunehmen und die Verschlüsse von den Luft- und Ölfiltern abzuschrauben. Und die ganze Zeit über betete Elena.

Schließlich und endlich hörten sie mit der Inspektion auf, weil sie nicht mehr wußten, wo sie noch suchen sollten. Der Mann, der den Zettel in der Hand gehabt hatte, ging auf Rolf zu.

»Sie sind erst vor ein paar Wochen in Rußland gewesen. Sagen Sie mir, warum Sie so häufig in unser Land fahren!«

Rolf stand hinten am Wagen und legte das Zelt wieder zusammen. Er gab dem Segeltuch einen schallenden Klaps.

»Mein Freund und ich haben uns so wohlgefühlt in Ihrem Land, daß ich beschloß, meine Frau auch einmal hierherzubringen. Aber ich habe noch einen anderen Grund. Wir haben das russische Volk gern. Es ist eine besondere Liebe!«

Der Beamte starrte Rolf an, als wollte er in seiner Seele lesen. Aber sie hatten nichts im Wagen gefunden, und so gab er Rolf mit sichtlichem Widerstreben die Papiere zurück und ließ den Schlagbaum öffnen.

Rolf und Elena konnten kaum fassen, was geschehen war. Als sie von der Grenze wegfuhren, lachten und weinten sie zugleich. Denn in ihrem Wagen lagen sicher und geborgen Hunderte von Bibeln. Die Beamten hatten sich in Millimeternähe von ihnen befunden. Sie waren bestimmt nicht besser versteckt, als das ein Dilettant eben tun konnte. Worin lag der Unterschied?

Rolf und Elena wußten es.

Ein Jahr, nachdem Marcus zu uns gekommen war, heiratete er. So waren wir jetzt sieben: Corrie und ich, Rolf und Elena, Marcus und Paula und der Junggeselle Hans. Dann schlossen sich Klaas und Eduard mit ihren Frauen unsrem Werk an.

Klaas und Eduard waren Lehrer an einer Volksschule im Süden Hollands. Klaas unterrichtete Französisch und Eduard Mathematik. Nachdem sie von unsrer Arbeit gehört hatten, kamen sie eines Tages mit ihren Frauen zu uns und stellten uns viele Fragen, sagten uns aber nicht, daß sie sich uns anschließen wollten; denn sie wollten dem Herrn Gelegenheit geben, ihnen in unmißverständlicher Weise die Tür zu öffnen.

Und zu genau derselben Zeit bewegten sich meine Gedanken in derselben Richtung. Gleich nachdem ich die Vier gesehen hatte, hatte ich »gewußt«, daß sie zu uns gehörten. Aber wie hätte ich sie bitten können, ihre guten Stellungen aufzugeben und dafür eine Arbeit zu übernehmen, für die sie kein regelmäßiges Gehalt bekamen und die gefährlich und mit langen Trennungszeiten verbunden war – wenn ich nicht ganz bestimmt gewußt hätte, daß der Herr selbst uns zusammenführte? Auch ich sprach daher zu niemandem außer Corrie von dem, was ich hoffte.

So beteten wir alle um dasselbe, sprachen aber nicht miteinander von unserm Wunsch, um uns nicht zu beeinflussen.

Gottes Antwort kam mehrere Monate später auf so unerwartete Weise, daß wir zuerst seine Führung fast übersahen. Klaas und Eduard fanden eines Tages in der Schule beide einen eingeschriebenen Brief unter ihrer Post vor. Der Schulleiter teilte ihnen mit, daß sie nach Schluß des Semesters entlassen würden, wenn sie weiterhin ihre Unterrichtsstunden dazu benutzten, unter ihren Schülern zu evangelisieren, und wenn sie nicht aufhörten, abends in ihren Häusern Gebetsstunden für Schüler abzuhalten.

Zuerst waren Klaas und Eduard aufgebracht, und fast allen Eltern in der kleinen Stadt ging es ebenso; denn diese beiden Lehrer hatten sowohl bei den Eltern als auch bei den Schülern einen ausgezeichneten Ruf. Als sie uns die Nachricht mitteilten, war ich ebenfalls entrüstet und fragte mich, wie man hier als Christ vorgehen könne. Die »Evangelisation« während der Schulstunden hatte darin bestanden, daß sie nur erwähnt hatten, die Abendversammlungen sollten nicht auf dem Schulgelände abgehalten werden.

Da ging mir plötzlich ein Licht auf.

»Corrie!« rief ich. »Corrie hör mal, was ich für Nachrichten habe!«

Corrie kam aus der Küche gelaufen.

»Was denn?«

»Klaas und Ed verlieren vielleicht ihre Stellen.«

Corrie sah mich an, als scherzte ich. Und dann verstand sie ebenfalls. Natürlich! Warum sollte es Gott den beiden nicht auf diese Weise sagen, daß sie sich uns anschließen sollten! Noch in derselben Woche fuhren wir zu ihnen und beteten lange mit den beiden Paaren, daß sie doch ein Teil unsres Teams werden möchten.

Klaas und Ed sahen sich an und fingen an zu lachen. Dann erzählten sie uns, daß sie Gott seit Monaten gebeten hätten, ihnen zu zeigen, ob es sein Wille sei, daß sie die Schule verließen und sich uns anschlössen.

Dann kam für mich die beste aller Nachrichten.

»Nur um eins möchte ich dich bitten«, sagte Eduard zu mir.

»Und das wäre?«

»Ich möchte am liebsten bei der Korrespondenz und bei der Verwaltung helfen.« Und als ob er mich überzeugen wolle, fuhr er schnell fort: »Ich bin sehr genau und sorgfältig, und es ist die Arbeit, die ich gern tue. Meinst du, daß ich dir im Büro helfen könnte?«

Ich sah Corrie an. Sie mußte sich Mühe geben, um ernst zu bleiben. Die Briefe lagen im Augenblick so hoch gestapelt, daß eine ihrer Kaffeetassen seit Wochen darunter vergraben gewesen war.

»Nun, Eduard«, sagte ich, »ich glaube, das ließe sich schon einrichten.«

Das zwölfte Mitglied unsres Teams ist ein sonderbarer Geselle. Er besteht aus vielen verschiedenen Personen. Wenn wir in Europa oder in Amerika in allen möglichen Gruppen Vorträge hielten, wurden wir ständig gefragt:

»Könnte ich Sie wohl ein einziges Mal auf einer Ihrer Reisen begleiten?«

Wir nahmen diese Bitten mit in unsere Gebete hinein. Gab es wohl eine Möglichkeit, in unserm Team »Kurzarbeiter« zu beschäftigen?

Um es auszuprobieren, sagten wir gelegentlich ja und entdeckten, daß unser Werk dadurch außerordentlich bereichert wurde.

Das System gibt uns Gelegenheit, uns konzentriert mit Einzelpersonen zu beschäftigen, sie das zu lehren, was wir über das Glaubensleben gelernt haben. Es schenkt uns einen neuen Gebetspartner, wenn wir uns äußerlich wieder voneinander getrennt haben. Aber der größte und unerwartetste Nutzen war das Entstehen zahlreicher ähnlicher Gruppen in anderen Ländern.

Wir glauben, daß unsre Gruppe jetzt so groß ist, wie sie sein sollte. Wir wollen keine Organisation sein, sondern ein Organismus, eine lebendige Verbindung von Einzelpersonen, die sich gut kennen, sich von Herzen liebhaben und sich gegenseitig so achten, daß Regeln und Vorschriften überflüssig sind. Ich glaube, daß eine Gruppe die richtige Größe hat, wenn jedes Mitglied täglich für jedes andere Mitglied beten kann, ganz persönlich und unter Namensnennung, indem es sowohl für dessen Bedürfnisse als auch für den Erfolg einer besonderen Aufgabe Fürbitte einlegt. Aber was hindert es, daß zwanzig, fünfzig, hundert solcher Gruppen entstehen, wo auch immer der Ruf gehört wird – jede ihrer eigenen inneren Stimme folgend, jede auf ihre besondere Art tätig, damit das *eine* Königreich, das Reich Gottes, kommen kann?!

Und dabei spielen die Kurzarbeiter ihre Rolle. Nach einer Schulungsreise gehen sie nach Hause in der festen Überzeugung, daß eine solche Arbeit möglich ist.

»Nachdem ich von meiner Reise hinter den Eisernen Vorhang zurückgekehrt bin, habe ich zwei Monate lang von nichts anderem gesprochen«, schrieb uns ein Student vom »Bible Training Institute« in Schottland, das von Moody gegründet wurde. »Drei andere Studenten sind ebenfalls interessiert, und wir planen für diesen Sommer eine Reise nach Jugoslawien.«

*Unsere* Aufgabe dabei ist es, andere Missionare auszubilden. Wir legen bei den männlichen und weiblichen Kurzarbeitern Wert darauf, daß sie eine persönliche Erfahrung mit Christus gehabt haben und in der Vollmacht seines Geistes zu arbeiten lernen. Und wir betonen immer wieder, wie wichtig eine positive Missionsarbeit unter den Kommunisten ist. Wenn jemand persönlichen Groll gegen eine bestimmte Regierung hegt, oder wenn er über das Böse des Kommunismus mehr zu sagen hat als über die Güte Gottes, dann müssen wir befürchten, daß er nicht gut ausgerüstet ist für den Kampf, der vor uns liegt.

Und so geht die Arbeit weiter, immer wieder anders, immer neu.

Heute ist es gesetzlich erlaubt, Bibeln nach Jugoslawien zu bringen. Wir schmuggeln sie nicht mehr in dieses Land, da der Bibelladen wieder offen ist und gute Geschäfte macht. Statt dessen haben wir Jamil voriges Jahr dreitausend Mark gegeben, damit er diese legalen Bibeln für die Kirchen kauft, die kein Geld haben. Ich kann es kaum glauben, daß ich Jamil seit zehn Jahren kenne.

In Bulgarien sucht Abraham immer wieder seinen Goliath. Nur hat er jetzt Steine für seine Schleuder: Taschenbibeln, die wir zu Hunderten hineinbringen. Unser Ziel für die nächsten zwei Jahre ist eine Taschenbibelausgabe für jedes Land, in das wir gehen – eine in der neuen albanischen Sprache eingeschlossen. Sobald wir die Bibeln haben, wird Gott uns auch zeigen, wie wir sie in die Hände gelangen lassen können, die er auswählt.

In der DDR können wir fast ohne Behinderung Massen-Evangelisationen abhalten. Ich selbst habe dort vor viertausend Menschen zugleich gepredigt. Zweitausend saßen in einer großen Konferenzhalle, und zweitausend standen im Hintergrund oder hörten draußen die Lautsprecher.

Seit Klaas und Eduard mit ihren Frauen bei uns sind, erreichen wir unser Ziel, jedes Land wenigstens einmal im Jahr zu besuchen. Ich machte wieder eine Reise nach Kuba und war mit Gottes Hilfe in zwei neuen Ländern: in Nord-Korea und Nord-Vietnam. Manche Länder können wir natürlich häufiger besuchen, einige ein dutzendmal innerhalb eines Jahres. Wenn ein Team zu bekannt ist, nimmt ein anderes seine Stelle ein.

Wenn Gott es uns möglich macht, werden wir damit anfangen, Autos hinter den Eisernen Vorhang zu bringen. Ein Auto ist wie ein

Paar Flügel für einen Pfarrer, die ihn in Dörfer und Städte tragen, in denen vielleicht seit Jahren kein Gottesdienst mehr gewesen ist; die ihm helfen, christliche Gemeinschaften eng miteinander zu verbinden, die sich bisher nicht einmal gekannt haben.

Der erste dieser Wagen ging zu Wilhelm und Mar in den Süden der DDR. Als ich von einem Besuch bei Wilhelm zurückkam und in einem Gespräch erwähnte, daß dieser Mann mit seinem quälenden Husten jedes Jahr Tausende von Kilometern mit einem Motorrad zurücklegte, taten sich mehrere Holländer zusammen und gaben mir einen großen Scheck, den größten, den ich je bekommen habe.

»Andrew«, sagten sie, »dieses Geld ist für einen ganz bestimmten Zweck gedacht. Wir glauben, daß Wilhelm ein Auto haben sollte. Willst du eins kaufen und es ihm von uns geben?«

Wilhelm konnte es kaum fassen, als ich an seinem Haus in den lieblichen sächsischen Bergen vorfuhr und ihm die Schlüssel zu seinem neuen Auto aushändigte. Mar schreibt uns nun, daß der Husten fast ganz verschwunden ist. Wilhelm hat inzwischen sein erstes Auto verbraucht und von denselben Freunden ein neues bekommen. Damit hat er eine eigene missionarische Teamarbeit angefangen, indem er in Polen und in der Tschechoslowakei umherreist, um mit Mitgliedern seiner Gruppen Jugendversammlungen abzuhalten.

Aber am interessantesten ist es für mich, zu beobachten, wie die Christen der Länder hinter dem Eisernen Vorhang anfangen, sich untereinander geistlich zu dienen. Es ist bestimmt die Absicht und der Wille Gottes, daß der tapfere Rest seiner über viele Länder verstreuten Kirche dadurch Kraft gewinnt, daß er zusammenkommt; daß diese Christen die eigene Angst überwinden, indem sie sich untereinander zu helfen suchen. Diesen Missionaren hinter dem Eisernen Vorhang fehlt es an Geld, um umherreisen zu können, und das können wir ihnen beschaffen helfen. Aber im übrigen haben sie naturgemäß sehr viel mehr Freiheit, innerhalb des kommunistischen Blocks zu reisen, Versammlungen zu halten und Briefe auszutauschen als wir, die von draußen kommen. Eine Kirche, mit der wir in der Tschechoslowakei zusammengearbeitet haben, hat Missionare nach Brasilien und Korea geschickt, wo sie Seite an Seite mit Missionaren aus dem Westen arbeiten.

Und so geht die Flut von Veränderungen weiter. Nicht jede Veränderung ist gut. Wenn sich die Beschränkungen an einer Stelle lokkern, werden sie gewöhnlich an einer anderen wieder stärker. Als das Bibelgeschäft in Belgrad wieder geöffnet wurde, begann für die Christen in Ungarn eine neue Zeit der Unterdrückung. Inzwischen sind in China Tausende von Bibeln und Gesangbüchern von der Roten Garde unter großem Jubel verbrannt worden. Es folgte der Periode verachtungsvoller Gleichgültigkeit eine neue Verfolgungszeit für chinesische Christen; was weiter folgt, bleibt abzuwarten.

Aber Gott wird niemals unterliegen. Ob er bekämpft und angegriffen, ob ihm Widerstand geleistet wird, der Ausgang kann niemals ungewiß sein. Jeden Tag erleben wir neue Beweise dafür, daß alle Dinge – auch die bösen – denen zum Besten dienen, die nach seinem Namen genannt sind.

In Rumänien lebt ein römisch-katholischer Priester, dem wir seit Jahren zu Bibeln und anderen Schriften verhelfen. Bei seiner letzten Heimfahrt aus Wien wurde er mit seinem Wagen voll Bibeln an der rumänischen Grenze angehalten, und seine Ladung wurde beschlagnahmt.

Der Priester war in großer Angst. Er hatte schon einmal im Gefängnis gesessen, weil man ihn fälschlich der Hamsterei beschuldigt hatte. Aber hier handelte es sich um ein ernsthaftes Wirtschaftsverbrechen, und er war wirklich schuldig. Eine Bibel kostete einen Monatslohn in Rumänien, und er hatte fast zweihundert bei sich.

Gerade in diesem Augenblick fuhr ein weiterer Wagen an der Grenze vor. Heraus stieg ein Geschäftsmann, der in der Zollbaracke offenbar gut bekannt war; denn er begrüßte jeden einzelnen Beamten mit Namen. Da sah er die Bibeln.

»Bibeln?« sagte er. »Die wollt ihr mir doch nicht etwa verkaufen? Sie sind konfisziert, nicht war?«

»Ja, sie sind beschlagnahmt«, sagte einer der Zollbeamten. »Wir können sie Ihnen unmöglich verkaufen.«

Der Geschäftsmann zwinkerte ihm zu.

»Nicht einmal für . . .«, und er beugte sich zu ihm hinüber und flüsterte ihm etwas ins Ohr.

Die Augen des Zollbeamten wurden ganz groß.

»Sind sie wirklich soviel wert?« fragte er.

»Noch viel mehr! Ich werde ein gutes Geschäft dabei machen.«

Der Beamte dachte einen Augenblick nach.

»Ich will mich erst mit meinen Kameraden besprechen«, sagte er dann.

Die drei Zollbeamten steckten die Köpfe zusammen, und als sie wieder auseinandertraten, waren sie offenbar zu dem Schluß gekommen, daß der Preis das Opfern eines Grundsatzes wert war. So bezahlte ihnen der Geschäftsmann bar, ließ sich von dem Priester dessen Bibeln in den Wagen laden und fuhr nach Rumänien weiter.

In der Baracke herrschte verlegenes Schweigen.

»Werde ich noch wegen Bibelschmuggel verklagt?« fragte der Priester schließlich.

»Bibeln?« sagte der Zollbeamte. »Was für Bibeln? Ich sehe keine Bibeln hier. Machen Sie lieber, daß Sie fortkommen, solange die Schranke noch offen ist!«

Und was die Bibeln betrifft, so gelangten sie über den Schwarzen Markt immerhin sicher nach Rumänien, wo die Gläubigen bestimmt irgendwie genug Geld auftreiben würden, um sie sich zu kaufen.

Aber das ermutigendste Zeichen dieser Zeit ist für uns, daß die Reisefreiheit in die meisten kommunistischen Länder zunimmt. Jedes Jahr Tausende von Reisenden aus dem Westen mehr – und was würde geschehen, wenn von diesen Tausenden auch nur ein paar hundert als bewußte Christen kämen, die ihre Brüder suchen? Selbst Menschen, die nie daran gedacht haben, Missionare zu werden, könnten, gerade in bezug auf Bibeln, eine bedeutende Rolle spielen. Ein Auto voll einzuschmuggeln, ist ein Wagnis. Aber die meisten Grenzbeamten würden nichts sagen, wenn sie unter den persönlichen Habseligkeiten eines Reisenden eine einzelne Ausgabe in der Landessprache fänden. China und Albanien waren die einzigen Länder, in denen eine Bibel, die auf einem Tisch oder in einer Schublade liegenblieb, nicht unverzüglich in begierige Hände gelangte.

Tausend Touristen, tausend Gesandte Gottes! Touristen, die nicht nur die Museen und Fabriken besichtigen, sondern auch die Orte finden würden – oft klein und abseits gelegen –, wo sich Christen zu Andacht und Gebet versammeln. Wer würde in solchen Gottesdiensten aufstehen und nur sechs heilende Worte sprechen: »Grüße von euren Brüdern in Deutschland . . . in England . . . in Holland?«

»Wo würde das enden?« fragte ich Corrie. »Wo könnte eine solche Flut liebender Fürsorge eingedämmt werden?«

»Ich weiß es nicht«, sagte Corrie, und dann lachte sie. »Wir wissen nicht, was vor uns liegt. Weißt du noch? Wir wissen nicht, wohin der Weg führt . . .« – ». . . aber wir wollen ihn gemeinsam gehen.«

Gemeinsam – wir zwei! Wir zwölf – wir tausend! Niemand von uns weiß, wohin der Weg führt. Wir wissen nur, daß es die spannendste aller Reisen ist.

Briefe an Bruder Andrew erreichen ihn unter der Adresse Open doors, Hauptstraße 29, D–4459 Hoogstede.

# Was geschieht jetzt?

Zwei Fragen werden ständig im Hinblick auf Bruder Andrews Arbeit an uns gestellt. Erstens: »Wie sieht es heute hinter dem Eisernen Vorhang aus?« und zweitens: »Wie kann ich finanziell helfen?«

Vorige Woche besuchte uns Bruder Andrew hier in New York. Wir richteten diese beiden Fragen an ihn, und hier ist seine Antwort: »In vielen Ländern hinter dem Eisernen Vorhang haben sich die Dinge geändert – zum Schlechten. Ein Freund von mir ist neulich von einer siebenwöchigen Rundreise durch das Festland von China zurückgekommen. Er sagt, daß er im heutigen China keine offene Kirche finden konnte. Das Bibelgeschäft in Shanghai ist geschlossen. In Nanking gibt es kein Seminar mehr.

Die Situation in Albanien ist weiterhin sehr schwierig. Die Regierung hat offiziell verkündet, daß Albanien der erste ›wahre sozialistische Staat‹ sei, was bedeutet, daß altmodische Einrichtungen wie die Kirche verboten worden sind. In einer Rundfunksendung aus Albanien hieß es neulich, die Regierung habe diese zersetzenden Mitglieder der Gesellschaft, die christlichen Gläubigen, bis auf ein paar wenige ausgerottet.

In der Tschechoslowakei wird nach der russischen Invasion die Lage für die Kirche immer schlimmer, da Rußland den Druck auf alle Kräfte in der tschechischen Gesellschaft, die nicht die radikale Politik der neuen Regierung unterstützen, ständig verstärkt.

Und in Rußland selbst? Es ist interessant, die Reaktion auf die amerikanische Ausgabe des Buches ›Der Schmuggler Gottes‹ zu sehen. Monatelang war es holländischen Autofahrern unmöglich, die russischen Kontrollpunkte zu passieren. Wir mußten andere Methoden anwenden. Zum Beispiel arbeiten wir jetzt direkt mit der russischen Besatzungsmacht in Osteuropa.

Heute erhalten Hunderte und aber Hunderte junger Russen, die als Teil der Besatzungstruppen nach Osteuropa geschickt werden, sowohl Bibeln als auch persönliche Zeugnisse von den ›Restkirchen‹. Wir beten ständig darum, daß wenigstens einige dieser jungen Leute als Missionare nach Hause zurückkehren.

Und wie steht es im allgemeinen mit unserer Arbeit? Sie wächst immer noch. Aber wir können die Bedürfnisse nicht annähernd befriedigen. Die Kirche wird weiterhin in jedem kommunistischen Land, das ich kennengelernt habe, verfolgt werden. Wir brauchen Tausende und aber Tausende von Menschen aus dem Westen, die als

Geschäftsreisende und Touristen den geistlich Hungrigen Zuspruch und Literatur bringen.«

Als wir Bruder Andrew baten, uns mitzuteilen, wie finanziell geholfen werden könnte, gab er uns einen Brief. Er war in zittriger Handschrift von einem älteren Ehepaar in Phoenix, Arizona, geschrieben worden. Die Amerikanische Bibelgesellschaft hatte ihn an ihn weitergeleitet. Darin stand:

»Wir möchten gern Geld an Bruder Andrew schicken, aber wir wissen nicht, wie wir Geldmittel nach Holland schicken können. Gibt es eine Möglichkeit, Geld über Deutschland zu schicken?«

»Aber so wichtig Geld ist, was wir ganz besonders brauchen, ist ein Heer von Menschen, die Bibeln mitnehmen, wenn sie hinter den Eisernen Vorhang reisen. Und am allernötigsten brauchen wir die stetige, gläubige Fürbitte unserer Freunde in der ganzen Welt.«. . . An dieser Stelle möchten wir von uns aus eine Bitte hinzufügen: Bruder Andrew würde nie über seine Gesundheit sprechen. Aber von gemeinsamen Bekannten haben wir erfahren, daß sein Herz nicht in Ordnung war. Die Ärzte drängen ihn ständig, ein Ferienjahr zu nehmen und einen Teil seiner Schmugglerarbeit und seiner missionarischen Dienste anderen zu überlassen. Andrew nickt zustimmend, aber mit seinen Gedanken ist er gar nicht dabei; denn er plant schon wieder eine neue Reise.

John und Elizabeth Sherrill
Chappaqua, New York 10514